문라이트 사가

3

문라이트 사가 3

ⓒ 마라 울프 2016

초판1쇄 인쇄	2016년 2월 19일
초판1쇄 발행	2016년 2월 25일

지은이	마라 울프
옮긴이	채민정

펴낸이	박대일
편집	이문영 · 임유리 · 신지연
교정	김필균
마케팅	송재진 · 임유미
디자인	박현주
일러스트레이션	이지선

펴낸곳	파란썸(파란미디어)
출판등록	2004년 9월 14일 제313-2004-00214호

주소	121-897 서울시 마포구 성지1길 32-36(합정동)
전화	02.3141.5589(영업부) 070.4616.2012(편집부)
팩스	02.3141.5590
전자우편	paranbook@gmail.com
카페	http://cafe.naver.com/paranmedia
페이스북	http://www.facebook.com/paranbook

ISBN	978-89-6371-263-5(04850)
	978-89-6371-260-4(전2권)

문라이트 사가

3

죽은 자의 섬

파란

MONDSILBERLICHT

by Marah Woolf

오랜 기다림 끝에 나에게 와 준
사랑하는 딸 릴리의 다섯 번째 생일에 바친다.

연가 戀歌

내 영혼이 당신을 향해 손을 뻗는 걸 막을 수 없네
어떻게 당신 외에 다른 걸 바랄까
그대 깊은 곳, 조용한 어둠에
사뿐히 내려앉고 싶네
그대와 나는 마치 시위에 얹힌 화살처럼
활을 안은 현악기처럼
두 몸으로 하나의 화음을 이룬다
우리가 연주할 악기는 무엇인가
누가 우리를 연주하는 것인가

이토록 달콤한 노래를

_ 라이너 마리아 릴케

1장

지난밤, 엄청난 사건이 일어났다. 온몸에 그 흔적이 남아 있다. 구석구석 모든 부위가 간지럽고 떨렸다. 마치 눈앞에 보이는 것처럼 모든 게 또렷하게 기억났지만, 스스로도 믿을 수가 없었다. 어쩌면 너무 간절히 바라고 상상해서 있지도 않은 일을 실제라고 착각하고 있는 게 아닐까? 지금처럼 가수면 상태라면 마치 모든 게 가능한 것같이 느껴지니까 말이다.

하지만 내 인생의 가장 아름다운 꿈보다도 더 멋진 밤이었다.

오리털 이불을 코까지 끌어 올린 후, 기억을 더듬어 보았다.

어떻게 집까지 왔는지 기억나지 않았다. 캘럼과 헤어진 후에는 모든 게 아득하고 희미하기만 했다. 계속 캘럼 생각에 묻혀, 거의 기계적으로 움직여서 집까지 돌아온 것 같다.

눈을 뜨면 기억들이 사라질 것 같아서 눈꺼풀을 세게 내리

감았다. 기억이 마치 파노라마처럼 눈앞에 지나갔다. 기억에 빠져들면 빠져들수록 얼굴이 뜨겁게 달아올랐다. 그와의 우연한 만남, 캘럼의 손이 내 몸에 닿았을 때의 느낌과 작게 반짝이듯 피부가 찌릿하던 느낌을 떠올렸다. 그가 내게 키스하던 순간, 내 입술 위에 포개지던 그의 입술, 전보다 더 달콤하던 키스의 맛을 떠올렸다. 우리의 몸을 강하게 감싸던 물결도 떠올렸다. 우리의 몸은 강하고 빠른 물살에 실려 마치 맞물린 것 같았고 모든 감각이 더욱 또렷해져서 정신을 잃을 것 같았다. 영원히 거기 머물고 싶었다.

그가 약속대로 나를 데리러 올까? 함께 아발라로 돌아갈 수 있을까?

그를 향한 그리움이 심장을 옥죄는 것 같았다.

억지로 눈꺼풀을 들어 올렸다.

몇 가닥의 빛줄기가 커튼 사이로 비쳤다. 문 밑 틈새로 금방 내린 신선한 바닐라 티 향기가 스며들었다 .

이제 캘럼과 나를 갈라놓을 사람은 없었다. 앞으로 펼쳐질 미래에는 언제나 그와 함께할 수 있을 거라 믿었다.

몸을 일으켜 잠옷 위에 샤워 가운을 걸치고, 브리 외숙모가 그릇을 달그락거리는 소리를 들으며 부엌으로 갔다. 식탁 위에는 아직 점심 식사가 차려져 있었지만, 외숙모와 아멜리는 좀 이르게 식탁을 정리하는 중이었다.

머뭇거리다가, 어차피 질문 공세를 피할 수 없음을 깨닫고는 마음의 준비를 했다.

"좋은 아침이에요."

작은 목소리로 중얼거렸다.

식탁 의자를 빼서 앉아, 접시 위의 채소 라자냐에 포크를 찔러 넣는 동안 아멜리의 시선이 느껴지더니 결국엔 건너편에 팔짱을 끼고 앉았다.

"어젯밤에 어디서 뭘 한 건지 설명해 줘야 하지 않아? 우리가 얼마나 걱정했는지는 알지? 그야말로 죽을 만큼 걱정했다구!"

아멜리가 비난조로 쏟아부었다.

라자냐를 입속에 밀어 넣으면서 아멜리의 말에 수긍했다. 내가 제시간에 나타나지 않아서 가족들이 얼마나 걱정했을지는 안 봐도 뻔했다. 하지만 정말이지 전화는 할 수 없는 상황이었다. 솔직히 말해 가족 같은 건 까맣게 잊어버렸으니까. 소피에게 일어난 일을 생각하면 연락도 없이 늦게 돌아온 건 용서받지 못할 행동이었다.

내가 동틀 무렵 집에 돌아왔을 때는 일단 돌아왔다는 사실만으로 모두 마음을 놓았고, 나도 상황을 설명하기에는 너무 지친 상태였다. 한참을 진지하게 고민한 끝에 사실을 이야기하기로 마음먹었다. 그래서 입안에 음식을 우물거리면서 말했다.

"어젯바메 캐넘이낭 마나써."

"뭐? 다시 확실하게 말해 봐."

아, 정말 말하기 곤란하네. 나는 아멜리를 난감한 눈으로 바라봤다.

브리 외숙모가 우리 쪽으로 고개를 돌렸다. 울어서 퉁퉁 부은 눈으로 말이다. 얼마나 걱정했으면 저런 눈을 하고 있을까 싶어서 죄책감이 느껴졌다.

"어젯밤에 캘럼과 만나서 얘기를 좀 했어요. 전화하지 못해서 죄송해요. 제가 어리석었어요. 얘기하다 보니 시간이 얼마나 흘렀는지도 몰랐고, 차 안에 핸드폰을 두고 내려서 전화할 생각도 못 했어요. 캘럼이랑 얘기하면서 산책을 좀 했거든요."

"흠, 캘럼과 만났다……. 그것도 우연히? 게다가 산책만 했다고?"

아멜리가 비꼬는 목소리로 물었다. 나는 고개를 끄덕였다.

"무슨 할 말이 그리도 많아서 날이 새는 것도 몰랐을까? 아하, 캘럼이랑 우표 수집에 대해서 토론이라도 했나 보지?"

나도 모르게 웃음이 터져 나왔고, 라자냐를 잘못 삼켜서 한참을 콜록거려야 했다. 어젯밤 일을 떠올리자 얼굴이 다시금 홍당무처럼 달아올랐다. 그제야 아멜리도 무슨 일인지 눈치 챈 것 같았고, 브리 외숙모도 대충 감은 잡은 듯했다.

"무슨 일이 있었는지 다 얘기하지 못해?"

아멜리가 위협했다.

"최소한 있었던 일은 다 털어놓으라고!"

그래서 일단 우리가 했던 '말'은 다 털어놓았다. 말을 하긴 했으니까. 중간중간.

"아멜리. 이건 어쨌거나 엠마의 사적인 일이야. 중요한 건 엠마가 안전하다는 거니까. 캘럼이 잘 지켜 준 것 같아 다행이야."

외숙모가 나를 구해 주었다.

"아무튼 우리가 얼마나 걱정했는지 알아?"

나는 외숙모의 비난에 찬 눈빛을 살짝 피했다. 그때 아멜리가 크게 헛기침을 했고, 한나와 앰버가 부엌으로 달려와서 내 품에 안겼다.

"언니! 얼마나 무서웠다구."

앰버가 울먹였다.

"엄마도 많이 울었어."

나는 접시 위의 라자냐를 바라보며 한숨을 쉬었다. 아무래도 입맛을 잃은 것 같았다. 게다가 사랑이 주는 설렘 덕에 안 먹어도 배가 불렀다. 아무튼 이 어린 소녀들에게 지난밤에 있었던 일을 어떻게 설명해야 할지 알 수 없어서, 차라리 아무 말 않기로 결심하곤 앰버의 머리칼을 쓰다듬어 주었다.

"일단 옷 좀 입고 올게요."

미안한 마음에 중얼거리며 몸을 일으켰다.

방으로 돌아가기 전, 몸을 굽혀 외숙모의 뺨에 입 맞추며 말했다.

"죄송해요. 연락하지 않은 건 제 불찰이었어요. 다시는 이런 일이 없도록 할게요."

그러자 외숙모가 미소 지으며 내 손을 쓰다듬었다.

"아무튼 '별일'은 없었잖니."

그 말에 아멜리가 깔깔대며 웃음을 터뜨렸고, 나는 앰버와 한나에게 토마토처럼 빨개진 얼굴을 들킬세라 욕실로 줄달음질쳐야 했다.

물론 완전히 용서받은 건 아니었고, 집행 유예 기간이라는 건 알고 있었다.

욕실 거울에 내 얼굴이 비쳤다. 지난밤의 일 때문에 모든 상황이 완전히 달라졌음에도 불구하고, 내 얼굴은 전에 비해 많이 변하지 않았다. 너무 행복하면 얼굴부터 티가 날 줄 알았는데, 좀 우스웠다. 부드럽게 입술을 어루만져 보았다.

외삼촌과 외숙모에게 캘럼이 데리러 올 거라고 말해 둬야 하나? 아니면 그가 올 때까지 기다릴까?

캘럼이 오는 걸 외삼촌 부부가 싫어할 수도 있었다. 게다가 외삼촌은 캘럼에 대해 언급하는 걸 꺼려 했다. 그러니 그에게 나를 맡기는 걸 탐탁하게 생각하지 않을 가능성이 컸다.

샤워를 하고 방으로 돌아와 옷을 갈아입고 있는데, 아멜리가 들이닥쳤다.

"세상에는 노크라는 것도 있거든?"

아멜리에게 소리 질렀다. 하지만 내 말은 들은 척 만 척, 긴 곱슬머리를 흔들더니 침대 위로 몸을 던졌다.

"빨리 말해 봐. 어땠어, 첫 경험?"

아멜리가 짐짓 과장된 제스처로 눈꺼풀을 들어 올리며 물었다.

"너 같은 짐승녀한테는 절대 말 못 해! 게다가 도대체 무슨 근거로 첫 경험 같은 소릴 해 대는 거야? 그냥 얘기만 했다고 말했잖아!"

"그랬겠지! 얘기만? 하!"

아멜리가 어이없다는 듯 소리 질렀다.

"귀신은 속여도 난 못 속일걸? 무슨 일이 있었는지는 네 얼굴만 봐도 다 안다고!"

결국 티가 났나 보다. 당황해서 얼른 몸을 돌려 애꿎은 책상 서랍만 뒤집었다.

"엠마, 제발! 궁금해 죽겠으니까 빨리 말해 봐."

아멜리가 애원했다.

"아무한테도 말 안 할게. 맹세해! 내 입 밖으로는 한 발짝도 안 나올 거라고."

"갑자기…… 나타났어."

결국은 실토하고 말았다. 저항해도 소용없을 거란 걸 알았기 때문이다. 아멜리는 결국 어떻게든 내 입을 열게 만들었을 테니까.

"그것도 엄청 화가 난 상태로."

"뭐, 캘럼이라면 이상할 것도 없지."

아멜리가 내 침대보의 무늬를 따라 손가락을 움직이며 중얼거렸다.

"이번에는 화날 만도 했어. 밤에, 그것도 혼자 물속에 들어가서 수영을 했거든."

아멜리가 넋이 나간 얼굴로 나를 쳐다봤다.

"뭘 했다고?"

아멜리의 눈빛을 피하면서 책상에 몸을 기댔다.

"보름달 밤이었거든. 캘럼이 그러길, 물이 날 부른 거래. 본능 같은 거였기 때문에 정말 어쩔 수 없었어. 캘럼이나 누군가가 미리 경고해 줬다면 좋았을 텐데."

변명 같았지만 그럴 수밖에 없었던 이유를 설명했다.

"아무튼, 그래서?"

"물 밖으로 나와 보니 캘럼이 서 있었어. 처음엔 캘럼인지 몰랐어. 엘린이 나를 노리고 숨어 있다가 나타난 줄 알고……. 다행히 캘럼이라는 걸 알고 얼마나 안도했는지 몰라."

잠시 숨을 가다듬은 후 말을 이었다.

"그러곤…… 함께 밤을 보냈어."

"밤을 보내다니?"

"알잖아. 내가 무슨 말 하는지."

거의 자동적으로 얼굴이 빨갛게 달아올랐다.

"좋았어?"

아멜리가 내 표정을 살피면서 지나가는 말처럼 물었다.

더 자세한 설명 없이 고개만 끄덕였다.

"그럴 거라고 생각했어. 그럼 이제는 어떻게 되는 거야? 그냥 스쳐 지나가는 밤이었던 거야?"

이번엔 내가 발끈 화를 냈다.

"절대로 그런 거 아니야! 날 데리러 오겠다고 약속했어. 같이 아발라로 가재. 거기가 훨씬 안전하니까."

"오케이. 그럼 이젠 캘럼한테 널 맡기면 되는 거네."

아멜리가 나를 와락 끌어안으며 귓가에 속삭였다.

"······행복해?"

아멜리를 꼭 안으며, 고개를 끄덕였다.

"엄마랑 아빠한테도 말해 줘야 할걸."

그러고는 잠시 침묵한 후, 내 방을 나갔다.

어쩌면 외숙모한테 먼저 말하는 게 나을지도 몰랐다. 외숙모가 내 편을 들어 주면, 외삼촌도 내가 가는 걸 막지 못할 터였다. 캘럼이 우리 집 현관문 앞에 나타난 다음에야 진실을 알게 되는 것만은 피해야 했다. 그래서 일단은 외숙모를 찾아 집 안을 헤매기 시작했다.

하지만 외숙모와 단둘이 얘기할 수 있는 행운은 얻지 못했다. 외숙모는 외삼촌과 함께 정원 벤치에 앉아 있었다. 나와 눈이 마주친 외숙모가 미소 지어 보였고, 외삼촌은 초췌한 모습이었다. 물론 지난밤 일 때문에 나에게 화가 나 있는 건 당연했다. 입이 열 개라도 할 말은 없었다. 엘린이 소피를 습격한 지 얼마 되지도 않아서 이렇게 연락도 없이 늦게 오는 경거망동을 저지르다니. 외삼촌은 나를 찾으러 인버네스까지 갔다가 온 모양이었다. 다행히 나와 캘럼을 발견하진 못했지만 말이다.

"엠마, 가까이 와서 앉으렴."

외숙모가 앉기를 권했다. 그러고는 접시에 홍차 한 잔과 쿠키를 약간 덜어서 건네주었다. 시간을 벌기 위해서 홍차에 우유와 설탕을 넣고 한참이나 휘저었다. 도대체 어떻게 말을 꺼내야 할지 몰라서 고민하다가, 그냥 단도직입적으로 돌파하기로 했다.

"어젯밤에 캘럼과 만났어요."

물론 외숙모가 이미 그렇게 말한 건 알고 있었다.

"제가 아발라로 돌아오길 바라더라고요."

이제 무슨 소린지 눈치 챘을 터다. 외숙모가 환한 얼굴로 내 손을 잡았다. 우리는 손을 맞잡고 기대에 찬 얼굴로 외삼촌의 반응을 기다렸다. 그는 헛기침을 하고는 두 손으로 머리를 쓸어 올렸다. 다행히 화난 것 같진 않았다. 그것만으로도 일단은 충분했다.

"흠, 엠마야. 이게 옳은 일인지는 모르겠다. 솔직히, 캘럼은 상당히 줏대 없는 녀석이야. 과연 녀석한테 널 맡기는 게 잘하는 걸지……."

"이번엔 다를 거예요."

떨리는 목소리로 대꾸했다. 물론 외삼촌이 반대해도 아발라로 가긴 갈 거였다. 하지만 가능하면 그의 허락을 받고 싶었다.

외삼촌이 고개를 끄덕였다.

"뭐, 어쨌든 네가 결정할 일이다."

그리고 잠시 생각한 후 말을 이었다.

"너도 이젠 성인이니 뭐가 너에게 가장 좋은 길인지 생각할 수 있겠지. 네가 결정하면 우리는 거기에 맞춰서 지지해 줄 거다."

외삼촌의 말을 들으니 가까스로 마음이 놓였다. 외숙모가 손을 꼭 잡아 주었다. 다행히 생각했던 것보다 간단히 일이 풀렸다.

"게다가 어차피 우리보단 널 잘 챙겨 주겠지. 네 행동에 우리 대신 화도 내 줄 거고 말이다."

그가 본심이 아니라는 건 그의 얼굴에 떠오른 미소로 알 수 있었다.

"너무 잘됐다, 엠마야."

외숙모가 말했다.

"그럼 이제 공식적으로 만날 거냐, 아니면 여전히 비밀로 해야 하는 거냐?"

외삼촌이 아픈 데를 쿡 찔렀다.

"그건 아직 모르겠어요."

솔직하기로 했다.

"아직 거기까진 말해 보지 않았거든요."

"아무튼 이번만큼은 자기 행동에 대한 책임을 확실히 졌으면 좋겠구나."

외삼촌이 말했다.

"동감이에요."

캘럼이 언제 오게 될지는 몰랐다. 짐을 다 꾸려 놓은 다음에도 빼먹은 게 없는지 확인하기 위해 몇 번이나 짐을 풀었다가 다시 쌌다. 사실 미국에 가려고 싸 놓았던 게 있기 때문에 기본적으로는 여행 준비가 완벽히 되어 있는 상태였다. 제나에게는 복잡했던 일들이 다 잘 풀렸다고 이메일을 쓰긴 했다. 아마 갑자기 모든 걸 중지해 버린 데 열 받아 하겠지만 어쩔 수 없었다.

그날 밤, 캘럼 없이 잠드는 게 너무도 힘들었다. 날이 채 밝기도 전에 욕실로 가서 씻고 준비를 했다. 그런 다음엔 어쩌면 마지막일지도 모르는 아침 식사 준비를 도왔다. 혹시 몰라 캘럼 몫까지 준비해 놨다. 아침 일찍 올지도 모른다는, 아니 와 주었으면 하는 바람 때문이었다.

그가 만약 이번에도 약속을 어기게 되면 어떻게 해야 하지? 나와 함께하기로 한 걸 후회하고 있다면? 아니면 혹시 무슨 일이 있는 건 아닐까? 엘린이 그를 찾아냈으면 어쩌지? 혹시 나 때문에 위험에 처한 건 아닐까?

머리를 세차게 흔들어서 이 모든 근심을 떨쳐 버렸다. 일단은 그가 오기로 한 걸 믿는 수밖에 없었다. 만약에 있을지 모를 실망스러운 일은 상상도 하지 말자. 그렇게 되면 아마도 쉽게 견뎌 낼 수 없을 터였다.

차 문 닫는 소리가 아침의 정적을 깼다. 그리고 그 순간, 안도감이 전신에 퍼져 나갔다. 이렇게 아침 일찍 올 만한 사람은 단 한 명뿐이었다. 캘럼 말이다.

문으로 달려가 벌컥 열어젖혔다. 그리고 그의 얼굴 가득한 밝은 미소를 보니, 이제껏 머릿속에 가득하던 온갖 걱정이 눈 녹듯 사라져 버렸다. 그는 약속했던 대로 왔다. 이젠 모든 게 다 잘될 거다. 이제 우리 사이를 갈라놓을 건 없었다.

캘럼이 나를 끌어안았고, 그의 품 안에서 나를 향한 사랑이 느껴졌다.

"안 올까 봐 너무 무서웠어."

그의 귓가에 속삭였다.

"앞으로는 절대로 약속을 어기는 일 없을 거야. 믿어도 돼."

우리 뒤에서 외삼촌이 헛기침을 했다.

억지로 그의 품에서 떨어져야 했다.

외삼촌은 캘럼에게 미소 지으며 고개를 까딱여 보였다.

"이젠 옳은 일을 하기로 한 거냐?"

"네. 오래 걸려서 죄송합니다."

외삼촌이 말없이 캘럼의 어깨에 손을 얹고 부엌으로 이끌었다. 나도 그들 뒤를 따랐다. 차를 끓이고 토스트를 준비하는 동안 그들의 대화에 귀를 기울였다.

"엘린에 대한 소식은 없나?"

에단 외삼촌이 물었다.

고개를 들어 그들을 바라보았다.

"안타깝지만, 아직 없습니다."

캘럼이 대답했다.

"엘린이 숨어 있는 곳이 어디인지, 또 수하는 얼마나 모은 상태인지 아직 전혀 정보가 없어요. 베렝가에서도 셸리코트 몇몇이 행방불명된 상태입니다. 그들이 엘린의 수하로 들어간 건지, 아니면 엘린을 피해 도망친 건지도 알 길이 없습니다."

베렝가는 셸리코트들의 수도였다. 엘린은 지난해 거기에 캘럼을 잡아 두었고, 그는 친구들의 도움으로 간신히 탈출에 성공했다.

"엘린이 포기할 것 같나?"

캘럼이 고개를 저었다.

"제가, 아니 우리 모두가 바라는 건 제가 풀려난 직후에 그가 도망쳐서 다시는 나타나지 않는 거였죠. 하지만 어차피 그가 포기하지 않을 거라는 건 알고 있었습니다. 어렸을 때부터 엘린을 봐 왔기 때문에 그가 어떤 성격인지 잘 아니까요. 엘린이 뭔가를 꾸미고 있다는 걸 진작부터 의심했다면 소피에게 일어날 일도 예상했을 텐데……."

"자책하진 말거라."

외삼촌이 말했다.

"아무도 예상하지 못했잖니. 우리 모두 좀 더 조심했어야만 했어."

"앞으로 어떻게 행동해야 할지 모르겠습니다."

캘럼이 말했다.

"지금처럼 엘린이 몸을 숨기고 있는 상태에선 반격을 할 수 없어요. 그가 언제 어디에 나타날지 모르는 거니까요. 엠마를 아발라로 데려가게 되어 기쁘지만, 여기 남아 있는 여러분이 걱정되는군요."

외삼촌이 고개를 끄덕였다.

"아무튼 우리도 앞으로는 좀 더 조심하마. 엘린을 곧 붙잡아야 할 텐데. 만약 너와 엠마가 다시 만난다는 걸 알게 된다면……."

외삼촌이 우리 둘을 훑어보며 한숨을 내쉬었다.

"과연 이게 영리한 행동인지는 모르겠구나."

그때 쌍둥이들이 부엌으로 뛰어 들어와 캘럼을 반겼다. 아멜리와 외숙모도 들어왔다. 우리는 다 함께 아침 식사를 했다. 캘럼은 열심히 대화에 참여하려고는 했지만, 어딘가 불안해하는 것 같았다. 나도 거의 음식을 넘기지 못할 정도로 긴장했다. 그와 단둘이 차에 앉아 아발라로 출발하는 순간만 손꼽아 기다렸다. 앞으로 펼쳐질 일들에 대한 기대감에 심장이 터질 것처럼 뛰었다. 이제는 낮이고 밤이고 그와 단둘이 있게 될 거였다. 캘럼이 찻잔을 내려놓으며 외삼촌에게 말했다.

"이젠 엠마와 함께 떠나는 게 좋을 것 같습니다. 아발라로 향하는 길에 무슨 일이 벌어질지 모르니까요."

외삼촌이 고개를 끄덕여 보이고는 몸을 일으켰다. 나도 얼른 일어나 방에서 여행 가방을 가지고 내려왔다.

계단을 내려오니, 가족들이 배웅해 주기 위해 모두들 거실 복도에 서 있었다.

"계속 소식 전해 주겠다고 약속하렴."

외숙모가 나를 끌어안으며 말했다.

"가능하면 빠른 시일 안에 다시 보게 되었으면 좋겠구나."

"조엘한테 안부 전해 줘."

아멜리가 내 귓가에 속삭였다.

"그럴게."

아멜리를 끌어안으며 말했다.

캘럼은 외삼촌과 악수를 나누고 있었다. 외삼촌의 목소리가 들렸다.

"두 번 다시는 엠마의 맘을 아프게 하지 말아 주게나."

캘럼이 고개를 끄덕였다.

"절대로요. 약속드리겠습니다."

그러고는 한 손에는 내 여행 가방을, 다른 한 손으로는 내 손을 잡고 차까지 걸었다. 나와 캘럼은 마지막으로 몸을 돌려서 가족들을 향해 손을 흔들어 주었다.

캘럼이 짐을 트렁크에 실은 후, 우리는 차에 올라탔다. 캘럼이 나를 와락 끌어안고 열정적으로 키스했다. 안전띠를 간신히 푼 후, 우리는 오랫동안 서로의 입술을 찾았다. 적어도 이제야 이 모든 게 꿈이 아니라는 게 실감이 났다. 몸속에서 불꽃이 이는 것 같았다. 내 입술 위에서 부드럽고 따뜻한 캘럼의 입술을 느낄 수 있었다. 그를 가까이 끌어당길수록 맥박이 요동치는 것 같았다.

몇 분이나 지났을까. 간신히 서로에게서 떨어진 후 캘럼이 시동을 걸면서 말했다.

"바로 이거였어."

그러고는 미소 지어 보였다. 이루 말할 수 없는 행복감으로 날아오를 것 같았다.

"하지만 아발라에 도착한 뒤에야 안심할 수 있을 것 같아."

2장

몇 시간 후 아발라에 도착했다. 8월의 태양이 어느덧 성 뒤편으로 멀찍이 저물어 가고 있었다. 개강을 며칠 앞둔 지금, 우리 둘을 방해할 만한 건 아무것도 없었다. 그 사실이 믿을 수 없을 만큼 달콤했다.

캘럼이 자신의 방으로 나를 데리고 갔다. 나는 커다란 방 한가운데에 놓인 더블 침대를 멍하니 바라보았다. 캘럼이 나를 끌어안고 속삭였다.

"오늘은 이걸로만 만족하자."

"왜? 어차피 우리 둘뿐이잖아. 호수에서 수영하는 건 어떻게 생각해?"

그를 유혹하듯 미소 지으며 몸을 빼냈다.

"우리의 행운을 시험해 보려고 해선 안 돼. 호수가 결계로 보호되고 있긴 하지만, 100프로 안전을 보장하지는 못해. 게다가 엘린의 마력이 얼마나 강해졌는지도 모르고."

"하지만……."

나는 머뭇거렸다.

"지난밤 수영할 때도 문제없었잖아. 아발라는 더 안전할 거라고 생각했는데."

그의 셔츠 속에 얼굴을 묻고, 익숙한 체취를 들이마셨다. 머릿속 한구석에서 혹시 그가 나만큼 간절히 원하지 않을지도 모른다는 두려움이 올라왔다.

"어젠 아마 엘린도 춤을 추느라 우리를 못 본 걸 수도 있어. 만약 그가 우릴 봤다면 단 1초도 주저하지 않고 곧바로 죽었을 거야."

고개를 끄덕이며 그의 가슴에 얼굴을 묻고, 셔츠 속으로 손을 집어넣었다. 뭐, 꿩 대신 닭이라는 말도 있고……. 그게 캘럼이 내 입술을 덮치기 전까지 한 마지막 생각이었다.

이런 뜨거움이 언제까지나 계속될까? 나중에, 그의 가슴 위에 귀를 대고 규칙적인 심장 소리를 들으면서 생각했다. 달빛이 어두운 방 안을 밝히고 있었다. 조심스럽게 그의 완벽한 몸을 손가락으로 쓰다듬었다. 그러고는 그의 허리에 팔을 두르고 잠을 청했다.

캘럼이 모닝 키스로 나를 깨워 주었을 땐 이미 태양이 하늘 높게 떠 있었다. 화창한 햇빛에 눈이 부셨다.

"일어나, 잠꾸러기! 오늘 얼마나 날씨가 좋은지 몰라."

투덜거리며 이불을 뒤집어쓰고는 손을 더듬어 캘럼을 찾았다. 가능하다면 오늘 하루는 침대 위에서만 보내고 싶었다. 하지만 동시에 위장에서 꼬르륵 소리가 났고, 내 옆자리도 비어 있었다. 이불 속에서 고개를 내밀어 보니, 샤워를 한 후 옷도 다 입은 캘럼이 침대 모서리에 앉아 있는 게 보였다. 당황한 눈으로 그를 바라보았다.

"왜 그런 표정이야?"

캘럼이 웃으면서 내 헝클어진 머리칼을 사랑스럽다는 듯 어루만졌다.

"아침 가져왔어."

배고픔 같은 기본적인 욕구에 이렇게 어이없이 무너질 줄이야.

캘럼을 끌어당겨 그의 셔츠 단추를 풀기 시작했다. 그가 내 허리를 안고 얼굴 위에 부드럽게 입 맞췄다. 하지만 방금 한 맛있는 스크램블 에그 냄새가 후각을 자극하는 순간, 위장이 헛기침을 하듯 좀 더 큰 소리로 꼬르륵거렸다. 그도 그럴 것이, 지난 24시간 동안 소신껏 체면을 지켰던 것이다. 내 목을 더듬던 캘럼의 입술 위에 미소가 떠오르는 게 느껴졌다.

"아직 시간은 많아."

그가 귓가에 속삭이고는 나를 들어 올렸다.

"지금은 먼저 너에게 뭘 먹여야겠어."

우리는 나란히 창틀 위에 앉아 스크램블 에그와 꿀을 바른 토스트를 먹었다. 그를 침대로 끌어들이려는 생각도 하기 전에 그가 나를 욕실로 밀어 넣었다. 이미 산책을 가기로 마음먹은 것 같았다.

"성을 떠나도 될까? 위험한 거 아냐?"

샤워하면서 캘럼에게 물었다.

"여러 가지로 고민해 봤어."

그가 손에 찻잔을 들고 욕실로 들어와 대답했다.

"엘린의 흑마법은 물속이나 물과 관련되어야만 위력을 나타낼 수 있는 것 같아. 운디네들도 결국 물의 정령이니까. 위력이 얼마나 강하든 어떤 마법을 부리든, 물에서만 할 수 있는 거야. 그러니 내 생각에 아발라 주변의 숲은 안전해. 멀리 벗어나지만 않는다면."

수도꼭지를 잠그고 목욕 타월을 향해 손을 뻗었다. 캘럼이 찻잔을 내려놓고 다가왔다. 그가 타월을 집어 내 몸을 감싸 주더니, 그대로 나를 안아들었다. 아마 산책은 다 간 것 같았다.

3일 후, 새 학기가 시작되었다. 우리 둘만의 시간은 눈 깜짝할 사이에 지나가 버렸다.

하지만 아미아와 미로를 다시 만나 볼 수 있다는 사실이 기쁘기도 했다. 어제 레이븐을 만나 물어보니 그 둘도 이번 학기를 아발라에서 보내는 게 확실하다고 했다.

캘럼이 나를 데려온 걸 얼마나 많은 사람들이 알고 있는지는 몰랐다. 그리고 캘럼과 이야기를 나눈 건 아니었지만 레이븐, 아미아와 함께 방을 쓰게 될 것 같았다. 그가 나를 아발라로 데려온 것 자체가 큰 의미였기 때문에 그와 방까지 함께 쓰는 건 바랄수도 없었다. 다행히 모두들 내가 다시 돌아온 걸 당연하게 받아들여 주었다.

다음 날 아침, 수업 시간에 맞춰서 우리 방으로 아미아가 찾아왔다. 너무 놀라 손에 들고 있던 책을 떨어뜨리고는 아미아를 끌어안았다. 우리는 침대 위에 쓰러져서 서로 부둥켜안고 재회의 기쁨을 만끽했다. 그제야 우리가 얼마나 서로를 그리워했는지 실감이 났다. 그대로 얼마간 가만히 있고 싶었지만 레이븐이 자기도 안아 달라고 졸라 댔다.

다시 만난 아미아는 전보다 더욱 아름다워져 있었다. 역시 사랑은 최고의 비타민이다.

"휴, 아슬아슬하게 시간에 맞췄네."

레이븐이 아미아를 흘겨보며 말했다.

"이제 수업 시작할 때 됐어."

레이븐에게 미소 지어 보인 후 아미아의 손을 꼭 잡았다. 그때 첫 교시를 알리는 종이 울렸다.

"이런!"

나는 이마를 탁 치며 난감한 표정을 지었다.

"첫 교시, 탈린의 마법학인데!"

우리는 복도를 마구 달려서 강의실에 들어섰다. 하지만 순간 이동을 해도 제시간에 맞추진 못했을 거다. 강의실 앞에서 탈린이 인상 쓴 얼굴로 우리를 맞았다. 어쩌면 이리도 익숙한 풍경인지!

"자네들이 첫 수업에 늦을 거란 건 알고 있었지."

그가 고개를 흔들며 나무랐다.

"물론 아미아가 멀리서 오느라 늦은 건 이해하네. 미로는 벌써 앉아 있긴 하지만. 하지만 자네 둘은 도대체 왜 매번 늦는건가!"

그가 신경질적으로 빨리 앉으라는 듯 손짓했고 우리는 얼른 자리에 기어들어 가 앉았다. 두리번거리다가 미로와 눈이 마주쳤다. 그에게 살짝 손을 흔들어 보이자, 그가 밝은 얼굴로 미소지어 주었다. 미로도 신혼 기간 동안 몰라보게 달라져 있었다. 더 성숙해진 건 말할 것도 없고, 훨씬 안정된 모습이었다.

책과 필기도구를 꺼냈다. 탈린이 올해 다루게 될 주제를 설명하기 시작했다. 올해 말에 졸업 시험을 치러야 했기 때문에, 앞으로 몇 달 동안은 방대한 양의 과제에 허덕이게 될 터였다.

마법학 후에는 수학과 폴리테이아가 기다리고 있었다. 어째서 수업 첫날부터 가장 끔찍한 과목들만 모아 놓은 건지 이해가 되지 않았다. 앞으로 계속 이런 식이라면 그야말로 생지옥을 경험하게 될 터였다. 단 한 가지 위안이 되어 준 건 캘럼이 내 곁에 있다는 것뿐이었다. 캘럼과 조엘도 올해 졸업해야 했기 때문에 미론이 함께 수업을 듣도록 배려해 준 모양이었다. 조엘도 미로와 함께 우리 그룹이 되었기 때문에 둘이 한방을 썼고, 다행히 캘럼은 전에 쓰던 방을 계속 혼자 쓰게 되어서 단둘이 만나는 건 어렵지 않을 것 같았다.

오후가 되어 방으로 돌아왔다. 나는 침대에 누워서 아미아가 서랍을 정리하는 걸 지켜보았다.

"왜 미로랑 방을 함께 쓰지 않는 거야?"

아미아에게 물어보았다.

"미론도 그 얘기 하더라. 하지만 올해는 너희와 함께 보낼 수 있는 마지막 기회잖아. 졸업을 앞둔 상태에서 너희들끼리 머물도록 내버려두고 싶진 않았거든."

"쳇, 나랑 캘럼한텐 방 같이 쓸 거냐고 안 물어봤는데."

입을 비죽 내밀었다.

"너흰 아직 결혼 예식도 안 했잖아. 그럼 아발라에 있는 모든 커플들한테 방을 줘야겠어?"

아미아가 긴 머리칼을 흔들며 언성을 높였다. 그 모습을 보며 레이븐이 자기 베개에 얼굴을 묻고 큭큭 웃었다.

"왜 그러는데?"

아미아가 레이븐에게 물었다.

"아무튼 셸리코트들은 보수적이라니까."

레이븐이 웃음 섞인 목소리로 말했다.

"커플들이 방을 같이 쓰도록 해 준다는 건 좋은 아이디어네. 미론한테 건의해 보는 게 어때?"

아미아가 레이븐을 멍하니 바라보았다.

"엠마, 너도 그렇게 생각해?"

"솔직히 캘럼과 한방을 쓸 수 있다면야 굳이 반대할 이유는……. 그것보다도 나와 캘럼이 다시 만나는 건 어떻게 알았어? 날 보러 캘럼 방으로 곧장 온 것도 그렇고."

"조엘이 말해 줬어. 조엘도 너희 둘이 하루라도 빨리 다시 만나길 바라고 있었는걸. 오히려 캘럼이 더 오랫동안 끌었으면 그게 더 이상했을 거야."

"진짜? 알고 있었으면 나한테도 좀 귀띔해 주지 그랬어. 내 맘고생이 끝나는 게 시간문제라고 말야."

어이없다는 듯 투덜거렸다.

"내 착각일 수도 있었으니까 괜히 상처 주고 싶진 않았어."

아미아가 미안한 듯 둘러댔다.

"어쨌든 착각은 아니었네. 그나저나 베렝가는 어때? 뭐 새로운 소식 없어?"

대화 주제를 바꿨다.

"여전히 엘린이 늘 화제의 중심이지 뭐. 혹시라도 베렝가를 무력으로 빼앗으려 들까 봐 다들 불안에 떨고 있어. 도시 전체에 병력이 강화된 건 말할 것도 없고 또 검문 없이는 아무도 들어가지 못해. 얼마 전부터는 무기 소지도 금지되었어. 여전히 도시에 남아 있는 엘린의 수하들이 장로회의 권력을 빼앗으려고 할지도 모르니까 말야. 거의 전시戰時나 다름없어. 신혼여행 때 곧장 베렝가로 갔던 게 아니라 마지막 2주만 지내다 왔는데도 정말 끔찍해서 빨리 오고 싶었어. 어린아이들의 웃음소리도 사라졌고, 마치 유령 도시 같아. 벌써 떠날 여력이 있는 사람들은 다 떠나고 있어. 엘린은 완전히 미쳐 버렸나 봐. 만날 수만 있다면 만나서 얘기해 보고 싶지만, 아마 이젠 내 말도 들으려

하지 않겠지. 운디네들이 대체 엘린한테 무슨 짓을 한 거지?"

하지만 우리 중 누구도 거기에 대답할 수 없었다.

하루 종일 아미아의 말이 머릿속에 맴돌았다. 확실히 이 모든 걸 엘린 혼자 계획한 게 아니라 운디네가 배후에 있었던 거라면? 만약 엘린이 운디네들에게 조종당하고 있을 뿐이라면? 하지만 운디네에 대해서는 거의 아는 바가 없었다. 그래서 도서관에 가서 제대로 정확한 지식을 섭렵하기로 마음먹었다. 하지만 오늘은 탈린이 과제를 많이 내준 데다, 미론도 그에 못지않게 혹독한 양을 내 주었기 때문에 불가능했다. 그 둘은 마치 누가 더 우리를 많이 괴롭힐 수 있는지 내기라도 한 모양이었다.

캘럼이 운디네에 대해 설명해 주었던 것들을 떠올려 보았다. 분명 '물에 사는 괴물'이라고 했었다. 저주로 영혼을 잃어버린 채 사냥감을 찾아 물속을 떠도는 아름다운 괴물 말이다. 만약 운디네가 관련되었다고 한다면, 엘린은 그들을 어떻게 찾아낸 걸까? 아니면 그들이 엘린을 찾아낸 걸까? 분명 어머니의 죽음 이후로 엘린은 변했다고 했다. 어쩌면 그 증오 때문에 아무것도 개의치 않는 괴물이 된 게 아닐까? 하지만 이 모든 건 어디까지나 가정일 뿐이었다. 도저히 엘린과 운디네에 대해 생각하는 걸 멈출 수 없었다. 아무튼 이 모든 일에 대해 좀 더 깊게 들여다볼 필요가 있을 것 같았다.

결국은 이틀이 지나서야 도서관에 가 볼 여유가 났다.

고서들을 꺼내 읽어 보면서 생각했다. 혹시 운 좋게 운디네에 대한 자료를 찾아내 모두를 도와줄 순 없는 걸까? 이렇게 두께가 두꺼운 고서 중 단 한 줄이라도 운디네에 대한 정보가 있을 텐데 말이다. 아무리 정보가 없다고는 해도 결국 모두 운디네에 대해 조금씩은 알고 있지 않은가. 분명 어딘가에는 실마리가 있을 것 같았다.

서가를 몇 번이나 오가며 살펴보았지만 운디네에 대한 책은 찾아볼 수 없었다. 그러다가 어떤 책 한 권이 눈에 들어왔다. 책등에는 '고대의 마법 종족'이라는 은색 활자가 새겨져 있었다. 어쩌면 뭔가 있을지도 몰랐다. 만약 허탕을 치더라도 일단 시도는 해 봐야 한다는 생각이 들었다.

책을 꺼내어 탁자로 가져갔다. 겉보기에는 굉장히 오래된 것 같아 보였지만 관리가 잘된 건지, 상태가 좋아서 읽는 데는 전혀 문제가 없었다. 책장을 넘기자 각 페이지마다 형형색색의 일러스트와 처음 들어보는 이름들이 보였다. 하지만 여기 아발라에서 만난 존재들도 인간 세계에서는 볼 수 없는 낯선 존재들이었기 때문에 나의 무지가 놀랍지는 않았다. 셀키라는 종족에 대한 설명이 흥미로워서 잠시 시선이 머물렀다. 그들은 바다표범 족으로 묘사되어 있었고, 인간 또는 바다표범의 모습으로 살아갈 수 있었다. 페노제리, 레프라혼이나 유리스크같이 낯선 종족의 이름들도 보였다. 그림은 때로는 기괴했고, 때로는 우스꽝스러워 보였다. 책장을 계속 넘겼다. 하지만 점점 우울해졌다. 그들이 선한 존재건 악한 존재건 간에 이젠 다 사라져 버린 것이다. 심지어 옛이야기나 동화에조차 등장하지 못한 채 그렇게 멸종해 버린 운명이 슬펐다. 책장을 넘기다가, 드디어 그토록 찾아 헤매던 운디네에 대한 내용을 발견했다. 화려한 필기체로 '운디네 종족'이라고 쓰여 있었고, 그 아래의 그림을 보자 숨이 멎는 것 같았다. 이렇게 아름다운 여성은 본 적이 없었다. 이제까지는 엘프 종족이 가장 아름답다고 생각해 왔는데, 아마도 운디네의 아름다움은 인간적인 형용사로는 표현할 길이 없을 듯했다. 나는 그 아래에 적힌 설명을 읽어 내려갔다.

운디네 종족은 여성의 형상을 한 수계水界 정령으로, 은銀의 도시 이스에서 거주하였다. 그들은 한때 세상을 지배했을 정도로 지혜롭고 이성적이었던 종족으로 전해진다. 시간이 지나면서 운디네들은 권력에 집착하며 다른 종족을 무력으로 억압했다. 이스는 점차 번성했고, 풍요와 부를 누렸다. 하지만 이스의 여왕이 그들이 섬기는 여신의 뜻을 무시하고 한 인간 남성을 주군으로 들이고자 했고, 이에 진노한 여신은 하룻밤에 거대한 성읍 이스를 잿더미로 만들어 버렸다. 만약 운디네와 인간이 동맹을 맺는다면, 온 세상이 탐욕과 악으로 물들게 되기 때문이다.

여신은 이스를 파괴하는 데 그치지 않고, 운디네들의 영혼을 제하여 인간 세계와 마법 세계 사이를 떠돌게 했다. 전설에 따르면, 자신의 영혼을 그들에게 자진하여 바치는 자가 나타나 운디네의 꼭두각시 행세를 하게 되면, 그의 뒤를 따라 수많은 자들이 운디네의 도구로 사용될 것이라 한다.

이 일이 장차 먼 미래에 일어나게 되기만을 바랄 뿐이다.

그 문장을 읽는데, 살갗에 소름이 돋았다. 그때 도서관의 문 하나가 철컥 소리를 내며 닫혔다.

너무 놀라서 심장이 멎는 줄 알았다.

"엠마, 여기 있어?"

캘럼의 목소리였다.

"나 여기 뒤쪽에 있어."

가슴을 쓸어내리며 책장을 넘겼다.

이 글을 읽는 자는 주의하라. 운디네들은 그대를 기만할 것이다. 그들은 과거의 힘과 번영을 되찾기 위해서 수단과 방법을 가리지 않으리라. 또한 그들의 아름다움으로 유혹하면 거기서 벗어날 자가 없을 것이다.

"여기 있었네."

나는 캘럼을 바라보았다.

"뭘 읽는 거야?"

그가 내 곁에 앉아, 책을 가까이 끌어당겨 읽어 내려갔다. 그런 다음, 나를 바라보았다.

"너도 같은 생각이야?"

두려움으로 내 목소리가 가늘게 떨렸다.

"엘린이 이 책에서 말하는 '자기 영혼을 자발적으로 바친 자' 라고?"

캘럼이 책에서 눈을 떼지 않은 채 중얼거렸다.

"가능성은 있잖아, 아냐?"

그에게 되물었다.

캘럼이 말없이 책을 읽어 내려갔고, 나도 그가 읽는 부분을 눈으로 따라 읽었다.

운디네들은 그자를 찾아내어 힘과 복수라는 달콤한 말로써 그를 꾀일 것이다. 그 가련한 자는 그들의 말을 믿고 자신의 영혼을 바치리라. 그러나 무슨 약속으로 그를 속이든 주의하라. 운디네가 약속을 지킬 리 없으리! 영혼을 바치는 순간, 그는 영원히 운디네의 노예가 되어 자신을 저주의 속박에 스스로 내던지는 꼴이며 영혼뿐 아니라 자신의 모든 것을 바치게 될 것이다. 이 저주는 운디네를 현세에서 영원히 말살하지 않는 한 지속되리라.

그러나 여신조차 운디네를 완전히 멸절시키지 못하였다. 그 방법을 하는 자 아무도 없으나, 오래전 구라겟 아눈 종족의 전설에 해답이 있다고 한다.

그러나 그 또한 전설에 불과할지도 모르며, 아는 자가 아무도 없다.

"구라겟 아눈?"

그 발음하기 어려운 단어를 혀끝으로 굴려 보았다. 분명 어디서 들었거나 읽은 것 같았다. 기억해 보려고 했지만 떠오르는 바가 없었다.

"웨일스 지방의 셸리코트 자손을 구라겟 아눈이라고 불러. 하지만 너무도 작은 혈족이라 이 전설을 아직도 기억하고 있는 사람이 있을지…….”

그때 뭔가가 떠오를 듯 말 듯했지만, 결국 떠오르지 않았다.

“운디네들이 엘린에게 뭘 약속한 걸까?”

하지만 캘럼은 무언가 다른 생각에 골똘히 빠져 있었다. 그의 얼굴이 근심으로 찌푸려져 있었다. 잠깐 침묵하다가, 결국 입을 열었다.

“글쎄. 왕위? 증오하는 사람들에게 복수하는 것?”

“그런 하찮은 욕심이 얼마나 끔찍한 재앙을 몰고 온 건지…….”

아직도 병실 침대에 누워 죽음을 기다리고 있는 소피를 떠올렸다. 또 엘린 때문에 목숨을 잃은 엄마와 아레스도 떠올랐다.

“엠마, 왕위나 복수는 네가 생각하는 것보다 강한 동기야. 엘린은 언제나 자신이 무시당하고 있다고 느껴왔고, 평생 복수만을 꿈꿨어. 게다가 우리 셸리코트는 여태껏 권력을 한 사람에게만 집중하지 않았지만 흩어졌던 힘을 하나로 모으면 무시할 수 없는 영향력이 생기게 돼. 운디네들은 그의 야망을 꿰뚫어 본 거겠지.”

“하지만 정말 엘린이 아무런 관계도 없는 다른 사람들까지 희생하려고 했을까?”

“글쎄. 여기 쓰여 있는 게 사실이라면 엘린이 그 대가를 확실히 알고 있었을지 의문이 들어.”

캘럼이 심각한 표정으로 말을 이었다.

“하지만 이제야 그가 어떻게 그렇게 많은 수의 수하를 거느릴 수 있었는지에 대한 의문이 풀렸어. 다들 엘린과 운디네에 의해 강제로 조종당했다는 거군. 당장 미론에게 알려야겠어. 이 책을 여태껏 아무도 발견하지 못했던 게 이상하네. 다들 그렇게 오랫동안 해답을 찾고 있었는데 말야."

그의 말에 고개를 끄덕이며 책을 덮었다. 캘럼이 내게서 책을 받아 든 후 우리는 함께 도서관을 나왔다. 물론 그는 아무 말도 하지 않았지만, 지금 당장이라도 미론에게 달려가고 싶어할 터였다. 그럼에도 불구하고 나부터 휴게실로 데려다주었다. 복도를 걷는 동안 그가 내 손을 꼭 잡았고, 그 온기가 따뜻하게 느껴지자 그제야 내 손이 긴장 때문에 차가웠다는 걸 깨달았다. 내가 몸을 떨자 캘럼이 내게 팔을 둘러서 자기 곁으로 끌어당겼다.

"그렇다는 건……."

내가 조심스럽게 입을 열었다.

"엘린의 영혼을 빼앗은 운디네를 없애야 한다는 거지? 그렇지 않고서는 끝나지 않을 거야."

캘럼이 암울한 눈빛으로 나를 바라보았다.

"책엔 모든 운디네들을 영원히 멸절시켜야 한다고 쓰여 있었잖아. 단지 엘린의 영혼을 빼앗은 운디네뿐이 아니야. 하지만 일단 걱정은 접어 두자. 나나 미론이 어떻게든 방법을 찾아낼 수 있을 거야. 네가 이 일에 말려들지 않았으면 좋겠어."

무언가 항의하려 했지만 그의 말이 옳았다. 내가 할 수 있는 건 아무것도 없었다.

3장

캘럼과 미론이 무슨 이야기를 나눴는지는 몰랐지만 몇 주간은 평온한 나날이 이어졌다. 모든 게 작년과 같았다. 단지 수영 수업만은 미스 라비니아와 가웨인이 없었기 때문에 그리 자주 있지 않았고, 또 어쩌다 수업이 있는 날이면 사방에 보초병이 깔렸다. 탈린은 올해 말에 치르게 될 졸업 시험이 마치 코앞인 것처럼 들들 볶아 댔다. 멀린은 우리가 어떻게든 역사에 관심을 가지도록 해 보려고 애썼고, 미론은 폴리테이아 수업이 있을 때마다 종족의 단결만 강조했다.

어려운 시기였지만 수영 수업을 계속할 수 있도록 셸리코트 장로회에서 따로 보초병을 지원해 주었다. 엘린이 베렝가나 아발라에 나타날지도 몰랐기 때문이었다. 또 수영 수업이 계속될 동안은 아발라의 모든 선생들이 호수 근처에서 학생들을 보호해 주었다. 하지만 탈린은 보초병과 함께 수영하며 호수 주변을 감시하는 일에 동참하지 않았다. 아마도 대부분의 학생들과 마찬가지로 이 모든 아우성에 넌더리가 난 모양이었다. 그럼에도 불구하고 나는 일주일에 한 번 있는 수영 수업만 기다렸다. 나뿐 아니라 학생 모두에게 일종의 기분 전환이기도 했다. 하지만 상황이 상황인 만큼, 점프 수업까지는 생각할 수가 없었다.

어느 날 저녁이었다. 그의 침대에 배를 깔고 누워서 마법학 책을 뒤적이는 동안 그가 내 머리칼로 장난을 쳤다. 그가 옆에 있다는 사실만으로 책에 집중하는 게 어려웠지만 공부할 게 너무 많아서 어쩔 수 없었다. 그때 그가 불쑥 말을 꺼냈다.

"주말에 조엘과 함께 베렝가에 다녀올 생각이야."

캘럼의 폭탄 발언은 공부의 맥을 완전히 끊어 버렸다.

"왜?"

정색을 하며 물었다. 물론 여태까지는 셸리코트 의회의 대변인이자 조엘의 아버지인 주미스가 다른 종족의 대변자들과 만나기 위해 매번 아발라까지 먼 걸음을 해 왔던 걸 알고 있었다. 캘럼도 아직 왕으로 선출되진 않은 상태였지만 이 모임에 종종 얼굴을 비춰 왔다. 이제 와서 왜 베렝가까지 직접 가겠다는 거지?

"너무 위험해!"

"의회가 나와 직접 의논하고 싶은 게 몇 가지 있대. 모든 장로들이 아발라에 올 수는 없으니까. 게다가 동족을 방치해 두지 않는다는 의미로 베렝가에 얼굴을 비출 필요가 있어. 자신들을 엘린의 공격에 방치해 둔 채 나 혼자 여기 아발라에 안전하게 피신해 있다고 믿고 있는 사람들도 많이 있거든."

"엘린이 베렝가를 공격했어?"

소스라치게 놀라 물었다.

"아니, 그럴 필요도 없지. 베렝가의 남자들을 빼내 가고 있으니까."

"책에 쓰여 있던 대로네."

낮게 중얼거렸다.

"어쩌면 벌써 시작된 걸지도 몰라."

"그럼 내가 베렝가에 가야 한다는 사실에도 동의한 거지?"

눈시울이 뜨거워졌지만 그를 붙잡아 둘 핑계가 없었다.

"같이 가면 안 되겠지?"

하지만 내 말에 반응하는 그의 표정을 보니 그럴 가능성은 전혀 없어 보였다.

"절대 안 돼. 혹시 몰라 뒤따라 올 생각조차 하지 마!"

그가 화난 목소리로 쏘아붙였고, 나는 고개를 저어 보였다.

"하지만 네가 무슨 짓을 벌일지 누가 알겠어."

그가 한결 부드러운 목소리로 말했다. 아마 스카이 섬에서 보름달 밤에 그가 춤추는 걸 엿보던 때를 떠올리는 것 같았다. 셀리코트들의 춤을 인간이 지켜보는 건 엄격한 금기를 깨는 행동이었고, 나의 엄마도 단 한 번 그 금기를 어겼다가 결국은 죽고 말았다. 아무튼 내가 그 날 발각되지 않았던 건 행운이었고, 그런 운이 지속되길 바라는 수밖에 없었다.

"절대 그러지 않겠다고 약속할게. 하지만 너도 반드시 돌아오겠다고 약속해."

캘럼이 내게 팔을 둘러서 가까이 끌어당겼다.

"걱정 마. 내기할까?"

그가 귓가에 속삭이며 내게 키스했다. 에라, 모르겠다. 마법학 따위는 될 대로 되라지! 책을 덮고 그에게 입술을 맡겼다.

잠시 후, 그와 나란히 침대 위에 누워 있자니 피로감이 엄습했다. 캘럼 방에 밤새 있으면 안 된다는 건 알고 있었지만 왠지 그와 떨어지기 싫었다. 그의 손끝이 내 피부 위에 느껴졌고, 그를 더 강하게 끌어안았다. 아무도 우리를 방해할 만한 사람은 없을 거다. 그와 이틀이나 떨어질 걸 생각하면 이 정도 사치는 누려도 될 터였다.

노크 소리에 화들짝 잠에서 깨어났다. 한밤중일 텐데, 누구지? 이불을 뒤집어쓰며 캘럼이 있는 옆자리를 더듬었지만 비어 있었다. 어딜 간 거야? 그 순간, 그가 한마디 인사도 없이 베렝가로 떠났다는 걸 깨달았다.

"엠마."

문 밖에서 레이븐의 목소리가 들렸다.

"일어나! 지금 출발해야 돼."

출발하다니? 무슨 소릴 하는 거지?

"들어와."

내가 소리쳤다. 말이 끝나기 무섭게 레이븐이 들어왔다. 그러고는 창문으로 가서 커튼을 열어젖혔다.

이불을 뒤집어쓰고 있어도 방 안으로 쏟아져 들어오는 햇빛이 느껴질 정도였다. 그러니까 한밤중이 아니라는 뜻이었다.

"10분 줄게. 그런 다음에는 우리끼리 갈 거야."

여전히 무슨 말인지 영문을 모르는 상태였다.

"레이븐, 무슨 말인지는 모르겠지만 지금 다른 사람하고 착각하고 있는 거 아냐?"

레이븐이 뒤를 휙 돌아보며 물었다.

"캘럼이 아무것도 말 안 해 줬어?"

나는 고개를 저었다.

"뭘 말야?"

"피터, 나, 너. 셋이서 인버네스에 가야 한다고 말이야. 소피한테! 아무튼 서둘러!"

그러고는 방을 나가 버렸다.

투덜거리며 옷을 입었다. 물론 소피를 보러 가는 건 좋았지만 아무런 귀띔도 안 해 준 캘럼이 원망스러웠다. 이런 일이라면 함께 의논했어야 했다.

그때 탁자 위에 캘럼이 두고 간 쪽지가 눈에 띄었다.

엘프들이 소피를 낫게 할 만한 해독제를 만들었대. 오늘 레이븐이 소피

에게 가지고 갈 거야. 우리 생각엔, 만약 소피가 깨어나면 네가 곁에 있는 게 나을 것 같았어. 하지만 해독제가 듣지 않을 수도 있으니 실망하진 마. 피터와 레이븐은 9시 반에 출발할 거야. 사랑해.

마지막 문장을 다시 한 번 읽는 동안 입가에 미소가 떠올랐다. 서둘러서 물건을 챙긴 다음, 복도와 계단을 달음질쳤다.

레이븐과 피터는 차 옆에 서서 대화를 나누느라 여념이 없어 보였다. 캘럼은 언제 저 둘이 함께 가도록 계획한 거지? 계속 이렇게 멋대로 결정해 버리면 곤란했다. 그가 돌아오면 한 번쯤 진지하게 대화를 나눠 봐야 되겠다고 생각했다.

피터와 레이븐은 내가 다가가는 걸 눈치 채지 못한 모양이었다. 레이븐이 피터의 헝클어진 머리칼을 귀 뒤로 쓸어 넘겨 주는 모습이 굉장히 친밀해 보였다.

"피터! 언제 왔어?"

피터에게 달려가 끌어안으며 인사했다.

"말도 마. 지구를 횡단하는 것 같은 기분이야."

피터가 대답했다. 그러고 보니 정말 먼 길을 돌아온 셈이었다. 아발라는 에든버러나 인버네스에서도 한참이나 떨어져 있기 때문이다.

"소피한테 다 같이 갈까 해서 온 거야."

그가 설명해 주었다.

그제야 뭔가 느껴지는 게 있어서 레이븐을 쳐다보니, 이미 차 안에 고개를 밀어 넣고 자기 가방 안에서 뭔가를 뒤적이며 찾는 중이었다.

"내가 앞에 앉아도 되지?"

레이븐이 여전히 내 쪽은 보지 않은 채 물었다.

"그러든지."

내가 뒷좌석에 앉으며 대꾸했다.

"소피에게 줄 해독제가 완성되었다고 진작 말해 주지 그랬어."

차를 출발하기 전, 레이븐에게 투덜거렸다. 피터는 매우 빠른 속도로 거침없이 차를 몰았는데, 레이븐한테 잘 보이고 싶은 모양이었다. 덕분에 차 안에서 구르지 않으려고 의자를 꽉 움켜쥐어야 했다.

"네가 아발라를 떠나도 되는 건지 캘럼한테 먼저 물어봤어야 되는 건데."

피터의 말에 눈썹을 치켜떴다.

"그런 걸 일일이 허락받기엔 내가 너무 컸다고 생각하지 않아?"

피터와 레이븐이 동시에 고개를 흔들며 웃음을 터뜨렸다. 마치 웃긴 농담이라도 들은 것처럼 말이다.

"내 덕분에 웃으니 고맙지?"

쏘아붙여 주고는 앞으로 저 둘과는 말하지 않겠다고 다짐했다. 레이븐이 슬쩍 주제를 전환했다.

"나도 해독제에 대해 알게 된 건 불과 며칠 전이야. 미론이 날 불러서 엘프들이 해독제를 완성했다고 전해 줬거든. 아무튼 방금 전에 해독제를 전달 받았어. 이걸 가능한 한 빨리 소피에게 투약해야 해. 아무도 모르게. 하지만 먼저 에릭슨 박사를 설득해야 해."

"뭐하러 설득해?"

내가 물었다.

"아직 다른 사람에게 써 본 적이 없으니까. 하지만 엘프 치료사들은 효과를 장담했어."

레이븐이 자기 가방에서 작은 나무 상자를 조심스럽게 꺼냈다. 상자를 여니, 은빛 액체가 채워진 앰플이 하나 들어 있었다.

"이 해독제는 열 시간 후엔 효과를 잃어버려. 벌써 여섯 시간 지났고, 앞으로 네 시간 남은 거야. 서둘러야 해."

피터가 액셀을 밟자 몸이 시트 속으로 파묻힐 것 같았다. 전에는 단 한 번도 피터가 교통 법규를 위반하는 걸 본 적이 없었다. 제발 교통경찰에게 걸리지 않기만 바랄 뿐이었다. 만약 걸린다면 십중팔구 운전면허를 정지당할 게 뻔했다. 다행히 전능하신 하나님이 보우하셨는지, 세 시간 반 만에 병원 주차장에 도착했다.

"서둘러! 난 차를 주차한 다음에 뒤따라갈게."

피터가 외쳤다.

"30분 남았어."

레이븐이 말했다.

"소피가 자기 병실에 있어야 할 텐데!"

레이븐이 걱정하는 것도 일리는 있었다. 지난 몇 주간 소피는 수많은 의사들에 둘러싸여 갖가지 검사를 받느라 거의 자기 병실에 없었기 때문이다. 우리는 병원 복도를 마구 달렸다. 환자들과 의사들, 방문객들이 깜짝 놀라서 몸을 피했다. 드디어 병실 문을 발칵 열었지만 내부는 텅 비어 있었다. 즉시 발길을 돌려서 간호사를 찾았다.

"소피 에릭슨은 어디로 간 거죠? 빨리요!"

급한 마음에 한 젊은 간호사를 불러 세우고 어깨를 잡아 흔들었지만 영문을 모르겠다는 얼굴로 어깨를 으쓱해 보일 뿐이었다. 그때 좀 더 나이든 간호사가 우리 쪽으로 다가왔다.

"당장 그 사람을 놔 줘요! 대체 뭐하는 거예요?"

친절하게 굴 시간 따위는 없었지만, 성난 노간호사가 마치 불을 뿜는 용처럼 화를 내자 어쩔 수 없이 얌전히 굴기로 했다.

"저희는 지금 소피 에릭슨을 찾고 있어요. 병실에 가 봤더니 비어 있더군요. 어디 가면 찾을 수 있죠?"

용이 잠시 불 뿜는 걸 멈추고 우리를 바라보았다.

"친척인가요?"

천천히, 또박또박 물었다.

"조카예요."

어쩔 수 없이 둘러댔다.

그 말에 용이 덥수룩한 눈썹을 치켜뜨며 마치 나를 꿰뚫어 보듯 비웃었다.

"제발요. 급한 일이에요."

내가 간청하자, 뜻밖에도 금방 화가 누그러진 듯했다.

"지하의 코마 병동에 있어요. 걱정 말아요! 어차피 어디 도 망가진 못할 테니까."

용의 말이 채 끝나기도 전에 몸을 돌려 지하 계단을 날듯이 내려갔다. 벌써 귀중한 몇 분이 흘러가 버린 것이다.

코마 병동 입구는 쥐 죽은 듯 조용했고 온 사방에는 침대가 놓여 있었다. 아마도 단독 병실이 필요 없는 코마 환자들은 다들 이쪽으로 밀려나는 모양이었다. 그중 몇몇 침대에는 '최소한'의 사적인 공간을 보호해 주겠다는 듯 커튼이 쳐져 있었다. 불행 중 다행이었던 것은 대부분의 침대가 비어 있다는 사실이었다. 벨을 누르자 간호사 한 명이 우리 쪽으로 다가와서 병동 문을 열고 소피가 있는 곳으로 데려다주었다. 조심스럽게 커튼을 열자 에릭슨 박사의 얼굴이 보였다. 그는 소피에게 뭔가를 읽어 주는 중이었다.

그 모습에 가슴이 아파 눈물이 났다. 지난 몇 주 동안, 단 한 번도 아내의 곁을 떠나지 않은 모양이었다. 아마도 소피는 이런 남편을 둔 걸 자랑스러워할 터다.

그가 놀란 눈으로 우리를 바라보았다. 그의 얼굴에 슬픈 미소가 떠올랐다.

"우리를 찾아와 줘서 고맙다. 이틀 전부터 이리로 옮겨 왔지 뭐냐. 다행히 잘 찾아왔구나."

그가 미안한 듯 덧붙였다.

"의사들도 이제는 어찌할 방도가 없다고 해."

레이븐이 말없이 뒤따라 왔던 간호사를 밀어서 내보냈다.

간호사가 황당해하며 숨을 씩씩거리는 소리가 들렸지만 지금 친구를 만들자고 여기 온 게 아니니 상관없었다. 간호사의 발소리가 멀어져 갔다.

"에릭슨 박사님, 해독제를 가져왔어요."

레이븐이 말을 이었다.

"지금 당장 투여해야 해요. 안 그럼 5분 안에 약효를 잃을 거예요."

어이없다는 얼굴로 에릭슨 박사가 레이븐을 바라보았다.

"이번엔 뭐냐?"

"엘프들이 해독제를 다시 개발했고, 이번엔 성공을 확신하고 있어요."

레이븐이 다급하게 대답했다.

"지난번에도 해독제가 완성되었다고, 성공할 거라면서 가져왔었잖아. 그것도 네 번이나!"

그가 무뚝뚝하게 말했다.

그 말에 숨이 잠시 멎는 것 같았다. 이미 네 번이나 실패했었다니! 충격이었다.

"마지막 해독제를 투약한 후에는 거의 하루 종일 구토했다."

그가 쏘아붙였다.

"그렇게 하늘나라로 보내는 줄 알았다고!"

"그래서 지금 어쩔 거예요? 직접 줄 거예요, 아니면 제가 해요?"

레이븐이 마치 얼음처럼 싸늘한 목소리로 물었다.

"2분 남았어요."

에릭슨 박사가 의자 위로 털썩 주저앉았다. 그리고 두 손을 힘없이 무릎에 올려놓으며 말했다.

"더 이상은 못 하겠다. 이젠 아무런 희망도 없이 코마 병동으로 내몰렸어."

그가 초췌한 얼굴을 손으로 감싸 쥐며 말했다.

"그럼 당장 해독제를 투약하라구요!"

내가 외쳤다.

"더 나빠질 것도 없잖아요. 소피라면 절대로 이런 곳에 있고 싶어 하지 않을 거예요!"

에릭슨 박사가 떨듯이 고개를 끄덕였다. 레이븐에게 눈짓하자 내게 작은 은색 액체가 든 앰플을 건네주었다.

한 손으로는 소피의 뒷목을 받치고 다른 손으로 입술에 앰플을 기울여 액체를 입속으로 부어 넣었다. 혼수상태라도 삼킴 반사만큼은 정상이길 바랐다. 앰플을 투여할 다른 방법을 미리 생각했다면 좋았겠지만 어차피 시간이 없었다. 은색 액체가 소피의 메마른 입술 사이로 스며들 듯 사라졌다. 마치 수은 같았다. 어렸을 때 체온계를 가지고 놀다가 깨지면서 그 안에서 아주 작은 은색의 액체가 구슬처럼 쏟아져 나온 적이 있었다. 어찌나 신기하던지 엄마가 기겁을 하고 달려올 때까지 수은을 가지고 놀았던 것이다. 겁에 질린 엄마는 온갖 호들갑을 떨면서 나를 병원으로 데려갔고, 나중에야 그 예쁜 은색 액체가 독극물이라는 걸 알았다. 하지만 지금 눈앞의 액체는 독극물이 아니길, 오히려 소피의 삶을 되찾아 줄 유일한 희망이기만을 바랐다. 마지막 한 방울까지 그녀의 입속으로 사라지자, 빈 앰플을 레이븐에게 되돌려 주었다.

우리는 숨죽인 채 소피를 지켜보았다. 그녀의 볼은 움푹 꺼져 있었고, 눈 밑은 마치 해골 같았다. 예전의 발랄하고 화려하던 여인을 떠올릴 만한 건 아무것도 남아 있지 않았다. 오로지 하얗고 창백한 몸뚱어리뿐이었다.

복도에서 발소리가 들렸다. 피터가 우리를 찾아온 것이었다. 그가 커튼을 열고 우리 곁에 섰다. 그러곤 어떻게 되었냐는 눈으로 우리를 바라보았다.

"약은? 벌써 투약한 거예요?"

그가 에릭슨 박사의 어깨를 어루만지며 묻자, 내가 고개를 끄덕였다.

"이젠 기다려 보는 수밖에 없어."

레이븐이 말했다.

"일단 해독제가 전신에 흡수되어야 하니까."

피터가 밖에서 의자 세 개를 가지고 와서, 의자에 앉아 어떤 변화가 나타날 때까지 기다렸다. 에릭슨 박사가 침대 위에 올려두었던 책을 다시 들어서 작은 목소리로 읽어 주었다.

"사람들은 어디에 있어? 어린 왕자가 말했다. 여기 사막은 좀 외로운 것 같아."

《어린 왕자》는 그녀가 가장 좋아하던 책이었기 때문에 입가에 미소가 떠올랐다. 우리는 말없이 앉아 에릭슨 박사의 목소리에 귀를 기울였다.

"사람이란 사람들 속에 있어도 외로운 법이야. 뱀이 말했다. 어린 왕자가 뱀을 오랫동안 바라보다가 말했다. 넌 정말 우스꽝스럽게 생겼구나. 손가락처럼 가느다란 게……."

어느덧 책 속에 몰입되어 예전에 소피가 내게 선물했던《어린 왕자》책을 떠올렸다. 아무리 자기가 좋아하는 책이라고 해도 정말 너덜너덜했고, 책 여백마다는 메모가 되어 있었다. 또 좋아하는 구절에는 색색으로 밑줄까지 쳐 놓아서 도저히 내용에 집중할 수 없을 정도였다. 하지만 그 작은 책자는 소피의 작은 서점처럼 거부할 수 없는 매력을 내뿜었다.

"나를 건드리는 사람마다 난 그가 나왔던 땅으로 돌려 보내 주지. 하지만 너는 순진하고 또 다른 별에서 왔으니까……."

소피가 눈을 떠서 이 책을 다시 손에 쥘 수 있게 될까? 그녀의 작은 서점에서 아이들에게 이 책을 낭독해 줄 수 있는 기회가 올까? 하지만 지금 상태로는 가망이 없어 보였다. 모두 내 잘못이었다. 어째서 좀 더 조심하지 못했던 걸까?

"사람들이 어디에 있는지 아니? 어린 왕자가 예의 바르게 물었다. 꽃은 언젠가 대상의 무리가 지나가는 것을 본 적이 있었다. 사람들이라고? 몇 해 전에 예닐곱 사람을 본 적이 있어. 하지만 그들이 지금 어디 있는지는 알 수가 없어."

에릭슨 박사가 잠시 말을 멈추고는 헛기침을 했다. 그리고는 휴대용 티슈를 꺼내 이마를 닦았다.

그때였다.

"······그들은······ 바람 따라······ 떠돌아다니거든······."

꺼질 듯 희미한 음성이 들렸다. 멍하니 고개를 돌려 소피를 바라보았다. 우리 중 누구도 움직이지 않았다. 하지만 소피의 눈은 여전히 굳게 감겨 있는 상태였다. 혹시 잘못 들은 건지, 어쩌면 내 상상일 뿐인지도 몰랐다. 피터와 에릭슨 박사를 바라보았지만, 그들도 긴가민가한 눈치였다. 레이븐이 일어나 소피의 손을 잡았다.

"소피."

에릭슨 박사가 속삭였다. 그가 아내의 얼굴을 어루만졌다.

"여보, 제발 말 좀 해 봐. 내가 꿈을 꾸는 건 아니겠지?"

그의 목소리가 떨렸다.

"······난 널 절대로······ 떠나지 않을 거야······. 어린 왕자가 말했다······."

이번에는 우리 모두가 그녀의 가느다란 목소리를 들었다.

늙은 에릭슨 박사의 얼굴 위로 눈물이 흘러내렸다. 그가 몸을 숙이고는 그녀의 이마와 입술에 입 맞췄다. 나는 피터와 레이븐을 끌고 밖으로 나온 후 커튼을 쳐 주었다. 레이븐의 눈에도 눈물이 맺혀 있었다. 피터가 레이븐에게 한 발짝 다가갔다. 레이븐을 안아 주려는 것 같았다. 하지만 무슨 이유에선지 머뭇거렸다.

우리는 잠시 커튼 뒤에서 작은 목소리로 속삭이며 대화를 나눴다.

"이젠 어떻게 하지?"

레이븐에게 물었다.

"지금 퇴원시킬 수는 없잖아."

레이븐은 오랫동안 입을 굳게 다물고 있었고, 시간이 흐를수록 어쩐지 불안해졌다.

"왜 그래? 무슨 일인지 말을 해야 알 거 아냐!"

피터도 조바심 어린 눈빛으로 레이븐을 바라보았다.

"포트리 시로 돌려보낼 수는 없어."

드디어 레이븐이 입을 열었다.

"무슨 소리야? 갑자기 정신이 이상해 진 것 아냐?"

어이가 없었다. 그럼 대체 어디로 데려간단 말이지?

"아마 해독제의 치유 효과가 곧바로 나타나지는 않는 것 같아. 몇 번에 걸쳐서 치료해야겠지. 너도 알겠지만 이 약은 저장해 둘 수가 없어. 공기 중에 노출되면 안 돼. 아마도 엘리시엔 여왕님이 특별히 에릭슨 부부를 엘프들과 함께 지내도록 허락해 줄 것 같아."

내 귀를 의심할 수밖에 없었다. 소피가 없는 포트리 시는 상상도 할 수 없었기 때문이다. 목사관이나 서점은 대체 누가 돌본단 말인가? 더군다나 피터의 공부가 끝날 때까지 에릭슨 박사의 임무를 위임할 만한 사람도 없었다.

"하지만 박사님께 미리 말씀드려야 하지 않았을까?"

피터가 끼어들었다.

"이젠 선택의 여지가 없잖아."

"미리 안다고 뭐 달라질 게 있어?"

레이븐이 되물었다.

피터가 고개를 끄덕였다.

"그건 그렇지."

"아무튼 지금이라도 말씀드려야 해. 소피는 몇 번이나 더 치료를 받아야 되는 거야?"

내 물음에 레이븐이 어깨를 으쓱해 보였다.

"글쎄. 일단은 두고 봐야지. 이 약이 들을 거라는 건 우리도 예상 못 했어."

그 말이 너무 기가 막혀서 눈을 크게 떴다.

"하지만 위험을 감수해야만 했어."

레이븐이 항의했다.

"어쨌든 약을 투여하지 않았으면 살지 못했을 거라고."

일단 레이븐을 진정시키기 위해 손을 들어 올렸다.

"알았어. 하지만 그렇게 위험을 무릅쓴 건 정말이지 모험……."

그때 커튼이 열렸고, 에릭슨 박사의 환한 얼굴과 그의 뒤로 우리를 바라보며 웃는 소피의 얼굴이 보였다. 소피의 머리 밑에는 높은 쿠션을 여러 개 받쳐 놓아서 우리를 바라볼 수 있도록 높이를 맞춰 놓은 상태였다.

"오, 엠마야."

소피가 나를 향해 팔을 벌렸고, 나는 곧장 다가가 끌어안았다. 하지만 그녀는 내 팔 안에서 마치 부서져 버릴 것 같았다. 그제야 눈물이 났다. 그녀의 목을 끌어안고 미안하다며 통곡을

했다. 소피가 내 등을 쓰다듬었다.

"아가야, 괜찮다. 네 잘못이 아니야. 그 상황에서 할 수 있는 건 아무것도 없었단다."

에릭슨 박사가 나를 소피에게서 떼어 놓았다.

"아직은 너무 약한 상태야."

그가 주의를 주며 당부했다.

"일단은 잠을 좀 자게 해 주자꾸나."

"잔소리 좀 그만해요!"

소피가 투덜거렸다.

"난 충분히 잤다고요. 아마 내 평생 잘 잠은 다 잤을걸요."

하지만 그녀의 목소리가 점점 약해지는 게 느껴졌다. 결국 잠시 후 소피는 잠이 들었고, 우리는 곧장 간호사에게 달려가 그녀가 깨어났음을 알렸다. 수많은 의사들이 순식간에 병실로 달려왔다. 에릭슨 박사는 소피의 침대를 지키고 서서 의사들이 그녀를 방해하지 못하도록 할 수 있는 모든 노력을 기울였다. 결국 소피를 검사할 의사 한 명만 남기고 다른 의사들은 물러나게 했지만 오래 막아 두지는 못할 것이었다. 워낙 엄청난 일이었기 때문이다.

우리 셋에게는 아직 에릭슨 박사를 납득시켜야 한다는 과제가 남아 있었다. 마치 소피를 낫게 만든 대가 같은 느낌이었다.

에릭슨 박사와 우리는 소피가 잠이 든 사이에 병원 카페테리아로 갔다. 나와 피터, 레이븐이 차를 마시는 동안 에릭슨 박사는 거의 2인분은 되는 팬케이크를 주문해서 메이플 시럽을

듬뿍 뿌려 부스러기 하나도 남기지 않고 깨끗하게 먹어 치웠다. 아마도 지난 며칠 동안 거의 아무것도 입에 대지 않은 모양이었다. 게다가 레이븐이 제안한 조건도 순순히 받아들였다. 아마 소피가 눈을 뜬 게 너무나도 충격적이어서 나머지 일은 별로 놀랍지 않았거나, 아니면 소피 이외에는 별로 중요하지 않게 된 모양이었다.

"엘리시엔 여왕님과 엘프 치료사들에게 뭐라 감사해야 할지 모르겠구나. 아마 평생 감사하는 마음으로 살 거다. 평생 북극에서 살아야만 한다고 해도 상관없어. 소피가 낫기 위한 거라면 무엇이든 하마."

"그렇게 말씀하실 거라고 생각했어요."

레이븐이 대답하고는 나를 흘끔 바라보자 열이 받아서 눈을 흘겨주었다. 물론 레이븐의 행동이 옳았다는 건 알고 있었다. 피터가 머그컵으로 얼굴을 가리며 큭큭 웃었다.

"전에도 엘프가 사는 곳에 가 보신 적 있으세요?"

내가 물었다. 에릭슨 박사가 고개를 끄덕이며 대답했다.

"오래전에, 그것도 단 한 번 가 본 적은 있어. 레일린은 정말 아름다운 도시여서 아직도 잊히지 않아. 소피도 그곳을 마음에 들어 할 게다."

"여왕님이 벌써 두 분이 머무실 집을 준비해 뒀어요."

레이븐의 말에 에릭슨 박사가 고개를 끄덕였다.

"알았다. 소피한테 말해 놓으마."

한 시간 후, 소피의 상태가 양호하다는 걸 확인한 후 나와 피터, 레이븐은 병원을 나왔다. 에릭슨 박사와 소피는 최대한 빠른 시일 안에 레일린으로 떠날 것이다. 내 눈에는 이 모든 게 너무 엄청난 일로 보였지만 에릭슨 박사는 덤덤한 모습이었다.

아발라로 돌아오는 동안 긴 침묵이 흘렀다. 소피가 없는 포트리 시는 상상할 수 없었다. 어느덧 내가 사랑하는 사람들도 하나둘 스카이 섬을 떠나고 없었다. 아멜리는 에든버러에, 에릭슨 박사와 소피는 레일린에서 엘프들과 함께 지내게 될 터였다. 이제 섬에는 외삼촌 부부와 쌍둥이뿐이었다.

하지만 소피가 혼수상태에서 깨어나 준 것 만으로도 기뻤다. 이 기쁨을 제일 먼저 캘럼과 함께 나누고 싶었다. 내일 저녁에 그가 내게 돌아올 순간만 기다려졌다.

4장

무언가에 놀라 잠에서 깼다. 하지만 무엇이 원인인지 몰라서 일단 정신을 차리려고 몸을 일으켰다.

아미아와 레이븐을 깨우지 않으려고 조용히 창가로 다가갔다. 밖은 캄캄했지만 하늘 높이 떠 있는 달이 호수 표면과 풀밭, 내 발등에 여린 빛을 뿌리고 있었다. 여닫이창의 한쪽 면을 조심스럽게 열어 보았다.

사방은 쥐 죽은 듯 고요했다. 들짐승 소리나 바람 소리조차도 들리지 않는, 이상스레 조용한 밤이었다. 몸을 돌려 보니 레이븐의 침대가 비어 있었다. 이 늦은 시간에 어딜 돌아다니고 있는 거지? 이따금 아미아가 이불 속에서 몸을 뒤척이며 고른 숨을 내쉬는 소리가 들려왔다.

무슨 소리가 들린 것 같았다. 낮지만 왠지 위협적인 소리였다. 고개를 빼고 창밖을 바라보았지만 이상한 점은 없었다. 좀 더 둘러보니 저 멀리 호수 표면이 부글거리는 것 같았다. 결계 바로 앞이었다. 갑자기 거대한 형체가 호수에서 솟아올랐다. 거품이 일며 거대한 물기둥이 검은 어둠 속에서 하늘 위로 치솟고 있었다. 달빛이 희미한 탓에 일부분만 알아볼 수 있었다.

지금 이 광경을 바라보고 있는 게 나쁜인 건가? 밤에 결계 주변을 지키고 서 있어야 할 보초병은 어디 있는 거지? 원래대로라면 진작 경보가 울렸어야 했지만, 이렇게 조용하다는 건 좋은 징조가 아니었다. 눈앞의 광경은 내 인생 최악의 사건을 떠올리게 했다. 그날 나는 아레스와 캘럼을 잃었다. 이런 일을 벌일 만한 사람은 단 한 명뿐이었다.

뭔가를 해야 했다. 미론과 멀린은 함께 출타 중이었다. 원래는 주말에 아발라를 떠나는 일이 드물었지만, 마침 두 사람 다 자리를 비우고 없었던 것이다. 불을 켠 다음 서둘러 청바지를 입다가, 너무 흥분한 탓에 그만 발이 걸려 넘어지고 말았다. 깊게 심호흡을 하며 숨을 골랐다.

"아미아!"

아미아의 침대로 뛰어들면서 바지를 간신히 입었다.

"일어나! 엘린이 쳐들어 왔어."

그녀의 어깨를 마구 흔들자 깜짝 놀란 아미아가 잠에서 깨어났다.

최대한 짧고 간단하게 방금 눈앞에서 벌어진 일을 설명해 보려 했지만, 자꾸 말을 더듬는 바람에 아미아에게 설명하기가 힘들었다.

"그냥 직접 창문 바깥을 보면 알아. 그런 다음에 레이븐이 어디 있는지 찾아. 난 다른 사람들한테 알리러 갈게."

방을 달려 나가며 외쳤다. 복도를 달리며 방문을 미친 듯 두들겨서 모두를 깨웠다. 숨이 차서 허파가 터질 것 같았지만, 다행히 잠에서 깬 사람들이 복도로 쏟아져 나오기 시작했다. 하지만 아직도 깨워야 할 방은 많았다. 여태껏 이렇게나 복도가 끝없이 느껴진 적은 없었다. 복도 끝에 다다라 계단을 달려 1층 부엌문을 열고 들어가다, 아침 식사를 준비하던 요정과 세게 부딪히고 말았다. 그 덕에 요정이 들고 있던 냄비가 바닥으로 떨어지면서 요란한 소리가 났다. 그러자 부엌에 있던 요정들이 고개를 들며 나무라듯이 내 쪽을 쳐다보았다. 숨을 고르는 동안 모르게인이 내 쪽으로 날아왔다.

"엠마? 무슨 일 있어?"

무릎을 손으로 짚고 헐떡이며 설명을 해 보려 했다.

"에…… 엘…… 엘린."

그러고는 호수 쪽으로 손가락을 가리켰다. 더 이상 설명할 필요는 없는 것 같았다. 한 무리의 요정들이 즉시 경보를 울렸다. 모르게인이 몇 마디 말을 하기도 전에 이미 모든 게 알아서 진행되었다. 용감한 요정 몇몇은 호수 쪽을 향해 날아올랐다. 나도 그들 뒤를 멀찌감치 따라서 가 봤다. 호수 위에서 검은 구름이 용솟음쳐 올라 달을 가리고 있었다. 그 사이로 희미한 달빛 아래 모든 게 유령처럼 어슴푸레했다.

주말에 아발라에 남아 있던 선생 몇몇이 내 앞을 달려 나가더니, 성 앞 잔디 위에 마치 못 박힌 듯 멈추어 섰다. 그리고 호수 위로 용솟음치는 물줄기를 넋 놓고 바라보았다.

이번 물줄기는 엘린이 지난번 캘럼과 조엘 등 몇몇을 위협하기 위해 만들어 낸 물줄기보다 두 배는 더 크고 높았다. 시커먼 어둠과도 같은 거대한 물줄기가 호수 위에서 이리저리 흔들렸다. 결계도 소용없었다. 물기둥이 다가오는 속도대로라면 얼마 지나지 않아 아발라까지 들이닥칠 터였다. 비틀거리다가 부엌 안으로 뒷걸음질 쳤다.

"모르게인! 어디 있어?"

"여기야."

모르게인이 내 옆으로 날아왔다.

"성 안 모든 사람을 다 깨웠어. 밖의 상황은 어때?"

"모두 대피해야 해. 방마다 요정들을 보내서 모두 성 앞 정문에 모이도록 해. 지금 다 나가지 않으면 모두 익사할 거야!"

모르게인이 공포로 눈을 크게 떴다. 그러고는 높고 날카로운 휘파람 소리로 요정 몇몇을 불러 모아 재빨리 성 안으로 사라졌다.

부엌에 홀로 남자, 지금 내가 할 수 있는 게 뭔지 머리를 짜냈다. 성 안을 지키던 엘프들이 레이븐과 함께 횃불을 들고 내 앞을 지나쳐서 호수로 향했다. 호수 주변을 지키던 경비들은 어떻게 된 거지? 좋지 않은 예감이 들었다. 아마도 엘린의 손에 당했을 가능성이 컸다. 그렇다는 건 그가 이미 아발라 내에 들어와 있다는 뜻이었다. 엘프들과 마법사들의 마력으로는 그를 막을 수 없었던 것이다. 몇몇 선생들이 엘프 몇 명과 호숫가로 달려가는 게 보였지만 가망이 없었다. 지난번에 캘럼을 탈출시키던 때만 해도 백 명이 넘는 엘프들과 마법사들이 힘을 합쳐서 간신히 엘린의 흑마법을 저지했는데, 이번에는 그보다 더욱 강력한 마법인 게 분명했다. 이런 상황에서 엘린과 맞서는 건 자살 행위였다.

나는 주저했다. 뭘 어떻게 해야 할지 몰랐다. 다른 사람들과 함께 정문으로 향해야 하나? 아니면 레이븐과 함께 행동해야 하나? 일단은 호수 쪽을 향해 어두운 잔디 위를 달리기 시작했다. 그와 동시에 검은 구름 사이로 달이 얼굴을 내밀었다. 물기둥 안에서 삼지창을 든 몇몇 형체들이 뛰어오르더니 작은 파도를 타고 뭍으로 올라와 레이븐과 엘프들을 향해 다가갔다. 하지만 공격하지는 않고, 서로 무언가 말하는 것 같았다. 잔디 위에 멈춰 섰다. 내가 선 자리에선 무슨 말인지 들리지 않았다. 대다수의 엘프들이 후퇴하는 게 보였다.

수학 선생인 미스 서머가 내게 다가와 팔을 잡고 성 쪽으로 끌어당겼다.

"왜 그러는 거죠? 뭘 원하는 거래요?"

그녀가 마치 말문이 막힌 듯 나를 바라보았다. 어떻게 말해야 할지 고민하는 것 같았다. 하지만 진실을 말해 주기로 결심한 듯했다.

"엘린이 원하는 건 엠마, 너야."

그러고는 잠시 침묵한 후에 말을 이었다.

"널 데려오래. 그것도 당장. 5분 시간을 준대. 안 그럼 여길 전부 물로 뒤덮어 버릴 거야. 당장 모두 안전한 곳으로 피해야 해."

그녀의 손을 뿌리친 다음 몸을 돌리며 외쳤다.

"다른 사람들은 전부 정문 앞에 모여 있어요. 선생님은 그들을 피신시키세요. 전 엘린에게 가겠어요."

그렇게 말하는 동안에도, 내 안 어디에서 그런 용기가 솟는 건지 궁금했다. 심장이 목으로 튀어나올 듯 쿵쾅거렸다.

"그럴 생각은 하지도 마."

탈린이 내 앞을 가로막으며 말했다. 그가 곁에 다가온 것도 모르고 있었다.

"어차피 그래 봤자 아무런 도움이 안 돼. 오히려 일을 더 복잡하게 만들 뿐이야."

"하지만……."

"일단은 따라 와!"

그러고는 내 손을 꽉 잡고 끌어당겼다. 어찌나 세게 잡는지 도저히 벗어날 수가 없었다.

탈린이 정문을 향해 달렸다. 모든 학생이—모두라고 믿고 싶을 뿐이었지만—거기 모여 있었다. 탈린이 모두를 향해 큰 목소리로 말하기 시작하자 웅성거림이 멎었다.

"이제부터 질서 있게 성을 빠져나간다. 성에 있던 사람들은 한 명도 빠짐없이 나왔겠지? 모두 주위를 둘러보고, 빠진 사람이 없는지 체크해!"

인원을 점검할 동안 탈린이 잠시 기다렸다. 아마도 빠진 사람은 없는 것 같았다. 그런 다음에는 학생들 사이로 들어가서 외쳤다.

"선생들은 정문에서 횃불을 가져와서 행렬의 옆과 끝에 서십시오. 내가 선두를 맡겠소. 아무도 행렬을 이탈하지 않게 하시오. 이 섬에서 안전한 장소는 단 한 군데밖에 없소. 아마 거기까지 가는 게 쉽진 않을 거요."

탈린의 말에 적잖이 놀라고 말았다. 도망쳐 봤자 성에서 떨어진 메리크로이드 마을로 가지 않을까 생각했기 때문이다. 아마 뭔가 다른 계획이 있는 모양이었다.

누군가가 그에게 횃불을 가져다주었다.

"레이븐은요? 아까 호수에 있는 걸 봤어요. 레이븐이 올 때까지 기다려야 돼요!"

"레이븐과 엘프 군사들이 우리가 도망칠 수 있을 때까지 시간을 벌어 줄 거야. 아마 오래는 붙잡아 둘 수 없을 테니까 서둘러!"

두려움이 엄습했다. 만약 엘린이 우리가 도망친 걸 알게 되면 레이븐과 엘프들을 어떻게 할지는 뻔했다. 죽이거나 최소한 영혼을 빼앗고 운디네의 노예로 삼겠지.

침묵이 흐르는 가운데, 행렬이 성 앞 광장의 끝에 다다랐다. 탈린이 검은 초목이 드리워진 초원을 가로지르더니 산을 향해 빠르게 걸음을 옮겼고, 그 뒤를 따르는 발소리가 이어졌다. 산 입구에 이르자, 관목과 나무 사이에 숨겨져 있던 오솔길이 보였다. 그가 우리를 높은 산속으로 이끌었다. 빽빽이 우거진 수풀 사이로 고개를 내밀고 호수 쪽을 보니, 어느새 물기둥 속에서 흰 포말이 솟구쳐 오르고 있었다. 마치 물이 스스로 살아 움직이는 것처럼 거품을 일으키며 쏟아질 듯 기울어졌다. 이제 엘린이 엘프들을 향해 손을 들어 올리면 그들뿐 아니라 온 아발라가 물에 잠길 것이었다. 엘린이 마치 뱀을 조련하듯 물기둥을 이리저리 움직이며 덮칠 순간만 노렸다.

호수 변에서 레이븐과 엘프들이 도망치기 시작했다. 내 걸음이 느려지는 걸 본 탈린이 내 손을 억지로 잡아끌었다. 하지만 몇 분 후에는 그도 멈춰 서서 아래의 상황을 지켜보았다. 이제 물기둥이 도망치는 엘프들 뒤를 바짝 따라붙으며 쏟아져 내리기 시작했다. 물기둥 꼭대기에는 엘린이 서 있었고, 그 아래에는 삼지창을 든 수많은 셸리코트들이 미친 것같이 뛰어올랐다.

"가웨인도 있군."

탈린이 감정 없는 목소리로 중얼거렸다. 하지만 아무리 눈을 크게 뜨고 살펴봐도 거품 속에서 가웨인의 얼굴을 찾을 수는 없었다.

탈린의 옆에 서서 그 광경을 지켜보는 동안 공포와 두려움으로 온몸이 얼어붙었다. 가망이 없었다. 레이븐은 익사하고 말 것이었다.

몇 초가 마치 영원처럼 흘러갔다. 물이 만들어 내는 소음을 견딜 수가 없었다. 셸리코트들의 고함 소리, 물이 내는 굉음과 학생들의 비명 소리가 귀에 울렸다.

피터가 사람들 사이를 뚫고 다가왔다.

"레이븐을 도와줘야만 해요!"

그의 목소리가 불안하게 떨렸다.

"이러다간 다 죽겠어요!"

탈린이 고개를 끄덕였지만, 무어라 대꾸하지는 않았다. 다들 말없이 눈앞의 광경을 지켜볼 뿐이었다. 물기둥이 만들어 낸 거대한 파도가 해안에 밀려들었고, 이내 성을 향해 굉음을 내며 돌진하기 시작했다. 엘프들이 목숨을 다해 도망쳤다. 횃불이 하나둘 물거품 속으로 사라져 갔다.

피터가 더 이상 눈 뜨고는 지켜볼 수 없다는 듯 고개를 떨구더니 마지막으로 탈린의 돌덩이처럼 굳은 얼굴을 바라본 다음, 몸을 날려서 행렬을 뚫고 성 쪽으로 향했다. 하지만 탈린은 그의 뒷모습에 눈길조차 주지 않은 채 내 손을 꽉 잡고 계속 산등성이로 올랐다. 어떻게 이럴 수가 있지? 차가운 사람인 줄은 알고 있었지만, 죄 없는 레이븐과 남아 있는 모두를 죽게 만들 셈인가?

온 힘을 다해 그의 손을 뿌리쳤다. 그러고는 그가 다시 날 잡기 전에 재빨리 도망쳐서 피터의 뒤를 따랐다. 미로와 빈스가 무슨 영문인지 모르겠다는 표정을 지어 보였다.

"레이븐을 구해야 해!"

그들을 지나치며 외치고는 손으로 저 아래쪽을 향해 보였다. 그러자 빈스도 나를 따랐다. 미로도 아미아와 잠시 이야기 하고는 우리를 따라왔다. 우리 네 명이 다시 호수를 향해 달려 내려가는 동안, 나머지 학생들은 묵묵히 탈린을 따랐다.

성을 바라보았다. 보기만 해도 이미 가망이 없을 거란 건 분 명했다. 발걸음에 걱정과 불안이 서렸다. 가서 도대체 뭘 어떻 게 해야 할지 아무 생각도 떠오르지 않았다.

만약 성이 완전히 물에 잠기면 레이븐은 살아남기 힘들지만 우리 셸리코트들은 상관없었다. 하지만 피터는? 그가 도울 수 있는 건 없었다. 차라리 여기 남아서 우리를 기다려 주는 게 나 을지도 몰랐다. 피터에게 달려가서 팔을 붙잡고 여기에 남아 있으라고 종용했다.

"피터! 넌 여기 있어야 돼. 지금은 네가 도울 수 있는 게 없 어! 네가 있으면 오히려 방해만 돼."

피터는 완전히 넋이 나간 것 같았다. 그의 얼굴에 창백한 공 포의 빛이 가득했다. 아마도 지금 레이븐이 생사의 위기를 겪 고 있는데도 아무것도 할 수 없다는 사실이 그를 안절부절못 하게 만드는 것 같았다. 하지만 그도 내 말이 옳다는 건 인정 했다.

"반드시 구해와 줘!"

그가 빈스, 미로와 함께 재빨리 걸음을 옮기는 내 뒤에 대고 소리쳤다.

산 밑에 다다랐을 때쯤 물살이 성을 집어삼키기 시작했다. 믿을 수 없을 만큼 빠른 속도로 우리를 향해 급류가 다가왔고,

삽시간에 주위의 모든 게 물에 잠기기 시작했다.

"꽉 잡아!"

소음 속에서 빈스의 고함 소리가 들렸다. 물이 내 몸을 휘감는 동안, 근처의 나무에 몸을 꽉 휘감고 버텼다. 피터가 제발 제때에 피신했기만을 바랐다. 물살이 어느 정도 잠잠해지기까지는 꽤나 오랜 시간이 흘렀다. 거대한 급류가 산 아래까지 모든 지대를 먹어 치운 다음, 마치 산을 쓰러뜨리기라도 하겠다는 듯 산등성이로 진격했다. 주위를 둘러보며 빈스와 미로를 찾았지만 사방이 깜깜해서 아무것도 보이지 않았다. 시간이 약간 지난 후에 나무를 놓고 헤엄치기 시작했다. 시간이 없어서 마음이 급했지만 성난 물속에서 헤엄치기란 쉽지 않았다. 게다가 엘린이나 그의 부하와 마주칠 위험도 있었다. 하지만 레이븐을 잃을지도 모른다는 두려움이 나를 전진하게 만들었다. 차츰 어둠에 눈이 적응되자 성의 윤곽을 가늠할 수 있었다. 하지만 물이 어느 정도로 차오른 건지는 알 수가 없었다. 주위를 둘러보았다. 도대체 어디에서 레이븐을 찾아야 할지 막막했다. 게다가 엘프 족이 물속에서 얼마나 오래 견딜 수 있는지도 몰랐다. 성 입구에 다다르자 주변을 맴돌며 들어갈 수 있을 만한 곳을 찾았다. 입구의 문은 꿈쩍도 하지 않았기 때문이다. 드디어 깨진 창 하나를 발견했다. 다치지 않도록 조심하면서 틈 사이로 손을 넣어서 창을 열어 보려고 노력했다. 창을 열기까지는 시간이 좀 걸렸다. 성 안으로 들어가자, 이리저리 떠다니는 물건들 사이로 복도가 보였다. 온통 시커먼 암흑이었지만 체광을 쓸 수는 없었다. 분명 엘린도 성 어딘가에 들어와 있을 게 분명했다.

게다가 순수 셸리코트들은 나 같은 혼혈 셸리코트와는 비교도 안 될 만큼 시력이 좋으니 발각되는 건 시간문제일 터였다. 그때 누군가가 내 팔을 움켜잡더니 열린 문 사이로 끌어당겼다. 발버둥 치며 도망치려는데 머릿속에 미로의 목소리가 들어왔다.

"쉿, 조용히! 저기 엘린이 오고 있어!"

셸리코트들의 텔레파시 통신에는 여전히 익숙해지지가 않았다. 미로와 문 뒤로 숨었다. 문틈으로 보니, 엘린이 우리 앞을 스쳐 지나가는 게 보였다. 그는 체광을 숨기려고도 하지 않았다. 그의 얼굴이 분노로 일그러져 있었다.

겁이 나서 숨이 멎는 것 같았다. 혹시 내 존재를 느끼지 않을까? 온갖 두려움이 교차하는 가운데, 그의 부하 네 명이 엘프 병사들을 끌고 가는 게 보였다. 도대체 데려가서 뭘 어쩌려는 거지? 분명 그의 눈에도 엘프들이 지금 어떤 상태인지 보일 텐데 말이다. 그들의 모습이 시야에서 멀어지자 안도의 한숨이 나왔다. 그제야 미로를 돌아보았다.

"이제 뭘 어떻게 해야 하지? 어디서 레이븐을 찾아? 빨리 찾지 않으면 너무 늦을지도 몰라!"

"내 생각에는 오히려 성까지 들어오지는 못했을 가능성이 커."

무슨 말인지 몰라서 멀뚱하니 미로를 바라보았다.

"아마 성 바깥에서 물살에 휘말렸을 테니 성 안까지는 들어오지 못했을 거야. 오히려 밖에서 찾아봐야 돼."

그가 설명해 주었다.

그제야 그의 말뜻을 이해해서 고개를 끄덕이며 말했다.

"일단 성 밖으로 나가 보자. 하지만 곧장 출구까지 가로질러 갈 수는 없어. 금방 엘린의 눈에 띌 테니까."

주위를 둘러보니 중앙 홀인 것 같았다.

"여기서 밖으로 나갈 수 있는 가장 빠른 길은 안뜰을 통과하는 길밖에 없어."

미로가 내 손을 잡고 앞장서서 헤엄치기 시작했다.

"물이 충분히 차올라 있다면 안뜰에서 점프를 해 볼게. 그럼 레이븐을 찾을 수 있을지도 몰라."

미로에게 제안하자 그가 고개를 끄덕였다. 조심스럽게 복도를 지나는데 우리 앞으로 누군가가 다가왔다. 미로를 기둥 뒤로 밀어서 숨기려는데 그가 나를 안심시켰다.

"괜찮아. 빈스야."

그제야 안심이 되어 빈스를 바라보았다. 그의 왼쪽 팔이 이상스레 너덜거리고 있었다. 그를 반기며 미로가 걱정스레 물었다.

"무슨 일이야? 다쳤어?"

"물살에 떠밀려서 성벽에 부딪혔어."

빈스가 곤란한 듯 얼굴을 찌푸리며 말했다.

"괜찮겠어? 헤엄은 칠 수 있는 거야?"

빈스가 고개를 끄덕였다. 우리는 그에게 계획을 말해 주었다. 어차피 팔을 다친 빈스는 점프를 뛸 수 없을 터였고 미로는 애초부터 점프에는 소질이 없었다. 결국 점프 과제는 내 차지가 되었다.

"내가 레이븐을 찾으면 미로 네가 가서 레이븐을 구해 와. 그쪽은 네가 나보다 나으니까."

미로가 고개를 끄덕였다.

성의 안뜰에는 일단 아무도 없는 것 같았다. 우리는 이리저리 떠다니는 물건들 틈으로 조심스레 헤엄치며 주변을 살폈다. 예상대로 성 전체가 물에 잠겨 있었다. 하지만 물이 어디까지 차 있는지는 보이지 않았다. 사방이 너무 어두웠기 때문이다.

"수면 위로 올라가서 상황이 어떤지 좀 둘러보고 올게."

남자들이 대꾸도 하기 전에 재빨리 수면 위로 헤엄쳐 올라갔다. 수면에 가까워질수록 점점 밝은 빛이 보였다. 수면 위에서 보니 저 멀리 지평선 위로 붉은 태양이 솟아오르고 있었다. 우리가 걱정했던 대로 첨탑 끝부분만 제외한 성 전체가 물에 잠겨 있었다. 엘린이 아발라를 초토화해 버린 것이다. 울고 싶었지만 그럴 겨를조차 없었다.

"물은 다시 빠질 거야."

내 옆에서 미로가 위로하듯 말했다. 아마도 밑에서 참지 못하고 올라와 본 것 같았다.

"우린 아발라를 다시 되찾을 거야."

그를 돌아보며 미소 지으며 말했다.

"레이브도 반드시 찾아내자."

그러고는 도움닫기를 하기 위해 물속 깊이 헤엄쳐 내려간 후, 물살을 가르며 수면 위로 솟구쳐 올랐다. 원래 계획대로라면 네 번 점프를 할 생각이었다. 그러면 각 점프마다 성벽 하나씩을 몇 초 동안은 볼 수 있을 거고, 운이 좋으면 레이븐을 발견할지도 모른다고 생각했다. 하지만 막상 점프를 해 보니 수면 위에 성의 온갖 집기들이 떠다니고 있었기 때문에, 그중에서 레이븐을 찾아내기란 쉬운 게 아니었다. 아니, 거의 불가능할 지경이었다. 빈스가 다치지만 않았어도 같이 점프를 했다면 레이븐을 발견할 확률이 높아졌을 터였다. 눈 네 개가 두 개보다는 나을 테니 말이다. 하지만 빈스가 부상을 입은 탓에 점프를 뛸 수 있는 사람은 나뿐이었다. 두 번째 점프에서는 서쪽을 살펴보았지만 큰 이득이 없었다. 아마 레이븐이 의식을 잃었다면 나를 발견하지 못할 가능성이 컸다. 불길한 예감이 머릿속을 스쳤다. 두 번 더 점프를 뛰었지만 레이븐을 찾지 못한 채 잠시 휴식할 겸 성 안뜰에서 기다리고 있는 남자들에게 헤엄쳐 가 딱딱한 돌바닥에 주저앉았다. 빈스의 얼굴은 팔의 고통 때문에 창백했지만, 신음 소리 한번 내지 않았다.

"엠마, 포기하지 마."

미로가 말했다.

"아마 레이븐은 어딘가에 숨어 있을 거야. 만약 널 보면 무슨 수를 써서든 자기가 살아 있다는 걸 알릴 테니 가능하면 각 방향당 두 번씩 뛰어. 그러면 네가 한 바퀴를 다 돌 때까지 레이븐이 기다리지 않아도 되잖아."

고개를 끄덕인 다음 수면 위로 헤엄쳐 올라갔다. 이번이 마지막이었다. 점프 훈련을 못 한 지 오래되었기 때문에 더 오래 뛰는 건 무리였다. 한 번 뛰었다. 허탕이었다. 두 번째 점프도 허탕이었다. 세 번째 점프를 뛰는 순간, 남쪽 탑 뒤에서 무언가가 움직이는 걸 봤다. 다시 한 번 뛰니, 레이븐이 탑 꼭대기에 매달려 있는 게 보였다. 레이븐이 내게 한쪽 손을 흔들어 보이기까지 했다. 드디어 찾아낸 것이다! 가슴을 쓸어내리며 미로와 빈스 쪽으로 잠수해 들어갔다.

"레이븐을 찾았어!"

미로가 나를 얼싸안았다. 우리는 너무도 감격해서 몇 초 동안이나 서로를 꽉 끌어안았다. 안도감과 피로감이 엄습해서 온몸이 흐물거렸다. 아마도 레이븐이 있는 곳까지 헤엄쳐 가기는 쉽지 않을 것 같았다.

"레이븐은 남쪽 탑 뒤에 숨어 있어. 물이 점점 더 차오르고 있으니 얼마나 더 버틸 수 있을지……. 가능한 한 빨리 구출해야 해. 하지만 방금 점프했을 때 엘린도 날 발견했을 수도 있으니까 조심해."

"그럼 넌 여기 남아서 빈스를 부축해 줘. 생각보다 심하게 다친 것 같아. 혼자서는 헤엄칠 수 없어. 각자 성을 빠져나간 다음 아까 물이 우리를 덮쳤던 곳에서 만나자. 거기까지 가는 길은 알지?"

길이 기억날지 어떨지 확신은 들지 않았지만 막상 가 보면 알 거라 생각해서 고개를 끄덕였다. 미로가 걱정스러운 눈으로 나를 바라보며 말을 이었다.

"실은 너랑 빈스만 보내는 게 마음에 좀 걸려. 아마 속도가 많이 뒤쳐져서 너희가 나랑 레이븐보다 늦게 도착할지도 몰라."

"네 걱정이나 해. 빨리 가!"

미로의 등을 떠밀며 말했다.

미로가 재빨리 수면 위로 헤엄쳐 올라갔다. 그의 뒷모습을 바라보며 모든 게 잘 되기만을 간절히 바랐다. 그리고 빈스의 팔을 어깨에 두른 뒤 부축했다. 바닥에 붙어서 성을 가로지르는 건 위험할 것 같아서, 수면에 바싹 붙어서 헤엄쳐 가기로 결심했다. 수면까지 헤엄쳐 올라 사방을 살펴봤지만 미로와 레이븐의 모습은 시야에 들어오지 않았다. 몸을 돌려서 내 몸을 축으로 크게 회전한 다음 빈스와 함께 헤엄쳐야 할 방향을 정했다. 하지만 빈스의 몸이 점점 무겁게 느껴졌다. 얼마 후, 그가 기절했다는 걸 깨달았다. 온 힘을 다해 그를 이끌면서 우리가 발각되지 않기만 간절히 바랐다.

아무리 열심히 헤엄쳐도 산까지는 멀게만 느껴졌다. 게다가 물에 잠겨서 반 정도로 높이가 낮아진 것처럼 보였다. 나뭇가지와 잡동사니들이 자꾸만 행로를 방해했다. 하지만 지푸라기라도 붙잡는 심정으로 떠내려오는 사물들을 움켜쥐어 보았다. 몸에 점점 힘이 빠지는 게 느껴졌다. 얼마나 더 오랫동안 빈스를 부축할 수 있을지 자신이 없었다. 저 앞에 나무판자 하나가 떠밀려 오는 게 보였다. 빈스를 저 위로 올릴 수만 있다면 좋을 텐데! 온 힘을 다해 판자를 붙잡아 봤지만, 물살 때문에 붙잡고 있기가 쉽지 않았다. 게다가 잡동사니의 파편들이 마치 송곳처럼 내 손을 찔러 댔다. 하지만 지금으로선 이것만이 살 길이었다. 나는 천천히 물장구치며 판자를 의지해 앞으로 나아갔다. 조심스럽게 시야를 확인했다. 혹시라도 엘린이나 그의 부하들이 나타날지 모르는 일이었기 때문이다. 다행히 그들의 모습은 눈에 띄지 않았지만, 미로와 레이븐도 나타나지 않는 게 이상했다. 아마 몸을 숨겨서 오느라 이렇게 늦는 거라고 생각했다.

드디어 만나기로 한 장소에 도달했다. 하지만 주위의 풍경이 너무도 달라진 탓에 정말 거기가 맞나 싶을 정도였다. 젖 먹던 힘까지 짜내서 빈스를 물 밖으로 끌어낸 후, 탈진해서 풀밭 위에 쓰러졌다. 잠시 후, 풀숲이 부스럭거리더니 피터가 나오는 게 보였다. 그가 내 곁에 앉아 손을 잡고 일으켜 주었다. 그를 보자 안도감에 미소 짓고 싶었지만, 성공했는지는 확실치 않았다.

"레이븐은?"

그가 쉰 목소리로 물었다.

"아직 미로 안 왔어?"

풀밭에 앉으며 묻자, 피터가 고개를 저었다.

"이상하네. 우리보다 훨씬 빨리 도착할 거라고 생각했는데. 빈스가 많이 다쳐서 빨리 헤엄칠 수가 없었거든."

우리는 함께 오랫동안 수면 위를 노려보았다. 잔인한 기다림이 이어졌다. 얼마나 시간이 흘렀을까, 드디어 수면 위로 미로의 얼굴이 보였다. 뒤이어 레이븐의 얼굴도 보였다. 기쁨과 흥분으로 심장이 쿵쾅거렸다. 피터가 달려가 그들이 뭍으로 올라오는 걸 도왔다. 레이븐이 땅 위로 엎어져서 콜록거리기 시작했다. 피터가 레이븐의 등을 두드려 주며 머리칼을 귀 뒤로 넘겨주자 레이븐이 피터를 고마운 눈으로 바라보았다.

"어떻게 된 거야? 왜 이리 오래 걸렸어?"

미로에게 물었다.

"오는 길에 엘린의 경비병과 맞닥뜨렸어. 아마 인질을 찾으러 돌아다니는 중이었던 것 같아. 다행히 금방 해치울 수 있었지. 그 덕에 레이븐이 물을 좀 먹긴 했지만."

그가 레이븐을 흘끔거리며 씨익 웃었다.

"빠……빨리 여기서 벗어나야 돼."

레이븐이 말을 더듬었다.

"엘린은 완전히 미쳤어. 너희도 엘린의 눈을 봤어야 하는데. 완전히 새까매. 마치 어둠에 지배되고 있는 것 같아."

그 말에 살갗에 소름이 돋았다.

"탈린과 다른 사람들이 향한 곳이 어딘지 혹시 알아?"

피터에게 물었다. 최대한 엘린에게서 멀리 떨어지고 싶었다.

"산속의 오솔길을 따라 들어가는 것까진 봤지만 곧 놓쳤어. 그쪽엔 별로 신경 쓸 여유가 없었으니까."

그가 어깨를 으쓱해 보이며 중얼거렸다.

"난 어디로 간 건지 알아."

레이븐이 말했다.

"아마 이 섬에서 가장 안전한 장소로 학생들을 데려간 걸 거야. 성스러운 나무로."

그 말에 피터와 동시에 레이븐을 쳐다봤다.

"하지만 거긴 몇몇 성직자들만 안다고 하지 않았어?"

레이븐이 고개를 끄덕였다.

"탈린도 그 성직자 중 하나니까."

레이븐이 너무도 당연하다는 듯 대꾸했다.

"하지만 우리 중에는 성직자가 없는데 어떻게 길을 찾아?"

내 물음에 레이븐이 말했다.

"아직은 아니지만, 만약 내가 엘리시엔 여왕님의 후계자가 되면 나도 성직자의 의식을 치러야 되거든. 그걸 준비하기 위해 전에 여왕님과 성스러운 나무에 갔던 적이 있어. 아마 다시 길을 찾는 것도 가능할 거야."

피터가 감탄의 눈빛으로 레이븐을 바라보았다.

"거의 다 온 거야?"

의식을 잃고 바닥에 누워 있는 빈스를 바라보며 물었지만, 레이븐이 고개를 저었다.

"벌써 꽤 높이까지 올라왔으니 아마 한 시간 정도면 도착할 거야. 가장 큰 문제는 보호벽을 통과하는 건데, 탈린이 우리를 마중 나와 주길 바라는 수밖에."

미로와 피터가 빈스를 부축했다. 레이븐이 앞장섰다. 하지만 이 속도로는 한 시간은커녕 두 시간도 더 걸릴 것 같았다.

숲은 뿌리가 드러난 거대한 나무들과 거석으로 뒤덮여 있었다. 우리는 그 사이를 기어오르며 조금씩 앞으로 전진했다. 길은 덤불과 풀숲으로 뒤덮여 있었다. 다행히 탈린과 학생들이 지나간 흔적이 곳곳에 남아 있었다. 단지 엘린이 우리 뒤를 쫓아오지 않기만 바랄 뿐이었다.

어떤 작은 공터에 다다르자 레이븐이 남자들에게 빈스를 바닥에 내려놓으라고 손짓했다. 나는 빈스의 곁에 앉아 그의 끓는 이마에 손을 짚었다.

"드디어 도착한 거야? 아니면 잠시 쉬는 거야?"

"도착했어."

레이븐이 짧게 대꾸했다.

주위를 둘러보며 물었다.

"그럼 그 수상한 나무는 어디 있어? 다른 사람들은?"

"수상한 나무가 아니라 성스러운 나무야. 일단 기다려 보자."

레이븐이 대답했다.

기다려야 한다니? 어이가 없었다.

"기다려? 얼마나 기다려야 되는데? 좀 서두를 수는 없는 거야? 아니면 누굴 부르든가!"

레이븐이 고개를 저었다.

"엘린이 우리를 쫓아오다가 이 오솔길을 발견하지 못했기만 바라야겠네! 만약 내 걱정이 들어맞는다면 이제 엘린이 우릴 잡는 건 시간문제라고!"

"만약 엘린이 우릴 발견했다면 진작 여기 나타났을 거야. 좀 더 레이븐을 믿어 봐!"

피터가 레이븐을 감싸는 게 너무 티가 났다. 나는 눈썹을 치켜떴다.

그때, 갑자기 세 개의 하얀 형체가 나타났다. 입을 벌리고 서 있는 동안, 레이븐이 그들에게 다가가 머리를 조아렸다. 그들 중 둘은 여성, 나머지 하나는 남성이었고 흰색의 긴 의상을 입고 있었다. 그들이 레이븐에게 밝은 미소를 지어 보이며 우리를 맞았다. 그들 뒤로 탈린과 로리스가 나타났다. 로리스는 가웨인 대신 새로 온 수영 선생이었다. 탈린이 근심 어린 얼굴로 빈스의 이마를 짚으며 그의 상태를 살폈다.

"얼마나 오랫동안 의식을 잃은 거지?"

탈린이 물었다.

"물에서 나와서는 죽 그 상탭니다. 아주 잠시 정신을 차리긴 했지만 상처 때문에 많이 고통스러워하고 있어요."

피터가 대답했다.

"여기 올라오는 내내 빈스를 들쳐 메고 온 거냐?"

로리스가 믿을 수 없다는 듯 물었다.

"누구처럼 그렇게 쉽게 버려두고 올 순 없었거든요!"

내가 쏘아붙였다.

"우리를 기다려 준 사람은 아무도 없었지만요."

"우린 다른 학생들의 안전을 책임져야 했다. 게다가 성으로 가기로 했던 건 너희들의 선택이었고."

탈린이 냉정하게 대꾸했다.

안하무인이 따로 없지! 어이가 없었다. 그나마 레이븐이 그의 말을 듣지 못한 게 다행이었다. 레이븐은 엘린을 막기 위해 호수에 있던 다른 엘프 동료들을 다 잃은 상태였기 때문이다. 혹시 한두 명쯤 살아남았대도 인질로 잡혀 가서 어떻게 되었는지 모를 일이었다.

탈린이 로리스에게 빈스를 부축하는 걸 도와 달라고 부탁했다. 탈린과 로리스가 그를 부축해서 일으켜 세웠다.

성직자들이 우리에게 따라오라는 손짓을 했다. 신음 소리를 내며 간신히 몸을 일으키면서 제발 이번에는 그리 오래 걷지 않아도 되기만 바랐다. 정말이지 곧바로 눕고만 싶었다.

몇 발짝 채 걷지도 않았는데, 어느새 내 주변에는 거대한 크기의 나무 둥치 아래에 앉아 먹고 마시는 학생들이 가득했다. 마치 대규모 소풍을 나온 것 같은 분위기였다. 주위를 둘러보니 어느새 주변의 풍경이 완전히 달라져 있었다. 도대체 어떻게 된 일이지? 전혀 아무런 느낌도 없었는데 순식간에 결계를 지나 보호벽을 통과해 있던 것이다. 레이븐에게 물어봐야만 할 것 같았다. 레이븐은 어디에 있지?

주위를 둘러보니 레이븐이 조금 전의 성직자들과 함께 흰 갈대로 꾸며진 작은 집으로 들어가는 게 보였다. 그 주변으로 성직자들과 같은 흰색 옷을 입은 남녀들이 학생들 사이를 바쁘게 돌아다니며 시중을 들고 있었다. 그들의 손에는 음식이 가득 담긴 소반이나 물병이 들려 있었다.

모든 게 정말이지 평화로웠다. 태양이 하늘 높이 화창한 햇빛을 선사하고 있었고, 따스한 대지 위에서 새들이 지저귀는 소리가 들렸다. 오두막마다 작은 꽃과 채소를 심은 화단으로 집 주변을 장식해 놓았다. 오른편에는 작은 호수가 있었는데, 호수 변에는 작은 배들이 여러 채 정박해 있었다. 호수 주변의 갈대를 바람이 간질였고, 금방 구운 생선 냄새가 바람결에 실려 와서 코를 간질였다.

어디선가 모르게인이 날아와서 파이 하나를 건네주며 내 귓가에 속삭였다.

"우리가 이 많은 학생들 시중을 들지 않아도 되는 게 얼마나 다행인지 몰라."

내가 미소 지으며 물었다.

"너희도 다들 무사해?"

모르게인이 고개를 끄덕이자 안도의 한숨이 새어 나왔다.

"물론 몇몇은 다쳤고, 거의 다들 많이 지친 상태이긴 하지만 목숨들은 무사해. 네가 일찍 발견해 줬기에 망정이지, 안 그랬으면 다들 물귀신이 됐을 거야."

당황해서 손사래를 쳤다. 정말 우연히 발견했을 뿐이었기 때문이다. 파이를 한입 크게 베어 물며 아미아를 찾았다. 그녀는 나무둥치 아래에 미로와 앉아 있다가 눈이 마주치자 내게 손을 흔들어 보였다. 아미아 곁으로 달려가서 그 옆에 앉았다.

"혹시 무슨 일이라도 생길까 봐 얼마나 걱정했는지 알아!"

아미아가 내게 음료수와 음식을 가득한 접시를 건네주며 말했다. 모르게인이 준 파이 하나로는 위가 차지 않아서, 미로와 아미아가 내 옆에서 작은 목소리로 대화하는 동안 접시 위의 음식을 입으로 퍼 넣었다.

그러고는 나무줄기에 몸을 기댔다. 온몸이 젖어 있어서 추웠는데, 나무에서 친근한 온기가 흘러나와 나를 감싸는 것 같았다. 편안한 기분이 들며 긴장이 풀리자 왠지 모든 게 잘될 것 같은 희망이 솟아올랐다. 아미아의 미소 띤 얼굴을 바라보다가 스르르 잠이 들었다.

잠에서 깨어났을 땐 마치 새로 태어난 기분이었다. 누군가가 내게 모직 담요를 덮어 놓았다. 내 안의 추위와 두려움은 씻은 듯 사라져 있었다. 몸을 일으켜서 나무둥치에 앉았다. 아미아와 미로의 모습은 보이지 않았고 내 곁에서 아기처럼 고른 숨소리를 내며 자고 있는 빈스만 보였다. 다친 쪽 팔에는 붕대가 감겨 있었고 고통스러운 표정도 사라져 있었다. 다른 학생들은 모두 어딜 간 걸까? 주변을 둘러보니 몇몇 무리만 모여 앉아 있는 게 보였다.

나무 꼭대기의 우듬지를 올려다보았다. 거대한 나뭇가지에 달린 짙은 녹색의 잎사귀들이 사르르 바람에 흔들렸다. 잎사귀 하나가 천천히 바람을 타고 내려와 내 발밑에 떨어졌다. 조심스럽게 들어 올려 보니 잎사귀가 초록 바탕에 은빛으로 찬란하게 빛났다.

저무는 태양빛 아래서 한참이나 그 반짝임을 넋 놓고 바라보고 있으려니 모르게인이 날개를 팔랑이며 날아와 차 한 잔을 건네주었다.

"다른 학생들은 어디 간 거야?"

차로 목을 좀 축이고 나서 물었다.

"각 종족들이 와서 데려갔어. 다들 연락을 받았으니까. 너꽤 오래 잤거든. 이제 여기 남아 있는 건 셸리코트들뿐이야."

"빈스는 좀 어때?"

그의 자는 모습을 바라보며 물었다.

"많이 나아졌어. 아마 내일 아침이면 다 나을 거야."

믿을 수 없다는 얼굴로 모르게인을 바라보며 물었다.

"뭐? 팔이 부러졌었는데도? 어떻게 그게 하룻밤 만에 나아?"

"흠. 엠마 네게 어떻게 설명해야 할지 모르겠네. 지금쯤이면 세상에는 네가 이해할 수 없는 일들도 많이 일어난다는 걸 알 때가 됐잖아?"

모르게인의 말에 기분이 상했지만 그 미소 띤 얼굴을 보노라니 화를 낼 수가 없었다. 문득 잎사귀를 들고 있던 손을 내려다보니 나무 파편에 긁혔던 상처들이 씻은 듯이 사라져 있었다.

"나무였구나? 나무가 고쳐 주는 거야!"

내 말에 모르게인이 고개를 끄덕이곤 날아갔다. 몸을 일으켜 모르게인의 뒤를 따르면서 마구 구겨진 옷을 조금이라도 펴 보려고 손바닥으로 쓸어내렸다. 물론 나뭇잎은 아직 손에 든 채였다. 나무에서 떨어져 몇 발짝 걷지 않는데도 여태껏 내 안에 충만하던 평화로운 기분이 사라지고 다시금 불안감이 밀려들었다. 마음 같아선 나무 아래서 빈스 옆에 계속 앉아 있고 싶었다. 부디 나무의 치유 능력이 얼마간은 지속되어야 할 텐데, 생각하며 잠시 나무 쪽을 뒤돌아봤다. 이 모든 게 다 말도 안 되는 일이긴 했다.

잠시 걷다 보니 저 앞에 탈린과 피터, 레이븐이 이야기하고 있는 게 보였다. 그들 곁으로 가까이 다가갔다.

"이제 아발라가 저렇게 된 이상, 뭐가 어떻게 되는 거지? 엠마는 어디로 가야 하는 건지……."

피터가 레이븐에게 묻고 있었다.

"일단 다른 학생들은 자기 종족들과 함께 있을 거야. 성에 물이 빠지면 그때 가서 다시 어떻게 될지 봐야지. 하지만 아발라를 저렇게 내버려 두진 않을 거야."

탈린이 레이븐 대신 대답했다.

그러고 보니 이제 어디로 가야 할지 막막했다. 또 캘럼은 어떻게 되는 건지도 궁금했다. 캘럼과 조엘이 무사해야 할 텐데! 나를 따스하게 안아 주던 그의 온기, 그리고 이 모든 일에서 나를 지켜내 줄 그의 팔이 사무치게 그리웠다.

"엠마, 왔어? 이제 30분 후에 포트리로 갈 거야. 아빠, 엄마와 쌍둥이를 안전한 곳으로 피신시켜야 해. 널 아발라에서 못 잡았으니 분명 거기 나타날 거야. 어쩌면 아발라가 파괴되면 네가 집에 돌아올 거라고 생각할지도 모르고."

피터가 내 팔을 잡으며 말했다.

멍하니 고개를 끄덕였다. 물론 엘린은 그렇게 생각할 거고, 그의 예상대로일 거다. 이런 상황에서 어디로 가겠는가?

"차라리 엘프 몇 명한테 맡겨."

레이븐이 말했다.

"직접 가는 건 너무 위험하다고."

"하지만 엘프 몇 명으로는 아빠를 설득할 수 없을 거야. 평생 살아온 곳을 하룻밤 만에 떠나라는 말을 듣겠어? 같이 가서 설득하는 걸 도와준다면 모를까."

레이븐이 고개를 끄덕이며 동의했다.

"어차피 그럴 생각이었어. 메리크로이드에서 차를 구해 올게."

"집에 도착하려면 적어도 한 시간은 넘게 걸릴 텐데, 그때까지 가족들이 무사할까?"

엘린이 가족들을 덮칠 거라고 생각하니 불안해졌다.

"해 보지 않고는 모르는 거야. 일단 빨리 출발하자."

피터가 굳은 목소리로 중얼거렸다.

5장

포트리에 도착했을 땐 이미 한밤중이었다. 저 멀리 우리 집이 눈에 들어왔다. 고요하고 평화로운 모습이었다. 불은 다 꺼져 있었다. 아마 자정은 훨씬 넘은 시각인 것 같았다. 막상 집에 도착하니 너무도 피곤해서 두 다리로 서 있지 못할 지경이었다. 나무가 준 에너지는 오래가지 못했고, 너무 걱정이 되어서 여기까지 오는 길에 차에서도 한잠도 못 잤다. 기분 때문인지 여기까지 오는 길에도 여러 개의 검은 형상이 우리를 지켜보고 있는 것처럼 보였다. 그들이 우리 차 앞으로 뛰어들어서 우리를 막아서는 상상을 했지만, 현실에서는 아무 일도 일어나지 않았다.

"너흰 차에 있어."

레이븐이 명령했다.

"내가 먼저 둘러보고 올게."

그러고는 조용히 차 문을 열고 어둠 속으로 사라졌다. 피터와 나는 차 안에서 기다렸다. 몇 분 뒤, 누군가가 조용히 차 문을 두드리는 소리에 화들짝 놀랐다.

"주위엔 아무도 없는 것 같아. 집 안에 들어가 보자. 서둘러야 할 것 같아. 피터, 넌 아버지를 설득시켜. 당장 여길 떠나야 한다고 말야."

피터가 고개를 끄덕였다. 여기로 오는 내내 레이븐은 지금 우리 가족이 얼마나 위험한 상황에 처해 있는지 설명했고 처음에는 그게 좀 호들갑을 떠는 게 아닐까라고 생각했다. 하지만 레이븐의 말을 들으면 들을수록 그 말이 맞다고 동의할 수밖에 없었다. 두려움이 점점 커져 갔고 나중에는 공포와 피로 때문에 심장이 입으로 튀어나올 것 같았다. 온몸에 아드레날린이 돌면서 위험을 경고하는 것 같았다. 집 앞에 도착하자 당장 집 안으로 들어가 가족들을 데리고 나와서 도망치고 싶었다.

조심스럽게 집 앞으로 가서 문을 열었다. 마치 도둑이 된 것 같았다. 피터는 외삼촌 부부가 자고 있는 침실로 갔고, 나는 쌍둥이를 맡았다. 탁자에 있는 작은 램프를 켜자, 내 뒤에 서 있던 레이븐이 얼른 불을 껐다. 레이븐을 쳐다보자 그녀가 단호하게 대꾸했다.

"불 켜면 안 돼. 너무 위험해."

조심스럽게, 쌍둥이들을 놀라게 하지 않으려고 노력하면서 먼저 앰버를 깨운 다음 한나를 일으켰다. 한나는 즉시 눈을 뜨고 겁에 질린 눈으로 나를 쳐다보며 물었다.

"엠마 언니? 여기서 뭐해?"

놀라고 당황한 것 같았다.

"좀 있다 말해 줄게."

최대한 평소처럼 침착하게 말하려고 노력했다.

"얼른 옷 입고, 며칠 여행 다녀와야 하니까 짐 좀 챙겨 봐."

그러자 한나는 고맙게도 더 이상 묻지 않고 내 말을 따라 주었다. 하지만 앰버를 깨우는 게 문제였다. 워낙 평소에도 잠을 많이 자는 아이라 아무리 흔들어도 눈을 뜨지 않았다. 한참 흔들자 귀찮은 듯 벽 쪽으로 몸을 돌리더니, 알 수 없는 말을 중얼거렸다.

"앰버를 깨울 때는 그렇게 하면 안 돼요."

한나가 귀에 속삭였다.

"욕실에서 축축한 걸레 좀 갖다 주세요."

욕실로 가는 길에 침실에서 말소리가 들려왔다. 레이븐과 외삼촌이 다투고 있었다. 중간중간 외숙모가 그 둘을 말리는 소리도 들렸다.

"이젠 한나와 앰버까지 도망치게 하라는 거냐? 도대체 끝을 모르겠군! 그 애들마저 이곳을 떠나게 하진 않을 거야. 게다가 이제 막 학기가 시작되었는데 내가 여길 떠나면 학부모들과 교육청에서 어떻게 생각하겠어?"

거실로 들어가니 레이븐이 물었다.

"애들은 준비 다 됐어? 몇 분 이내로 이 집을 나가야 돼!"

"절대 그럴 일은 없을 거다."

외삼촌이 잘라서 말했다. 그때 외숙모가 끼어들었다.

"여보, 난 애들과 레이븐을 따라갈 거예요. 소피한테 일어난 일만으로도 충분히 알 수 있잖아요. 엘린이 더 이상 우리한테 해코지를 못 하게 하겠어요!"

그러고는 곧장 몸을 돌려 욕실로 갔다. 외삼촌이 멍한 얼굴로 외숙모를 바라보았다. 설마 아내가 이렇게 나올 거라곤 예상하지 못한 모양이었다.

손님용 화장실에서 젖은 걸레를 가지고 나와 한나에게 쥐여 주었다. 한나는 이미 옷을 다 입은 후 가방까지 챙겨 놓고서 비장한 발걸음으로 쌍둥이 자매를 깨우러 방으로 들어갔다. 나는 내 방으로 가서 몇 가지 물건을 가방에 챙긴 후, 간밤의 일로 완전히 걸레가 된 옷을 벗고 새 옷으로 재빨리 갈아입었다. 5분 후, 모든 준비를 마친 후 복도에 나오니 외삼촌도 집을 떠나기로 마음먹은 모양이었다. 외숙모는 아직도 잠에서 덜 깬 앰버가 겉옷을 입는 것을 도왔고, 드디어 모두가 준비를 마쳤다.

레이븐이 피터와 현관에 서서 말했다.

"제가 먼저 밖에 나가서 주변이 안전한지 확인할 거예요. 그리고 사인을 보내면, 모두 가능한 한 빨리 뛰어서 차에 타요. 총 두 대의 차로 갈 거예요. 앞차는 피터가, 뒤차는 에단이 운전하세요."

지시를 마친 후, 레이븐이 현관문을 약간 열었다. 밖은 조용했다.

"무슨 생각해?"

피터가 묻자, 레이븐이 이상하다는 듯 고개를 흔들었다.

"바깥에는 아무 소리도 없어. 오히려 조금은 무슨 소리가 있어야 하는데 좀 이상해."

'그날 밤'과 같다. 아발라가 물에 잠기던 날 밤도 이렇게 고요했다. 두려움이 머리를 스쳤다.

레이븐이 바깥으로 나가자 피터도 그 뒤를 따랐다. 그러고는 잠시 주변을 탐색했다. 레이븐이 우리에게 손짓했다. 집 앞 돌계단에 한 발짝 내디뎠을 때였다.

"뛰어!"

어느새 레이븐이 내 옆에 서서 몸을 확 밀었다. 나는 한나의 손을 꼭 잡고 달리기 시작했다. 차 까지 닿는 길이 너무도 멀게 느껴졌다. 마치 발이 늪에 빠져 있는 것처럼 허우적댔다. 내 뒤에서 외숙모와 앰버가 달려오는 소리, 외삼촌이 우리 여행 가방을 들고 헉헉대는 소리가 들렸다.

그리고 그들을 보기도 전에 이미 위험을 감지할 수 있었다. 달리는 동안 주변을 둘러보니, 검은색의 형체가 엄청난 속도로 집을 향해 다가오고 있었다. 검은 망토로 몸을 감싼 그 형체의 얼굴은 소름끼칠 만큼이나 익숙했다. 마치 엘린의 명령을 한시라도 지체하지 않겠다는 듯, 점점 더 빠르게 우리를 향해 다가왔다. 그들의 망토가 바람에 펄럭이는 소리가 바로 뒤편에서 들려왔다. 한나의 발걸음이 느려졌다. 지금 한나가 느끼는 동일한 공포가 내 안에도 있었다. 혹시 차에 타기 전에 그들에게 붙잡히게 될까 봐 두려웠다. 나는 뒤도 돌아보지 않고 달렸다. 돌아보게 되면 잡힐 것 같았다. 혼신의 힘을 다해 한나의 팔을 잡아당겼다.

드디어 차를 세워둔 울타리가 보였다. 피터와 외삼촌이 차 열쇠를 주머니에서 꺼내 차문을 열었다. 문이 열리자마자 한나와 앰버, 외숙모를 첫 번째 차에 밀어 넣었다. 그러고는 재빨리 뒤차로 내달아 뒷좌석으로 몸을 날렸다. 피터가 차 문을 닫자마자 그들이 나타났다. 우리 차 앞에 그들 중 하나가 서서 내가 앉은 쪽의 차문을 내리쳤다. 검은 망토 속에 얼굴은 숨겨져 있었지만, 해골처럼 하얀 손이 차창을 부수고 있었다.

나는 비명을 지르며 반대편 차문 쪽으로 몸을 피했다.

"빨리 출발해!"

레이븐의 고함 소리가 들려왔다.

운전석 뒤쪽에 몸을 구기자, 두 번째 형체가 나타났다. 나는 운전석과 뒷좌석 사이의 공간에 몸을 구겨 넣고 두 팔로 머리를 감싸며 비명을 질렀다. 요란한 소리를 내며 차창이 깨지자 공포 때문에 정신을 잃을 것 같았다. 이제 그 사이로 하얀 손이 들어와 나를 끌어가는 건 시간문제였다. 마치 지금 누군가가 나를 잡아당기는 것 같은 느낌이 났다. 그 순간, 피터가 시동을 걸고 차를 출발시켰다. 검은 그림자가 차 앞으로 뛰어들며 우리를 막아섰지만 신경 쓰지 않고 받아 버리자 둔탁한 소리가 들렸다. 다시 좌석에 앉아서 차 뒤편을 보니, 외삼촌이 우리 뒤를 곧장 따라오고 있었다. 하지만 검은 존재들도 포기하지는 않은 듯했다. 어둠 속에서 적어도 다섯 개의 형체가 우리 뒤를 쫓아왔다.

그들에게만 온전히 신경 쓰고 있던 탓에, 그들을 따돌리고 난 후에야 우리 집에서 불길이 하늘 높이 치솟고 있다는 사실을 깨달았다.

레이븐이 불길을 가장 먼저 발견하고 낮은 비명을 질렀다. 망할 셀리코트들이 우리 집에 불을 지른 것이다. 그건 아발라를 물로 끝장낸 것보다 몇 배는 더 잔인했다.

피터도 백미러로 불길을 바라보며 신음했다. 우리 뒤를 바짝 붙어 따라오고 있는 외삼촌 차 안도 지금쯤 울음바다가 되어 있을 터였다. 엄마와 외삼촌이 태어나고 자랐고 또 그들의 자녀들이 태어났던 집이 하룻밤 만에 잿더미로 변하고 말았다.

"셀리코트들이 어떻게 화염 마법까지 익히고 있는 거지?"

피터가 레이븐을 바라보며 물었다.

"어떻게라니?"

레이븐이 되물었다.

"물론 물에서는 화염 마법을 사용할 일이 없겠지만, 어떻게 불까지 다룰 수 있는지 궁금해서."

물론 피터의 궁금증에도 일리가 있었다. 우리 인간이야 불이 친숙하지만 셀리코트들은 어떻게든 배우지 않고서는 불을 다루기 쉽지 않을 터였다. 게다가 저 불길은 자그마한 캠프파이어가 아니지 않은가. 저렇게 순식간에 집 한 채를 태우려면 기름이라도 들이부었어야 했다.

"엘린도 아발라에 있었잖아. 아마 거기서 배우지 않았을까 싶어. 하지만 어떻게 저렇게 단시간에 큰불을 만들어 낸 건지는 나도 몰라. 벨타네 제, 그러니까 여름 축제 때 이런저런 혼합 마법을 선보일 때 화염 마법도 보긴 했어. 하지만 저만큼이나 불이 강하고 빠르게 타오르는 방법은 성직자들만 알아. 하지만 엘린은 성직자가 아니니까 그걸 알 리도 없고."

레이븐이 중얼거렸다.

불길이 내가 사랑했던 모든 추억을 먹어 치우는 걸 바라보는 동안 눈물이 볼을 타고 흘러내렸다. 엘린이 죽어야 이 모든 재앙도 멈출 거라던 캘럼의 말이 떠올랐다. 불길이 시야에서 사라지자 뒷좌석에 몸을 둥그렇게 말고는 겉옷을 꽉 여몄다. 이제 어떻게 되는 걸까? 어디로 가야만 하는 걸까? 피곤이 몰려들자 걱정도 잠시 위력을 잃고 지친 눈꺼풀이 내리 감겼다.

"에든버러로 간다고? 왜 갑자기 거길 가?"

당황해서 큰 소리를 내고 말았다. 당장 캘럼에게 가고 싶은 마음뿐이었기 때문이다.

피터에게서 행선지를 듣자마자 눈이 번쩍 떠졌지만, 몸은 아직도 잠에 취해 있었다.

"일단 당분간은 거기 숨어서 상황을 지켜볼 거야."

피터가 말을 이었다.

"거기서 지내는 동안은 엘린이 우릴 찾아내지 못할 테니까. 미스 윌리스 기억나지? 거기서 지내면 될 것 같아."

"미스 윌리스?"

"설마 잊어버렸어? 전에 묵었잖아. 가족 여행 때."

그제야 머리가 하얀 노인과 우리가 묵었던 숙소가 떠올랐다.

"얼마나 묵을 건데? 캘럼이 우릴 찾아올 수 있을까? 분명 포트리로 와서 날 찾을 텐데……. 만약에 우리가 거기 없으면 에든버러에 갔을 거라고는 생각하지 못할 거야."

물론 걱정되는 건 어쩔 수 없었지만 내가 듣기에도 히스테릭하게 들리긴 했다.

하지만 이런 상황에서 캘럼이 내 곁에 없다면 하루도 더는 견딜 수 없을 것 같았다. 몸이 떨려서 겉옷을 어깨 위에 걸쳤다.

"시간이 지나서 상황이 안전하다고 생각되면 캘럼한테 연락을 해 볼 생각이야. 아마 미스 윌리스한테 가면 좀 쉴 수 있을 거야. 거기 있으면 안전하니까."

피터가 나를 진정시키려는 듯 말했다.

안전하다고? 이 세상에 안전한 곳이 있기나 해?

"미스 윌리스는 엘프거든."

레이븐이 덧붙여 말했다.

깜짝 놀랐다. 그 자그마한 백발의 할머니가 엘프라니?

"말하자면 인간 세계에 있는 엘프 안전 가옥이랄까. 엘프들이 사용하는 장소야."

"하지만 지난번에 보니까 일반인들도 숙박하던데? 그 사람들은 미스 윌리스가 엘프란 걸 모르는 거야? 그리고 왜 난 몰랐지?"

"지난번 아발라에서 아멜리가 페린의 뿔을 못 보던 건 기억나?"

고개를 끄덕였다.

"인간들에겐 우리의 본 모습은 안 보여. 왜 그런지는 우리도 몰라. 아마 대전쟁 전에는 달랐을 거야. 전쟁 이후 두 세계가 완전히 분리된 탓도 있고, 인간들이 자연이나 환경에 무심해질수록 우리를 알아볼 확률도 적어지는 게 아닌가 싶어. 그냥 평범한 인간처럼 보이나 봐."

"하지만 나에겐 보이잖아. 피터, 너도 레이븐이 엘프인 게 보이지 않아?"

"넌 셸리코트 혼혈이잖아. 너한테는 우리가 보이는 게 당연하고 피터도 인도자니까 종족들을 구별해 낼 수 있는 능력이 생기게 된 거야. 그런 특수한 경우를 제외하고는 안 보인다고. 네 외삼촌이나 외숙모도 날 그냥 평범한 여자애로 봐."

"평범하다고? 평범하다는 말뜻을 잘 모르나 본데."

내가 비아냥거리자 모두들 큭큭 웃어 버렸다. 정말 오랜만에 웃는 것 같았다.

"아무튼 현재로서는 거기만큼 안전한 곳은 없어."

레이븐이 재차 강조했다.

"하지만 만의 하나를 대비해서 일단 숲에서 기다려. 숙소에 위험이 없다고 확신이 들면 들어가는 걸로 하자."

"엘린도 거길 알까?"

"아니. 절대 그럴 일 없다고 생각되지만 안전이 최우선이니까."

피터는 몇 시간 동안 깊은 산속으로 운전해 들어갔다. 마침내 레이븐이 한 작은 오두막 앞에 차를 멈추라고 지시했다. 그러고는 먼저 내려서 주위와 오두막 안을 살폈다. 외삼촌도 차에서 내려서 오두막을 바라보았다. 그의 표정으로 짐작하건대, 레이븐이 미쳤다고 생각하거나 화가 났거나 둘 중 하나인 것 같았다.

둘이 또 싸울까 봐 피터와 함께 차에서 얼른 내렸다. 그때 외숙모가 우리 앞을 지나쳐서 오두막 안으로 들어갔다. 그러고는 창을 연 후, 들고 있던 가방을 열어서 집 안의 유일한 가구인 식탁 위에 냅킨 몇 장, 빵과 치즈, 과일 몇 개를 꺼내 놓았다.

그 난리 중에 어떻게 먹을 걸 챙길 생각을 했는지 존경스러울 뿐이었다.

외숙모의 뺨에 눈물 자국이 보였다. 물론 포트리에 있던 집이 고향집은 아니었지만 그래도 거기서 아이들을 낳고 키워 왔기 때문에 정이 들어 있었을 터다. 이제 그 모든 추억이 사라져 버린 슬픔을 이해할 수 있어서 가슴이 아렸다. 외숙모에게 다가가 꼭 안자, 그녀가 내 머리를 쓰다듬어 주었다.

"중요한 건 우리가 다 살아 있고 또 함께 있다는 거야."

외숙모가 속삭여 주었다.

"만약 너희들이 조금만 늦었다면 무슨 일이 벌어졌을지 상상도 하고 싶지 않아."

우리는 잠시 동안 그렇게 끌어안은 채, 외삼촌이 쌍둥이를 데리고 오두막 안에 들어올 때까지 살아 있다는 기쁨과 두려움을 나눴다. 활달한 앰버조차 오늘 밤에 벌어진 일 때문에 말을 잃은 것 같았다. 빵 한 조각과 사과 하나만 들고는 한나와 함께 오두막 밖으로 터덜터덜 걸어 나갔다. 둘을 따라가 보니 집 벽 앞에 꼭 붙어 앉아 있었다.

앰버가 나를 쳐다보며 물었다.

"언니, 오늘 무슨 일이 일어났던 건지 말해 줄 수 있어요? 우리 집은 어떻게 된 거예요? 정말 우리 물건이랑 장난감 같은 거, 다 타 버린 거예요?"

앰버의 간절한 물음에도 진실을 말해 줄 수가 없었다. 그래서 앰버의 옆에 앉아서 손을 잡아 주었다.

"어쩌면 소방관들이 제때 도착해서 다 타지는 않았을 수도 있어."

앰버를 달래 보려고 노력했다. 하지만 그 아이의 싸늘한 눈빛을 보니 그다지 성공한 것 같지는 않았다.

"아까 우리를 따라왔던 남자들은 도대체 누구예요?"

한나가 물었다.

뭐라고 설명해야 할지 몰라 난감했다. 지난 몇 달간 일어난 일로 두 아이가 우리의 비밀에 대해 눈치 챈 건 아닌지, 아니면 혹시 외삼촌 부부가 아이들에게 사실을 말해 줬는지 어쩐지 알 수가 없었다. 원래 쌍둥이에게만은 모든 걸 비밀로 하기로 했지만 앞으로는 그러기도 점점 힘들어질 터였다. 다행히 그 순간에 레이븐이 오두막에서 나왔다.

"같이 주변을 좀 산책하도록 하자. 오늘 저녁에 일어났던 일에 대해 설명해 줄게."

잠시 그들을 바라보다가 오두막 안에 들어가 외숙모가 식탁을 정리하는 걸 도왔다. 그런 다음엔 외숙모와 함께 오두막 밖으로 나와 햇살 아래 잠시 앉아 있었다. 물론 오늘 하룻밤만이었지만 저 춥고 눅눅한 오두막에서 잠을 자야 한다는 게 그리 유쾌하진 않았다.

하지만 막상 날이 어두워지자 걱정과는 달리 기절하듯 잠이 들었다. 춥고 축축한 건 아무 상관도 없었다. 외삼촌과 피터가 모아 온 검불과 지푸라기 위에 겉옷을 깔고 눕자마자 곯아떨어졌나 보다. 동틀 무렵에 피터가 나를 흔들어 깨웠다. 나와 교대할 시간이었다.

다음 날도 그렇게 아무 일 없이, 아니 아무것도 할 일 없는 무료한 하루가 지나갔다. 간소한 식사를 위해 모일 때 말고는 아무것도 할 게 없었다. 오후에는 피터, 외삼촌과 함께 들판에 나가 밤에 깔고 잘 풀을 좀 잘라 왔다. 그 작은 오두막 안에 있으니 마치 세상이 지금 종말을 맞아서 모두 죽고 우리만 남아 있는 것 같은 기분이었다. 잎새가 바람에 사부작거리는 소리, 새소리 외에는 아무 소리도 들리지 않았다.

레이븐은 뭘 기다리고 있는 걸까? 하지만 아무 말도 해 주지 않았다. 어떻게 저렇게 침묵할 수 있을까 신기할 정도였다.

레이븐의 곁에는 쌍둥이가 찰거머리처럼 하루 종일 달라붙어 있었다. 레이븐이 자신이 엘프라는 사실을 밝힌 이후로 쌍둥이의 질문 공세가 시작되었다. 하지만 내가 혼혈 셸리코트라는 건 별로 흥미롭지 않은가 보았다. 아마 셸리코트 종족에 대해서는 멋진 영화가 없어서 그런 거겠지.

그날 저녁, 이제 한 시간 후에는 사방이 깜깜해질 무렵이었다. 잠잘 준비를 하고 있는데 지평선에서 다수의 형체가 이쪽을 향해 다가왔다. 외숙모가 사색이 되어 쌍둥이를 집 안으로 들이고 창문에 빗장을 걸었다.

"브리, 걱정하지 말아요. 내 엘프 동료들이에요."

레이븐이 외숙모를 진정시킨 후 그들에게로 다가갔다.

엘프들은 집에서 약간 떨어진 곳에 멈춰 섰다. 아마도 자신들의 대화가 들리는 걸 원하지 않는 것 같았다. 레이븐은 엘프들과 이야기를 나눈 후 우리에게 돌아왔다.

"일단 미스 윌리스의 호텔은 안전해요. 오늘 밤엔 거기서 묵죠. 모두 서둘러서 짐을 꾸리세요."

눈을 들어서 엘프들이 서 있던 초원을 바라보니 그들은 사라지고 없었다.

한밤중이 되어서야 에든버러에 도착했다. 외삼촌이 곤히 잠든 한나와 앰버를 안아서 침대에 눕혀 주었다.

미스 윌리스가 나와서 우리를 반겼다. 그녀의 따뜻한 포옹이 며칠 동안 일어났던 모든 끔찍한 일들로 지친 몸과 마음에 위로를 줬다. 자동차에 실었던 짐을 호텔 안으로 옮긴 다음, 피터는 차를 주차하러 밖으로 나갔고 나와 레이븐은 우리가 묵을 방으로 들어갔다.

"나는 내일 아침 일찍 떠날 거야."

잠에 들기 전에 레이븐이 말했다.

"레일린에 가 보려고. 에릭슨 박사와 소피도 거기에 있은 지 꽤 됐고 혹시 뭔가 새로운 소식이 있을지도 모르니까."

"우리만 여기 내버려 두고 갈 생각이야? 혹시 엘린이 우릴 찾아내면 어떻게 하라고!"

두려움이 엄습했다. 사실 레이븐에게 묻고 싶은 건 많았다. 특히 캘럼에 대한 것 말이다. 하지만 이미 레이븐을 괴롭힐 만큼 괴롭힌 상태였다. 레이븐도 그가 어디에 있는지 모른다는 걸 알면서도 달리 물어볼 데가 없었다. 캘럼만 생각하면 갖가지 두려움과 걱정이 밀려왔다. 베렝가에서 아발라가 침략당한 사실을 들었을까? 그와 조엘은 잘 숨어 있을까?

"아무튼 여기는 엘프 군사들이 지킬 거니까 염려 마. 밤이고 낮이고 철저하게 지키라고 명령해 뒀어. 다른 숙소를 찾을 때까지 당분간 여기서 지내."

레이븐의 목소리는 확고했다.

아침 식사를 할 동안, 누군가가 창문을 똑똑 두드렸다. 미스 윌리스가 창문 한쪽을 열고 모르게인을 안으로 들여보내 주었다. 요정은 오랜만에 본 친구들처럼 노파와 반갑게 인사를 나누었고, 우리 쪽에도 고개를 까딱해 보이며 인사를 한 다음에는 소파 팔걸이 위에 편안하게 앉았다.

오랜만에 본 모르게인의 얼굴은 피로한 기색이 역력했다. 미스 윌리스가 부엌으로 가더니 모르게인의 크기에 딱 맞는 찻잔을 가지고 나왔다. 찻잔에서 향긋한 수증기가 올라왔다. 찻잔 아래에는 거기에 딱 맞는 크기의 차 접시와 작은 쿠키가 놓여 있었다. 모르게인이 고마운 듯 노파를 바라보고는 쿠키를 먹기 시작했다. 우리는 침묵하며 작은 요정을 바라볼 뿐이었다. 쌍둥이는 신기해서 어쩔 줄 모르는 눈치였지만, 일단은 모르게인이 기운을 좀 차리는 게 급선무였다. 다행히 쌍둥이는 질문을 해 대기엔 너무 놀란 상태인 것 같았다.

모르게인이 차를 다 마시자마자 참지 못하고 질문을 늘어놓은 건 오히려 내 쪽이었다.

"모르게인, 이젠 말 좀 해 봐. 혹시 뭔가 새로운 소식 없어? 캘럼이 어디에 있는지는 알아? 아발라는 어때? 우리는 얼마나 여기 더 머물러야 돼?"

모르게인이 미안하다는 듯 고개를 저었다.

"캘럼이 어디에 있는지는 나도 몰라. 분명한 건 아발라에 돌아오진 않았다는 거야. 아마도 엘린이 성을 습격했다는 걸 제때 안 모양이야. 성에 차 있는 물은 아주 천천히 빠지고 있어. 아무튼 엘린은 정말이지 완벽한 때에 성을 습격했던 셈이야. 주말이어서 선생들도 적었고, 미론이나 멀린, 엘리시엔도 없었으니까. 마치 성이 비어 있을 걸 미리 알고 있었던 것 같아."

"그러고 보니 그렇네. 어떻게 알았을까?"

레이븐이 말했다.

"아발라를 물에 잠기게 한 의도는 뭐지? 단지 엠마를 붙잡으려고 그런 엄청난 일을 벌인 것 같지는 않아."

레이븐이 말했다. 나는 점점 더 조급해졌다. 도대체 캘럼은 어디에 있을까? 시간이 흘러갈수록 그가 그리워서 견딜 수가 없었다. 조엘과 베렝가로 헤엄쳐 간 후 무슨 일이 벌어진 걸까?

그날 오후, 더 이상은 호텔에 가만히 앉아 있을 수가 없어서 아멜리에게 전화를 걸었다. 아멜리는 대학에서 멀리 떨어지지 않은 곳에 방을 얻어서 살고 있었다. 게다가 혼자 세를 얻은 게 아니라 남학생 두 명과 함께 큰 집을 같이 쓰고 있었다. 정말 그녀다웠다.

외삼촌은 아멜리에게 아침 일찍 전화를 걸어서 우리가 도망쳐 온 일, 포트리에서 일어난 재앙 같은 사건에 대해 말한 후 여기로 찾아오지 말라고 당부했다. 혹시 우리를 뒤쫓는 자가 아멜리까지 목표로 삼을지 모르는 일이었기 때문이다. 하지만 나는 이야기를 나눌 누군가가 절실히 필요했다. 우리는 시내에 있는 한 카페에서 만나기로 약속을 했다.

카페에 들어서니 아멜리가 저쪽 구석의 테이블에 앉아서 나를 슬픈 눈으로 바라보았다. 우리는 한참 동안 서로를 부둥켜안았다. 가능하면 오랫동안 그렇게 계속 있고 싶었다.

카푸치노와 브라우니를 주문한 후, 지난 며칠 동안 일어났던 일을 아멜리에게 보고했다. 내 이야기를 듣던 아멜리의 얼굴이 점점 창백해졌다.

"집 전체가 다?"

아멜리가 나지막이 물었다.

나는 굳은 표정으로 고개를 끄덕였다.

"정말, 아무것도 할 수 없었어."

우리는 한참 동안 침묵하며 커피 잔만 만지작거렸다. 아멜리를 위로하고 싶었지만 그녀가 잃어버린 모든 것을 생각하니 어떤 위로의 말도 떠오르지 않았다.

"그럼 지금 캘럼이랑 조엘이 어디 있는지 모르는 거야? 그럼 엘린한테 잡혀 갔을지도 모르는 거잖아?"

아멜리의 물음에 무겁게 동의할 수밖에 없었다. 하지만 그렇게 되었을 거라는 생각만으로도 너무 끔찍해서, 그 가능성에 무게를 싣고 싶지는 않았다.

"그런 일이 없기만 바랄 뿐이야. 그보다 더 걱정인 건 혹시라도 캘럼이 살아 있고, 나를 찾아 헤매고 있지 않을까 하는 거야. 내가 어디에 있는지 알아내려면 엘프들과 연락을 했어야 하는데……."

"당연히 제일 먼저 엘프들한테 찾아가겠지."

아멜리가 내 손을 잡아 주며 말했다.

"그나저나 아빠, 엄마와 쌍둥이는 이제 어디로 가야 하지? 엘린한테 안전할 만한 곳이 도대체 어디에 있을까?"

"모르겠어. 일단은 엘프들이 미스 윌리스의 호텔에 우리를 묵게 해 줬어. 하지만 계속 거기 있을 수는 없어. 포트리에 있는 사람들이 집이 불에 타 있고 우리가 사라진 걸 보면 분명 이상하게 생각할 테니까. 외삼촌이 뭔가 둘러댈 거리를 생각하고는 있지만 과연 사람들이 그 말을 믿을지는 모르겠어."

"왜 우리한테 이런 짓을 하는 거지? 집에 불을 지르다니, 왜 그렇게 널 미워하는 거야?"

"나도 정말 알고 싶다고."

나는 볼멘소리로 중얼거렸다.

"하지만 어쩌면 이 모든 일에 대한 근본적인 정보를 좀 얻을 수 있을지도 몰라. 아발라 도서관에서 운디네에 대한 책을 읽었던 적이 있었거든. 많이는 아니었지만 어쩌면 그 책이 열쇠가 될지도 모르겠어."

거기까지 생각이 미치자 왠지 가슴이 뛰었다. 어쩌면 아멜리가 도와줄 수 있을지도 몰랐다.

"왜, 예전에 우리가 에든버러에 휴가 왔을 때 여기 도서관에 갔던 적이 있다고 말했었지? 그때 거기서 셀리코트에 대한 책을 한 권 찾았었어."

아멜리가 고개를 끄덕였다.

"기억나. 그때 갑자기 캘럼이 나타나서 놀란 토끼처럼 거기서 뛰쳐나왔다며."

"맞아. 그러면서 그 책을 바닥에 떨어뜨려서 잃어버렸는데 그 책 제목이 《구라겟 아눈》이었어."

"구…… 뭐?"

아멜리가 멍한 얼굴로 고개를 갸웃거렸다.

"웨일스 지방의 셀리코트를 그렇게 불렀대."

"흠."

"캘럼과 나는 운디네가 엘린의 영혼을 빼앗은 다음 그를 조종하고 있다고 생각해. 우리가 읽은 책에는 구라겟 아눈 종족에게 내려오는 전설에 그와 비슷한 경우가 있었다고 쓰여 있었어. 어쩌면 운디네에 맞설 수 있는 방법도 적혀 있을 수 있어."

"운디네에 맞서서 뭘 어쩌려고?"

아멜리가 여전히 영문을 모르겠다는 얼굴로 물었다.

"그럼 엘린의 영혼을 되찾아 주고, 그가 다시 제정신으로 돌아오게 할 수 있을지도 몰라. 운디네들은 타인의 영혼이 없으면 아무것도 못 하니까."

"엠마, 솔직히 말해서 네 얘긴 삼류 판타지 영화 스토리 같아. 영혼을 빼앗는다고? 그런……."

아멜리가 미소 지어 보였다. 약간 삐딱한 미소였다.

"그러니까 제발 나랑 같이 도서관에 가자."

아멜리에게 애원했다.

"그때 그 책, 다시 찾아야 해. 그것밖에는 뭘 해야 할지 다른 방법이 떠오르지 않아."

"알았어. 어차피 오늘 다른 할 일은 없었으니까."

계산을 마친 후 카페를 나왔다. 그런 다음엔 가을에도 조금도 줄어들지 않은 관광객들의 행렬을 헤치며 도서관으로 향했다.

에릭슨 박사가 기증했던 책들이 꽂힌 책장은 쉽게 찾을 수 있었지만 전에 떨어뜨렸던 그 책이 어디에 있는지는 알 수가 없었다.

"그때 떨어지고 난 다음에는 어떻게 되었는지 모르겠어. 아마 어딘가의 책장 아래에 들어갔을 수도 있어."

아멜리에게 말했다.

"그럼 뭐 청소하다가 발견해서 다시 꽂아 놨겠지."

우리는 조심스럽게 책장마다 아래쪽을 살펴봤지만 아무것도 발견하지 못했다.

"이제 남은 방법은 도서 카드를 뒤지는 것밖에 없어."

아멜리가 제안했다. 우리는 도서 카드가 들어 있는 앤틱 나무 서랍장을 바라보았다.

"아마 셸리코트 항목에서 찾아야 될 거야. 아니면 그 비슷한 데나. 넌 S에서 찾아 봐. 난 G에서 찾아볼게."

내 제안에 아멜리가 고개를 끄덕인 후 S 항목이 들어 있는 서랍을 꺼냈다. 나는 G 항목이 들어 있는 서랍을 꺼내서 함께 근처의 탁자에 앉았다.

눅눅한 곰팡이 냄새가 상자에서 올라왔다. 아멜리가 얼굴을 찡그리며 코앞에서 손을 부채처럼 흔들었다.

"푸하! 설마 책에서도 이런 냄새가 나진 않겠지? 진짜 역겹네."

씨익 웃은 후 도서 카드를 차례대로 넘겨보았다. 아멜리를 흘깃 보니, 손끝으로 카드를 넘기면서도 하나하나 꼼꼼히 훑는 것 같았다. 그리고 전에 내가 그랬던 것처럼 신기한 이름들이 나오자 놀라워했다.

"실프가 뭐야? 스프리건은 또 뭐고? 넌 뭔지 알아?"

"나도 모르지. 하지만 그저 전설이나 신화라고는 말 못하겠어. 우리가 사는 이 세계에 뭐가 더 있는지 어떻게 알겠어? 당장 눈앞에 보이지는 않지만 말야."

"너랑 피터는 그런 존재들이 보인다며?"

아멜리가 궁금해하는 눈으로 물었고, 나는 어깨를 으쓱해 보였다.

"그렇긴 하지만 실프는 한 번도 못 봤어."

아멜리가 킥킥거리며 카드 하나를 집어 올렸다.

"셀키는? 내 기억으로는 무슨 바다표범 모습을 한 인간이라며?"

나는 자리에서 일어나 과장된 몸짓으로 고개를 숙여 인사를 한 다음, 가상의 망토를 벗어 던지면서 낮은 목소리로 말했다.

"안녕하십니까요? 제 이름은 셀키, 제 바다표범 털옷을 벗으면 인간으로 변신합니다요."

아멜리가 깔깔거렸다.

"발끝까지 바다표범 털에 뒤덮여 있다가 불쑥 벌거벗은 남자가 나타난다고 생각해 봐!"

그때 도서관 사서 하나가 인상 쓴 얼굴로 문가에 나타나 우리를 흘겨보고 갔다.

"너라면 그런 상황에서도 절대 겁먹지 않을 것 같아."

중얼거리면서 내 자리에 다시 앉았다.

"중요한 건 벌거벗은 몸매가 보기 좋아야 하는데. 별로 볼거리가 없으면 의외로 조용히 입 다물고 있을지도?"

아멜리가 장난스러운 표정을 지어 보이며 음흉하게 웃었다.

나도 깔깔거렸다.

"조심해! 너도 셀키로 변하면 맨몸 위에 바다표범 털옷만 걸치고 살게 될 수도 있어."

우리는 키득거리며 도서 카드를 계속 넘겼다. 아멜리가 와 줘서 다행이었다. 안 그랬으면 오늘 하루 종일 해도 불가능했을 터였다.

내 카드는 이제 거의 끝을 향해 가고 있었다. 그때 카드 하나가 눈에 들어왔다. 자랑스럽게 머리 위로 카드를 들어 올렸다.

"빨리 일련번호나 말해!"

아멜리가 짜증을 내면서 자기 카드를 서랍장 안으로 다시 밀어 넣었다.

"HGwA 352 야."

우리는 대문자 H열로 시작되는 책장 쪽으로 갔다. 그 당시에 그 책이 내 눈에 띄었던 이유가 바로 눈높이에 꽂혀 있었기 때문이었다. 그래서 눈높이에 있는 책들을 손가락으로 훑으며 지나갔다.

"HGu 300, HOj 364, Hzi 564,는 있지만 HGw는 없어."

"내가 한번 볼게."

아멜리가 끼어들면서 직접 책장을 한번 죽 훑었지만, 책은 찾지 못했다.

"어쩌면 누가 빌려 간 걸지도 몰라."

아멜리가 손가락으로 턱을 만지며 말했다.

"허탕만 치느라 시간은 시간대로 낭비할 바엔 얼른 물어보는 게 낫겠어."

우리는 도서 카드를 들고, 책의 행방을 이야기해 줄 누군가를 찾아 도서관을 헤맸다. 도서관 안내 데스크에 가 보니 사서들이 앉아 있었다. 컴퓨터에 번호를 넣고 검색하는 데는 몇 초도 걸리지 않았다. 사서가 카드를 돌려주며 말했다.

"미안하지만 책은 대출된 게 아니에요. 컴퓨터에 있는 대로라면 분명 그 책장에 꽂혀 있어야 해요. 아니면 누군가가 다른 책장에 꽂아 놨을 수도 있어요."

"그럼 이제 어떻게 해?"

다시 에릭슨 박사의 기증 도서 쪽으로 발걸음을 돌리며 아멜리가 물었다.

"전혀 모르겠어."

나는 에릭슨 박사가 가져다 놓은 수많은 책들이 꽂힌 책장을 노려보았다.

"혹시 캘럼과 에릭슨 박사가 그때 책을 발견해서 빌려 간 게 아닌지 어떻게 알아?"

"그럼 캘럼이 진작에 구라겟 아눈에 대해 말했겠지. 안 그래?"

아멜리가 대답 대신 골똘히 생각에 잠겼다.

"무슨 생각해?"

내가 물었다.

"생각해 봐. 네가 청소부라면, 바닥에서 책을 한 권 찾았어.

그럼 어떻게 할 것 같아?"

"다시 책장에 꽂아 놓겠지?"

"그치. 그런데 정확히 어디에 꽂아 놓을까? 청소하는 사람이 시간도 없는데 책의 일련번호대로 정확히 제 위치에 다시 갖다 놓으려고 할까?"

"……안 그러겠지?"

"바로 그거야."

아멜리가 자신만만하게 대꾸했다.

"자, 이제 네가 정확히 어디에 책을 떨어뜨렸는지 떠올려 봐."

"그러니까 여기서 책을 이렇게 뽑아 들고……."

그 당시에 책을 뽑아 들었던 책장 앞에 섰다.

"그런 다음에는 복사를 하려고 복사기를 찾고 있었어."

손에 가상의 책을 들고 천천히 걷기 시작했다.

"책장 몇 개를 지나쳤을 때, 에릭슨 박사와 캘럼의 목소리가 들렸어. 그래서 책장 하나에 몸을 숨긴 다음, 무슨 말을 하는지 엿들었어."

몇 걸음을 되돌아간 뒤 이야기를 엿들었던 책장에 몸을 숨겼다. 그 책장은 중간 열에 있었다.

"확실하지는 않지만 여기 어디쯤에 서 있는데, 갑자기 캘럼과 눈이 마주쳤어. 너무 놀라서 책을 떨어뜨린 다음 막 달려 나간 거야."

"오케이. 그럼 여기쯤을 한번 보면 되겠군."

아멜리가 다리를 쪼그리고 앉아 책들을 살피며 말했다.

"일단 양쪽 책장의 맨 아래쪽을 살펴보자."

"책의 겉표지는 파란색이고, 좀 색이 많이 바래 있었지만 왠지 반짝거렸어. 그래서 눈에 확 띄었던……."

말이 채 끝나기도 전에 아멜리가 환호성을 터뜨렸다.

"짜잔! 내가 여기 찾은 게 뭐게?"

아멜리가 《구라겟 아눈》이라고 쓰인 파란 책을 흔들며 밝게 웃어 보였다. 그녀의 손에서 책을 넘겨받고 살펴보았다. 그 당시에 떨어뜨렸던 바로 그 책이었다.

"책을 찾아냈어! 너 아니었으면 불가능했을 거야. 이제 이걸 빌려서 뭐라고 적혀 있는지 살펴보자."

밝은 얼굴로 아멜리에게 말했다.

아멜리가 가방을 뒤적여서 도서 대출 카드를 꺼낸 다음 책을 빌려 주었다.

"같이 숙소에 가자."

밖으로 나가자마자 아멜리가 말했다.

"안 돼. 외삼촌이 말하길, 네가 여기 에든버러에 있다는 걸 엘린이 알게 되면 우리 모두를 찾아낼 수 있댔어."

"난 내 가족들을 보고 싶을 뿐이야. 그 따위 헛소리는 집어치우라 그래."

더 이상 만류해도 소용없다는 걸 깨닫고는 포기하기로 했다. 이제 외삼촌의 신경질을 대비해서 마음의 준비만 해 두면 되었다.

우리 둘이 나란히 숙소로 걸어 들어오는 걸 본 외삼촌의 얼굴이 창백해졌다. 하지만 그것도 잠시, 놀란 가슴을 진정한 후에는 딸을 얼싸안고 얼마나 좋아하던지! 그의 품에서 그럴 줄 알았다는 듯, 아멜리가 내게 눈을 찡긋거렸다. 역시 딸만큼 자기 아빠를 잘 아는 사람은 없다. 그런 다음엔 외숙모 차례였고, 호텔 로비는 눈물바다가 되었다. 그런 다음에는 모두 부엌에 앉아서 미스 윌리스가 가져다 준 금방 구운 초콜릿 케이크를 먹으며 재회의 기쁨을 나눴다.

마치 포트리의 우리 집 부엌에 앉아 있는 기분이었다. 장소는 달랐지만, 모두가 함께 있다는 사실만큼 기쁜 건 없었다. 하지만 그렇게 기쁜 가운데에서도 단 한 명, 내 안에서 나를 완전히 채워 주는 가장 중요한 존재는 빠져 있었다.

6장

그날 저녁, 아멜리는 자취방으로 돌아가는 대신 레이븐이 쓰던 침대를 차지하고 누웠다. 나는 아멜리가 쿠션에 몸을 묻고 뒹굴거리는 동안 《구라겟 아눈》을 펼쳐 보았다.

책은 생각했던 것보다 더 두꺼웠다. 서두는 구라겟 아눈 족의 '세상으로 통하는 문'을 닫아 버린 청년에 대한 이야기로 시작되고 있었다.

"뭐 재미있는 거라도 있어?"

아멜리가 졸음이 묻어나는 목소리로 물었다.

"아직 없어."

내가 대꾸했다.

"한번 소리 내서 읽어 줘 봐. 내 반나절을 투자해서 찾아낸 책 내용이 도대체 뭔지 나도 알 권리가 있잖아."

"그럼 예전에 읽었던 구절 중에 제일 흥미로웠던 곳을 읽어 줄게. 그 당시엔 셸리코트와 인간이 평화롭게 같이 살아갈 수 있는 방법이 없을까 고민하고 있었거든. 외삼촌 생각처럼 그들이 위험한 존재가 아니라는 걸 증명하고 싶었어."

그리고 그 내용에 해당하는 부분을 찾아 읽어 주었다.

전설에 따르면, 구라겟 아눈 족의 왕국으로 통하는 문은 어떤 암석 안에 있었고, 아주 오래전에는 그리로 드나드는 것이 허락되었다고 한다. 하지만 용기 있는 자들만이 그리로 접근할 수 있었다. 문으로 들어서면 그 안에는 아름다운 정원이 있어 원하는 만큼 머물다 갈 수 있었다. 정원은 과즙이 넘치는 과일과 꽃, 아름다운 음악과 여러 가지 진기한 것들이 가득했다. 이곳에서의 단 한 가지 규칙은, 정원 안의 그 어떤 것도 인간 세계로 가져가선 안 된다는 것이었다. 어느 날 한 청년이 정원의 꽃 한 송이를 꺾어 인간 세계로 가져갔다. 그리고 그가 인간 세계에 발을 딛는 순간, 꽃은 공중에서 사라져 버렸고 그도 정신을 잃고 쓰러졌다. 그 후부터 구라겟 아눈의 왕국으로 통하는 문은 영원히 닫혀 버렸다.

"나 참, 완전 바보 같은 놈이잖아."
아멜리가 고개를 흔들었다.
"아무튼 그 이야기는 도움이 안 되잖아, 안 그래?"
"그렇지."
한숨이 나왔다.
"좀 더 찾아봐야 해."

"그럼 수고해."

아멜리가 몸을 돌려 눕더니 금세 규칙적인 숨소리가 들렸다.

페이지를 넘기면서 한 단어, 한 문장을 꼼꼼히 읽어 내려갔다. 혹시라도 운디네에 관한 구절이 있는지 살폈다. 하지만 책의 중반에 이를 때까지 아무런 단서도 발견할 수가 없었다. 지금까지는 작은 이야기들과 전설에 대한 글뿐이었다. 인간과 만났던 이야기나 다른 신비 종족에 대해 쓰여 있었다. 하지만 책 어디에도 저자와 출판사명을 찾아볼 수 없다는 사실이 신기했다. 게다가 인간이 만든 것 같은 모양새였지만 책 표지가 은빛으로 반짝이는 걸 보면 왠지 인간 세계의 물건이 아닌 것 같기도 했다. 게다가 에릭슨 박사가 수집한 책들을 읽었을 때와는 다른 점이 있었다. 다른 책들에는 여러 종족들 특히 셸리코트들이 사악하고 음험한 존재인 양 서술되고 있었지만, 이 책은 여러 가지 민담이나 전설을 모아 놓은 자료라는 게 확실히 느껴졌다. 그렇다는 건 이 책이 구라겟 아눈 종족의 것일 수 있다는 걸 의미했다. 어떻게 이런 게 에릭슨 박사의 기증품 도서에 섞여 있었던 걸까?

갑자기 졸음이 밀려왔다. 눈을 비비고 책을 침대 옆의 작은 탁자 위에 올려두었다. 내일 계속해서 읽어 볼 생각이었다. 아직은 어떤 단서를 찾아낼 수 있을 거라는 희망이 있었다. 그리고 그 단서가 지금의 상황을 도울 수 있기만을 바랐다.

다음 날, 또다시 끝없이 무료한 하루가 시작되었다. 아무것도 할 수 없는 무력함 때문에 미칠 것 같았다. 무력함도 문제였지만 무지함도 마찬가지였다. 내 안 깊은 곳에서부터 두려움이 발톱을 드러내며 나를 안쪽부터 갉아 드는 것 같았다. 저녁이 되어 미스 월리스가 맛있어 보이는 만찬을 준비해 주었지만 한 입도 삼킬 수가 없었다. 만약 지금 당장이라도 캘럼이 나타나 준다면 다행이겠지만 뭔가 기분 나쁜 예감이 드는 건 어쩔 수 없었다. 그에게 분명 무슨 일이 일어난 거다. 마음 같아서는 밖으로 뛰쳐나가 차를 몰고 그대로 바닷속으로 돌진하고 싶었다. 만약 그가 무사하다면 여기 바깥세상보다 물속에서 나를 훨씬 더 빨리 찾아낼 수 있을 테니 말이다. 하지만 지금 같아서는 물속에도 그가 나타나지 못할 가능성이 컸다. 여기 바깥세상에서라도 나를 진작 찾아냈어야 했다. 마음만 먹는다면 하루 이상 걸리지 않을 거였다. 혹시 그에게 무슨 일이 생겼다면, 원인은 단 하나밖에 없었다.

그때 누군가가 현관문을 노크하는 소리가 들렸다. 모두들 깜짝 놀라 식사를 멈췄다. 접시 위에 포크와 나이프를 내려놓는 소리에서 불안함이 묻어났다.

미스 월리스가 몸을 일으켜 밖으로 나갔다. 그러고는 환한 얼굴로 돌아왔다. 그녀의 뒤로 레이븐의 얼굴이 보이자 마음이 좀 놓였다. 그리고 다른 엘프 몇 명이 뒤이어 들어왔다. 놀랍게도 아름다운 엘프 여왕 엘리시엔의 얼굴이 보였다. 엘리시엔이 안으로 들어오기 전, 엘프 군사 몇 명이 먼저 들어와 방 안에 위험 요소가 없는지 체크한 후 그녀를 방 중간으로 안내했다.

엘리시엔이 우리에게 미소 지어 보였다. 그녀에게 다가가 머리를 조아려서 경의를 표했다.

"엠마. 다시 보게 되어 얼마나 기쁜지 몰라요."

그녀가 여린 손을 내게 내밀며 말했다. 레이븐이 우리 가족을 한 명씩 그녀에게 소개했다.

이렇게 모든 엘프들이 찾아온 이유가 뭔지 궁금했지만, 미스 윌리스가 그들의 망토를 벗겨 주고 거실로 안내할 때까지 꾹 참아야 했다. 엘리시엔 여왕이 레이븐과 함께 거실 소파에 자리를 잡고 앉은 후, 우리에게 손짓하며 곁에 앉기를 권했다. 엘프 군사들은 현관 복도에 일렬로 섰다.

"그대가 이곳 은신처로 피신하기로 결정해 주어 얼마나 기쁜지 몰라요, 에단."

엘리시엔이 외삼촌에게 말했다.

"여기는 인간 세상에서 그나마 안전한 곳이죠. 만약 그대가 여기까지 발걸음 해 주지 않았다면 엘린으로부터 그대들을 지켜 내지 못했을 거예요. 그랬다면 우리 자신을 용서하지 못했을 거고요. 그대들이 반드시 알아야 할 건, 우리 세계에는 인간들에게 결코 어떤 해도 끼치면 안 된다는 게 엄격하게 규율로 정해져 있다는 거예요. 그대들에게 일어난 모든 일, 엘린으로 인해 입은 상처와 고통에 대해 모든 종족을 대신해서 진심으로 죄송하게 생각합니다."

외삼촌은 대답 대신 입을 반쯤 벌린 채 이 아름다운 엘프를 멍청하게 바라보고 있었다. 피터가 그를 쿡 찌르며 히죽 웃었다. 외숙모도 긴장을 풀고 큭큭 웃고 말았다. 외삼촌이 저렇게 말을 잃은 모습이야말로 우리 모두에게 새로운 경험이었기 때문이다. 대답하기 전, 그가 잠시 헛기침을 했다.

"다…… 당연히 여왕님이나 다른 종족들 탓이 아니라는 건 알고 있습니다. 당신들을 탓할 생각은 전혀 없었어요. 이 모든 게 다 엘린 하나 때문이라는 건 압니다."

"그렇게 생각해 주니 감사해요. 앞으로는 엘린에게 좀 더 강력하게 대응할 생각입니다. 더 이상 그가 행패 부리는 걸 놔둘 수는 없어요."

더 이상은 참을 수가 없어서, 무례함을 무릅쓰고 오랫동안 참아 왔던 질문을 던졌다.

"여왕님, 죄송하지만 캘럼이 어디 있는지 아시나요? 혹시 엘린에게 당한 건 아닌가요? 아발라가 침략 당한 이후, 캘럼에 대한 소식도 끊어졌어요. 마치 땅이 꺼져서 캘럼을 삼킨 것처럼요. 그가 당장이라도 나타나지 않으면 직접 찾아 나서려고 생각하고 있어요."

레이븐의 얼굴이 붉으락푸르락해지는 게 보였다. 하지만 레이븐이 화를 내든 말든, 내게는 그게 중요한 게 아니었다.

엘리시엔이 내 손을 잡고 말했다.

"엠마, 걱정하지 말아요. 캘럼은 지금 엘프들의 도시 레일린에 있답니다. 부상을 입었기 때문에 여기로 찾아올 수 없었던 거예요."

그 말을 듣자 온몸에 힘이 빠지며 정신이 아득해졌다.

"심하게 다쳤나요? 그를 만나러 가 볼 수 있을까요? 무슨 일이 있었던 거죠?"

엘리시엔의 말에 가족들도 동요했고, 내 입에서 거의 반사적으로 질문들이 쏟아져 나왔다. 나는 마치 모든 대답이 그녀의 눈빛에 있기라도 한 것처럼 절박한 심정으로 엘리시엔의 눈만 바라보고 있었다.

"생명에는 지장이 없어요. 다행히 너무 늦지 않게 캘럼과 조엘을 발견했으니까요. 하지만 우리 쪽 치료사들이 상처가 조금이라도 더 빨리 회복되도록 인공 수면 상태에 두게 했어요."

"언제 그를 만나러 갈 수 있나요?"

나도 내가 집요하다는 건 알았지만, 어쩔 수가 없었다. 엘리시엔의 곁에서 레이븐이 한숨 쉬는 소리가 들렸다. 지금 내 행동을 변명할 생각은 없었지만, 단단히 각오해 두는 게 좋을 것 같았다.

그때 엘리시엔이 내 손을 놓고 벌떡 일어섰다.

설마 내가 그녀를 화나게 만들었나? 두려움 때문에 손이 차가워졌다. 만약에 캘럼을 못 만나게 하면 어쩌지? 온갖 걱정과 두려움이 밀려왔다. 하지만 엘프들은 언제나 우리에게 친절했으니, 캘럼을 걱정하는 내 마음도 이해해 주지 않을까?

"실은 우리가 온 이유도 그대와 그대의 가족을 레일린에 초대하기 위해서예요. 레일린이라면 엘린의 손아귀에서 여러분을 지킬 수 있을 테니까요. 우리가 모든 문제를 해결할 때까지 레일린에 머물도록 하십시오."

침묵이 흘렀다. 우리 가족 모두가 엘프들의 수도인 레일린에 머물게 되다니! 앞으로 무슨 일이 벌어지게 될지 알 수 없는데 인간 세상을 떠나는 게 현명한 행동일까?

　"왜냐하면 이곳도 결코 엘린으로부터 안전하지 않기 때문이에요. 운디네들은 우리 예상보다 더욱 세력을 확장하고 있고, 어쩌면 이곳도 벌써 노출되었을지 몰라요. 마치 우리가 어떤 행동을 할지 예상하는 것 같은……. 우리 앞의 위험은 예상을 뛰어넘고 있어요. 우리 중 누구라도 희생될 수 있죠."

　엘리시엔의 눈빛이 내게 머무르자 나는 고개를 끄덕이며 바닥을 바라보았다. 무슨 뜻인지 이해했기 때문이다.

　"엘프 장로들은 이 모든 결정에 이미 동의했습니다. 에릭슨 박사, 레이븐과 조엘은 여러분을 레일린으로 모시는 임무를 맡게 되었어요. 사실 이전까지는 레일린에 인도자 이외의 인간의 방문이 허가되었던 적이 없었으니, 부디 우리의 신뢰를 저버리는 일이 일어나지는 않았으면 좋겠군요."

　감히 어떤 말도 입에 올릴 수가 없었다. 레이븐이 침묵을 깨고 재촉했다.

　"그럼, 이제 신속히 짐을 꾸리세요."

　"저…… 모두라는 말은 정말 '모두' 포함되는 건가요?"

　아멜리가 물었다. 다들 아멜리를 쳐다보았다.

　"당연히 여기 있는 누구라도 혼자 남게 되면 위험합니다. 물론 강요할 수는 없겠죠. 우리가 그대들 모두를 지켜 주려면 레일린으로 함께 가 주는 수밖에 없어요."

엘리시엔이 대답했다.

"아뇨. 그런 말이 아니라……."

아멜리의 얼굴이 홍당무처럼 빨개졌다. 도대체 무슨 일이지?

"아……. 그러니까 저…… 혹시…… 아……."

이제는 말까지 더듬는 것이었다.

"물론 그대도 다른 모두와 똑같이 소중합니다. 아멜리! 엘린이 그대에게 무력을 행사하게 된다면 당연히 우리는 모든 수단을 동원해서 그대를 구해 낼 거예요."

엘리시엔이 아멜리가 입 밖에 꺼내지 못한 질문에 대답해 주었다.

아멜리가 감사한 듯 고개를 끄덕였다.

"하지만 제 물건이 지금 다 자취방에 있어서요."

이제는 한결 가벼워진 목소리였다.

엘리시엔이 자취방이라는 말을 알 리가 없었다. 하지만 그게 뭔지 묻는 대신, 엘프 군사들에게 아멜리와 동행해 주라고 명령했다. 그제야 아멜리의 속셈을 알아챘다. 엘프 군사들에게 둘러싸여 자취방으로 향하면서 황홀한 얼굴로 내게 눈을 찡긋해 보이는 것이었다. 이제 엘프 군사들이 좀 가여웠다. 아멜리가 짐 싸는 건 지켜보는 것만으로도 괴로울 테니 말이다.

아멜리가 집을 나서자 나도 방으로 가서 불에 탈 운명에서 목숨을 건진 몇몇 물건과 도서관에서 빌려 온 《구라겟 아눈》 책을 가방에 집어넣었다.

출발 준비가 다 될 때까지는 한 시간 정도가 걸렸다. 레이븐이 미스 윌리스에게도 같이 갈 것을 권했지만, 그녀는 자신의 집을 떠날 생각이 없는 것 같았다. 부디 그녀가 무사하길 빌었다.

우리는 차에 올라 에딘버러를 떠났다. 엘리시엔이 피터에게 미리 만날 장소를 알려 준 모양이었다. 피터는 내비게이션을 켜 놓고 또다시 몇 시간 동안이나 어둠 속을 달렸다.

오늘 하루에 일어난 일에도 불구하고, 아니 바로 그 일들 때문에 긴장했던 탓인지도 모르지만 깜박 잠이 들었던 모양이었다. 얼마나 시간이 흘렀을까. 차의 단조로운 흔들림이 멈추자 눈이 떠졌다. 주위는 칠흑같이 어두웠고, 에단과 피터가 전조등을 끄자 그야말로 암흑의 한가운데 있는 것 같았다. 눈이 어둠에 적응하기까지는 약간의 시간이 걸렸고, 천천히 주변의 실루엣이 보였다.

일단 모두 차에서 내렸다.

"피터, 이젠 어떻게 해?"

내가 속삭였다.

"아마 우리를 마중 나올 거야."

그도 속삭였다.

"왜 그렇게 속삭거려?"

아멜리가 큰 목소리로 묻는 바람에 화들짝 놀랐다. 새 한 마리가 크게 울었다. 아마 새도 놀란 모양이었다.

주위를 둘러보았다. 나무 잎사귀가 바람결에 흔들리는 소리가 났다. 우리는 한참 동안이나 나뭇잎이 사르륵 부딪히는 소리, 발밑에서 잔가지가 부러지는 소리에 귀 기울였다. 그리고 차 옆에 꼭 붙어 서서 언제라도 도망칠 준비를 했다. 시간이 흐르자 두려움이 사라졌고, 숲에서 느껴지는 따스한 대지의 향기가 어린 시절 엄마와 함께 숲에서 야영하던 기억을 떠올리게 했다. 그러고 보니 평범하게 살았던 게 언제였는지 기억도 나지 않았다. 이제는 돌이킬 수도 없다. 고개를 흔들며 약한 생각을 떨쳐 버렸다. 저 어둠 속 어딘가에서 캘럼이 나를 기다리고 있었다. 언젠가는 두려움 없이 살아갈 수 있을 날이 올 거다. 그런 날이 반드시 찾아오리라는 걸 믿어야 했다. 안 그러면 이 모든 걸 견뎌 낼 수 없었다.

"저기 보여요?"

한나가 내 곁에서 손을 꽉 잡으며 물었다.

"뭐가?"

내가 속삭였다.

"저쪽요."

한나가 어둠 속 어딘가를 가리켰다.

"저기 불빛이 오고 있어요. 반짝거리는 게 보여요."

눈을 가늘게 뜨며 좀 더 자세히 바라보니, 어둠 사이에서 희미하게 반짝이는 빛이 보였다. 잠시 후, 아멜리가 외쳤다.

"보여! 누군가가 횃불을 들고 오고 있어!"

그제야 내 눈에도 무언가가 다가오는 게 보였다.

외삼촌은 그 모든 게 미심쩍었는지 여자들을 자동차 속으로 집어넣었다.

"우리가 가 보마. 만약 뭔가 이상한 낌새가 있으면 즉시 자동차를 출발시켜. 가능한 한 빨리 말이다. 알겠지?"

아멜리가 운전대를 꽉 잡고는 고개를 끄덕였다. 외숙모는 뒷좌석에 앉아 쌍둥이를 꼭 끌어안았다. 앰버가 답답했는지 제 엄마의 품에서 떨어지려고 몸을 비틀었다.

나는 바깥에 무슨 일이 벌어지는지 보기 위해 목을 길게 뺐다.

불빛이 점점 가까이 다가왔다. 에단과 피터가 불빛을 향해 걸어갔다. 불빛이 점점 밝아지며 주위를 환하게 비추자 그들의 얼굴이 보였다. 레이븐, 아미아와 미로였다. 그제야 마음이 놓였다. 그들 뒤로는 흰 갑옷을 입은 엘프 군사들이 뒤따르고 있었다. 차 문을 박차고 달려 나가 아미아를 끌어안았다. 아미아를 설마 여기서 보게 될 거라고는 생각하지 못했다. 긴장이 풀리자마자 나도 모르게 흐느끼며 울었다. 아미아가 나를 꼭 끌어안으며 내 귓가에 무언가를 속삭였지만 너무 격하게 흐느끼느라 무슨 말인지 알아듣지는 못했다. 하지만 조금씩 진정이 되며 지난 며칠 동안의 긴장감이 사라지는 게 느껴졌다.

간신히 그녀에게서 몸을 떼자, 미로도 밝게 웃으며 나를 끌어안아 주었다.

"방금 캘럼이 깨어났어. 눈 뜨자마자 널 찾더라."

금세 설렘이 마구 솟아오르는 것 같았다. 이제 내가 원하는 건 단 하나, 그에게 달려가는 것뿐이었다. 엘프 군사들이 짐을 대신 들고 우리를 호위하며 둘러섰다. 피터와 에단은 엘프들의 도움을 받아 자동차를 풀숲 사이에 숨겼다. 아미아가 내 손을 잡았고, 우리는 조심스럽게 엘프들의 뒤를 따랐다.

"한참 가야 해?"

아미아에게 물었다. 다행히 아미아가 고개를 저었다.

"조금만 가면 돼. 그럼 결계를 넘을 거야."

"결계?"

내 눈에는 스코틀랜드의 광활한 숲만 펼쳐져 있을 뿐이었다.

"설마 레일린의 입구가 아무나 드나들 수 있도록 그냥 열려 있을 것 같아?"

"글쎄. 별로 깊게 생각해 볼 겨를도 없었어."

아미아가 내 손을 꼭 잡았다.

"이제 금방 도착해. 모든 게 다 잘될 거야."

제발 그렇게 되기만 바랐다.

"그런데 너희 둘은 여기서 뭐해?"

호기심에 물었다.

"아발라가 침략되기 전에 엘프들이 망명을 제안했었거든. 베렝가로 돌아가고 싶지 않거나 사정이 있어 돌아갈 수 없는 셀리코트들을 레일린에서 받아 주겠다고 해서 우리도 그 제안을 받아들였어."

미로가 아미아의 손을 잡으며 말했다.

"여기가 아미아에게 더 안전할 거라고 생각했어. 캘럼에게

서 베렝가의 상황을 듣고 난 후에는 이 결정이 백번 옳았다고 확신해."

베렝가의 상황이 어떻기에? 미로에게 묻고 싶었지만, 갑자기 내 주위의 공기가 이상하게 반짝이기 시작했다. 우리 주위로 미세한 입자들이 몰려들었고, 엘프들이 곧장 어딘가로 걷자 우리도 서둘러 그들 뒤를 따랐다. 드디어 반짝거리는 입자가 사라지자, 눈앞에 거대한 도시가 나타났다. 달빛 아래 수없이 많은 단층-다층형 건물이 보였다. 도시는 어둠과 고요에 잠겨 있었다.

"밤이네."

내가 중얼거렸다.

"당연히 밤이지. 무슨 생각을 한 거야?"

레이븐이 물었다.

어깨를 으쓱하며 대꾸했다.

"아니, 너희 종족은 잠을 안 자니까 당연히 밤도 없을 거라고……."

"우리가 달을 멈출 수 있을 거라고 생각한 거야? 엠마, 너도 네가 가끔 웃긴 거 알지?"

레이븐이 킥킥거렸다.

하지만 레이븐이나 나 자신의 바보스러움에 화를 내고 있을 여유가 없었다. 엘프 군사들은 계속 어딘가를 향해 걸었다. 길 위에는 아무도 없었다. 양초가 타고 있는 회색 램프에서 흘러나오는 희미한 빛이 자잘한 조약돌이 깔린 길 위를 비추고 있었다. 이따금 고양이들이 우리 다리에 몸을 비비며 다가와서 인사를 하고 갔다. 그때마다 앰버가 깜짝 놀라 비명을 질렀다. 무엇보다도 독특한 건축 양식이 시선을 끌었다. 사방이 어두워서 잘 알아볼 수는 없었지만, 건물 자체가 둥근 모양인 건 확실했다. 내일 해가 뜨면 좀 더 자세히 볼 생각이었다. 건물의 화려한 색상이 희미한 램프 빛 아래 드러나 은은하면서도 신비로워 보였다.

드디어 레이븐이 올리브색의 이층집 앞에 멈췄다.

"이곳은 손님용 숙소 중의 하나예요. 엘리시엔 여왕님이 이곳을 장기적으로 사용할 수 있게 해 주셨으니까 편안히 쉬세요. 분명 지난 며칠간 많이 힘드셨을 테니까요. 내일 아침 일찍 와서 도시를 구경시켜 드릴게요."

레이븐이 문을 열자 엘프 군사들이 우리 짐을 집 안까지 가져다주었다.

"캘럼은?"

레이븐에게 속삭였다.

"당연히 이 집 안에 있지. 안 그럼 네가 캘럼을 보게 해 달라고 계속 날 들들 볶을 테니 말야. 네가 여기 도착하기 전에 미리 캘럼을 옮겨 놓으라고 지시했어."

레이븐을 끌어안고 뺨에 입을 맞춰 주었다.

"네가 최고야."

"각오 단단히 해야 할걸? 캘럼을 돌보는 건 까다로운 일이야. 그를 보낸다는 말에 엘프 치료사들이 얼마나 좋아하던지!

아무튼 이젠 네가 캘럼 담당이니까 기분을 맞춰 주든 들들 볶든 마음대로 해."

레이븐이 장난스럽게 웃으며 말을 이었다.

"2층 두 번째 문이야."

더 이상 지체할 겨를도 없이 곧장 계단을 올라 2층으로 달려갔다. 문 앞에서 잠시 머리를 매만진 후 심호흡을 했다. 그러고는 조심스럽게 손잡이를 내리며 문을 열었다. 몇 발짝 걷자 그의 침대 앞에 서 있었다.

캘럼은 잠들어 있었다. 얇은 이불 아래에 그의 훤칠한 몸매가 드러났다. 조심스럽게 이불을 들추자, 배에 큼지막한 붕대가 감겨 있는 게 보였다. 깜짝 놀랐다. 아무도 배에 상처가 있다는 말을 해 주지 않았던 것이다. 가만히 그를 바라보니, 얼굴이 창백해 보였다. 고요한 가운데 그가 규칙적으로 숨을 들이쉬고 내쉬는 소리가 들렸다. 그를 깨우지 않으려고 조심하면서 침대 모서리에 앉아 자꾸만 얼굴로 떨어지는 머리카락 몇 가닥을 가만히 귀 뒤로 넘겨 주었다. 그런 다음에는 곁에 놓인 부드러운 천으로 그의 이마를 닦아 주었다. 그의 이마에 고뇌에 찬 주름이 깊게 새겨져 있었다. 더는 참을 수 없었다. 신발을 벗고 청바지와 티셔츠도 벗어 바닥에 놓은 다음 그의 품에 파고들었다. 그의 가슴 위에 머리를 대고 조심스럽게 그의 배를 끌어안았다. 그가 눈을 뜨지 않은 채 나를 자신의 품으로 천천히 끌어안는 게 느껴졌다. 그제야 오랫동안 참았던 눈물이 볼을 타고 흘러내려, 캘럼의 가슴 위로 떨어졌다. 오래된 기억들이 새록 새록 떠올랐다. 캘럼을 엘린에게서 구출한 뒤, 아발라에서 이렇게 다친 그를 바라보던 밤이 떠올랐다. 그때도 그가 어찌나 보고 싶던지 그의 방으로 가 그와 함께 누웠지. 그리고 얼마 지나지 않아 그의 입에서 너무도 잔혹한 말들을 들어야 했다. 더는 나를 사랑하지 않는다고. 우리 사랑은 실수였을 뿐이라고.

슬픈 추억에 심장이 조여드는 것 같았다. 그를 좀 더 세게 끌어안으며 다짐했다. 이제는 절대로 그에게서 떨어지지 않겠다고.

"엠마."

그가 중얼거리는 소리가 들렸다. 깜짝 놀라 캘럼의 얼굴을 바라보니, 눈은 그대로 감겨 있는 상태였다. 아마 나에 대한 꿈이라도 꾸는 모양이었다. 미소 지으며 그의 품 안에서 잠이 들었다.

새들이 지저귀는 소리, 누군가가 계단을 오르락내리락 하는 소리에 눈이 떠졌다. 눈을 가늘게 뜨고 포트리 집 내 침대 위에 걸려 있던 그림을 떠올리며 벽을 훑어봤지만, 민트 색 벽이 눈에 들어오자 좀 당황하고 말았다. 게다가 초록색 식물이 벽을 타고 천장까지 드리워져 있었다. 눈을 비비며 몸을 일으켰다.

"이제야 일어났군. 잠꾸러기 같으니."

이 세상에서 가장 달콤한 목소리가 귓가를 간질였다.

그제야 간밤의 일이 기억났다. 고개를 돌려 캘럼을 바라보았다. 그가 미소 띤 얼굴로 나를 바라보고 있었다. 조금 위쪽으로 몸을 움직여서 그에게 키스했다. 그러자 그의 입에서 신음 소리가 흘러나왔다. 그제야 그가 다쳤던 게 기억나 움찔하며 뒤로 물러났다. 그가 쿠션에 몸을 묻으며 말했다.

"완고한 엘프 노인들이 이렇게 과격한 애정 표현을 당한 걸 알면 화낼 것 같은데."

"미안."

말을 더듬으며 그의 붕대 감긴 배와 가슴을 손으로 쓸어내렸다.

"많이 아파? 내가 뭘 해 줘야 할까?"

그가 나를 진정시키려는 듯 볼을 쓰다듬었다.

"엠마, 괜찮아. 걱정 마. 그렇게 심하진 않아."

고개를 끄덕이긴 했지만 완전히 안심되진 않았다.

"저쪽에 마실 것 좀 줄래?"

그가 눈을 감은 채 침대 옆에 놓인 물병을 가리켰다. 그의 호흡이 거칠었다.

병에 담긴 액체를 컵에 따르니 금빛으로 반짝였다. 캘럼이 액체를 벌컥벌컥 마셨다. 그에게서 컵을 받아 들고 보니 다시 혈색이 돌아오는 걸 느낄 수 있었다.

"나아졌어?"

그가 고개를 끄덕인 후 눈을 떴다. 그러고는 조심스럽게 몸을 일으켜서 침대 헤드보드에 몸을 기댔다.

"이제 내게 와 봐. 너무 오래 보고 싶었어."

"정말 괜찮겠어?"

미심쩍은 듯 그의 붕대감은 배를 바라보았다.

그의 사인이 떨어지자마자 그의 품 안으로 뛰어들었다. 물론, 조심을 기했다. 이마 위에 그의 입술이 오랫동안 머무르는 게 느껴졌다.

"네가 죽은 줄 알았어."

그가 말했다.

"포트리에서 너희 집이 불타는 걸 본 순간……. 조엘이 말리지 않았다면 그대로 불구덩이에 갇혀서 재가 되었을 거야. 그랬다면 적어도 엘린의 소원 하나는 제대로 이뤄진 거지. 제정신이 아니었어. 네가 거기 갇혀 있을 거라고 생각했으니까."

심장이 쿵쾅거렸다.

"설마, 불 속으로 뛰어들었던 거야? 정신 나갔어?"

"이성적으로 생각할 수가 없었어. 불을 보는 순간, 그 안에서 비명 소리를 들은 것 같았어. 모든 게 악몽 같아."

"하지만 우린 진작 거길 피해서 도망쳐 있었어. 엘린은 허탕친 게 분해서 집에 불을 놓은 거야. 엘린이 우리 가족을 해치러 포트리로 갈 거라고 레이븐이 미리 내다봐 준 덕에 모두 목숨을 구할 수 있었어."

"나도 레이븐한테 들었어. 엘프들이 조엘과 나를 찾아 포트리까지 와 주지 않았다면 나도 지금쯤은 어떻게 되었을지 몰라. 너희 집이 불타는 걸 보고 집에 뛰어들었다가 2층 천장이 무너지는 바람에 배를 다쳤어. 조엘이 날 끌어내서 일단 목사관으로 데려갔지만, 손쓸 방법이 없어 발만 동동 구르고 있던 참이었지. 나도 내가 그렇게 크게 다친 줄 몰랐어. 낡은 집이라 불길이 생각보다 빠르게 번지더라고. 조엘의 비명 소리가 들리는가 싶더니 정신을 잃었던 것 같아."

캘럼의 호흡이 거칠어졌다. 분명 아직도 많이 고통스러운 모양이었다.

"왜 그랬어! 내가 집에 있었다고 해도 이미 죽었을 거야."

나지막이 중얼거렸다.

"엘린에게 잡혔다면 더 끔찍한 결말을 맞았을 거고."

"네가 불길에 삼켜진다는 상상만으로도 견딜 수가 없었어. 널 영원히 못 보게 될까 봐 너무 두려웠으니까."

그가 머리칼을 쓸어 올리며 한숨을 내쉬었다.

"아무튼 이번에도 운명은 우리 편이 되어 주었잖아."

짐짓 명랑하게 그의 기분을 풀어 주려고 했다. 캘럼이 지친 얼굴로 미소 지었다.

"다시는 그런 위험한 짓 하지 않겠다고 약속해. 네 생명은 이제 너의 것이 아니잖아. 너희 종족에겐 네가 필요하니까 절대 가벼운 생각으로 경거망동하면 안 돼! 내 말 듣고 있어?"

"물론. 단지 네가 위험에 처하면 언제라도 다시 그렇게 할 거야."

캘럼이 나를 가까이 끌어안고 내 얼굴에 작은 입맞춤을 수 없이 했다.

"그런 말 하면 안 돼."

그를 밀어냈지만 마치 머리와 몸이 따로 노는 것 같았다. 결국 너무도 빨리 포기하고 말았다. 다른 누군가가 그가 이성적으로 생각할 수 있도록, 자신의 역할을 일깨워 줘야 했다. 난 그의 앞에서 너무도 무력했다. 그의 품 안에 있으니 마치 어린 시절 땅에 떨어뜨려 눈 깜짝할 사이에 녹아 버리던 아이스크림이 된 것 같았다. 지금 이 순간, 내가 바라는 건 그와 함께 있는 것뿐이었다.

누군가 노크하는 소리에 어쩔 수 없이 그에게서 떨어졌다. 몸을 일으켜 문을 여니 앰버가 밝은 얼굴로 서 있었다. 평소 같았으면 그냥 다짜고짜 들이닥쳤을 텐데, 어떻게 문을 두드릴 생각을 다 했는지 신기했다.

"언니, 여기 정말 신기한 거 많아요. '반지의 제왕'은 다 뻥이었던 거 있죠! 언니도 여기 한번 둘러봐야 돼요."

말소리만 들어도 앰버가 얼마나 흥분했는지 알 수 있었다.

"앰버, 왜 노크한 거니?"

"아참."

앰버가 머리를 긁었다.

"밥 먹으러 오래요."

"먼저들 먹으라고 해. 샤워하고 내려갈게."

앰버가 고개를 끄덕이며 방 안을 기웃거리려고 목을 길게 뺐다.

"샤워한단 말이죠?"

히죽 웃으며 물었다. 제 언니 아멜리의 영향이었는지, 벌써 눈치가 백단이었다.

"그래, 샤워!"

그러고는 황급히 문을 닫았다.

"내가 내려가서 밥 가져다줄까? 아니면 같이 내려갈 수 있을 것 같아?"

캘럼을 바라보며 물었다.

"일단은 너랑 같이 침대에서 먹는 것도 나쁘지 않을 것 같아."

"알았어. 그럼 먹을 것 좀 가져올게."

혹시라도 캘럼이 외삼촌 부부에게 예절 바른 모습을 보이려고 들기 전에 서둘러 청바지와 티셔츠를 주워 입고는 맨발로 계단을 달려 내려갔다.

밝은 데서 보니 집의 첫인상은 평범했다. 하지만 자세히 보면 볼수록 일반적인 집과는 전혀 달랐다. 사방에서 부드럽고 따스한 바람이 느껴졌다. 그렇다고 춥거나 벽에 구멍이 뚫린 건 아니었고, 통기성이 좋은 느낌이었다. 벽 위에는 생화가 피어 있었는데, 핑크색부터 하늘색까지 각양각색으로 빛과 향기를 내뿜었다. 복도 중간에는 거대한 크기의 나무줄기가 하늘로 뻗어 있었는데, 둥치가 팔로 다 안을 수 없을 정도로 두꺼웠다. 나무가 뻗은 방향을 따라 눈을 들어 보니, 그냥 나무둥치만 갖다 놓은 게 아니라 나무 한 그루가 집 중앙에서 자라고 있었던 거였다. 어찌나 크던지 집 바깥으로 나가야 나무 우듬지가 보일 것 같았다. 나무줄기에 앉아 있던 알록달록한 새 한 마리가 내가 낯선지 몇 번 울더니 이내 어깨에 날아와 앉았다. 그리고 마치 인사라도 하듯 내 귓불을 몇 번 톡톡 쪼고는 열린 창문을 통해 바깥으로 포르르 날아갔다. 부엌에는 아무도 없었다. 좀 더 살펴보니 정원 쪽으로 향하는 유리문이 열려 있었고, 가족들이 정원에 앉아 있는 게 보였다. 목이 말라 주변을 둘러보니, 부엌 중간에 밝은색 돌로 만들어진 분수가 있었는데 그 위에 컵 몇 개가 놓여 있었다. 컵으로 물을 떠서 마시니 물에서 꽃과 레몬, 풀 내음이 감돌았다. 이렇게 맛있는 물은 처음이었다. 한 잔 가득 채워 마신 후 한 잔을 더 마셨다. 부엌 구석에는 커다란 화덕이 있었고, 그 위에 청동 프라이팬과 냄비가 보였다. 프라이팬에서 계란 프라이와 베이컨 냄새가 나자 입에 침이 고였다. 하지만 일단은 밖으로 나가 가족들에게 아침 인사를 해야 할 것 같았다. 문으로 나가려다가 무언가에 걸려서 넘어질 뻔했다. 바닥에 크고 뚱뚱한 고양이 한 마리가 버티고 있었기 때문이다. 미안해서 머리를 쓰다듬어 줬지만 그러거나 말거나 신경도 쓰지 않았다.

작은 정원 주위로는 어른 키만 한 울타리가 둘러져 있었는데, 집 안과 마찬가지로 정원 곳곳마다 작은 꽃들이 피어 있었다. 정원 바닥은 낮은 잔디와 작은 데이지 꽃으로 뒤덮였고 두 그루의 나무가 서 있었는데, 가지에는 처음 보는 열매가 달려 있었다. 어쩌면 저 작은 꽃도 데이지가 아닐지 몰랐다. 내 식물학 지식은 별로 미덥지가 않았다.

외숙모가 나를 제일 먼저 발견하고는 밝은 얼굴로 맞아 주었다.

"어서 와! 여기 앉아."

레이븐도 피터 옆에 앉아 있었다.

"감사하지만 캘럼이랑 같이 방에서 먹을게요. 아직 일어나면 안 된다더라고요. 혼자 먹게 하긴 그러니까……."

외숙모가 이마를 탁 치며 말했다.

"내 정신 좀 봐. 당연히 그러렴. 너희 둘이 먹을 걸 준비해 줄게. 아무튼 여기 정원에 앉아 있으려니까 너희들 생각이 나더구나. 정말 아름답고 상쾌해. 이따가 남편이랑 피터한테 부탁해서 캘럼을 부축해서 여기 데리고 내려오면 좋을 것 같아. 긴 의자에 눕혀 놓으면 되니까. 분명히 방에만 있는 것보다 건강에 좋을 거야."

또 나왔다, 저놈의 건강! 내 표정을 본 아멜리와 피터가 킥킥거렸다. 외숙모는 누가 아픈 꼴을 못 보는 것 같다. 또 누가 아프다는 말만 들으면 저렇게 끊임없이 건강 마니아처럼 사람을 들들 볶는다. 아마 질려서라도 빨리 병이 나을 것 같다.

식탁 위 채반에 담긴 과일 하나를 집어 들었다. 짙은 붉은색 과육이 시선을 끌었기 때문이다. 하지만 과연 무슨 맛일지 의심스러워 엄지와 검지 사이에 집어 든 채 잠시 노려보았다.

"안심하고 먹어. 오늘 아침 일찍 시장에 나온 거라 신선하고 맛있어. 아마 인간 세계의 체리랑 비슷한 맛일 거야. 칼릭이라고 하는데, 늦여름에 수확하고 금방 딴 게 가장 맛있어. 가장 신선하고 맛있을 때 수확하려고 농부들이 늦은 저녁에 따서 다음 날 아침 일찍 가져오는 거야. 캘럼한테도 좀 가져다 줘. 몸을 치유하는 효과가 탁월해서 엘프 치료사들이 적극 권하는 과일이거든."

레이븐이 설명해 주었다.

칼릭이라고 불리는 그 과일을 입에 넣고 씹어 보았다. 강렬하고 신선한 향기가 입안 가득 퍼져 나갔다. 너무 맛있어서 욕심내어 한 움큼, 채반 속으로 손을 넣었다.

"이렇게 맛있는 과일은 처음 먹어 봐!"

내 감탄사에 레이븐의 얼굴에 함박 미소가 떠올랐다.

"아침 먹은 다음에 캘럼 잠깐 혼자 둬도 괜찮으면 에릭슨 박사님과 소피도 보러 갈 겸 같이 나가자. 시내도 구경시켜 줄게. 참, 여왕님이 내일 저녁에 모두를 저녁 식사에 초대했어."

물론 시내 구경하는 것도 좋았지만 지금 같아선 그렇게 빡빡한 스케줄을 감당해 낼 수 없을 것 같았다. 게다가 캘럼을 그렇게 오랫동안 혼자 놔두는 건 불가능했다.

"어차피 시내 구경은 나중에 해도 되는 거잖아? 에릭슨 박사님 부부도 내일 여왕님께 가는 길에 보러 가도 되고."

레이븐이 뭐라고 잔소리하기 전에 할 말만 후다닥 했다.

"엘리시엔 여왕님 저녁 식사는 갈 테니까 걱정 마."

그러고는 얼른 몸을 돌려서 외숙모를 따라 부엌으로 갔다. 외숙모가 빵과 계란 프라이, 치즈와 찻잔으로 하중 초과된 쟁반을 건네주었다. 거기에 곡예를 부리듯 칼릭까지 올린 후 온 힘을 다해 가슴으로 받쳐 들었다. 휴, 간신히 들고는 갈 수 있을 것 같았다. 조심스럽게 방문을 여니, 캘럼이 눈을 감고 잠시 쉬고 있었다.

"난 또 날 잊어버린 줄 알았지."

그가 신선한 차와 계란 프라이 냄새를 킁킁거리며 미소 지었다.

"레이븐이랑 협상 좀 하느라고. 완전히 투어 가이드 행세를 하려고 하지 뭐야. 겨우 오늘 하루 일정은 다 뺐어."

캘럼에게 차를 따라서 건네주었다.

"원래는 오늘 시내 한 바퀴 돌면서 에릭슨 박사님과 소피도 보고 오자더라고. 내일 저녁에는 엘리시엔 여왕님이 모두를 저녁 식사에 초대했대. 거기 안 가는 건 너무 예의 없는 행동이잖아. 그래서 시내 구경을 뺐어. 나중에 너랑 같이 보는 게 나을 것 같아서."

캘럼이 웃었다.

"후회 안 할 자신 있어? 레일린은 정말 아름다운 도시야. 나중에 괜히 후회하는 거 아닌지?"

그를 째려보았다.

"뭐야, 지금 나랑 같이 있기 싫단 거야?"

그 말에, 그가 큭큭 웃었다.

"내가 네 기대에 답해 줄 수 없을까 봐 그래. 언제쯤 회복될지 모르겠어. 너무 지친 상태라."

"나도 지쳐 있으니까 걱정 마."

그에게 빵과 계란을 건네주며 대꾸했다.

음식을 먹는 동안 다른 가족들이 레이븐과 함께 집을 나서는 소리를 들었다. 창밖으로 한나와 앰버가 재잘거리는 소리가 늦여름의 대기 속에 점점 멀어져 갔다.

캘럼이 먹는 걸 보고 있자니 확실히 점점 몸이 좋아지고 있는 것 같았다. 하지만 나에게도 음식은 정말 맛있었다. 단순한 계란 프라이였지만 황홀할 정도였고, 빵도 부드러우면서 입에서 살살 녹는 것 같았다.

쟁반 위에 한가득 쌓여 있던 음식을 폭풍 흡입한 후, 캘럼이 다시 침대로 기어들었다. 그가 유혹하듯 자기 옆자리로 나를 끌어들였고, 그의 곁에 파고들며 눈을 감자마자 잠이 몰려왔다. 우리는 서로를 부드럽게 어루만지며 눈을 감았다.

7장

≈≈≈
≈≈≈

지난 며칠 동안에 일어난 일들 때문이기도 했지만, 머릿속 한구석에서는 계속 엘린에 대한 생각이 나를 괴롭혔다. 엘린 때문에 우리 둘 다, 아니면 적어도 하나는 목숨을 잃을 뻔했다. 그가 얼마나 오래 더 괴롭히게 될지, 이다음엔 또 무슨 일을 벌일지 알 수 없었다. 혹시 다른 종족들에게 엘린에 대항할 계획이라도 있는지 궁금했다. 전에 캘럼이 셸리코트들에게는 종족의 안녕이 가장 중요하다고 말해 준 적이 있었다. 하지만 운디네의 흑마법으로 영혼을 빼앗긴 셸리코트들은 자신의 의지와는 상관없이 어둠의 일에 조종 당하고 있다. 자유 의지로 영혼을 바친 건 엘린 혼자였지만, 그 때문에 수많은 다른 이들까지 희생당하고 있는 셈이었다. 거기에 셸리코트뿐 아니라 다른 종족까지 피해를 입고 있는지는 알 수 없었다. 캘럼의 몸이 좀 회복되면 베렝가에서 의회와 무슨 이야기를 나눴는지 물어볼 생각이었다. 그가 일어나는 대로 '구라겟 아눈' 족의 책도 같이 읽어 봐야겠다고 생각했다.

하지만 잠시 고민하다가 역시 일단은 나 혼자 끝까지 한번 읽어 봐야겠다는 생각이 들었다. 그러면 그와 함께 읽기 전에 일단 중요한 정보 한두 개는 우선 알아둘 수 있을지도 몰랐다. 캘럼 곁에 누워 쉬고 싶은 마음이 굴뚝같았지만 왠지 지금 책을 읽어야만 한다는 강한 느낌이 들어서 가만히 있을 수가 없었다. 캘럼의 따스한 품을 떠나는 게 가장 어려웠다. 그의 볼에 조심스럽게 입을 맞춘 후 일어나 가방을 뒤적여 책을 꺼냈다.

책을 들고 정원으로 나가 벽돌담 앞에 놓인 작은 벤치에 편하게 앉았다. 마치 포트리의 집처럼 편안한 기분이었다. 물론 그때보다 정원은 작았지만 새들이 지저귀는 소리, 풀벌레 우는 소리는 같았다.

책을 펼쳐서 전에 읽던 부분을 찾았다. 마지막 이야기로 짐작되는 부분은 책의 3분의 1 분량을 차지하고 있었다. 이야기는 구라겟 아눈 족의 한 소녀가 같은 종족의 소년과 사랑에 빠지는 것으로 시작된다. 하지만 소녀의 아버지는 소년을 사위로 맞아들이는 걸 반대했다. 결국 둘은 사랑의 도피를 감행한다. 아버지는 소녀를 볼 수 없게 되자 뒤늦게 자신의 완고함을 후회하고 둘 사이를 허락해 주기 위해 그들의 행방을 찾아 수소문해 보았지만, 아무 데서도 찾을 수가 없었다. 그래서 결국 아버지 홀로 딸을 찾아 여행길에 오른다. 이런 이야기가 사실일리는 없었다. 동화나 전설일 뿐이라는 건 알고 있었지만 어쨌든 읽어 내려가 보기로 했다.

그리하여 아버지는 사랑하는 딸을 찾아 온 세상을 헤매었다. 7년간 일곱 개의 바다를 건넜지만 두 사람의 행적을 아는 이는 없었다. 어느 날 밤, 폭풍이 불어닥쳤다. 누구도 들어 본 적 없는 거대한 파도와 폭풍우였다. 그는 제때에 몸을 피하지 못한 채 파도에 휩쓸려 죽음의 위기에 처했다. 모든 희망을 잃기 직전, 자신이 섬기는 여신님께 마지막으로 한 번만이라도 딸의 얼굴을 보고 죽게 해 주십사 간청했다. 여신은 그에게 자비를 베풀었다. 그는 겨우 어느 낯선 섬의 해안가 모래사장에 상륙해 그대로 쓰러져 잠이 들고 말았다. 눈을 떴을 때는 무자비한 태양이 그의 머리 위에서 타오르고 있었다. 일어나 주위를 둘러보는데, 하얀 모래사장 옆에 놓인 거대한 돌덩이가 저절로 움직이더니 길을 내주었다. 그는 길을 따라 계속 걸었다. 똑바로 걷기도 하고 또 오른쪽으로 들어갔다가 왼쪽으로 돌았다. 마침내 모든 힘이 소진될 무렵에야 자신이 신들의 미로에 붙잡혔으며 살아서 돌아나갈 수 없음을 깨달았다. 그 신들의 이름은 운디네였고, 섬에는 영혼을 잃어버린 자들이 떠돌고 있었다. 이 모든 건 운명이었으며 그는 여행을 떠나던 순간부터 이곳에 오기로 예정되어 있었다는 사실을 알게 되었다. 남자는 두려움에 빠졌다. 한번 그 섬에 발을 들인 이상 그 누구도 살아서 나간 자가 없었다.

밤이 되었고, 남자는 두려움과 피로를 억누르고 다시 발걸음을 옮겼다. 사랑하는 딸을 만나기 위해 출구를 찾아야 했다.

주위를 둘러보니 어느새 사뭇 쌀쌀했다. 팔에 소름이 돋아 있었다. 추위 때문인지 이야기 때문인지는 알 수 없었다. 정말로 운디네들이 살고 있는 '망자의 섬'이라는 게 존재하는 걸까? 아무리 그냥 이야기일 뿐이라지만 좀 소름 끼쳤다. 나머지는 캘럼과 읽을까 하다가, 좀 더 잠을 자게 두는 게 나을 것 같았다. 어차피 그가 깨어나면 책에 대해 말해 주면 되니까. 벤치 위에 있던 모포를 어깨에 두른 뒤 책을 계속 읽어 내려갔다.

남자는 계속 출구를 찾아 헤매었다. 마실 물과 식량이 바닥났고 정신이 혼미해져 갔다. 그처럼 출구를 찾지 못해 명을 달리한 이들의 유골이 종종 눈에 띄었다. 그러나 그는 포기하지 않았다. 여신이 이 섬으로 자신을 인도한 데는 이유가 있다고 믿었다.

그것도 잠시, 결국 모든 희망을 잃어버린 순간 길 한가운데에 작은 암벽이 열렸고 그 안으로 길이 나타났다. 물 흐르는 소리에 그의 눈과 귀가 떠졌고, 온 힘을 다해 동굴로 들어갔다. 그 안에는 깊이를 알 수 없는 작은 호수가 있어 그 안에서 맑은 물이 솟아나고 있었다. 그는 물가에 무릎을 꿇고 앉아 허겁지겁 목을 축였다. 그런 다음 호수 주위를 감싸고 있는 채반에 쓰러져 누웠다. 이는 미로의 중심부였다. 그러나 앞으로 어디로 가야 하는지는 알 길이 없었다. 지친 눈으로 주위를 둘러보니, 작은 제단 위에 아름다운 거울 하나가 있었다. 그는 조심스럽게 거울을 향해 갔다.

거울은 상을 비추는 게 아니라 탁한 은빛이었다. 아무리 눈을 씻고 봐도 거울 같지 않은 이상한 거울이었다. 거울을 만져 보려고 손을 대어 보았지만 아무리 해도 거울을 만질 수가 없었다. 거울은 같은 은색 틀에 물려 있는데, 위와 아래, 좌측과 우측 각 면마다 알 수 없는 문자가 새겨져 있었다.

거울에 대한 묘사를 읽어 내려가는 동안 심장이 두방망이질 쳤다. 이건 일반 거울이 아니었다. 바로 '무릴'이었다. 어째서 운디네가 무릴을 소유하고 있었던 걸까? 이 이야기가 말하려는 게 뭐지?

그때 누군가가 다가오는 소리가 들렸다. 섬뜩한 느낌에 얼른 집 안으로 들어갔다. 현관문이 벌컥 열리더니 앰버가 뛰어들어와 나를 보고는 품에 안겼다. 앰버 뒤로 알록달록한 종이봉투와 책을 든 나머지 가족들이 뒤따라 들어왔고, 왁자지껄한 가운데 소피와 에릭슨 박사, 아미아와 미로의 얼굴도 보였다.

책을 복도 서랍장 안에 넣고 그들을 반기기 위해 몸을 일으켰다. 소피의 얼굴을 보자 정말 기뻤다. 쇠약했던 흔적은 남아 있지 않았다. 엘프들과의 생활이 건강을 되찾는 데 도움을 준 것 같았다.

그녀가 온 얼굴 가득 밝게 미소 지으며 나를 끌어안더니, 조금 몸을 떼고 나를 훑어봤다.

"안색이 창백하네. 아마 지난 며칠 동안 있었던 일 때문에 적잖이 힘들었던 모양이구나."

부정하진 않았지만 사실 지금 나를 진정 두렵게 만든 건, 책속의 이야기였다. 소피와 모두를 만나서 정말 반가웠음에도 그

이야기가 마음 한 귀퉁이에 자꾸만 걸려서 결국 어떻게 끝맺게 될지 궁금했다. 어떻게 운디네들이 무릴을 가지고 있던 걸까? 거울의 사면에 다 문자가 새겨져 있다는 묘사도 떠올랐다. 전에 무릴의 오른쪽 옆면 테 부분이 심하게 문드러져 있었던 게 기억났다. 위와 아래에도 문자가 새겨져 있었는지는 기억나지 않았다.

아멜리의 목소리가 나를 흔들어 깨웠다.

"소피! 여기 와 보세요. 시장에서 맛있는 케이크를 가져왔어요. 다들 정원에 모여 있으니까, 빨리요. 엠마 너도 얼른 와 봐!"

그제야 소피가 나를 물끄러미 바라보고 있는 걸 알았다.

"왜 그러는 거니, 아가야? 캘럼 때문이니? 아마 여기 있으면 금방 나을 테니 걱정 말거라. 어쩌면 캘럼도 여기 끼고 싶어 하지 않을까? 에단과 피터한테 부탁해서 캘럼을 좀 부축해 달라고 하자꾸나."

고개를 끄덕인 다음 방으로 가 보았다. 캘럼은 깊이 잠들어 있었다. 혈색도 어느 정도 돌아와 있었다. 낫고 있다는 신호였다. 그의 어깨를 부드럽게 흔든 후 살짝 입 맞췄다. 그가 눈을 감은 채 나를 자신 쪽으로 끌어당겼다.

"다들 아래에 있어. 같이 차 한잔 마실 수 있겠어?"

그의 귓가에 속삭이는 동안 그가 내게 키스하기 시작했다. 내 등 뒤에서 헛기침 소리가 들렸다.

깜짝 놀라 돌아보니 벌써 외삼촌과 피터가 문가에 서 있었다.

"어이, 캘럼!"

피터가 히죽 웃으면서 인사하자 당혹감에 얼굴이 빨개졌다.

"네가 여기서 혼자 외로울까 봐 정원까지 데려다주려고 하는데, 어떻게 할래?"

"그것도 나쁘지 않겠군."

캘럼도 씨익 맞받아쳤다. 피터가 그에게 손을 내밀자 둘은 굳은 악수를 나눴다.

욕실에서 샤워 가운을 가져다가 캘럼이 걸칠 수 있게 도와줬다. 캘럼이 피터와 외삼촌의 부축을 받고 계단을 내려가, 정원에 가져다 놓은 들것에 눕는 모습을 지켜보았다. 식탁 주변에 의자가 모자라서 아미아와 미로는 작은 벤치 위에 자리를 잡고 앉아 있었고, 그 옆에는 한나와 앰버가, 캘럼은 들것 위에, 나는 그의 발치 아래에 앉았다. 아멜리가 차와 케이크를 내왔다. 초콜릿 케이크였다. 아침을 충분히 먹고 난 후였지만 케이크를 보자마자 위에서 요란한 소리가 났다. 아멜리가 놀란 얼굴로 말했다.

"분명히 너희 둘이 먹고도 충분한 음식이었을 텐데? 게다가 시간도 충분히 있었잖아. 밥 안 먹고 뭘 한 거야?"

쌍둥이가 풉 하고 웃음을 터뜨렸고, 내 얼굴은 홍당무가 되었다. 이제 놀리는 말에도 익숙해져야겠다고 생각하며 촉촉한 케이크를 베어 물었다.

케이크를 세 조각이나 먹고 나자 완전히 노곤해져서 캘럼 옆에 누워 버렸다. 캘럼이 우리에게 베렝가의 상황에 대해 말해 주었다.

"조엘과 함께 베렝가에 도착해 보니 도시는 거의 유령 도시나 다름없었습니다. 아미아와 미로에게 들었었지만 실제 상황은 더 비참했죠. 왕궁도 빗자루로 쓸어 낸 것처럼 텅 비어 있었어요. 다행히 주미스는 집을 지키고 있더군요. 아버지를 본 조엘이 어찌나 기뻐했는지……. 하지만 그는 짐을 싸고 있던 중이었습니다. 그도 이미 최악의 상황까지 예상하고 있었는데, 이미 떠날 만한 사람들은 다 떠나고 없었습니다. 조엘 가문은 베렝가에서 몇 마일 떨어진 곳에 동굴 하나를 소유하고 있었는데, 우리가 어렸을 때 종종 그곳에서 가족끼리 휴가를 보냈었죠. 길을 모르는 사람은 찾을 수 없는 감춰진 동굴이라 숨어 있기엔 안성맞춤이었습니다. 주미스는 자신과 함께 거기에 숨어 있자고 제안했지만, 그럴 수는 없었기에 거절했습니다. 가능한 한 빨리 돌아오겠다고 엠마에게 약속했으니까요."

그가 나를 바라보았다.

"조엘과 함께 아발라에 돌아왔을 때 우리가 어떤 충격을 받았는지는 상상이 되실 겁니다. 하마터면 엘린의 끄나풀에게 사로잡힐 뻔했지만 가까스로 몸을 숨기고 빠져나오는 데 성공했습니다."

"어떻게 포트리에 가 볼 생각을 한 거야?"

아멜리가 묻자 캘럼이 어깨를 으쓱해 보이며 대답했다.

"아발라가 그렇게 된 걸 보고 엠마가 어디로 갔을지 생각해 보니 역시 집으로 가지 않았을까 싶었어. 탈린이 설마 나머지 학생들을 이끌고 성스러운 나무로 향했을 거라곤 생각조차 못

했지. 탈린은 그게 모두를 구할 유일한 방법이라는 걸 알았던 걸 거야. 아무튼 조엘과 함께 포트리에 도착했을 때는 이미 너무 늦었어. 거기도 아발라와 마찬가지로 처참한 모습이었으니까. 집은 불타고 있었고, 엠마나 가족들의 모습도 보이지 않아서 이성을 잃고 집 안으로 뛰어 들어갔어. 엘린이 집 안에 엠마를 가둬 놓고 있을 거라고 확신했거든. 조엘이 날 끌어내지 않았다면 불구덩이에서 최후를 맞았겠지."

무거운 침묵이 흘렀다. 모두 어두운 얼굴로 그날의 악몽을 떠올리고 있는 듯했다.

"조엘은 어딨어?"

약간의 시간이 흐른 후, 아멜리가 물었다.

"성에. 다들 엘린에 대항해서 전쟁을 준비하고 있어. 조엘도 거기 힘을 보태는 중이야. 다른 종족들 상황도 다르지 않아. 어디나 남자들이 속속 실종되고 있고, 그 수도 점점 늘어나고 있어. 엘린의 계획을 알게 되자마자 다른 종족들한테도 전언을 보냈지만 상황은 점점 심각해지고 있어. 다들 엘린을 막을 뾰족한 방법이 없어서 발만 구르는 중이니까."

캘럼이 말하는 동안에도 아까 읽던 이야기가 신경 쓰였다. 책에 대해 말하고 싶었지만 선뜻 용기가 나지 않았다. 만의 하나 도움이 안 될 경우 모두 크게 실망할 게 뻔했다. 일단은 책을 끝까지 읽어 본 다음 쓸 만한 내용을 추려야 할 것 같았다.

밤이 되자 잠이 오질 않아 살금살금 복도로 나갔다. 그 아버지와 딸의 이야기가 어떻게 끝나게 되는지 읽어 봐야 할 것 같았다. 복도에는 촛불 한 개만이 깜박이며 켜져 있었다. 촛대를 손에 들고, 낮에 책을 숨겨 두었던 서랍장을 뒤져서 책을 꺼냈다. 그런 다음에는 부엌 화로 위에 걸터앉아 책을 읽기 시작했다.

그는 거울에 둘러 새겨진 고대 문자를 천천히 읽어 내려갔다. 마지막 문자를 입에 올리기도 전에 거울이 깜박이기 시작하더니 은빛 표면 위에 어떤 형상이 떠오르기 시작했다. 그는 좀 더 정확히 보기 위해 거울 앞으로 바싹 다가갔다. 그 안에 비친 형상의 얼굴은 그가 그렇게도 오랫동안 찾아 헤매던 사랑하는 딸의 얼굴이었다. 딸이 슬픈 미소를 지어 보였다.

"아버지!"

딸이 입을 열었다.

"드디어 절 찾아 주셨군요."

아버지는 딸을 품에 안아 보려고도, 손을 뻗어 딸을 그 안에서 끌어내 보려고도 해 보았지만 그의 손은 허공을 허우적거릴 뿐이었다.

"아버지, 불가능해요."

딸이 단호하게 말했다. 그 말에 그가 힘없이 팔을 늘어뜨렸다.

"전 이제 돌아갈 수 없어요. 제 몸은 이미 오래전에 여신님께로 돌아왔답니다."

그가 하얗게 질린 얼굴로, 거울 속에 비친 딸의 모습을 바라보았다.

"어떻게 그런 일이 일어난 거냐?"

그가 더듬거리며 말했다.

"이렇게 내 눈 앞에 너의 모습이 똑똑히 보이는데도? 혹시 거울 속에 갇힌 건 아니냐? 내가 거울을 깨뜨리면 너의 영혼을 구할 수 있지 않을까?"

하지만 딸은 슬픈 듯 고개를 가로저었다. 곱슬거리는 금발이 거울 속에서 흔들리는 게 보였다.

"아버지, 저는 이미 예전보다 훨씬 더 자유로워요. 여신님의 품 안에 있으니까요. 하지만 여신님께서 제게 한 가지 부여하신 과제가 있으니 저를 도와주시겠어요?"

늙은 아버지의 눈에서 눈물이 흘렀다.

"딸아, 네가 진정 이 세상에 없다면 살아생전 못 해줬던 좋은 아비 노릇을 지금에라도 하고말고. 말만 하거라. 무얼 해 줄까?"

"아버지, 지금 저를 보고 계신 이 거울을 부숴 버려 주세요. 이 거울은 사악한 물건이에요."

늙은 아비의 얼굴에 당황한 빛이 서렸다.

"하지만 딸아, 이 거울만 있다면 너를 언제라도 다시 볼 수 있잖니."

하지만 딸의 시선은 가차 없었다.

"아뇨, 아버지, 어차피 죽은 자는 단 한 번만 불러낼 수 있어요. 이제 제 말을 정말로 새겨들으셔야 해요. 이제 운디네들이 돌아오면 저를 죽였듯 아버지도 죽일 거예요."

그가 놀라서 비틀거렸다. 하지만 이내 몸을 가누고 딸의 말에 귀를 기울였다.

"이 거울은 운디네의 마력을 하나로 합하는 역할을 합니다. 거울 주위에 새겨져 있는 주문을 외우면 운디네들이 마법 세계 내의 모든 다른 종족을 엿볼 수 있게 돼요. 인간 외의 다른 종족들은 모두 거울의 표적이 되는 거예요.

운디네들은 제 연인이 영혼을 바치기를 거부하자 그를 죽여 버렸습니다. 저는 그의 죽음을 슬퍼하다가 뒤따라 세상을 떠나게 되었습니다.

아버지, 다른 이들이 우리 둘과 같은 운명에 떨어지지 않도록 거울을 없애겠다고 약속해 주세요! 운디네들은 이 세상의 모든 걸 저주와 비탄에 잠기게 만들 겁니다. 누군가가 자신의 영혼을 자진해서 바치기 전까지 그들은 그를 찾아 계속 이 세상을 돌아다닐 거예요. 그 존재의 도움으로 그들은 모든 마법 세계의 종족들을 지배하려 들 거고요. 아버지께서 거울을 처리해 주시면 이 모든 비극을 막을 수 있어요. 만약 누군가가 영혼을 바치게 되면, 그의 뒤를 따라 수많은 무고한 영혼들이 운디네의 먹잇감이 되고 말 겁니다. 일단 첫 번째로 자진한 자의 영혼만 있다면 엄청난 힘을 소유하게 될 테니까요. 영혼을 빼앗긴 자는 모든 기억을 잃고 운디네에게 조종 당하게 됩니다. 그가 사랑했던 것, 슬픔과 행복의 기억이 한순간에 사라져 버리는 대신, 텅 빈 마음에는 증오만이 가득하게 되어 버려요."

딸의 모습이 일렁거리며 희미해졌다. 그가 펄쩍 뛰며 거울에 외쳤다.

"제발 가지 말거라! 이 못난 아비를 용서해 다오!"

하지만 딸의 대답은 돌아오지 않았다. 실낱같은 희망을 붙들고 거울에 새겨진 주문을 몇 번이나 되뇌었지만 거울은 묵묵히 암흑만을 비출 뿐이었다.

결국 딸의 영혼을 다시는 불러들일 수 없다는 사실을 깨닫자, 마지막 약속이라도 지켜 주기 위해 주변을 둘러보았다. 거울을 파괴할 만한 도구를 찾기 위해서였다. 지금, 여기서 가능한 한 빨리 거울을 파괴해야 했다. 그는 동굴 바닥에서 돌멩이 하나를 주워 들고 거울을 향해 던졌지만, 보이지 않는 장벽에 부딪히고는 다시 튕겨져 나왔다. 아무리 머리를 쥐어뜯어 보아도 마땅한 방법이 떠오르지 않았다.

그때 동굴 입구에 희멀건 안개 같은 게 비추었다. 운디네들이 돌아온 것이다.

그러나 아직 포기할 수는 없었다. 얼른 몸을 숨겼지만, 안개들이 그에게로 곧장 다가오는 게 보였다. 영혼 없는 자들에게 발각된 것이었다. 이대로 딸의 마지막 소원을 들어줄 수 없게 될 것인가.

안개의 형상 하나가 그에게 말했다. 한 번도 들어본 적 없는, 정말 아름답고 달콤한 목소리였다.

"그대가 우리를 구하러 온 '그'인가?"

아버지는 공포에 질려서 고개를 저었다.

"우리를 섬기겠다고 약속하면, 그대가 원하는 것은 무엇이든지 들어주겠다."

아주 잠시, 딸의 소원이 사라질 듯 희미하게 깜박였다. 하지만 그는 고개를 저었다. 그리고 이번만큼은 딸을 실망시키지 않겠노라고 결심했다.

주위를 둘러보니 도망칠 곳은 없었다. 저 영혼도, 육체도 없는 존재들에게 둘러싸여 죽음을 맞게 되리라는 생각만으로도 온몸에 얼음 같은 냉기가 스며들었다. 몸이 덜덜 떨렸고 희멀건 안개 같은 존재들은 점점 더 가까이 그를 향해 다가왔다.

방법은 단 하나뿐이었다. 그는 몸을 날려 거울 쪽으로 돌진했다. 거울을 움켜잡자, 그 무게가 너무도 묵직했다. 거울을 부여잡고 호수 주위에 쌓아 올린 돌덩이를 기어올라 그 안으로 몸을 던졌다.

운디네들의 비명 소리가 물속까지 쩌렁쩌렁 울리는 것 같았다. 마치 영원히 멈추지 않을 것 같은 그 소리를 듣고 있자니 온몸이 고통스러울 정도였다. 거울의 무게가 그를 짓눌렀다. 그는 호수의 가장 깊은 곳까지 내려간 다음, 거울을 끌면서 눈앞에 펼쳐진 좁은 통로를 빠져나갔다. 통로의 끝에 광활한 바다가 보였고, 드디어 오랫동안 염원하던 자유를 얻게 된 것이었다. 여신은 그의 편이었다.

영혼 없는 자들은 섬을 떠날 수 없었다. 육체가 없어서 바다를 건널 수 없기 때문이다. 남자는 거울을 자신의 종족에게 가져갔고, 그곳에서 오랜 시간 동안 거울을 파괴하려 해 보았지만 실패하고 말았다. 이 세상과 작별해야 할 시간이 다가오고 있음을 느낀 그는 거울 테두리에 새겨진 주문을 없앰으로써 거울이 불러들일 재앙을 잠재울 수 있었다. 이제 거울은 재앙의 도구가 아니라 종족을 보호하는 역할을 하게 될 것이었다. 그리하여 우리 구라겟 아눈 족은 운디네로부터 거울을 지켜내기 위한 수호자가 되었다.

책을 덮었다. 그 아버지는 딸과의 약속을 지키지 못했다. 그가 원했던 일은 아니었지만, 이제 거울은 운디네들의 손아귀에 들어가고 말았다. 물론 주문은 지워 버렸을지 몰라도 운디네들의 머릿속에 주문이 남아 있다는 건 생각하지 못했을 것이다. 그들은 이미 수 세기 전부터 그 거울을 사용해 왔을 터, 주문을 잊어버렸을 리가 없다. 그리고 그 오랜 세월 동안, 누군가가 그들에게 거울을 가지고 와 주기만을 숨죽여 기다리고 있었으리라. 이제 거울을 손에 넣은 이상 여기 있는 우리 모두의 움직임을 보고 있을 게 틀림없었다. 상상만으로도 소름 끼쳤다.

책을 다 읽고 났는데도 무언가 영 찝찝했다. 뭔가 아주 중요한 걸 놓친 것 같았다. 책을 펼쳐서 조용히 책장을 넘기며 놓친 부분을 찾아 내려갔다.

그때, 삐거덕거리며 낡은 나무판자가 뒤틀리는 소리가 들렸다. 너무 놀라서 책을 떨어뜨릴 뻔했다. 몸을 웅크리고 어둠을 응시하니, 누군가가 복도에서 부엌 쪽으로 다가오고 있었다. 희미한 불빛 아래, 희멀건 색의 안개 같은 형체가 보였다.

그게 아멜리라는 걸 알고 난 후에야 가까스로 가슴을 쓸어내렸다.

"사람 놀래 죽일 일 있어?"

내가 볼멘소리로 투덜거렸다.

"네가 당연히 캘럼 곁을 덥히고 있을 거라고만 생각했지, 부엌에 남몰래 앉아 있는 줄 어떻게 알았겠니?"

아멜리가 맞받아쳤다.

"잠이 안 와서."

어차피 책을 읽고 있었다고 하면 콧방귀를 끼거나 호들갑을 떨 게 뻔했다. 아멜리가 물 한 컵을 들고 내 곁에 앉아서 낮에 남은 초콜릿 케이크를 먹기 시작했다.

"그거 먹으면 조만간 형체를 알아볼 수 없을 만큼 동글동글해질 텐데도?"

"알아. 알지만."

아멜리가 케이크를 우물거리며 말했다.

"너무너무 맛있는 걸 어떡해. 무슨 일이 있어도 레이븐한테 이 레시피는 얻어 가야지."

우리는 피식 웃은 후 몸을 일으켜 분수대로 갔다. 이 밤중에도 분수대에서는 맑은 물이 퐁퐁 솟아나고 있었다. 물컵에 물을 떠 올리면서, 아멜리에게 내가 알게 된 사실들을 털어놓아야 할지 고민했다. 무릴이라는 거울이 있는데 그게 원래는 운디네 것이고, 한 셀리코트―웨일스 지방에서는 구라겟 아눈이라고 부르는―남자가 그들에게서 거울을 훔쳐 냈는데 이때부터 셀리코트들은 대대로 거울을 수호해 왔고, 그게 지금은 탈린의 대까지 이르러 그가 거울의 수호자 역할을 하고 있었지만 원래 거울은 운디네 것이라는 사실, 그리고 거울이 운디네의 손에 들어가면 그들이 엄청난 힘을 얻게 될 거라는 사실을 말이다.

아멜리를 돌아보니 아무 생각 없는 얼굴로 책을 뒤적이고 있었다. 말없이 아멜리 곁에 앉았다.

"왜 잠이 안 오는 건데?"

아멜리의 손에서 조심스럽게 책을 받아 들고 내 곁에 놓으며 물었다.

"그냥. 걱정돼서."

깜짝 놀랐다. 아멜리는 걱정 따위 없이 그저 행복한 줄만 알았다. 게다가 이렇게 아름답고 행복한 엘프들의 지상 낙원에서 웬 걱정? 어디 아프기라도 한 건가?

"걱정? 혹시 여기도 안전하지 않을까 봐 그래? 엘린이 여기까지 쳐들어오지는 못할 테니 걱정 마."

"그게 아니라, 조엘이 걱정돼."

"왜?"

점점 아멜리의 상태가 더 걱정되기 시작했다.

"레이븐이 아까 말했잖아. 전쟁에 대비해서 회의가 열리고 있다고."

"그런데?"

"조만간 전쟁하게 될 거 아니야? 넌 캘럼 걱정 안 돼?"

그제야 아멜리의 말뜻을 알아들었다.

"엘린에게 대항해서 전쟁하게 되면 승산이 없는데……."

책에만 빠져 있느라 눈앞의 상황을 보지 못한 꼴이었다. 얼마나 바보 같고 멍청했는지!

아멜리가 눈을 치켜떴다.

"그럼 전쟁 말고 다른 대안이 있어? 엘린이랑 가위바위보 놀이라도 할까?"

고개를 푹 숙이고 머리칼을 쥐어뜯었다. 아무리 생각을 짜내 보아도 전쟁 말곤 다른 방법이 없었다.

"물론, 캘럼은 다쳤으니까 상처가 회복될 때까지는 설마 전쟁에 내보내겠어? 당장은 안심해도 되지 않을까?"

내 꼴을 본 아멜리가 위로해 주려 애썼지만, 별로 도움이 되진 않았다.

"아무리 캘럼이 아직 왕이 아니라고는 해도 자기 종족들이 다 나가서 싸우는데 혼자 침대에 누워 있으려 하겠어?"

떨리는 목소리로 대꾸했다.

"아멜리, 모두를 막아야 해. 이번 전쟁은 승산이 없어!"

"어차피 아무도 말릴 수 없을 거야. 전쟁 말고 다른 뾰족한 방법이 없잖아. 솔직히 앞으로 무슨 일이 일어나게 될지 상상도 못하겠어."

"너, 조엘 좋아하는구나. 그치?"

내가 물었다.

"조엘? 좋아는 하지만 네가 생각하는 그런 건 아니야. 셀리코트와 사랑에 빠지는 건 미친 짓이야."

그 말에 좀 욱해서 입술을 비죽 내밀었다. 그러자 아멜리가 히죽 웃었다.

"오해는 하지 마. 물론 나도 물 없이는 살 수 없어. 마시는 물은 소중한 거고 또 수영하는 것도 좋아해. 하지만 물에 사는 남자와 지속적으로 만남을 가질 순 없어. 미래가 없으니까. 하지만 마음 한구석에서 조엘이 걱정되는 건 어쩔 수 없어. 분명 또 보나마나 물불 안 가리고 뛰어들 게 뻔하니까. 몸 사릴 줄도 모르고 말야."

고개를 끄덕였다. 조엘이라면 분명히 그럴 거다.

몸을 일으켜서 컵을 분수대 위에 엎어 놓았다. 아멜리가 내게 책을 건네주며 물었다.

"뭐 도움 될 만한 거 찾았어?"

고개를 저었다. 더는 캐묻지 않아 주어서 다행이었다. 우리는 함께 계단을 올라 침실 앞에서 헤어졌다.

"잘 자."

아멜리에게 속삭였다.

"너도."

아멜리가 미소를 지어 보였지만, 걱정 때문에 어딘가 일그러져 보였다.

캘럼은 깊이 잠들어 있었다. 나는 책을 내 물건들 사이에 숨겼다. 내일 한 번 더 읽어 볼 생각이었다. 분명 무언가를 간과하고 있는 게 느껴졌기 때문이다. 캘럼 곁으로 조심스럽게 몸을 누이자, 그의 온기에 몸의 긴장이 풀어졌다. 하지만 아멜리와의 대화가 가져다 준 불안함은 여전히 뇌리에 박혀 있었다. 피로가 몰려드는 가운데, 눈을 감았다.

다음 날, 아침 식사가 끝나 갈 무렵에 중년 정도로 보이는 남자와 젊은 여자가 우리를 방문했다. 남자는 엘프 치료사였고 여자는 그의 조수라고 소개했다. 우리는 그를 공손하게 맞이했다. 그를 본 앰버가 킥킥거리며 하나의 귀에 무어라고 속삭였다. 무엇이 아이들을 그렇게 우습게 만드는 건지 모를 일이었다. 엘프 치료사의 단발 머리칼은 짙은 녹색이었는데, 혹시 그게 웃겼던 걸까? 치료사가 아이들을 향해 미소 지어 보였다. 그들을 캘럼이 있는 방으로 데려다준 후, 조용히 방문을 닫고 나왔다.

캘럼의 치료가 끝난 뒤 그가 부엌으로 내려왔다. 외숙모가 물 한 잔을 대접하며 자리에 앉기를 권했다.

"상처는 잘 아물었습니다. 단지 상처가 다시 벌어지지 않게 무리하시만 않으면 될 것 같습니다. 하지만 길지 않은 선에서 가벼운 산책은 오히려 빠른 회복을 도와줄 겁니다. 근육이 더 빨리 회복될 테니까요. 오늘 저녁 여왕님과의 만찬에도 무리 없이 참석할 수 있을 겁니다."

그들을 문까지 안내하며 배웅한 후, 캘럼에게 가 보았다. 캘럼은 방 안 거울 앞에 서서 배 위의 상처를 바라보고 있었다. 배 위에는 아직도 붉은색의 기다란 뱀 같은 상처가 뚜렷이 남아 있었다. 아마도 치료사가 붕대를 풀고 연고를 바르라고 지시한 모양이었다. 캘럼이 작은 약병을 들고 있으라는 듯 건네주었다.

"꽃향기가 나."

코를 킁킁거린 다음 그에게 돌려주었다.

"엘프 치료사가 가벼운 산책을 하면 상처가 더 빨리 회복될 거라고 그러던데?"

캘럼이 티셔츠를 입으며 말했다.

"그럼 드디어 미루고 미뤄 왔던 걸 해치울 시간이군. 레일린보다 아름다운 도시는 본 적이 없을 거야."

하지만 아직은 힘겨웠는지, 내게 기대어 천천히 계단을 내려가는 동안 낮은 신음 소리가 들려왔다.

아멜리는 부엌에 서서 아침 식사 후에 나온 설거지 그릇들을 물에 씻고 있었다. 아멜리 옆에는 조엘이 마른 행주를 들고 서서 그릇의 물기를 닦아 내고 있는 중이었다. 그가 우리를 보더니 씨익 웃어 보였다. 분명 집에 들어오자마자 아멜리에게 붙잡힌 게 틀림없었다.

"진작 와 보려고 했어."

그가 미안한 듯 말을 이었다.

"하지만 캘럼 대신 회의에 참석해야 했거든. 상처가 나을 때까진 어쩔 수 없어. 다행히 조만간 회복될 것 같아 보이는군. 제발 나에게서 이 골치 아픈 역할을 가져가 달라구."

조엘에게 다가가 그를 끌어안으며 속삭였다.

"고마워. 캘럼을 구해 준 은혜는 평생 잊지 않을게."

"천만의 말씀을. 설마 내가 녀석을 죽게 내버려 뒀겠어?"

그가 미소 지으며 대꾸했다.

"지금 시내로 산책 갔다 올 건데."

캘럼이 조엘의 어깨에 팔을 두르며 말했다.

"엠마가 지난번에 어떤 구경거리를 놓친 건지 깨닫게 해 주려고. 두 사람도 같이 갈래?"

"좋아!"

아멜리가 설거지를 하느라 싱크대에 막아 놨던 마개를 빼 버리고는 마지막 컵을 헹궈서 조엘에게 건네준 후 자기 방으로 뛰어 올라가며 외쳤다.

"옷 갈아입고 올게!"

"아멜리가 옷을 갈아입는 걸 기다리는 동안 여유롭게 차 한

잔은 마실 수 있을 거야.”

그리고 내 예견은 적중했다.

차를 마시려고 엄청난 규모의 찬장을 다 뒤졌다. 다행히 작은 돌 주전자를 한 개 찾아냈다. 엘프들의 차는 홍차와 비슷한 색과 향기가 났다. 외숙모가 어제 이걸 우려서 차를 내오는 걸 봤었다. 티 스트레이너에 차 한 스푼을 넉넉히 넣고 아까 찾아낸 티 포트에 던져 넣은 후 뜨거운 물을 부었다.

“조엘, 아버지는 어떠셔?”

찻잔에 차를 따르며 조엘에게 물었다.

“아직은 아무 소식도 없어. 얼른 다시 돌아오셔서 의회에 참여해 주셨으면 좋겠어.”

조엘이 차를 스푼으로 젓자 달그락거리는 소리가 들렸다.

아멜리가 계단을 달려 내려오는 소리가 들렸다. 아멜리를 본 순간 홍차를 잘못 삼키는 바람에 한참을 콜록거렸다. 어제 시내에 나갔을 때 정말 마음에 드는 옷이 있어서 사 왔다며, 나도 가서 사야 된다는 말은 들은 기억이 났지만 저런 천 쪼가리를 입고 거리를 걸을 생각이라니! 그제야 레이븐도 옷 취향이 좀 독특하던 게 기억났다.

아멜리를 본 조엘은 꿀 먹은 벙어리가 되었고, 그 모습을 본 캘럼이 슬며시 미소 지었다. 결국 조엘이 무어라 알 수 없는 말을 중얼거리더니 아멜리를 지나쳐서 성큼성큼 집 밖으로 나가 버렸고, 아멜리가 작전 성공이라는 미소를 지어 보이며 뒤따랐다. 그리고 조엘이 집 현관문에 채 다다르기도 전에 이미 그를 따라잡더니 그의 팔짱을 쏙 꼈다.

　나는 캘럼을 부축한 채 천천히 그 둘을 따랐다. 걸을 때 아무 말이 없는 걸로 보아 아마도 아직은 통증이 심한 모양이었다.

8장

레일린은 정말이지 아름다웠다. 하지만 그 새로움과 아름다움을 다 체험하려면 적어도 백 년은 걸릴 듯했다.

형형색색의 조밀한 건축물들이 눈에 들어왔다. 레일린에 도착하던 밤에 저 집들을 낮에 한번 자세히 보고 싶어 했던 게 떠올랐다. 낮에 보니 건물들의 색상이 너무도 다채로웠다. 그 집들 뒤나 위로 정원이 있는 것 같았고, 아이들의 웃음소리도 들려왔다. 포석이 깔린 길과 집들은 초목과 꽃으로 뒤덮여 있었다. 작은 분수대도 곳곳마다 눈에 띄었다. 집마다 현관 앞에 놓은 나무 벤치 위에는 늙은 엘프들이 앉아 있거나, 꽃과 허브 화분으로 예쁘게 장식해 놓았다. 거리 사이로는 작은 시내가 흘렀고, 그 위에 가로놓인 목재 다리 난간에는 스위트피와 아이비가 자라고 있었다. 공기 중에 달콤한 꿀 향기가 감돌았다. 도시에는 언덕이나 구릉이 많아서 나무 계단으로 올라가거나 내려가면 도시 아래나 위의 풍경을 감상할 수 있었다. 어떤 집 사이로는 암벽에서 흘러내리는 폭포수를 볼 수도 있었다. 물이 떨어지는 아래쪽에는 돌로 만든 커다란 수반水盤에서 어린 아이들이 물에 흠뻑 젖은 채 즐겁게 놀고 있었다.

거리의 소음과 집들, 식물들로부터 멀어지니 눈앞에 넓은 광장이 나타났다. 여러 가지 색 마차가 서 있었고, 거기에서 상인들이 물건을 팔고 있었다. 방금 구운 빵, 바비큐 고기와 채소 냄새를 맡으니 입에 침이 고였다. 우리가 좌판대 앞을 지나칠 때마다 사방에서 신선한 과일과 견과류를 맛보라며 우리를 잡아끌었다. 대부분 처음 보는 것들이었다. 엘프 아이들이 호기심 어린 얼굴로 우리 주위에 몰려들었다. 모두가 앞다퉈 무언가 특별하고 진기한 걸 보여 주려고 난리였다. 어떤 아이는 인형극을 하고 있는 곳으로 데려가려 했고 또 다른 아이는 그림자 연극을 보여 주려고 했다. 시장 끝에서는 두 명의 어릿광대가 불을 삼키는 마법을 선보이고 있었다. 사방에 볼거리가 넘쳐났다.

"엠마, 잠깐 쉬자. 좀 힘들어."

깜짝 놀라서 캘럼을 보니 확실히 아침보다 창백해 보였다. 아마도 좀 무리가 된 모양이었다.

앉을 만한 곳을 찾아 주위를 둘러보았다. 아멜리가 사람들을 헤치고 우리를 시장 반대편으로 이끌었다. 거리 구석에 작은 카페가 눈에 들어왔다. 카페에 들어가 편안해 보이는 소파에 앉으니 여자 엘프 한 명이 우리에게 다가와 신선한 생수 네 잔을 가져다주었다. 그러고는 메뉴판도 가지고 왔는데, 거기에는 오늘 제공되는 음식들이 적혀 있었다.

우리는 채소 메뉴로 골랐고, 엘프가 주문을 가지고 사라졌다.

"음식 먹고 난 다음에는 소피한테 가 보자. 얼마나 빨리 여기에 적응했는지 보면 아마 깜짝 놀랄 거야."

아멜리가 무슨 뜻으로 저런 말을 하는지 알 수 없었다. 그도 그럴 것이, 소피가 레일린에 온 지는 얼마 되지 않았기 때문이다.

채소 라자냐는 정말 맛있었다. 캘럼도 한결 나아진 모습이었다. 하지만 우리와 함께 소피를 방문하는 대신 곧장 집으로 돌아가겠다는 뜻을 밝혔다. 그런 그의 결정이 좀 의아했다.

"캘럼 데리고 가면 안 돼? 조심조심 갔다 오면 되잖아."

아멜리에게 물었다.

"게다가 혼자서 집을 찾아갈 수 있을까?"

내 말에 조엘이 웃음을 터뜨렸다.

"엠마, 캘럼이라면 한밤중에도 찾아갈 수 있어. 내 말 믿어."

"하지만 엘리시엔 여왕님과 저녁 식사하기까진 시간이 얼마 안 남았잖아. 옷도 갈아입어야 할 텐데, 시간에 못 맞출 거라고."

"괜찮아."

아멜리가 나를 진정시켰다.

"오늘 소피한테 너 데려가겠다고 약속했단 말야. 그리 오래 걸리진 않을 거야. 게다가 캘럼이 걸어가는 속도면 소피한테 갔다가 와도 캘럼이 집에 도착하기 전에 따라잡을걸."

그러고는 무작정 내 손을 잡아끌고 걷기 시작했다.

아멜리가 작은 골목길에 접어들더니 한 붉은색 집으로 데려갔다. 길은 폭이 매우 좁았지만, 집 창문 밑에는 작은 벤치가 세워져 있었고, 고양이 한 마리가 벤치 위에 편안히 자리를 잡고 있었다. 창틀 위에는 알록달록한 색으로 채색된 화분에 갖가지 허브가 자라고 있었다. 집 현관문은 활짝 열려 있었는데, 그 안에 소피의 서점에 걸려 있던 구슬 커튼이 보였다. 그건 포트리 서점의 부엌 쪽문에 걸려 있던 거였다. 레일린에 왜 저걸 걸어 놓은 거지? 아니, 어떻게 여기까지 가져 온 거지?

조엘과 아멜리의 뒤를 따라 들어가면서 신기한 눈으로 집 안을 둘러보았다. 너무 놀라서 말이 나오질 않았다. 내 눈 앞에 펼쳐진 풍경을 믿을 수가 없었기 때문이다. 마치 포트리에 있는 서점 안에 들어온 것 같았다. 불가능하다는 건 알았지만, 서점을 이곳으로 그대로 옮겨오지 않고서야 어떻게 이럴 수 있는지 이해가 되질 않았다. 입을 벌리고 책이 가득 꽂혀 있는 책장을 쳐다보았다. 하지만 좀 더 자세히 보니, 뭔가가 약간 다르다는 게 느껴지긴 했다.

서점 측면으로 계단이 있었는데, 소피가 난간을 잡고 조심스레 내려오는 게 보였다. 소피 나이에는 좀 가파르게 보였지만, 그녀의 얼굴은 밝기만 했다.

"어서 오렴! 드디어 와 줘서 너무 기쁘구나. 다른 사람들은 어제 이미 와 봤지. 너에게 이곳에 대한 걸 비밀로 해 주기로 모두 약속해 줬었거든. 널 깜짝 놀래켜 주고 싶어서 말이야."

그렇다면 그 계획은 대성공이었다.

"하지만 어떻게요? 책은 어디서 다 가져오신 건데요? 포트리 서점과 어쩜 이렇게 똑같이 재현하신 거예요?"

소피가 만족스러운 미소를 지어 보였다.

"엘프 목수들이 너무 멋들어지게 작업해 줬지 뭐니! 엘프들의 세공 실력 하나는 알아줘야 해. 남편이 설계도를 줬고 그대로 만들어 달라고 부탁을 했더니, 포트리에 엘프 군사까지 보내서 몇 가지 물건도 가져다줬어. 엘프 군사들과 함께 목수들도 가서 서점 내부를 둘러보고 왔다나 봐. 그런 다음에는 그렇게 빠른 시간 안에 이런 놀라운 걸작을 만들어 내 준 거야."

서점 한구석에서는 젊은 목수 엘프 하나가 책장을 만들고 있었다. 소피가 그에게 감사의 눈빛을 보내자 그가 미소 지으며 인사했다.

"그럼 이렇게 많은 책들은 어떻게 가져온 거예요? 이게 다 엘프 족의 책인가요?"

소피가 고개를 저으며 웃었다.

"설마. 엘리시엔 여왕은 정말 지혜롭고 재치 있는 사람이야. 날 위해 모든 종족에게 서신을 보내서 책을 모아 줬단다. 여기엔 엘프 족, 인간 족, 셸리코트 족, 요정 족의 책뿐 아니라 다른 여러 종족들의 책이 다 모여 있어. 사실은 이미 이 작은 서점이 넘칠 정도야. 하지만 서점을 증축하고 싶지는 않아. 나에게는 이 크기가 딱 알맞은 것 같아. 어딘가 신비롭다고 해야 하나.”

소피의 말이 옳았다. 소피의 서점은 작지만 매력적인 게 특징이었기 때문이다. 아멜리 쪽을 돌아보았다.

“어떻게 이런 걸 나한테 비밀로 해 둘 수가 있어?”

아멜리가 혀를 쏙 내밀며 대꾸했다.

“약속했거든. 약속은 꼭 지켜야지.”

“약속이라는 말이 나와서 말인데, 엘리시엔 여왕님과의 저녁 약속도 있다는 걸 떠올리라고. 벌써 늦었어. 지금 당장 돌아가야 두 시간 후에는 성에 도착해 있을 거야. 여왕님을 기다리게 만드는 건 예의가 아니야.”

조엘이 끼어들었다.

“얼른 가 보렴. 나중에 보자꾸나. 다음에 시간이 좀 더 여유 있을 때 들러.”

그러고는 우리가 더 이상 보이지 않을 때까지 집 앞에서 손을 흔들어 주었다. 나 혼자였다면 절대 돌아가는 길을 찾을 수 없을 터였고, 아멜리도 길치였다. 다행히 조엘은 능숙하게 길을 찾는 것 같아 다행이었다. 10분도 지나지 않아 벌써 집 앞에 도착해 있었다.

“조엘, 넌 지금 어디 머물고 있어?”

내가 묻자, 그가 그리 멀리 떨어지지 않은 곳에 있는 파란색 집을 가리켜 보였다.

“저쪽에 파란 집 보여? 거기에 미로, 아미아랑 같이 머물고 있어.”

"잘됐다. 그럼 다 같이 모여서 왕궁에 가면 되겠네."

아멜리가 활짝 웃었다.

"안 그래도 그러려던 참이야."

조엘도 미소 지어 보였다. 너희 둘 그냥 사귀지 그래? 눈을 뒤집어 보이고는 집 안으로 뛰어 들어갔다. 아멜리도 즐거운 듯 깡총거리며 뒤따라 들어왔다.

"진심이야? 미래가 없는 만남은 허락할 수 없는데."

지난밤에 아멜리가 내게 했던 말을 그대로 읊어 주었다.

"그러게."

아멜리가 씨익 웃어 보이더니, 계단을 달려 올라가 자기 방으로 들어갔다.

캘럼은 피터와 함께 정원에 있었다. 표정이 굳어 있는 걸로 보아 심각한 대화를 나누는 중인 것 같았다. 그에게 달려가 입맞춘 후 안색을 살폈다. 다행히 아까보다는 혈색이 돌아와 있었다.

"세수 좀 하고 옷 갈아입고 올게. 잠시 후에 다 같이 나가야 해."

내 말에 캘럼이 고개를 끄덕여 보인 후 다시 피터 쪽으로 몸을 돌렸다. 나중에 소피의 가게에 대해서도 말해 줄 생각이었다. 하지만 그도 이미 알고 있었는데 나에게는 비밀로 했을 수도 있겠다 싶었다.

방으로 가서 불에 탈 운명에서 목숨을 건진 여름 원피스를 꺼내 입었다. 이미 가을로 접어들 시기였지만 레일린은 아직도 상당히 더웠다. 과연 겨울이 있기는 한 건지 궁금했다.

세수를 한 다음 입술에 립글로스를 살짝 발랐다. 그런 다음 방을 나가니 외숙모가 쌍둥이와 계단 아래에서 기다리고 있었다. 세 명 다 엘프들의 가게에서 새로 산 옷을 입고 있었다. 색은 화려했지만 다행히 아멜리가 입었던 옷처럼 도를 지나칠 정도로 살갗이 많이 보이지는 않았고, 신비로우면서도 아름다웠다. 유일하게 인간의 옷을 걸친 내가 초라해 보일 정도였다. 아무래도 내일 아멜리와 시내에 나가서 옷을 좀 사야겠다는 생각이 들었다. 아미아도 기꺼이 함께 가 줄 터였다.

아미아, 미로, 조엘이 길 저쪽에서 걸어왔다. 이제부터 왕궁에 간다고 생각하니 좀 긴장이 되었다. 아무래도 흔히 있는 일은 아니었기 때문이다. 캘럼이 내 손을 잡아 주었고, 다들 왕궁을 향해 걷기 시작했다. 왕궁은 도시 변두리의 얕은 구릉 위에 있었다. 조엘이 사람들을 헤치고 앞장서서 길을 안내해 주었다. 거리는 이미 석양에 잠겨 있었다.

"정말 평화롭고 아름다워 보이지 않아?"

캘럼이 내 어깨 위에 팔을 두르며 말했다.

아이들 몇 명이 광장의 분수 가에서 놀고 있었다. 캘럼이 내 손을 이끌며 걸음을 재촉했다. 어느덧 우리가 다른 사람들보다 훨씬 뒤처져 있었다.

"아까 피터랑 무슨 얘기 한 거야?"

"이런저런 것들."

그러고는 한참 동안이나 침묵이 흘렀다. 내게 어떻게 말해주어야 할지 고민하는 것 같았다. 나는 그가 다시 입을 열 때까지 참을성 있게 기다렸다.

"솔직히 말하자면 지금의 의회는 너무도 무력해. 현재로서는 난국을 타개할 만한 방법이 없어."

우리는 말없이 계속 걸었다.

"엘린에게 권력을 넘겨줄까도 생각해 봤어. 그가 원하는 게 왕위뿐이라면 그게 모두를 위한 최선이 아닐까……. 그럼 베렝가를 떠나던 셸리코트들도 돌아올지도 모르지. 다들 공격 당할지 모른다는 두려움 속에 살지 않아도 되고. 투항한 사람들에게까지 무력을 사용하지는 않을 테니 말야."

"캘럼, 진심으로 말하는 거야? 베렝가를 떠난 사람들은 단지 엘린이 공격할까 봐 떠난 건 아니야. 뜻이 맞지 않기 때문이기도 하다구. 누군가가 엘린에게 저항하게 된다면 어떻게 될까? 폭력으로 한번 원하는 바를 이뤄 본 사람이 다시 폭력을 휘두르지 않으리라는 보장이 있어? 왕위를 손에 쥐고 난 다음에 그가 뭘 요구하게 될지는 아무도 모르잖아."

"진정해."

캘럼이 말했다.

"그저 그렇게 생각해 봤을 뿐, 그에게 왕위를 넘겨주는 게 옳다고 생각하진 않아. 하지만 현재의 모든 상황이 너무도 난국이라 답답하기도 해. 그는 언제나 우리보다 한 발 앞서 있어. 어떻게 그런 게 가능한 건지 이해가 안 가."

"무슨 방법이 있을 거야."

캘럼을 위로했다.

"넌 혼자가 아니야. 우리 모두가 힘을 합쳐서 도울 거니까 걱정하지 마."

하지만 적어도 캘럼만큼은 용기를 잃어서는 안 된다는 생각이 들었다. 무슨 일이 있어도 시간을 내서 다시 한 번 책을 읽어 봐야 했다. 어디에서 이런 직감이 오는지는 알 수 없었지만 그 책에 반드시 해결의 열쇠, 아니 적어도 나만이 알 수 있는 어떤 힌트가 분명히 있다는 예감이 들었다.

드디어 눈앞에 눈처럼 하얀 성채가 보였다. 하지만 생각했던 것보다 위압적이지는 않았다. 오히려 아담하다고 할까, 작고 아름다운 도시에 딱 어울리는 크기였다. 성문 앞에는 두 명의 장대한 엘프 군사가 서 있다가 우리를 보고는 문을 열어 주었다. 그 둘을 보니 마치 〈반지의 제왕〉 영화에서 튀어나온 것 같은 금발의 수려한 모습이었지만, 어제 시내에서 본 다른 엘프들은 귀가 뾰족하다는 것과 머리카락 색이 매우 다양하다는 것만 제외하면 인간과 다르지 않아 보였다. 게다가 체형도 뚱뚱한 엘프부터 키 작은 엘프까지 정말 다양했다. 설마 군사용 엘프는 다르게 '사육'되는 건가? 나중에 레이븐에게 반드시 물어봐야겠다고 다짐했다.

경비병 한 명이 우리를 흰 포석이 깔린 길 위로 이끌었다. 길은 성의 정문을 향해 뻗어 있었다. 경비병이 문을 두드리자 끼익 소리를 내며 문이 열렸다. 젊은 엘프 남자가 미소 지어 보이며 우리를 맞더니 입구 홀에서 좌측으로 안내해 주었다. 거기에는 작은 연회장이 있었는데, 모닥불 가에서 엘리시엔 여왕과 레이븐, 소피, 에릭슨 박사가 이야기를 나누고 있었다. 우리가 연회장에 들어서자 그들이 우리를 맞이하기 위해 다가왔다.

먼저 외삼촌과 외숙모를 맞이했고, 외삼촌이 초대에 감사 인사를 했다. 그런 다음 엘리시엔 여왕이 우리에게도 인사를 했다.

방금 전 우리를 안내했던 젊은 엘프가 우리를 식탁으로 안내해 주었다. 초대받은 사람이 우리뿐이라는 데 놀랐다. 거의 개인적으로 초대된 거나 다름없었기 때문이다. 나는 레이븐과 캘럼 사이에, 외삼촌과 외숙모는 엘리시엔 여왕의 좌측에, 소피와 에릭슨 박사는 여왕의 우측으로 안내되었다. 모두 자리에 앉자 여왕이 밝은 초록색의 음료가 든 잔을 들고 일어섰다.

"여러분 모두가 레일린에 오신 걸 진심으로 환영합니다. 비록 여러분의 옛 집을 잃어버렸지만 이곳에 머물면서 약간이나마 안정과 평온을 누리시길 소원하는 바입니다. 여러분의 방문으로 이후 인간과 엘프와의 우정이 더 돈독해질 것입니다."

그때 내 머릿속에 어떤 신호가 울리는 것 같았다. 잠시 멍하니 있다가 다른 사람들이 건배하기 위해 일어날 때 한 박자 늦었다. 나도 부랴부랴 일어서며 건배를 했고, 에릭슨 박사가 모두를 대표해서 엘리시엔 여왕에게 감사를 전했다. 캘럼이 내 상태가 좀 이상하다는 걸 눈치 채고 옆구리를 찔렀다.

"괜찮아? 좀 이상한데?"

그에게 조용히 하라는 제스처를 해 보였다. 마침 레이븐과 건배를 하는 중이었기 때문이다. 음료는 신선한 꽃밭의 향기를 풍기며 시원하게 혀에 감겼다.

자리에 앉으니 엘프 소녀들이 여러 가지 음식이 놓인 접시를 가지고 왔다. 엘리시엔 여왕이 먹고 싶은 음식을 마음껏 가져다 먹으라고 권했다. 엘프 소녀들은 민첩하게 움직이며 모든 사람들의 요구를 정확하게 들어 주었다.

음식은 보이는 것보다 더 맛있었다. 처음 보는 허브로 양념된 생선은 입에서 녹는 것 같았다. 처음 맛보는 채소들도 너무 맛있어서 자꾸만 먹게 되었다. 한 접시가 다 비워지기도 전에 다음 요리가 제공되었다.

후식으로는 상당한 양의 초콜릿 푸딩이 나왔지만 모두들 문제없이 깨끗이 비워 버렸다. 입가심으로 차까지 한잔 마시고 나니, 더는 한 발짝도 움직일 수 없을 것 같았다.

음식을 먹는 동안 대화 주제는 주로 소피의 서점에 대한 것이었다. 그 모든 게 엘리시엔의 아이디어라는 게 놀라웠다. 또 책들 중 상당수가 왕궁 내 문서실에서 기증된 것이었고, 물론 레일린 내에도 서점은 몇 개나 있지만 다른 종족의 책이 판매된 건 이번이 처음이라고 했다.

"듣기로는 다들 그대의 서점에 열광한다더군요."

여왕이 소피에게 말했다.

"감사하게도 벌써 책이 많이 팔려 나갔어요."

소피가 말했다.

"하지만 무엇보다도 우리 인간들의 책에 다들 그렇게나 흥미를 가지고 있는 줄은 몰랐습니다. 책을 사 갔던 엘프들이 나중에 다시 와서 잘 모르겠는 부분을 묻곤 하더라구요. 다들 학구열이 대단해요."

"언제든 왕궁에 있는 문서실에서 마음에 드는 책들을 더 골라 가세요. 저로서도 문서실에만 잠자고 있던 책들을 대중 앞에 내놓을 수 있게 되어 기쁘니까요."

소피가 손사래를 쳤다.

"당장은 불가능해요. 서점 안에만 해도 벌써 몇 상자나 되는 책들이 쌓여 있답니다. 일단은 그걸 먼저 정리해야 하는데……. 엠마! 아멜리! 너희가 혹시 도와줄 수 있다면 정말 큰 도움이 될 것 같구나."

소피가 나와 에밀리를 바라보았다.

"그리고 캘럼! 건강이 회복되면 언제든 놀러 오렴. 물론 이 시기에는 바쁘겠지만 말이다."

에릭슨 박사가 소피를 타일렀다.

"캘럼은 할 일이 따로 있어. 회복되자마자 의회에 참여해서 전쟁 준비를 해야 한다고."

마치 다른 건 꿈도 꾸지 말라는 말투였다.

캘럼이 에릭슨 박사와 눈빛을 교환했고, 나는 캘럼과 아멜리를 번갈아 바라보았다. 두려움이 엄습했다.

엘리시엔이 우리를 가만히 지켜보다가 입을 열었다.

"일단은 엘린과 운디네에 대해 우리가 찾을 수 있는 모든 정보를 찾아봅시다. 그런 다음 그들을 저지하거나 힘을 약화시킬 수 있는 방법을 논의해 보도록 하죠. 이 일은 우리 모두가 함께 해결해야 합니다. 적어도 그가 아발라에 한 짓을 보면 공공의 적이 틀림없으니까요."

캘럼이 진지한 얼굴로 고개를 끄덕였다.

"에단."

엘리시엔이 외삼촌을 불렀다.

"아시다시피 이곳 레일린에 방문한 인간들은 그대들이 처음입니다. 우리 엘프 어린아이들은 한 번도 인간을 보거나 배울 기회가 없었죠. 그대가 인간 세계에서 선생님을 맡았다고 들었습니다. 부디 이곳의 학교에서 인간 세계에 대해 가르쳐 주실 수 없겠습니까?"

"저야 영광이고말고요."

외삼촌이 기뻐 어쩔 줄 몰라 했다.

왕궁을 나설 무렵에는 이미 도처가 어둑했다. 거리에는 작은 램프가 우리 앞을 비춰 주고 있었다. 앰버와 한나는 저만치 앞을 깡충거리며 신나게 뛰어갔고, 캘럼과 조엘, 미로가 대화를 나눌 동안 나는 아멜리, 아미아와 함께 걸었다. 소피와 에릭슨 박사, 외삼촌 부부는 마치 오래된 연인들처럼 둘씩 짝지어 우리 뒤를 따랐다.

저녁 공기는 따스하고 부드러웠다. 반딧불 한 마리가 우리 앞을 지나쳐 어둠 속으로 날아갔다.

"엘리시엔 여왕은 정말 아름다워."

아멜리가 말했다.

"게다가 똑똑하기까지 하고. 아까 말할 때 보니까 여왕으로서의 품위를 잃지 않으면서도 어찌나 배려심 깊고 따뜻하던지! 여왕들은 딱딱하고 까다로울 줄 알았는데 정말 놀라워."

"맞아. 하지만 부드러움과 강함을 함께 가지고 있어. 자신이 원하는 건 정확하게 요구할 줄도 알고. 레이븐도 저렇게 똑 부러진 여왕이 될 수 있을까?"

아미아가 물었다.

"응. 엘리시엔이 지목한 후계자이기도 하고 또 지금 철저히 준비시키고 있잖아. 사실 레이븐도 비슷한 면은 있어. 유머 감각이 좀 삐딱한 것만 빼면 비판하는 내용은 정확하잖아."

내 말에 모두 웃음을 터뜨렸다.

"뭐가 그렇게 재미있니?"

소피가 우리 뒤에서 물었다.

"아뇨, 그냥 엘리시엔 여왕님에 대해 이야기하다가 대화가 곁길로 좀 샜어요."

아멜리가 말했다.

"아무튼 신기한 여왕이야. 엘리시엔 여왕이 엘프 종족 최초의 여왕이라는 거 아니?"

소피가 물었다.

우리는 동시에 고개를 저었다.

"여태까진 줄곧 남성이 통치해 왔었대. 여왕이 지목한 후계자도 여자라며? 다들 여왕의 통치에 만족하니까 그런지 후계자 선정에도 만족하는 것 같더라구. 혹시 누가 후계자인지도 아니?"

"레이븐요."

이번에도 동시에 대답했다.

"정답!"

소피가 자랑스러운 듯 고개를 끄덕였다.

소피와 에릭슨 박사를 집 앞까지 배웅한 후, 우리도 집으로 향했다.

그때 갑자기 어딘가에서 음악 소리가 들려왔다. 아멜리가 호기심 어린 얼굴로 음악 소리가 들려온 쪽을 기웃거렸다. 그러고는 반짝이는 눈으로 우리에게 외쳤다.

"저기 봐! 뭐 하고 있나 봐. 뭐 재미있는 게 있는지 잠깐 보고 오자."

외숙모가 웃으며 말했다.

"다들 가서 놀다 와. 우리는 한나, 앰버랑 집으로 가마. 애들과 늙은이들은 자야 할 시간이거든."

그러고는 외삼촌과 쌍둥이를 잡아끌었다. 앰버는 입이 한 사발은 나와 있었다.

하지만 혹시라도 캘럼에게 무리가 될까 싶어 그의 안색을 살폈다. 이미 오늘 하루 동안 있었던 일만으로도 지치기엔 충분했기 때문이다.

"아직 방전될 정도는 아니야."

캘럼이 내 걱정을 안다는 듯 내 어깨에 팔을 둘렀다. 우리는 다른 사람들을 따라 어떤 건물 안으로 들어갔다. 물론 놀랄 만한 게 있을 거라고는 생각했지만, 그 안에 있는 젊은 남녀 엘프들이 걸친 천 쪼가리는 옷이라고 부를 수 있는 게 아니었다.

그들을 훑어보며 거의 말문이 막혀 있는데, 아미아가 투덜거렸다.

"여기보다 좀 덜 충격적인 데로 가면 안 될까? 아기한테 좋지 않을 것 같아."

그러고는 찌푸린 얼굴로 그 안을 둘러보았다.

아멜리가 입술을 비죽 내밀었다. 아마 다른 사람들이 그렇게 질색만 하지 않았다면 조엘과 둘이 여기 남아 있고 싶은 게 틀림없을 터였지만, 묵묵히 우리 뒤를 따라 나왔다.

거리를 좀 더 걸어 내려가 보니 좀 덜 퇴폐적인 작은 주점이 보였다. 그 안에서는 우리가 팝 음악이라고 부를 만한 음악이 흘러나오고 있었다. 젊은 엘프가 우리를 맞으며 기포가 올라오는 음료를 제공했다.

"엘프 세계에도 알코올이 있어?"

아멜리가 조엘에게 물었다.

아무튼 캘럼이 춤출 수 없다는 것만 제외하곤 재미있는 밤이었다. 그래서 다들 나를 위해 댄스 상대를 바꿔 가며 춤을 췄다. 한참 후에야 잔잔한 음악이 흘러나왔고, 캘럼이 나를 자기 쪽으로 끌어당겼다. 나는 그의 가슴에 얼굴을 묻고 천천히 춤을 추었다. 바로 이거라는 느낌이었다. 그의 품 안에서, 비로소 그의 심정을 이해할 수 있을 것 같았다. 모든 골치 아픈 문제를 뒤로한 채 영원히 평화롭게 단둘이 있고 싶은 기분……. 물론 비현실적이었지만 그냥 한 번쯤은 이런 기분에 취해 보고 싶었다.

어느덧 술집을 나설 무렵에는 저 멀리 지평선 위로 동이 터오르고 있었다.

집 앞에서 조엘과 미로, 아미아와 헤어진 후, 노곤해진 몸으로 침대에 뛰어들자마자 뻗어 버렸다.

다행히 아무도 우리의 단잠을 방해하지 않았다.

오후에는 아멜리와 함께 소피의 서점에 방문했다. 한 번쯤 도와줘야 마음이 편할 것 같아서였다.

물론 일찍 간 게 아니어서 많이 도와줄 수 없을 텐데도 소피는 우리를 진심으로 기뻐하며 맞아 주었다. 지난밤에 다 함께 춤을 추며 즐거운 시간을 가졌던 이야기를 듣는 소피의 눈이 초롱초롱 빛났다. 마치 다음번에는 자기도 따라가겠다고 할 것처럼 말이다.

"레일린은 정말 놀라워."

소피가 말했다.

"온통 새롭고 신기한 것들뿐이야. 지난주에는 여기 극장에 가 봤는데, 무대 의상과 배경, 장치 어느 것도 휘황찬란하지 않은 게 없더구나. 엘프들은 솜씨가 좋아. 게다가 무언가 하나 만들어 내기 위해 놀랄 정도로 공을 들이는 것 같아.”

그 말에 아미아의 결혼식 때 의상을 담당했던 펠리네가 떠올랐다. 그 당시에 처음 본 엘프의 솜씨란 정말 경이로웠다.

그때 아멜리가 내 옆구리를 찔렀다.

“우리도 한번 가 봐야겠다. 나중에 레이븐한테 극장이 어디 있는지, 어떻게 공연을 볼 수 있는지 물어봐야지!”

하지만 일단은 눈앞의 일거리만 해도 산더미 같았다. 소피는 포트리에서 서점을 운영하던 때와 마찬가지로 여기서도 구식 도서 분류 시스템을 사용하고 있었다. 하지만 어차피 엘프들도 컴퓨터를 사용하지 않았고, 나도 도서 카드와 만년필에 약간의 애정 같은 게 있어서 그냥 묵묵히 일을 넘겨받았다. 아멜리가 투덜거리는 소리는 무시했다. 왕궁 문서실에서 나온 책두 상자를 도서 카드에 정리한 후에는 각자 책을 가득 든 채로 빈 책장을 찾아 헤맸다.

“도대체 어디에 책을 끼워 넣어야 하는 거야? 다 꽉 차 있잖아!”

아멜리가 투덜거렸다.

“그냥 틈 있는 데다 끼워 넣으면 돼. 책을 그렇게 반듯하게 정리할 필요는 없어. 만약 누가 책을 찾으면 소피가 알아서 찾아낼 거야.”

그제야 아멜리의 얼굴이 좀 밝아졌다. 그러고는 나보다도 빨리 책들을 정리해서 끼워 넣었다. 책을 다 정리한 후에 아멜리가 내게 물었다.

"나 이제 가 봐도 될까? 시내 한 바퀴 돌아보고 오게."

실은 나도 혼자 있고 싶던 참이었다. 물론 이렇게 될 줄은 몰랐지만 마침 《구라겟 아눈》 책도 가져온 참이었기 때문이다. 혼자 조용히 책을 한 번 더 살펴볼 수 있는 좋은 기회였다. 소피는 아마 내가 책을 읽고 있으면 절대 방해하지 않을 터였다.

책을 다 정리한 후 책장의 먼지를 약간 닦아 냈다. 그런 다음 소피를 보니 어떤 늙은 엘프와 책을 읽느라 정신없어 보였다. 적어도 여기가 포트리에서 서점을 할 때보다는 더 바쁜 것 같아 보였다. 수다를 떨거나 책을 찾거나 아니면 소피와 차를 마시기 위해 줄기차게 누군가가 들어왔다.

나는 서점 뒤쪽의 구석으로 갔다. 아까 책을 정리하면서 창가 밑에 해진 소파 하나를 찾아냈는데, 책을 읽기에는 안성맞춤이었다.

운디네들은 제 연인이 영혼을 바치기를 거부하자 그를 죽여 버렸습니다. 저는 그의 죽음을 슬퍼하다가 그의 뒤를 따라 세상을 떠나게 되었습니다.

아버지, 다른 이들이 우리 둘과 같은 운명에 떨어지지 않도록 거울을 없애겠다고 약속해 주세요! 운디네들은 이 세상의 모든 걸 저주와 비탄에 잠기게 만들 겁니다. 누군가가 자신의 영혼을 자진해서 바치기 전까지 그들은 그를 찾아 계속 이 세상을 돌아다닐 거예요. 그 존재의 도움으로 그들은 모든 마법 세계의 종족들을 지배하려 들 거고요. 아버지께서 거울을 처리해 주시면 이 모든 비극을 막을 수 있어요. 만약 누군가가 영혼을 바치게 되면, 그의 뒤를 따라 수많은 무고한 영혼들이 운디네의 먹잇감이 되고 말 겁니다. 일단 첫 번째로 자진한 자의 영혼만 있다면 엄청난 힘을 소유하게 될 테니까요. 영혼을 빼앗긴 자는 모든 기억을 잃고 운디네에게 조종 당하게 됩니다. 그가 사랑했던 것, 슬픔과 행복의 기억이 한순간에 사라져 버리는 대신, 텅 빈 마음에는 증오만이 가득하게 되어 버려요.

분명 이게 지금 엘린에게 일어난 일일 터였다. 운디네들이 그의 영혼을 빼앗아 간 것이다. 그래서 이제 그는 아무런 감정도 없는 데다 반쯤 미쳐 있었다. 하지만 여전히 한 가지 의문이 남아 있었다. 엘린은 어떻게 운디네를 찾은 걸까? 아니면 운디네들이 엘린을 찾은 걸까?

그것도 내가 지금 찾고 있는 건 아니었다. 무언가가 더 있었다. 뭔가 뒤에 켕기는 느낌이 들어 계속 책을 넘겨 보았다.

소피가 내게 다가와 말을 걸었다.

"이제 서점을 닫을 거란다. 오늘 같이 저녁 먹지 않을래? 네가 같이 가 주면 너무 기쁠 거야."

그 말을 하는 소피의 얼굴이 너무도 기쁘고 밝아 보여서 거절할 생각조차 할 수 없었다. 캘럼은 내가 어디 있는 줄 알 테니, 오늘 밤에 좀 늦는다고 걱정하지는 않을 것 같았다.

9장

　캘럼에게 찰싹 달라붙어 그의 고른 숨소리를 듣고 있으려니 모든 게 너무도 평화로웠다. 규칙적으로 오르내리는 그의 가슴을 조심스럽게 쓰다듬었다.

　소피 집에서 저녁을 먹고 돌아왔을 땐 꽤나 늦은 시간이었다. 돌아오는 길을 헤매는 바람에 다리는 좀 아팠지만, 나 혼자 생각할 수 있는 시간을 가질 수 있어 좋았다. 계속 책에 쓰여 있던 내용이 머릿속을 맴돌았다. 누군가와 여기에 대해 이야기를 나누고 싶었지만 왠지 캘럼에게만은 비밀을 지켜야 할 것 같았다. 왜 그런지 이유는 알 수 없었다.

　내 마음속 어딘가가 또다시 요동치기 시작했다. 책이 손에 들어오던 순간부터 시작된 이 알 수 없는 동요는 자꾸만 나를 괴롭혔다. 마치 내 머릿속에 누군가가 메시지를 전해 주려는

데 내게 닿지 않는 그런 절박한 기분이었다. 이런 상태로 잠을 자는 건 불가능했다. 오히려 이런 식으로 뒤척이다가는 캘럼까지 깨우고 말 거라는 생각에 조심스럽게 일어나 책을 들고 부엌으로 갔다.

자리에 채 앉기도 전에 책을 펼쳤다. 그러고는 아무 생각 없이 책장을 휘리릭 넘겨 보았다. 어느새 책의 뒤표지가 드러났다. 거기 뭔가가 쓰여 있는 것 같아서 자세히 들여다보았지만, 어두운 데다 표지가 너무도 바래 있어서 잘 보이지 않았다. 들고 있던 양초를 가까이 들이대 보니, 한 면만 이상하게 볼록 튀어나와 있었는데 종이 아래 뭔가가 들어 있는 것 같았다. 이상해서 좀 더 살펴보았다. 다른 면에는 그렇게 튀어나와 있는 부분이 없었던 데다가 꼼꼼하게 접착되어 있었다. 하지만 분명 뭔가가 표지 밑에 들어 있었다. 그게 뭔지 너무도 궁금해서 살펴보지 않고서는 못 배길 것 같았다.

조용히 부엌 서랍을 열고 칼을 찾았다. 그런 다음에는 책을 다치게 하지 않기 위해 조심조심 칼로 책 표지와 안쪽 종이를 분리했다. 완전히 분리하기까지는 시간이 꽤 오래 걸렸다. 이 책 어딘가에 해답이 들어 있을 거라는 생각까진 나쁘지 않았지만 책까지 뜯어내고 있는 내 꼴이 좀 한심스럽고 광적인 것 같기도 했다. 종이를 들춰 보니 놀랍게도 작은 쪽지 하나가 보였다. 얼마나 작고 얇은 쪽지였는지, 조금 전에 종이 위를 손으로 쓸어 보지 않았다면 모를 뻔했다. 조심스럽게 종이를 떼어 내어 펼쳐 봤다. 종이는 노랗게 변색되어 있었고 서체도 깨알 같았다. 눈을 가늘게 뜨고 글자들을 읽어 내려갔다.

　본인은 스카이 섬의 인도자, 뉴튼 맥러드라고 한다. 이 종이는 나의 유언장이다.

　알린은 죽기 전에 내게 이 책을 맡겼다. 내가 그의 이야기를 이 책에 기록하였고, 그는 내게 이 책을 남은 생 동안 지켜 달라고 부탁했다. 그의 가족은 무릴을 수호하는 역할을 담당해 왔다. 거울을 파괴하기 전까지는 그들이 거울의 비밀을 지켜 내야만 했다. 하지만 알린은 거울을 파괴해 달라는 딸의 부탁을 들어줄 수 없었다. 알린은 마법 세계의 존재가 거울을 파괴할 수 없다는 사실을 알지 못했다.

　만약 훗날에 무릴이 운디네의 손에 들어가게 된다면 참고하라. 운디네들은 무릴을 통해야만 그 힘을 사용할 수 있게 된다. 무릴의 눈은 모든 마법 세계의 존재들을 관찰할 수 있으며, 아무도 그 어떤 비밀도 그들의 눈앞에 숨길 수 없게 된다. 그들은 이 저주받은 거울을 무기 삼아 온 세계를 손아귀에 넣을 수 있다. 그러니 무슨 일이 있어도, 어떤 희생을 치르더라도 거울을 파괴해야만 한다.

　하지만 거울은 스스로를 보호하고 있다. 전설에 따르면 어떤 인간이 있는데, 그만이 거울을 파괴하고 운디네의 힘을 제어할 수 있다고 한다. 그 인간 외의 아무도 운디네에게 대항할 수는 없다.

　거울이 완전히 파괴되어야 운디네도 사라진다.

　오랜 시간 동안 거울을 파괴할 수 있는 해답을 찾아왔지만 이제 이 세상을 떠나기 전에 그 비밀을 푼 것 같다. 하지만 모든 게 너무 늦어

버렸다. 내 다음으로 누군가가 이 비밀에 당도해 주길 기다릴 수밖에. 이 책을 읽고 과제를 해결하는 자가 나타나 주길 바랄 뿐이다.

신들이 그를 지켜 주시기를.

한참이나 멍하니 쪽지를 바라보았다. 바로 이거였다. 이제 야 왜 책을 읽고 나서 계속 찜찜한 느낌이 들었는지 알 수 있을 것 같았다. 서둘러 책장을 앞으로 넘겨 보았다. 열쇠가 되는 문장이 눈에 들어왔다.

인간 외의 다른 종족들은 모두 거울의 표적이 되는 거예요.

어떻게 이렇게 중요한 문장을 못 보고 지나칠 수 있었던 거지? 이제야 모든 퍼즐이 맞추어진 기분이었다. 등줄기가 서늘했다. 떨리는 손으로 카디건을 세게 여몄다. 이제 뭘 어떻게 해야 할지 몰라 눈앞이 막막했다.

차라도 한잔 마셔야겠다는 생각이 들어서 몸을 일으키는데, 바닥이 흔들리는 것같이 어지러웠다. 휘청거리며 식탁 모서리를 부여잡고 간신히 몸을 똑바로 가누었다. 찻주전자로 손을 뻗는데, 두려움이 점점 몸을 마비시키는 것 같았다. 떨다가 주전자를 손에서 놓쳤다. 다행히 주전자가 바닥에 떨어져 요란한 소리를 내기 전에 누군가가 주전자를 잡아 주었다. 입에서 낮은 탄식이 새어 나왔다.

"야, 조용히 해. 그러다 다 깨우겠다."

피터였다. 안도의 한숨을 내쉬며 그를 끌어안았다. 그가 내 등을 토닥여주며 물었다.

"왜? 캘럼한테 무슨 일이라도 있어?"

고개를 저은 뒤 그를 바라보고 있노라니 불현듯 앞으로 어떻게 해야 할지가 떠올랐다.

"피터, 잘 들어. 지금부터 책을 하나 줄게. 아무 말 하지 말고 읽어 봐."

그에게 속삭였다.

피터가 어이없다는 얼굴로 나를 바라보며 물었다.

"괜찮아? 너 얼굴 완전 창백한데? 유령이라도 본 사람 같아."

"정말 중요한 일이야. 알았지?"

그에게 재차 강조하자 그가 고개를 끄덕인 후 식탁에 앉았다. 그에게 알린의 이야기를 펼쳐 주었다.

그가 책을 읽어 내려가는 동안 차를 준비했다. 우리 사이에 설탕과 우유 그릇을 놓고 찻주전자를 가져왔다. 그리고 조심스럽게 뜨거운 차를 따르면서 피터의 안색을 살폈다. 피터는 그 이야기를 다 읽은 후에 한 번 더 처음부터 읽었다. 그러고는 책의 뒤표지가 잘려 나가 있는 것을 발견하고는 이게 뭐냐는 얼굴로 나를 바라보았다. 그에게 책에서 발견한 종이쪽지를 천천히 건네자 그가 읽었다. 이 쪽지도 두 번 읽었다.

그제야 자신이 읽은 내용을 이해했는지 놀라움이 그의 얼굴에 스쳤다.

그에게서 책을 다시 가져다가 쪽지를 그 사이에 끼워 넣은 후 말했다.

"내일 오후 4시에 소피네 서점에서 만나. 그런 다음에는 다른 사람들한테 들키지 않고 만날 만한 곳을 찾아야 해. 우리가 만나기로 한 거나 이 책에 대해서는 아무한테도 말하면 안 돼."

그와 헤어져 조심스럽게 계단을 올라 방으로 갔다. 긴장과 두려움, 흥분으로 심장이 쿵쾅거렸지만 캘럼 곁에 누워 있자니 왠지 모르게 진정되는 것 같았다.

이 일에 대해 피터에게 말할 수 있어서 다행이었다. 그러면 이제 어떻게 행동해야 할지 알 수 있을 것이다.

다음 날, 캘럼은 조엘, 피터와 함께 왕궁을 찾았다. 피터가 비밀을 지켜 주기만을 바랄 뿐이었다. 인간 이외에 그 어느 누구도 여기에 대해 알면 안 되었다. 외삼촌과 외숙모는 엘프 학교에 갔다. 거기에서 외삼촌은 엘프 아이들에게 인간 세계에 대해 가르쳐 주고 있었다. 외숙모는 외삼촌을 도왔다. 한나와 앰버도 그들과 함께 수업에 참여했고, 조만간 엘프 학교에서 공부하게 될 예정이었다. 물론 그 둘이 얼마나 환호하고 있는지는 상상에 맡기겠다. 하지만 외삼촌이라면 엘프 학교에서 배우는 걸로 모자라 오후에는 인간 학교의 공부까지 시킬 게 뻔했다. 벌써부터 그 두 아이가 불쌍해졌다. 뭐든 지나치면 독이 되는 법이다. 공부도, 애정도.

나는 아멜리와 함께 외삼촌 부부와 쌍둥이를 배웅한 뒤, 함께 소피의 서점으로 향했다.

서점에는 자주 가는 편이었지만, 피터와 만날 생각에 4시까지 계속 안절부절못하고 시계만 쳐다봤다. 피터가 제발 좋은 계획을 생각해 냈어야 할 텐데!

점심 식사 후에 아미아가 서점에 깜짝 방문을 했다.

"여기 있을 줄 알았지. 요새 미로가 매일 왕궁에 가 있으니까 심심해서 견딜 수가 없어. 맨날 저렇게 모일 바에야 좋은 작전이라도 좀 짜내면 좋을 텐데. 그럼 적어도 집에 돌아갈 수는 있지 않을까?"

"그러게 말이다."

소피가 끼어들었다.

"안색이 안 좋아 보이는구나. 지금 너의 상태라면 바다에 몸을 담가야 할 텐데. 앉거라."

아멜리가 나를 쳐다보며 물었다.

"무슨 상태?"

아미아가 환한 얼굴로 미소 지으며 자신의 배를 쓰다듬었다.

"나 임신했어."

너무 놀라서 내 뒤쪽에 있던 소파에 주저앉고 말았다. 소피가 마치 손자를 기다리는 할머니처럼 뿌듯한 얼굴로 웃었다.

"야! 너희 셸리코트들은 설마 피임이라는 것도 몰라?"

아멜리가 흥분해서 목소리를 높였다.

"이런 시기에 아기를 가지다니, 너무 무책임하다고 생각하지 않아?"

이제는 화까지 내는 것이었다.

하지만 아미아는 당황하지 않았다.

"아멜리, 우리 종족은 임신과 같은 순리를 거스르려고 하지 않아. 게다가 미로랑 나는 아기가 생겨서 너무 기뻐."

아미아에게 다가가서 손을 꼭 잡아 주었다.

"정말 축하해."

내 목소리에서 두려움을 감추며 속삭였다. 엘린에게서 지켜 내야만 하는 생명이 하나 더 늘어났다.

아멜리가 뭐라고 더 비난의 말을 꺼내려 했지만, 소피가 어찌나 째려보던지 결국 목구멍 속으로 다시 삼켜 버릴 수밖에 없었다.

"뭐 알았어. 나도 기쁘지 않은 건 아니야."

"소피가 말한 건 무슨 뜻이야? 지금 네 상태에는 바다에 몸을 담가야 한다니?"

아미아에게 물어보았다.

아미아가 자기 손끝을 내려다보며 말했다.

"임신 기간 동안 계속 뭍에 있는 게 아기한테 어떤 영향을 미칠지 모르겠어. 마치 몸이 점점 약해지는 것 같아."

"예정일이 언제인데?"

아멜리가 물었다.

"아직 태어나려면 멀었잖아."

"앞으로 6주 정도?"

"뭐? 6주?"

아멜리와 내가 동시에 외쳤다. 아미아의 배를 보니 임신한 줄도 모를 정도로 미미하게 솟아 올라와 있을 뿐이었다.

아미아가 미소 지었다.

"우리 셸리코트는 인간들처럼 오랫동안 태에 아기를 품지 않아. 셸리코트 아기들은 이미 몇 주가 지나면 물에서 헤엄칠 수 있거든. 출산하기 전까지는 뭍에서 견뎌 보는 수밖에 없어. 하지만 적어도 아기가 나올 때에는 바다에 있어야 해. 이곳의 호수는 아기를 낳기에는 적합하지 않아. 만약 아기를 뭍에서 낳게 되면 살아남기는 힘들 거야."

"첩첩산중이네."

아멜리의 걱정도 일리가 있었다. 하지만 아미아의 얼굴이 어찌나 행복해 보이던지, 더 이상의 부정적인 말이나 두려움을 꺼내 놓을 수가 없었다.

"아직은 시간이 좀 있으니까 그 안에는 어떻게든 될 거야."

오히려 아미아가 걱정하지 말라는 듯 위로해 주었다.

"두 달이면 꽤나 긴 시간이야."

말문이 막혔다. 오히려 아미아를 진정시켜야 할 사람은 나였는데, 대체 어디에서 저런 용기가 나오는 거지? 지금 세상은 종말의 위기 앞에 서 있는데 말이다.

"아가씨들, 무슨 일 있어?"

피터가 이쪽의 상황은 눈치 채지 못한 채 서점으로 들어왔다. 그러고는 내게 눈짓을 주었다.

"아멜리, 나 피터랑 중요한 약속이 있다고 캘럼한테 말 좀 전해 줄래?"

"알았어. 나는 아미아랑 아기 용품 좀 사러 갔다 올게."

그러고는 난데없는 쇼핑 계획에 놀라 있는 아미아를 소파에서 끌어낸 후 소피에게 작별의 입맞춤을 했다.

아멜리의 변덕은 정말 세계 최고인 것 같았다. 하지만 셸리코트 아기에게 엘프 옷을 입혀서 어쩌겠다는 거지? 어쨌든 아미아는 기뻐 보였다. 뭐, 둘이 재미있는 시간을 보낸다면야……

피터와 나도 소피에게 작별 인사를 했다. 물론 내일 다시 오겠다는 약속도 했다. 그러고는 서점 입구의 구슬 커튼을 빠져나왔다.

저만치 앞에 아멜리와 아미아가 종종걸음으로 시장 쪽으로 가는 게 보였다.

피터는 내 팔을 잡고 반대편 방향으로 나를 잡아끌었다.

"아무의 눈에도 띄지 않을 장소가 필요해."

그가 말했다.

"비밀 회합에 적합한 장소가 있어. 책 가져왔어?"

대답으로 어깨에 메고 있는 가방을 두드려 보인 다음, 그와 함께 도시 외곽 쪽으로 걸어갔다.

약 20여 분 후, 도시 외곽의 과수원에 도착했다. 나지막한 언덕 위로 나 있는 오솔길로 이끌었다. 길을 따라 레일린 주위를 감싸듯 우뚝 서 있는 산 위의 숲에 도달할 수 있었다. 약간 숨이 차서 나무둥치 위에 헐떡이며 앉았다. 여기라면 누구라도 갑자기 마주치거나 이야기를 엿들을 위험도 없을 것 같았다.

눈앞에는 도시가 한눈에 내려다보였고 우리 뒤로는 울창한 숲이 빽빽하게 서 있었다. 비밀 회합을 위해 이보다 더 완벽한 장소는 없었다.

피터가 내 옆에 앉으며 물었다.

"책 좀 다시 줘 봐."

가방에서 책을 꺼내 그에게 건넸다.

그가 책을 읽는 동안 주변을 둘러보았다. 그가 지금 읽고 있는 부분은 이제 거의 외울 정도였다. 산 위에서 내려다본 레일린의 모습은 마치 동화책 속의 삽화 같았다. 끔찍한 일은 절대로 일어나지 않을 것만 같은 평화로운 풍경이었다.

"이 책에 쓰여 있는 내용은 아무에게도 말하면 안 될 것 같아."

그가 내 생각을 중단시켰다.

"알아. 그래서 간밤에 아무 말도 하지 말라고 한 거야."

"이 책에 대해서 캘럼한테 말했어?"

고개를 저었다.

"설명할 수는 없지만, 왠지 말을 하면 안 될 것만 같은 기분이 들더라구."

"책은 어디서 난 거야?"

그래서 피터에게 책을 발견하게 된 경위에 대해 처음부터 설명해 주었다. 꽤 긴 이야기였지만 그는 한 번도 내 말을 끊지 않고 참을성 있게 들어 주었다.

"지난 2년간 놀라운 일은 많이 겪었지만, 네가 지금 해 준 이야기는 그중에서도 단연 최곤데?"

피터가 내 이야기를 다 들은 후 고개를 흔들며 말했다.

"아무튼 이 책은 운디네를 없앨 수 있는 유일한 열쇠야."

무슨 말이야? 책이 유일한 열쇠라는 건 좀 지나친 듯했다. 우리가 여태까지 얻은 정보는 고작해야 운디네가 무릴을 통해 인간은 볼 수 없다는 것뿐이었다. 인간의 영혼만은 운디네가 어쩌지 못하겠지만, 그들을 없애기에는 아직 뭔가가 턱없이 부족했다.

"무슨 뜻이야?"

내가 묻자 피터가 책을 건네주며 말했다.

"맥러드는 쪽지에 무릴을 없앨 방법을 찾았다고 써 놨어. 운디네가 무릴을 잃게 되면 아마 그들의 가장 막강한 무기를 빼앗는 게 되겠지."

"그거야 그렇지. 하지만 무릴을 없애는 '방법'에 대해서는 안 써 놨잖아. 대체 무슨 방법으로 무릴을 없앨 건데?"

"너 이 책 몇 번이나 읽어 봤어?"

피터가 물었다.

"마지막 이야기는 아마 열 번은 더 읽어 봤을걸?"

내가 대꾸했다.

"이 쪽지 말고 다른 단서는 못 찾은 거야?"

"아무것도 못 찾았어. 다른 이야기에는 운디네에 대한 언급 자체가 없었으니까. 무슨 영웅담이나 전설일 뿐, 무릴을 없애는 방법 같은 건 없었어. 마치 마지막 이야기를 숨겨 놓기 위해 고의적으로 다른 이야기를 마구 주절거려 놓은 것 같달까. 내 말 이해해?"

피터가 고개를 끄덕였다.

"아무런 이유 없이 맥러드가 책 뒤에 이런 쪽지를 숨겨 놨을 리 없어. 분명 책 어딘가에 무릴을 없앨 수 있는 힌트가 있을 거야."

피터가 잠시 생각한 후 말했다.

"이 쪽지에 그 힌트를 적어 놓을 시간이 없어서 못 적은 거라면?"

내가 물었다.

"그건 아닐 것 같아. 정말 시간이 없었다면 쪽지를 책 뒤표지에 정성껏 숨길 시간도 없었을 거야. 그건 말이 안 돼. 만약 운디네가 인간만큼은 볼 수 없다고 치면, 운디네에게 대항할 수 있는 것도 인간뿐이라는 거야. 그러니까 인간이 볼 수 있도록 해답을 숨겨 놨을 거야. 아마 알린이 자기 가족인 셸리코트들이 아니라 스카이 섬의 인도자이자 인간인 맥러드에게 책을 맡긴 것도 그런 맥락에서였을 거야. 그가 자신이 못다 한 과제를 끝마쳐 줄 거라고 기대했던 게 아닐까?"

이마를 탁 쳤다. 왜 여태까지 그런 생각을 못 했을까?

"하지만 여기에는 일반 인간이 아니고 특별한 누군가라고 쓰여 있잖아. 누굴까?"

내가 물었다.

"몰라. 아마 책에 다른 힌트가 있을 거야."

피터가 대답했다.

다른 이야기들도 떠올려 보았지만, 이 수수께끼를 풀어 낼 만한 건 아무것도 떠오르지 않았다.

피터가 주머니에서 작은 칼을 꺼냈다.

"뭐 하려고?"

"혹시 모르니까 책 앞표지도 뜯어보려고. 누가 알아? 책 뒤에도 숨겨 놨으니 앞에 뭘 더 숨겨 놨다고 해도 이상하지는 않잖아."

나는 팔짱을 낀 채 그가 조심스럽게 앞표지와 안쪽의 종이를 분리하는 모습을 지켜보았다. 하지만 뒤표지를 떼어낼 때만큼 간단해 보이지는 않았다. 종이는 책장에 더 단단히 접착되어 있었다.

"흠. 왠지 거기엔 없을 것 같아."

"그렇군."

피터가 동의했다. 그러고는 천천히 책을 한 번 더 넘겨 보았다.

"일단 오늘은 다른 방법을 생각해 보는 걸로 마무리하자. 어쩌면 하루 자고 나면 좋은 아이디어가 떠오를지도 몰라."

머리를 긁적이며 피터에게 제안했다. 그가 몸을 일으키며 물었다.

"이거 오늘 하루만 내가 가지고 있어도 돼? 한번 처음부터 끝까지 자세히 읽어 보게. 운이 좋으면 뭔가 발견할 수 있을지도 몰라."

"그럼. 그렇게 해."

"아무튼 이 책에 대해서는 아무에게도 말해선 안 돼."

그가 재차 강조했다.

"특히 캘럼한테 말야. 의심받지 않도록 조심해."

"알아."

대답은 했지만 캘럼에게 뭔가를 숨겨야만 한다는 게 내키지는 않았다.

"하지만 누군가에게 털어놓긴 해야 돼. 만약 무릴을 없애는 게 이번 전쟁의 핵심이라면 의회도 이 사실을 알고는 있어야 하지 않을까?"

"엠마."

피터가 선생 같은 말투로 나무랐다. 내가 제일 싫어하는 톤이었다.

"운디네들은 무릴을 통해서만 그 힘을 펼칠 수 있어. 마법 세계의 모든 존재를 다 관찰하고 있다구. 아무도, 어떤 비밀도 그들 앞에서 숨길 수 없다고 쓰여 있잖아. 무릴은 이 세계를 정복할 수 있는 절대 무기야."

"역시 아무한테도 말하면 안 되는 걸까?"

"당연하지. 인간은 마법 세계와는 관계가 없으니까. 그리고 네 몸 절반에 흐르고 있는 셀리코트 피보다 인간 피가 더 강하길 바라는 수밖에."

그의 말을 듣자 소스라치게 놀랐다. 그의 말이 옳았다. 어쩌면 운디네들이 나를 통해 이미 우리가 거울의 비밀을 알아냈다는 사실을 알고 있을지 몰랐다.

피터가 침착하게 계속 말했다.

"하지만 지금까지 아무 일 없었던 걸로 짐작건대 우리를 볼 수는 없는 것 같아. 하지만 만약 우리가 엘리시엔 여왕한테 책을 들고 가서 모든 걸 말한다고 생각해 봐. 그럼 운디네들은 우리가 영영 거울을 찾지 못하도록 꼭꼭 숨어 버릴지도 몰라. 게다가 우리가 거울을 파괴하기 위해 총력을 기울일 거라는 사실도 알게 될 거고 말야."

"하지만 어차피 운디네가 거울을 어디에 숨겼는지는 모르잖아."

그의 주장의 약점을 콕 집어서 지적해 주었다.

"아니, 알 것 같아."

피터가 팔짱을 낀 채 깊이 침묵하며 골똘히 생각에 잠겼다.

"어디 있을 것 같은데?"

"아마 그 섬으로 다시 가지고 갔을 거야. '망자의 섬' 말야."

살갗 위에 소름이 돋았다. 그가 말한 단어에서 얼음과 같은 냉기가 느껴졌다. 불안한 시선으로 주위를 둘러보았다. 어느새 숲에는 어둠이 내려앉아 있었다. 마치 나무 사이에서 그림자가 스멀스멀 기어 올라오는 것 같았다.

"이제 가야 될 것 같아."

피터에게 말하자 그가 말없이 몸을 일으켰다.

우리 둘이 집에 도착했을 땐 다들 부엌에 모여 있던 참이었다. 캘럼은 잔뜩 찌푸린 얼굴이었다. 한눈에도 나 때문에 화가 나 있다는 걸 알 수 있었다. 얼른 그의 곁에 가서 앉았다.

"어디 갔었던 거야?"

캘럼이 작게 물었다.

빵 하나를 입에 물고 우물거리는 척하면서 어떻게 대답해야 할지 머리를 굴리고 있는데, 피터가 대신 대답해 주었다.

"아까 서점에서 만나서 왕궁 도서관을 좀 구경시켜 주려고 데려갔었어."

피터에게 고맙다는 눈빛을 보냈다.

"그렇군. 어땠어?"

캘럼이 나를 바라보며 물었다.

"정말 아름답고 독창적인 곳이더라."

물론 가 본 적이 없기에 때려 맞춘 거였다. 제발 내 추측이 맞기만 바라며 캘럼의 눈치를 살폈지만, 예상대로 그리 납득한 것 같지는 않았다.

다행히 외숙모가 학교에서 아이들을 가르치는 일에 대해 기쁨에 겨운 보고를 하기 시작했다.

"정말 엘프 아이들은 너무도 사랑스러워. 어쩌면 다들 그렇게 친절하고 학구열이 있는지 신기할 뿐이란다."

"난 엘프들이 어떻게 아이들에게 식사 예절을 가르치는지 좀 배우고 싶더구나."

외삼촌이 한나와 앰버를 바라보면서 말했다. 앰버가 삐딱한 미소를 지어 보이자, 오늘 식사에 관련한 사건이 있었으리라는 걸 짐작할 수 있었다.

"그래서 오늘은 저 착하디착한 엘프 아이들 가운데서 어떤 못된 장난을 친 거니?"

앰버에게 물었다.

앰버가 시치미를 떼며 어깨를 으쓱해 보였다.

"설마 제가 그랬겠어요?"

"응!"

우리 모두가 동시에 대답했고, 명랑한 웃음소리가 터져 나왔다. 그제야 식탁에 감돌던 긴장감이 좀 풀어지는 것 같았다.

식탁 아래에서 캘럼의 손을 꼭 잡고 그에게 미소 지어 보였다. 그의 얼굴에 미소는 떠오르지 않았지만, 적어도 잔뜩 구겨졌던 얼굴은 좀 펴졌다.

"아무리 생각해도 아미아가 지금 아기를 가진 건 좀 무책임하다고 생각돼."

다음 날 아침, 부엌으로 내려가니 아멜리가 또다시 아미아를 화두에 올리고 있었다.

사실은 피터와의 비밀 회합 때문에 아미아에 대한 건 거의 잊어버린 상태였다.

캘럼과 부엌 식탁의 긴 의자에 나란히 앉아서 커다란 그릇에서 오트밀을 덜어 꿀을 넉넉히 뿌리고 스푼으로 떠먹었다.

"아멜리, 우린 임신을 조절할 수 없어."

캘럼이 날카로운 음성으로 말했다.

"게다가 대부분은 첫 번째 관계 후에 곧바로 아기가 생기니까 오히려 지극히 정상이라고 볼 수 있지."

오트밀이 목에 걸린 건 필연이었다. 콜록거리고 있는 내게 캘럼이 물을 한 잔 건네주며 등을 두드려 주었다. 모두가 나를 바라보자 그제야 내 얼굴이 홍당무처럼 달아올랐다는 걸 깨달았다.

"흠. 그럼 엠마는 운이 좋았던 거네."

아멜리가 냉소적으로 덧붙였다.

앰버가 킥킥거리기 시작하자 더는 고개를 들 수 없을 지경이었다.

앞으로 내 남은 생애 동안 다시는 아멜리와 말을 섞지 않겠노라고 굳게 다짐했다.

외숙모가 굳어진 분위기를 전환하려는 듯 쌍둥이를 시켜서 식탁을 정리하기 시작했다. 반 이상 남은 오트밀 그릇과 수저를 내려놓았다. 입맛이 싹 가셔 버렸기 때문이다.

"어쨌든 아기가 생기는 건 언제나 축하 받을 일이야. 이 세상에서 가장 멋진 일이기도 하고."

외숙모가 확고한 음성으로 논쟁을 마무리했다. 그러고는 과일 샐러드가 담긴 그릇을 가져와 식탁 위에 놓았다. 그러자 한동안은 기분 좋은 쩝쩝거림 외에 아무 소리도 들리지 않았다.

30분 후, 아멜리와 나를 제외하고 다른 가족들은 모두 밖으로 나갔다.

아멜리에게는 아직 화가 가시지 않은 상태였다. 그래서 말없이 차를 한 잔 타서 정원으로 나가 혼자 앉아 있으려니, 아멜리가 마치 아무 일도 없었다는 듯 내게 다가와 말을 걸었다.

"오늘 아미아도 데리고 서점 가지 않을래? 아무래도 이런 시기에는 좀 더 그 애를 신경 써 줘야 하지 않을까? 미로는 하루 종일 성에 있을 거래. 나라면 우울할 것 같아."

정말 아멜리다웠다. 내가 자기한테 화가 나 있다는 건 싹 잊어버리고는 이제 내 여동생을 걱정하고 있으니 말이다. 어떻게 아멜리를 미워할 수 있을까. 한숨을 쉬며 몸을 일으켜 아멜리에게 다가가 뺨에 입을 맞춰 주었다.

한 시간 후, 다 같이 소피의 서점으로 향하는 내내 아미아와 아멜리는 어제 시장을 돌아다니며 구경했던 신생아용 우주복들을 상세히 묘사하느라 여념이 없었다. 누가 들으면 아멜리가 임산부인 줄 알 정도였다. 게다가 아미아는 자기 아기가 딸일 거라는 매우 신빙성 없는 주장을 펼치고 있었다. 그냥 느낌이라면서 말이다. 아무튼 둘이 설명하는 우주복들은 다 보라색톤이었다.

"여자아이면 핑크색 아니야?"

둘의 대화에 끼어들며 물었다.

아멜리가 어이없다는 듯 머리를 흔들었다.

"엠마, 언제 적 얘기를 하는 거니? 여자애 하면 보라색인 게 당연하지."

그래서 더 이상 대화에 끼어드는 건 포기하기로 했다. 패션에 대해 일가견이 없는 내가 아기 옷 패션에 대해서 알 리는 만

무했다. 게다가 둘은 내 도움 따윈 필요하지 않은 것 같았다. 둘의 머릿속에는 이미 레일린의 모든 아기 옷 가게에서 팔고 있는 우주복들이 정확히 입력되어 있었으니 말이다.

"아미아, 원래 셸리코트 아기들은 우주복 같은 거 안 입지 않아?"

"당연히 안 입지. 아기들도 자기 사이즈에 맞는 미스기르를 입어. 하지만 미로랑 의논해 봤는데 아기를 낳은 후에는 다시 뭍으로 올라오려고. 엘린이 살아 있는 한 바다는 너무 위험해. 물론 엘린 문제가 해결되자마자 바다로 돌아오긴 하겠지만, 그 전까지는 필요 이상으로 오래 머무르고 싶진 않아."

"얼마나 오래 바다에 있을 건데?"

"모르겠어. 아마 최장 5일 정도겠지. 셸리코트 아기들은 태어나자마자 소금 성분이 피부 점막 위에 보호 필름 형태를 이루게 돼. 이 과정은 정말 중요한데, 5일 정도 걸리거든. 그동안 물에서 헤엄치는 방법도 배우게 돼. 그런 다음에는 민물에서 성장해도 괜찮지만 처음의 5일은 무조건 바다에 있어야 하거든. 그래서 셸리코트 아기는 뭍에서 태어날 수 없는 거야."

아미아의 손을 꼭 잡아 주었다. 설명만 들어도 벌써부터 걱정이 되는 게 사실이었다.

"아기는 어디서 낳을 건데? 베렝가에서 낳을 생각은 아니지?"

"절대 거기서 낳을 생각은 없어. 캘럼이 말해 준 주미스의 동굴에서 낳을 생각이야. 진통이 시작되면 거기까지 미로와 헤엄쳐 가려고. 주미스가 동굴 주위에 믿을 만한 경비병도 넉넉히 세워 주기로 약속했어. 엘린이 거기까지 찾아오진 못할 거야."

저주 받은 무릴이 존재하는 한은 어떤 수를 써도 엘린과 운디네의 시야에서 벗어날 수는 없다는 말이 목구멍까지 올라왔지만, 입술을 굳게 다물 수밖에 없었다.

우리 셋을 본 소피의 얼굴이 기쁨으로 넘쳤다. 아미아는 끝까지 소파에 앉기를 사양했지만 결국은 포기하고 자리에 편안히 앉았다.

"소피, 저만 여기 무슨 환자처럼 가만히 앉아 있고 싶지는 않아요. 전 임신을 한 거지 어디 아픈 게 아니라니까요!"

"걱정하지 말거라 아가야."

소피가 아미아를 진정시켰다.

"너한테도 할 일을 줄게. 이제 한 30분 뒤면 유치원 아이들이 방문할 거야. 그 아이들에게 이야기책을 좀 읽어 주련? 도서관에서 셸리코트 종족의 동화책을 발견했는데, 그걸 엘프 아이들에게 좀 읽어 주면 어떨까?"

아미아가 미소 지었다.

"기다리렴. 금방 가져오마."

소피가 계산대 뒤로 들어가더니 잠시 후 책을 한 권 들고 나와서 아미아의 무릎에 올려놓았다.

책의 재질을 보니 금세 아미아의 결혼식 청첩장과 같은 종이라는 걸 알 수 있었다.

아미아가 책을 보더니 깜짝 놀라며 소중한 듯 쓰다듬었다.

그러고는 책을 펼쳐 종이를 넘기며 말했다.

"이건 정말 몇 권 안 되는 귀중한 책이네요. 제가 어렸을 때 성에도 이것과 같은 책이 있어서 언제나 잠들기 전에 어머니가 와서 읽어 주고 가셨죠. 우리는 잠들기 전에 어머니가 동화를 읽어 주시는 시간을 정말 좋아했어요. 어머니가 돌아가신 다음에는 엘린이 어머니를 기억하기 위해 대신 제게 이걸 읽어 줬죠. 아레스는 우리가 같이 자는 걸 금했지만, 가끔 어머니가 보고 싶은 밤이면 몰래 엘린의 침대에 기어 들어갔고, 그러면 기꺼이 절 자기 침대에서 재워 줬어요. 그때는 정말 세상에 나 혼자인 것 같은 외로움을 많이 느꼈으니까요. 하지만 언제부터인가 책이 사라져서 엘린과 함께 성을 다 뒤져 봤지만 찾을 수 없었어요."

엘린이 아미아에게 그렇게도 상냥한 오빠였다는 게 믿기지 않았다. 울고 있는 아미아에게 동화책을 읽어 주고 위로해 주는 역할을 했다니! 만약 내 파란 책에 쓰여 있는 말이 사실이라면, 엘린은 지금 운디네에게 영혼을 빼앗겨 인간으로서의 모든 감정과 기억을 잃어버리고 오직 분노에만 사로잡혀 있는 게 틀림없었다. 아니, 그렇게 믿고 싶은 게 사실이었다.

아멜리와 내가 손님을 맞을 동안 어린아이들에게 책을 읽어 주고 있는 아미아를 곁눈질했다. 정말 행복해 보였다. 아미아가 바다 괴물과 아기 해마 역을 오가며 실감나게 이야기를 읽어 주는 동안 아이들은 입을 헤벌린 채 아미아의 입술만 바라보고 이야기에 빠져 있었다. 어느덧 책을 다 읽어 주자 아이들은 서점을 나서기 전에 아미아로부터 다음에도 낭독회를 해 주겠다는 약속을 받아내고야 말았다.

아미아는 정말 훌륭한 엄마가 될 수 있을 것 같았다.

아이들이 서점을 나간 후, 아미아는 약간 지쳐 보였다. 아까 낭독회 중간에 아미아가 커다란 물병 두 개를 비우는 걸 봤었다.

"뭐 도와줄까? 말만 해."

걱정스러운 얼굴로 물었다.

아미아가 고개를 끄덕였다.

"날 호수에 좀 데려다줄 수 있어? 헤엄칠 시간이야."

"위험하지 않을까?"

"엘프들의 호수는 완전히 고립되어 있으니까 괜찮아. 안심하고 수영할 수 있어. 이제 곧 보름달 밤이야. 이번에는 너도 우리와 함께 춤춰야 돼."

입을 반쯤 벌리고 할 말을 잃었다.

"엠마, 이번에 네 데뷔 무대가 될 거야. 원래 첫 번째 보름달 밤의 춤은 성대하게 축하해야 되는 건데."

첫 번째 보름달 밤이라니. 캘럼은 왜 내게 그런 말을 안 해 준 걸까?

10장

아미아는 나를 도시에서 꽤 떨어진 호수로 데려갔다. 암석들이 작은 만을 감싸고 있었다. 양치식물과 풀 들이 바람에 흔들리며 마법 같은 풍경을 자아냈다. 신발을 벗자 하얗고 고운 모래가 발바닥을 간질였다.

"여기 정말 아름다워. 호수 이름이 뭐야?"

"요정호라고 불러."

아미아가 숄더백에서 미스기르를 꺼내 입으며 말했다. 내 미스기르를 챙겨오지 못한 게 후회되었다. 아마 숙소의 짐 사이에 섞여 있을 거였다.

"왜 요정호라고 부르는 걸까? 요정들이랑 관계가 있는 거야?"

아미아가 호수 반대편을 가리키며 설명해 주었다.

"안개가 없는 아침이나 저녁이면 아직 저쪽에 남아 있는 다리 잔해가 보여. 요정들의 다리라고 불리던 건데, 아주 오래전에 여기와 요정 왕국을 연결해 주던 다리였대. 대전쟁 때 다리가 파괴되고 난 이후에는 요정들 이외의 출입이 통제되고 있어. 이름만 겨우 남아 있을 뿐이야."

요정 하니까 모르게인이 떠올랐다. 지금쯤 어디에 있을까? 아발라는 모르게인과 요정들의 집이기도 했다. 아발라가 당한 이후에 요정들은 어떻게 된 걸까?

아미아가 수영을 시작했다. 마음껏 호수에서 물살을 가르는 동안 얼굴빛이 차츰 원래대로 돌아왔다. 마치 잃어버렸던 힘을 조금씩 되찾는 것 같았다.

바지를 벗고 물에 들어가 팔과 얼굴에 물을 좀 묻혔다. 몸에 물을 좀 묻힌 것뿐인데도 기분이 훨씬 상쾌해졌다. 물에서 나와 풀밭에 누워 앞으로의 문제들을 골똘히 고민하기 시작했다. 운디네들이 인간을 볼 수 없다는 건 이제 확실하지만, 만약 인간이 마법 세계 안에 있다면 어떻게 되는 거지? 혹시 어느 세계에 있는가도 중요한 게 아닐까? 가장 중요한 건 나라는 존재였다. 피터의 말대로 내 피 속에는 셸리코트의 피도 흐르고 있다. 입술을 깨물었다. 아무튼 피터랑 이야기를 나눠 봐야 했다. 어쩌면 운디네들이 이미 모든 상황을 파악하고 있을지도 몰랐다.

아미아가 물에서 나와 내 곁에 앉았다.

"미안한데 여기서 집까지 혼자 가도 괜찮겠어?"

내가 물었다.

"왜? 어디 갈 건데?"

아미아가 되물었다.

"피터랑 약속이 있어."

"캘럼은 어쩌고? 뭐라고 말해야 돼?"

"그냥 내가 아직 시내에 있다고 말하면 되지 않을까?"

아미아가 근심 어린 표정으로 나를 바라보았다.

"엠마, 뭘 하는지는 모르겠지만 무모한 행동은 안 할 거지?"

고개를 끄덕이며 몸을 일으켰다.

저 멀리 피터가 보였다. 안절부절못하며 왔다 갔다 하고 있었다. 그는 오늘 아침 일찍 내게 와서 지난번에 만났던 곳에서 기다리겠다고 말했다.

급하게 산을 오르느라 숨이 턱까지 찼다. 헐떡거리면서 늦게 온 걸 사과했다.

"미안. 아미아를 호수에 데려다주느라 늦었어. 부탁하더라고."

"괜찮아."

그가 손사래를 쳤다.

"뭐 알아낸 거 있어?"

그의 곁에 앉으며 묻자, 그가 고개를 끄덕이며 입을 열었다.

"책에 적혀 있는 모든 이야기를 자세히 들여다봤는데 아무런 힌트를 못 찾아서 머리를 쥐어뜯다가 다시 한 번 그 쪽지가 있던 부분을 봤거든. 그러다가 뭔가를 발견했어."

그가 책을 펼쳐서 보여 주었다. 그에게 가까이 다가가 목을 길게 뺐다.

"여기. 보여?"

그가 손가락으로 책의 마지막 페이지에 약간 누렇게 변색된 부분을 보여 주었다. 뭔가 대단한 건 줄 알았는데, 약간 당황스러웠다.

"이거야? 이게 뭔데?"

"뭐일 것 같은데?"

피터가 되물었다.

"글쎄, 물이 묻었던 것 같은데? 아무래도 오래된 책이다 보니 물도 묻고 그런 거 아닐까?"

피터가 고개를 끄덕였다.

"그럴지도 모르지. 하지만 그러면 다른 페이지에도 이런 흔적이 있어야 하는데, 여기뿐이야. 이상하지 않아?"

"모르겠어. 이상하긴 하네. 넌 뭐일 것 같은데?"

"내 생각에는 이게 바로 맥러드가 남긴 힌트인 것 같아. 힌트를 찾는 우리 같은 사람을 위해 여기다가 어떤 메모를 해 둔 걸 거야."

눈을 크게 뜨고 다시 살펴봤다. 노란 줄무늬와 물결무늬 외에 특이한 점은 없었다. 그 빛바랜 부분조차도 너무 희미해서 잘 알아볼 수도 없을 정도였다.

피터의 말도 일리가 있는 게, 빛바랜 부분 중간중간에 약간 어두운 부분도 있긴 했다. 고의적으로 메모를 한 흔적인 것 같았지만 안타깝게도 아무것도 알아볼 수 없었다.

"너무 오래돼서 그런지 아무것도 안 보여."

"오래돼서 그런 게 아니야. 비밀 메시지를 적는 잉크 같은 걸로 적어 놓은 게 분명해. 시간이 지나서 잉크 성분이 날아가니까 군데군데 희미하게 내용이 보이기 시작한 것일 거야. 분명 이 메시지를 적어 놓은 게 맥러드일 것 같은데, 아무튼 이걸 적어 놓은 사람은 혹시라도 적의 손에 책이 들어갔을 경우를 대비해서 핵심 단서를 숨겨 놓은 것 같아. 메시지를 다시 보이게끔 만들 방법을 찾아봐야지."

"만약에 네 말이 틀려서 책이 망가지기라도 하면 어떡해? 아니면 그냥 아무 의미 없는 말이거나. 막 휘갈겨 놓은 것 같아."

"아무튼 한번 시도는 해 보자. 일단은 우리가 지금 알고 있는 정보만 다시 한 번 확인해 보는 거야. 일단 운디네가 무릴로 마법 세계를 들여다 볼 수 있다는 것."

"맞아."

"인간만 빼고."

"그런데 절대로 안 보이는 걸까? 아니면 어디에 있는지, 예를 들면 인간이 인간 세상에 있을 때만 못 보는 건 아닐까?"

내 말에 피터가 물었다.

"그게 무슨 말이야? 책에는 자세한 건 안 쓰여 있긴 하지만 인간이 마법 세계에 있으면 운디네에게 노출될 수도 있으니까?"

고개를 끄덕였다.

"게다가 나도 문제야. 무릴이 나를 인간으로 인식할지 아니면 셸리코트로 인식할지도 분명하지 않잖아. 만약 나를 셸리코트로 인식하고 있으면 우리가 무릴의 비밀을 알게 된 걸 운디네도 알고 있을 거야."

만약, 이라는 가정이었지만 생각만으로도 긴장과 두려움이 치솟았다.

잠시 침묵이 흘렀다.

"엘린은 우리가 에든버러에 있는 걸 찾아내지 못했잖아."

피터가 입을 열었다.

"일단 운디네가 널 셸리코트로 보지는 않는 것 같아."

"그래. 그럼 그건 그렇다 치고. 그때 우리 모두는 인간 세계에 있었잖아. 여기 레일린에서는 우리가 보일 수도 있어. 게다가 운디네들이 엘린에게 모든 걸 시시콜콜히 다 보고하는지 어떤지도 모르고. 만약 거울이 책에 나왔던 그 섬에 있다면 엘린 마음대로 사용할 수는 없지 않을까?"

"만약 무릴이 마법 세계에 있는 인간을 볼 수 있다면 맥러드가 책에 경고했을 거야. 그렇게 생각하지 않아? 그리고 운디네들이 무릴을 통해 모든 걸 엿보고 계획한 걸 엘린이 실행한다고 보면 될 것 같아. 그렇지 않으면 아발라가 그렇게 완벽히 침공 당하지는 않았을 테니까. 그는 우리에게 겁을 주려고 했고, 모든 게 정확히 계획되어 있었던 거야. 그 사건 이후로 각 종족들 간에 연락이 끊어졌어. 서신 전달자들도 중간에서 사라지고 있대. 그런 다음에는 남자들이 사라지기 시작한 거야. 그 사실을 이제야 조금씩 알게 된 거고."

"운디네들이 남자들을 납치해서 영혼을 빼앗아 버리는 거지."

이 모든 게 너무도 경악스러웠다. 나는 벌떡 일어서며 소리쳤다.

"레이븐한테 알려 줘야 해. 더 이상 남자들을 잃어선 안 돼!"

"침착해. 성급하게 행동하면 일을 그르칠 거야. 우리가 지금 엘프들에게 말하면 운디네의 귀에도 들어간다구. 지금은 자신들이 우위에 있다고 믿게끔 하는 게 좋아."

피터가 하는 말을 믿을 수가 없었다.

"이대로 아무 죄도 없는 사람들을 계속 희생하자고? 다들 영혼 없는 좀비가 돼서 으르렁거리며 돌아다니게 될 텐데도?"

"당연히 그렇게 되게 만들어선 안 되지. 단지 지금 하려는 행동들은 신중을 기해야 한다고 말한 것뿐이야."

"이건 다른 얘긴데, 캘럼한테 더 이상 숨기는 게 힘들어. 날 너무 잘 아니까 내가 뭔가 숨기고 있다는 것도 금세 알아챌 거야."

그에게 계속 거짓말해야 한다는 사실 때문에 양심의 가책이 느껴졌다.

"어쩔 수 없어. 현재로서는 이 사실을 말할 수 있는 사람은 거의 없다고 봐야 해. 일단 에릭슨 박사님께 말한 다음에 앞으로 어떻게 해야 할지 의논해 보는 수밖에."

멍하니 고개를 끄덕였다. 온 신경이 캘럼에게 쏠려 있었기 때문이다.

"의회 분위기는 어때? 계획이라도 있어?"

피터가 고개를 저었다.

"이 모든 게 누구 책임인지만 놓고 다투고 있을 뿐이야. 늑대인간들과 파우누스들은 아발라가 붕괴된 책임을 셸리코트들에게 돌리고 있어. 엘리시엔과 미로는 종족들 간에 분쟁이나 우격 다툼을 막기 위해 고군분투 중이고. 그런 가운데서 제대로 된 무언가를 기대하긴 어렵지. 다들 두려움에 떨고 있어. 하지만 여태까지 제대로 된 계획이 없다는 것도 다행이야. 운디네에게 생명의 위협을 당할 만한 일도 없는 거니까. 오히려 잘됐어. 아무튼 이런 식으로 엘프나 다른 종족들이 자신들에게 위협이 될 만한 일이 없다는 걸 알면 당장은 괜찮을 거야. 시간을 좀 벌 수 있을 테니까. 무릴을 없애 버려서 그걸로 운디네도 지상에서 멸절시킬 방법을 찾으려면 반드시 필요한 게 바로 시간이야."

지평선 근처의 하늘이 붉은색으로 타올랐다.

"이제 가야 돼."

몸을 일으키며 말했다. 우리는 말없이 오솔길을 따라 도시로 향했다.

"운디네가 너나 마법 세계에 있는 우리를 볼 수 있는지 알 수 있는 방법은 하나밖에 없어."

피터가 굳은 얼굴로 말했다.

"엘프 결계 밖으로 나가 보는 수밖에."

"미쳤어? 진심으로 그렇게 말하는 거야?"

피터를 다그쳤다.

"그럼 더 나은 생각 있어? 어차피 여태껏 우리를 지켜보고 있었다면 책에 대해서도 진작에 알았을 거야. 무릴을 제거할 방법을 알아내기 전에 그것부터 확인해야 돼."

"만약 결계 밖으로 나가면 무슨 일이 생길지 어떻게 알아!"

두려움 때문에 목소리가 떨렸다.

"알았어. 그럼 일단 에릭슨 박사님과 의논해 볼게. 어차피 박사님을 의회가 열리는 숲 속으로 안내해야 하니까. 내일도 이 시간에 여기서 만나자, 알았지?"

피터가 말했다.

어느덧 집 앞에 당도해 있었다. 피터를 잠시 바라본 후 그를 꼭 끌어안았다.

"집에 들어가기 전에 먼저 바보 같은 짓 안 하겠다고 약속 해."

피터는 내 눈만 바라볼 뿐, 대답하지 않았다.

그때 내 뒤에서 문이 왈칵 열렸다.

"내가 방해했나 보군."

캘럼이 깜짝 놀라 뒤로 물러서며 중얼거렸다.

"아냐, 전혀 방해한 거 아냐."

오히려 내가 놀라서 말을 더듬었다.

"그냥 피터랑 의견 차이가 좀 있어서."

"무엇 때문에 그런 건지 물어봐도 될까? 내가 중재자 역할을 해 줄게."

고개를 가로저은 다음 캘럼 앞을 지나쳐서 곧장 부엌으로 향했다.

"아, 정말 배고파서 죽을 것 같아."

어색함을 무마하려는 시도였지만 언제나 그렇듯이 내가 듣기에도 목소리가 어색했다.

피터와 캘럼이 침묵하며 내 뒤를 따랐다. 이번에도 내 어색한 연기 때문에 오히려 상황만 더 악화된 것 같은 느낌이었다.

"아까 피터랑 무엇 때문에 싸운 거야?"

이후에 우리 둘만 방에 남게 되자 캘럼이 물었다. 저녁 식사 내내 그가 나와 피터를 주시하는 게 느껴졌었다. 무슨 수를 썼어야 했다. 캘럼이 이대로 순순히 넘어가지 않을 거라고 예상했어야 했다.

"별거 아냐."

마치 아무 일도 아닌 듯 하품을 하며 부디 이대로 넘어가 주기만을 바랐다.

"하지만 별거 아닌 게 아니라는 거 알아."

"별게 아니면 뭔데?"

나는 일부러 퉁명스럽게 물었다.

"많이 걱정하고 있는 거 알아."

그가 내 눈을 들여다보며 말했다.

얼른 돌아섰다. 이대로라면 금세 들키고 말 거였다.

"당연히 걱정하고 있지. 우리 모두 너무나 심각한 상황에 처해 있잖아. 특히 아미아가 걱정돼서 그래."

다행히 핑계거리가 떠올랐다.

"아미아에 대해서 이야기한 거야?"

고개를 끄덕이고는 얼른 욕실로 도망쳤다.

하지만 캘럼은 얼렁뚱땅 넘어가려 하지 않았다. 그는 내가 욕실에서 나올 때까지 참을성 있게 기다리고 있었다.

"엠마, 너 나한테 뭘 숨기고 있는 거야?"

"아무것도?"

"난 다 보여. 제발 솔직하게 말해 줘."

그의 푸른 눈동자가 날카롭게 빛났다. 한숨을 쉬며 침대 모서리에 앉았다.

"정말 별거 아니야. 우리 둘과 관련되는 건 더더욱 아니고."

목소리가 떨리는 게 느껴졌다.

캘럼이 부드럽게 내 어깨와 목을 어루만졌다.

"피터한테 약속했단 말야. 아무에게도 말 안 하기로 했어."

캘럼이 어깨를 따라 목덜미 위로 천천히 입 맞추기 시작했다. 그러고는 뜨거운 한숨을 내쉬며 살갗을 깨물었다.

"제발 약속을 어기게 만들지 말아 줘……."

그에게 팔을 두르며 침대 위로 쓰러지며 중얼거렸다.

"알았어. 장담은 못 하지만."

그가 거친 한숨과 함께 내 귓가에 속삭였다.

다음 날도 소피의 서점을 찾았다. 하지만 소피조차 내 상태가 이상하다는 걸 눈치 챈 모양이었다.

"도대체 왜 그러니? 정신이 딴 데 있는 것 같아."

"이제 곧 보름달 밤이잖아요. 엠마가 너무 오랫동안 물에 들어가지 않은 것 같아요. 엠마, 너 오늘 나랑 같이 수영하러 가야 돼. 알겠지?"

아미아가 너무 고마웠다.

"그럼 얼른 뛰어가렴! 수영복 가지고 와서 빨리 물에 들어가는 게 좋겠다. 너희 둘이 거기서 그러고 있으면 오던 손님도 달아나겠어. 아멜리만 여기에 있어도 충분하니까 걱정 말고 가."

아멜리가 우리를 부럽다는 눈으로 바라보았다. 아미아는 먼저 호수로 가고 나는 수영복을 가지러 집에 갔다.

호수에 도착해 수영복을 입으면서 그동안 얼마나 물이 그리웠는지 새삼 깨달았다. 마치 내 모든 몸이 물을 갈망하는 것 같았다. 힘 있게 입수한 뒤 할 수 있는 한 가장 빠른 속도로 호수 중앙까지 헤엄쳤다. 그리고 물속에서 아미아를 찾으니, 내 근처에서 물장구를 치며 배영을 하고 있었다.

"어이, 달팽이! 난 오늘 내로 안 오는 줄 알았지."

아미아가 놀렸다.

"흥, 누가 달팽이라고?"

아미아에게 달려들어 발을 잡고 물속으로 끌어당겼다. 이윽고 머릿속에서 아미아가 킥킥거리는 소리가 들려왔다.

"우리 중 누가 절름발이 달팽이인지 내기할까?"

머릿속으로 아미아에게 말한 다음, 몸을 구부려 헤엄치기 시작했다.

하지만 아무리 노력해도 임신한 아미아는 나보다 훨씬 빨랐다. 아무리 깊이 잠수해도, 온갖 노력을 해 봐도 도저히 따라잡을 수가 없었다. 마치 이솝 우화에 나오는 토끼와 거북이같이 눈을 들어 보면 내 앞에 아미아가 있었다. 하지만 깊이 잠수해서 수면 위로 솟아올라 공중에서 회전한 후 다시 입수하는 점프 동작만큼은 내가 더 잘했다.

잠시 후, 우리는 지쳤지만 행복한 기분으로 뭍에 올라왔다. 그러고는 태양 아래 대자로 누워 머리카락을 말렸다.

"정말 이게 그리웠어."

내가 중얼거렸다.

"수영만큼 멋진 건 없을 거야."

아미아가 고개를 끄덕였다.

"물속에 있으면 이 모든 끔찍한 일들이 그저 꿈인 것만 같아. 하지만 뭍에 오르면 현실을 깨닫게 돼."

아미아가 나를 바라보는 눈에서 두려움과 공포가 느껴졌다.

"다 잘될 거야. 앞으로 1년 후엔 너와 작은 여자아이가 파도를 가르며 헤엄치겠지."

아미아가 미소 지어 보였지만, 여전히 두려움은 가시지 않은 것 같았다.

우리는 다시 옷을 갈아입은 후 집으로 향했다.

집으로 돌아가는 길에 캘럼에게 어떤 핑계를 대고 피터와 에릭슨 박사에게 가야 할지 고민하고 있는데, 거짓말처럼 눈앞에 캘럼이 나타났다.

"캘럼, 잘 있었어?"

아미아가 그에게 인사했다.

"엠마랑 수영하러 갔었어."

"나도 같이 갔으면 좋았을 텐데. 할 수 없이 내일로 미뤄야 겠군."

"아 참, 왜 엠마한테 첫 번째 보름달 밤에 우리랑 춤춰야 한 다는 거 말 안 해 준 거야?"

아미아가 못마땅하다는 듯 말했다.

"셸리코트한테 첫 데뷔 무대가 얼마나 중요한지 알잖아. 뭘 어떻게 해야 하는지 자세히 알려 줬어야지."

"나도 진작에 말해 주려고 했어. 하지만 엠마가 요새 오후마 다 얼마나 바쁜지 얼굴을 볼 수조차 없더군. 그래서 오늘은 이 렇게 직접 붙잡으러 나온 거야."

그가 내 어깨를 감싸 안으며 관자놀이에 입 맞추었다.

안타깝게도 그를 납득시킬 만한 핑계거리가 떠오르지 않았 다. 어색한 미소를 지으며 둘의 뒤를 따라 걸었다.

아마도 피터와 에릭슨 박사가 나를 기다리고 있을 터였다. 물론 캘럼을 이 세상 누구보다 사랑했고 일분일초라도 그와 떨 어지고 싶지 않았지만, 지금으로서는 피터와 함께 거울을 파괴 시킬 방법을 알아내는 게 더 중요했다.

밤이 되어 캘럼과 정원에 앉아 보름달 밤의 의식에 대한 자 세한 설명을 들었다. 조엘, 아미아와 미로가 캘럼과 함께 내 이 해를 도와주었다. 나로선 어째서 춤 하나 추는데 이렇게 복잡하고 까다로운 규율을 따라야 하는지, 그리고 이 모든 걸 왜 이제야 듣고 있는 건지 이해가 되지 않았다.

모든 무용수는 한가지씩의 역할을 맡고 있었다. 조엘과 나는 점프 담당이기 때문에 의식 중 까다롭고 높이 뛰어올라야 하는 점프를 담당하게 되었다. 다음 날부터 호수에서 캘럼과 연습하기로 약속했다.

"정말 그래도 괜찮겠어?"

캘럼의 배를 바라보며 걱정스럽게 물었다.

"괜찮을 거야."

캘럼이 나를 안심시켰다. 배의 상처는 어느덧 잘 아물어 있었다.

그때 피터가 집으로 돌아와 나에게 어떻게 된 일이냐는 눈빛을 던졌다.

다음 날 오후, 피터와 만나야 했지만 어깨를 으쓱해 보이며 캘럼 뒤를 따를 수밖에 없었다. 캘럼이 우리 둘을 의식하고 있는 게 느껴졌다. 피터는 화난 듯 부엌으로 들어가 버렸다.

그날 오후 내내 피터와 에릭슨 박사가 무슨 이야기를 나눴는지 너무도 궁금해서 정작 캘럼이 하는 말이 제대로 귀에 들어오지 않았다. 캘럼이 곧 내 상태를 알아차렸다.

"내 생각에 오늘은 이 정도면 충분한 것 같군."

미로와 아미아가 일어나 인사하고 집으로 갔다. 조엘은 우리와 함께 저녁 식사를 한 후 아멜리와 함께 있을 생각인 것 같앉다.

"우리도 조엘, 아멜리와 함께 산책이나 갔다 올까?"

캘럼이 물었다.

나는 고개를 저었다. 적어도 오늘 밤만큼은 어떻게든 피터와 부엌에서 만나야 했다.

그때 덜커덩거리는 소리가 나더니 캘럼이 의자를 박차고 일어나면서 유리컵이 바닥으로 떨어져 와장창 깨지고 말았다. 그에게 몸을 돌려 눈이 마주쳤다. 한눈에도 그가 화가 났다는 걸 알 수 있었다. 몸을 굽혀서 바닥에 떨어진 유리잔을 주우면서 캘럼이 웅얼거렸다.

"우리 얘기 좀 하자."

그러고는 나를 방으로 이끌었다. 부엌 문가에 피터가 서 있는 게 보였다. 그가 아무 소리 하지 말라는 듯 입술 위에 손가락을 대 보였다. 물론 캘럼에게 사실을 털어놓으면 안 된다는 건 알고 있었다. 하지만 대체 무슨 핑계를 대야 한단 말인가? 가능하면 진실 쪽에 서 있고 싶었다. 그렇지 않으면 거짓말의 구덩이에 빠져 허우적댈 것 같았다.

"사실을 말해 줘. 너랑 피터, 무슨 사이야?"

그가 우리 방문을 채 닫기도 전에 물었다.

"무슨 사이냐니?"

의아한 나머지 큰 소리로 되물었다.

"엠마, 너희 둘이 비밀스럽게 눈짓하거나 신호를 보내는 거 알아."

"바보 같은 소리 하지 마. 그건 네가 상상하는 거 아냐?"

"아니, 바보는 너야. 물론 이 모든 게 너에게 힘들 거란 건 알아. 게다가 네 세계는 나의 세계와 다르고. 하지만 넌 언제나 우리 사이를 확신했잖아. 나도 물론 어렵다는 건 알고 있어. 하지만, 엠마 널 사랑해!"

지금 도대체 무슨 말을 하는 거지? 당연한 거잖아!

"나도 그렇긴 해. 하지만……."

내 대답을 들은 캘럼이 의아하다는 표정을 지어 보였다.

"하지만?"

고개를 흔들며 말했다.

"캘럼, 날 좀 믿어 줘. 나도 널 사랑하고 우리 관계도 확신하지만…… 나도 숨 좀 쉬게 해 줘."

"숨을 쉬게 해 달라고?"

그가 창백한 얼굴로 물었다.

"지금 우리 모두 좁은 공간에 와글와글 모여 있잖아. 나에게도 자유 시간이 필요한 것 같아."

물론 진심이 아니었고, 말하면서도 그 모든 말을 다시 입속에 주워 담고 싶었다.

그의 눈빛이 차디차게 굳어졌고, 몸을 일으키더니 싸늘하게 말했다.

"알았어. 원한다면."

그러고는 일어서서 방을 나가 버렸다. 나는 침대 모서리에 털썩 주저앉았다. 어쨌든 캘럼의 주의를 돌리는 데는 성공한 셈이었다.

잠시 후, 노크 소리가 들렸다.

"나야, 피터. 들어가도 돼?"

"응."

눈물을 훔치며 대꾸했다.

"캘럼 화났어?"

"당연하지. 내가 자유를 좀 달라고 했으니까."

"틀린 말은 아니잖아."

화난 눈으로 쏘아보자 피터가 입을 다물었다.

"일단 캘럼은 당분간 널 놔둘 테니, 에릭슨 박사님께 같이 가 보자."

"캘럼은 어디 갔어?"

"조엘, 아멜리랑 같이 나갔어. 아마 돌아올 무렵에는 좀 진정할 거야."

하지만 캘럼이 쉽사리 기분을 풀 것 같지는 않았다.

그렇다고 다른 뾰족한 방법이 있는 것도 아니었다. 옷장에서 겉옷을 집어 들고 피터와 함께 계단을 내려갔다.

"오늘 오후 내내 널 기다리고 있었다고."

피터가 가는 길에 말했다.

"아미아랑 수영한 다음에 가려고 했는데, 캘럼을 만나서……."

"그럴 거라고 예상은 했어. 에릭슨 박사님께 책 이야기를 했더니 말문이 막히시더라. 박사님의 그런 모습을 보는 건 처음이었어.”

"우리를 도와줄까?"

"일단은 좀 더 자세히 연구한다고 책을 가져갔어."

책을 가져갔다는 말에 순간 깜짝 놀랐다. 마치 내가 그 책의
수호자라도 되는 기분이었다.

"책이 망가지지 않아야 할 텐데.”

"걱정 마. 조심스럽게 다루겠지.”

피터가 나를 안심시켰다.

11장

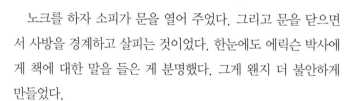

노크를 하자 소피가 문을 열어 주었다. 그리고 문을 닫으면서 사방을 경계하고 살피는 것이었다. 한눈에도 에릭슨 박사에게 책에 대한 말을 들은 게 분명했다. 그게 왠지 더 불안하게 만들었다.

제발 아무도 그 두 사람의 대화를 듣지 못했기만 바랐다. 비밀을 아는 사람이 많아질수록 새어 나갈 가능성도 높아지니 말이다.

피터와 부엌에 들어서자, 박사는 부엌 식탁에서 책의 그 빛바랜 얼룩 부분을 자세히 들여다보는 중이었다.

"어서들 오게."

그가 악수로 우리들을 맞았다.

"내가 문을 지키고 있을게."

소피가 계단을 내려가며 말했다.

"아주 흥미로운 걸 찾아냈더구나."

박사가 나를 바라보며 말했다.

"박사님이 기증하셨던 도서 목록에서 찾은 거예요."

내 말에 그가 고개를 끄덕였다.

"이제 실험을 시작할 거네. 자네들이 오는 걸 기다리고 있었지."

"무슨 실험요?"

나는 미심쩍은 듯 물었다.

"나도 피터의 의견에 동의하네. 이 얼룩에는 아마 어떤 단서가 숨겨져 있는 것 같아."

그가 얼룩과 거뭇거뭇한 부분을 가리켜 보였다.

"내 생각에 이건 아마 우유나 레몬즙 같은 걸로 만든 잉크로 쓴 걸 거야."

그때 머릿속에 떠오르는 게 있었다.

"어렸을 때 생일 파티에 초대받았던 적이 있었는데, 봉투에서 초대장을 꺼내 봤지만 아무것도 쓰여 있지 않더라고요. 처음에는 누가 장난친 걸로만 생각했지만 엄마는 그게 비밀 메시지라는 걸 알아챘어요."

"그래서?"

"엄마가 촛불 위에 초대장을 살짝 가열하니까 물론 좀 그을린 흔적이 남긴 했지만 적어도 메시지는 나타났죠. 탐정 파티 초대장이었어요."

옛 기억에 절로 미소가 떠올랐다.

"맞아. 아무튼 메시지를 보이게 하려면 가열해야 돼. 내 생각에는 이 책이 오랜 시간 동안 더운 곳에 있었던 것 같아. 아마 그래서 저절로 메시지의 일부가 보이기 시작한 것 같네. 하지만 그게 오히려 다행이었지. 그게 아니었으면 절대 이걸 발견하지 못했을 테니 말이야."

"그럼 지금부터 책을 가열해야 되는 건가요?"

내가 물었다.

"양초로는 못 할 것 같은데요."

"아마 집이었다면 다리미를 썼을 거야. 하지만 여기 레일린에는 다리미 같은 게 없으니 오븐에 넣어 봐야지. 물론 장작을 넣고 때야 하니까 책이 손상될 우려도 있어. 아주 약한 불로도 가능하기를 바라는 수밖에."

그가 황토 오븐을 바라보며 중얼거렸다. 그 안에는 이미 약한 장작불이 타고 있었고 그 위에 그릴이 걸려 있었다.

정말 잘될까? 의심스러운 얼굴로 입술을 깨물었다.

"그럼 책을 넣기 전에 다른 걸로 미리 시험해 봐요."

내 제안에 피터가 맞장구쳤다.

"좋은 생각이야."

아마 그도 이 실험이 미심쩍었던 듯했다.

"나도 동의하네. 미리 실험해 봐서 나쁠 건 없지."

박사도 동의했다.

그가 계단 아래쪽에 있는 소피를 불렀다.

"여보! 부엌에서 우유랑 레몬즙 좀 갖다 주구려."

그러고는 흰 종이 한 장을 꺼냈고, 거실에서 구식 펜촉이 달린 펜을 가져왔다. 그가 조심스럽게 펜촉에 묻은 잉크를 물에 씻어 내는 동안 소피는 옆에서 레몬즙을 짰다. 나는 작은 그릇에 우유를 따랐다.

준비가 끝나자 박사가 종이 반에는 우유로, 나머지 반에는 레몬즙으로 선을 그었다.

종이가 마르니 정말 아무것도 보이지 않았다.

그가 조심스럽게 종이를 오븐에 넣었다. 그러자 몇 초도 지나지 않아 종이에 그었던 선이 뚜렷이 나타났다.

"좋아. 이 방법으로 책에 적힌 메시지도 보이게 되었으면 좋겠군. 아마 꽤나 오래전에 적은 것 같으니 말야."

박사가 내 곁에서 중얼거렸다.

그가 종이를 다시 오븐 속 그릴 위에 넣은 후, 그 위에 책을 올려놓았다.

"이렇게 하면 아마 책이 손상되는 걸 최대한 막을 수는 있을 거야."

소피가 그의 등을 어루만졌다. 아마 박사의 이 모든 세심함과 관찰력이 자랑스러웠던 모양이었다. 나도 박사에게 깊은 고마움과 놀라움을 느꼈다.

그는 아까보다 좀 더 오래 책을 오븐에 놓아두었다가 꺼냈다. 모두가 긴장으로 침묵했다.

책을 펼치자 놀랍게도 조금 전보다는 확실히 선이 더 진하게 드러나고 있었다. 그리고 깨알같이 적힌 메모도 보였다. 그 메모들을 관찰하려면 돋보기가 필요할 듯했다. 하지만 적어도 한 가지는 분명히 보였다.

지도였다.

"책을 조금만 더 오븐에 넣어 두는 게 나을 것 같아요."

피터가 제안하자 박사가 책을 다시 오븐에 넣고 몇 분간 그 대로 두었다. 책이 오븐에 있는 동안 거실에서 돋보기 두 개를 가져왔다.

다시 책을 꺼내자 모든 메모가 뚜렷이 보였다. 재빨리 돋보기를 집어 들고 메모를 살펴보았다. 우리는 모두 식탁에 앉아서 책을 들여다보며 메모를 분석하기 시작했다.

그때, 무언가가 떠올라서 책을 뺏어 들고 탁 덮었다. 내 행동에 박사와 피터가 눈을 휘둥그레 떴다.

"엠마! 뭐하는 거야? 정신 나갔어?"

피터가 소리 질렀다.

"우린 아직 운디네가 우리를 볼 수 있는지 없는지 모르잖아!"

피터가 당황한 듯 박사를 바라보자, 그가 나를 진정시켰다.

"엠마, 운디네가 우리를 볼 수 있는 것 같진 않으니 진정하렴."

"어떻게 확신하죠? 근거가 없잖아요?"

"내가……."

피터가 잠시 고민하다 입을 열었다.

"지난밤에 책을 가지고 결계 밖으로 나가서 하룻밤 자고 왔어.”

“뭘 했다고?”

믿을 수가 없었다.

“정신이 나간 거야? 엘린이 널 찾아냈다면 어쩌려고? 우리를 지켜보고 있었다면 보나마나 잠복하고 있다가 덮쳤을 텐데! 만약 책을 그들에게 빼앗기기라도 했다면…….”

“엠마, 진정해. 아무 일 없었어. 만약 운디네들이 무릴로 우리를 보고 있었다면 책을 손에 넣을 이렇게 좋은 기회를 그냥 지나칠 리 없었겠지. 하지만 그런 일은 안 일어났으니까…….”

그가 에릭슨 박사를 바라보았다.

“무릴도 우릴 못 보는 거야. 엠마 너도.”

피터가 죽고 책을 빼앗겼을 수도 있었다는 생각에 식은땀이 났다.

소피가 내 어깨를 다독여 주었다.

“괜찮아. 피터가 정말 용기 있고 위험을 무릅쓴 행동을 한 거야.”

그러고는 피터를 자랑스럽게 바라보며 미소 지었다.

“알았어요.”

내가 책을 다시 내밀며 말했다.

“피터가 옳기만 바라야죠.”

“아무튼 이건 틀림없는 지도야.”

에릭슨 박사가 놀라운 듯 중얼거렸다.

“알린이나 뉴튼 맥러드가 여길 다녀온 게 분명해. 아니면 알린의 기억만으로 둘이 함께 머리를 맞대고 지도를 완성했겠지. 이 책이 그렇게나 오랫동안 아무의 눈에도 띄지 않았던 건 거의 기적에 가까운 일이야."

"하지만 누군가가 한시라도 빨리 이 책을 발견했다면 거울은 이미 파괴되지 않았을까요?"

"그건 모르는 일이지. 만약 적의 손에 들어갔다면 오히려 룬디네에게 득이 되었을지도 모르잖아."

고개를 들어 에릭슨 박사를 바라보며 내가 물었다.

"그런데 어쩌다가 이 책이 박사님의 기증 도서에 들어가 있었던 거죠?"

"맥러드 가문은 대대로 던베건 성을 소유하고 있었지."

"지난번에 들렀던 그 성 말이에요?"

깜짝 놀라 물었다.

"맞아. 맥러드 가는 스카이 섬에서 대대로 인도자 역할을 맡고 있었어. 하지만 언제부터인가 대가 끊어져서 그 역할을 다른 가문이 맡게 되었는데, 그게 우리 가문이야. 아마 그 책은 던베건 가가 소유하고 있던 도서관에서 나온 걸 거야. 아마도 대대로 물려받아 온 거겠지. 하지만 너무 방대한 양이라 다 읽어 볼 생각조차 못해. 만약 봤더라도 동화책이라고만 생각했을 거야. 한 번도 자세히 들여다본 적이 없던 데다가 캘럼과 함께 에든버러에 있는 도서관에서 그 책을 찾으려 했을 때는 이미 사라진 후더구나. 이제야 이 책의 행방을 알게 된 셈이지."

그가 삐딱한 미소를 지어 보였다.

우리는 다시 지도에 집중했다.

"지도 윤곽만 보면 스코틀랜드인 게 분명해. 여기는 하이랜드[1]일 거야."

피터가 손가락으로 지도에 표시된 점을 가리키며 말했다.

"여기도 봐 봐. 이건 던베건 성을 표시한 것 같아. 그럼 여긴 스카이 섬이네."

"여기는 아발라인 것 같군."

박사가 하이랜드 근처의 작은 점을 가리키며 말했다.

거기서 얼마 떨어지지 않은 곳에 레일린이 위치하고 있었다.

"그나저나 이 깨알 같은 글씨들을 어떻게 해석하지?"

피터가 지도 위에 표시된 글자들을 가리키며 한숨을 내쉬었다.

"이건 게일 어[2]야."

에릭슨 박사가 말했다.

"이걸 해석하려면 꽤나 걸릴 거고, 이미 많이 늦었다."

소피가 책을 덮으며 말했다.

"벌써 11시가 넘었어. 일단 집으로 돌아가렴. 내일도 해는 떠오를 테니 말이야. 그리고 에단과 브리가 너희들 걱정을 하지 않도록 행동하는 것도 중요해. 이 오밤중에 어딜 돌아다니는지 의심하기 시작하면 안 돼."

---

1 스코틀랜드 고지대.

2 스코틀랜드 켈트.

하지만 외삼촌 부부는 사실 별로 걱정하지 않았다. 피터는 집으로 돌아가지 않으려고 했지만 에릭슨 박사도 소피의 편을 들어주었다.

"소피 말이 맞아. 내일 계속하자꾸나. 지금은 집으로 가거라."

피터와 함께 집으로 걸었다. 우리 둘 다 각자의 생각에 잠겨 있었다.

"의회가 오늘 군대를 파병하는 데 동의했어. 이제 전쟁이 일어날 거야."

침묵을 깨고 피터가 입을 열었다.

내 귀를 의심했다.

"설마! 다들 제정신이 아닌 거 아냐?"

"물론 제정신은 아니지. 두려움에 떨고 있으니까. 다들 엘린을 궁지에 몰아넣기만 바라고 있어."

"어떻게 해? 보나마나 엘린이 이미 거울로 다 들여다보고 있을 거 아냐! 마치 제 발로 불구덩이에 뛰어드는 셈이잖아."

"음……. 하지만 다들 엘린에게 선제공격을 할 수 있을 거라고 믿고 있으니……."

"다들 어쩌면 그렇게 어리숙할 수 있어? 엘린이 순순히 싸우러 나와 줄 거라고 생각하는 거야?"

피터가 어깨를 으쓱해 보였다.

"뭐, 다들 그 이상 좋은 아이디어가 없는 거겠지."

"네가 미론과 엘리시엔에게 말해 봐. 어째서 엘린이 싸우려고 하겠어? 전혀 그럴 필요가 없는데도 말이야. 여태껏 한 것처럼 게릴라 식으로 남자들을 납치해 가는 게 훨씬 이익이잖아."

정말이지 다들 너무도 어리석다는 사실에 진이 빠졌다.

피터가 내 어깨를 다독이며 진정시켰다.

"엘린의 군대가 파우누스들과 늑대인간들의 마을을 습격한 이후, 그들이 원하는 건 전쟁뿐이야. 더는 탁상공론만 하고 앉아 있고 싶지 않은 거지."

"언제 공격을 개시한대?"

"4주 이내에."

"그때까지 전쟁을 막을 수 있는 방법이 없을까?"

"모르지. 일단 지도 위에 적혀 있는 말들을 해석하지 않고서는 방법이 없어."

그때 우리 앞쪽에서 누군가가 킥킥거리는 소리가 들려왔다. 어둠 속에서 아멜리와 조엘이 팔짱을 끼고 걸어왔고, 그 옆에는 캘럼이 서 있었다.

그 세 명이 우리를 발견한 순간 아멜리가 외쳤다.

"어머? 너희 둘 이렇게 어두운 데서 뭐하는 거야?"

질문이 끝남과 동시에, 그게 얼마나 듣기 거북한 말인지 깨달은 아멜리가 손으로 입을 가렸다.

피터가 내 어깨에서 손을 떼었지만 이미 너무 늦었다. 캘럼이 분노한 얼굴로 우리 둘을 바라보았다.

"오늘 너희들을 찾아 돌아다녔지만 못 찾았거든."

피터가 둘러댔다.

"너희랑 함께 술이나 좀 마시려고 했어."

"우릴 못 찾았다고? 지난번에 갔던 데 계속 있었는데도?"

캘럼이 쏘아붙인 다음 우리 앞을 휙 지나쳐서 집으로 성큼성큼 걸어갔다.

"미안해, 엠마. 이런 분위기로 몰아갈 의도는 아니었는데."

아멜리가 사과했다.

"괜찮아. 내가 가서 설명할게."

하지만 대체 무슨 수로 캘럼을 진정시킬지 엄두가 나지 않았다.

방에 들어서자, 캘럼은 이미 등을 돌린 채 침대에 누워 있었다. 그리고 내가 그의 등을 끌어안아도 내 쪽으로 몸을 돌리지 않았다.

"미안해."

작은 목소리로 중얼거렸다.

"미안, 피곤해. 잠 좀 자게 해 줘. 내일은 힘든 하루가 될 거야."

"네가 나에게 화난 채로 잠들게 하고 싶지 않아."

"그게 내 탓은 아니잖아."

캘럼의 싸늘한 대꾸에 잠시 할 말을 잊고 침묵했다. 그의 말이 옳았다. 단지 너무도 양심이 찔렸다.

"네가 생각하는 그런 게 아니야. 날 믿어 줘."

"엠마, 난 단지 네가 나에게 솔직했으면 하는 거야. 만약 나를 더 이상 사랑하지 않게 된 거라면 그렇게 말해 줘. 하지만 이런 식의 장난은 참을 수 없어. 네가 뭘 두려워하는지 모르겠지만 어쨌든 나와 헤어져도 엘프들은 너희 가족들을 지켜 줄 거야."

말이 나오지 않았다.

자기를 더 이상 사랑하지 않는다니, 무슨 말을 하고 있는 거야? 그제야 내 눈에 씌워져 있던 무지개 색 안경이 벗겨진 것 같았다. 설마 피터와 나 사이를 의심하는 거야? 내가 자기를 상처 입히지 않으리라는 걸 믿지 못하는 거야? 그는 이 세상에서 내게 의미 있는 단 하나의 존재였다. 그런 그가 어째서 저런 결론을 내리게 된 거지?

화가 치밀었다.

그가 나에 대한 믿음을 너무도, 너무도 빨리 잃어버리는 모습을 보게 된 게 괴로웠다. 나도 그에게서 떨어져 등을 돌리고 누웠다. 우리 사이에 깊은 정적과 냉기가 흘렀다.

캘럼을 용서할 순 없었지만, 한편으로는 그에게 무언가를 계속 숨겨야 한다는 사실이 괴롭고 미안해서 견딜 수 없었다. 다음 날 아침에도 여러 가지 생각들로 머리가 복잡했다.

내가 할 수 있는 게 뭘까? 일단 진실을, 이제까지 내가 알아낸 사실들을 말해 주는 건 불가능했다. 하지만 다른 한편으로는 이 바보 같은 전쟁 계획을 두고 보는 것도 괴로웠다. 마치 한 발씩 적의 함정으로 걸어 들어가는 거나 마찬가지였기 때문이다. 처음부터 질 수밖에 없는 전쟁이었다.

어떻게 나와 피터 사이를 의심할 수 있지? 피터는 내 사촌이었고 그를 마치 내 친오빠처럼 사랑했다. 어쩌면 이 모든 상황이 캘럼에게 스트레스일 수도 있겠다는 생각이 들었다. 시간이 지나면 자신의 생각이 얼마나 어리석었는지 스스로 깨닫겠지.

하지만 시간이 지나도 상황이 나아지지 않는다면 어쩌지? 게다가 흘려보낼 만한 시간도 없었다. 시간이 흘러갈수록 상황은 악화될 거였다. 조금이라도 더 시간을 활용해서 피터, 에릭슨 박사와 함께 지도에 적힌 말들을 알아내는 게 급선무라고 생각하며 찻잔의 홍차를 수저로 저었다. 어쩌면 오늘 저녁에는 캘럼과 단둘이 시간을 보낼 수도 있으리라. 그러면 같이 수영이라도 갈 생각이었다. 밤에는 호수에 아무도 없을 테고, 그러면……상상을 하다 보니 얼굴이 화끈거렸다. 하지만 곰곰이 생각해 보니, 오늘 하루 종일 박사와 피터가 성에서 지도를 해석하기 위한 작업을 할 게 뻔했다. 그러면 함께 지도를 살펴볼 시간은 밤뿐이었다. 한숨을 내쉬며 머리를 쓸어 넘겼다. 이런 식으로 매일 밤마다 집을 비울 수는 없었다. 게다가 피터와 함께라니……. 그건 캘럼의 분노라는 불길에 기름을 붓는 행동이었다.

그때 한나와 앰버가 내게 들이닥쳤다.

"언니! 우리랑 약속했던 거 기억하죠?"

한나가 물었다.

나는 다른 생각을 하느라 멍하니 고개를 끄덕였다.

"그럼 오늘 와 주는 거예요?"

앰버가 기대 어린 눈으로 나를 바라보았다.

"어딜 가야 되는데?"

그러자 앰버가 못마땅한 듯 입술을 삐죽거렸다.

"우리 학교에 와 보기로 약속했었잖아요!"

한나가 기억을 상기시켜 주었다.

"학교를 구경시켜 드릴게요. 언니, 엘프가 생각을 읽을 줄 아는 거 알고 있었어요?"

"완전 쿨하지 않아요?"

앰버가 끼어들었다.

"엘프들이 받는 '마인드 컨트롤' 수업은 우리한텐 노는 시간이지만요. 하지만 우리 둘이 기꺼이 실험용 쥐가 되어 주기로 자원했어요. 그러니까, 완전 웃긴 거 아니면 완전 역겨운 생각을 해요. 만약에 누가 웃으면, 진 거예요. 그러면 선생님은 누가 아직까지 그걸 잘 못하는지 알게 되고요."

너무도 재미있게 들려서 미소 지으며 토스트를 집었다.

"알았어, 같이 갈게. 하지만 일단은 나 아침 좀 먹게 해 줄래?"

둘은 환호성을 지르며 자기 방으로 가 학교 갈 준비를 했다.

물론 더 이상 평온하게 아침을 먹는 건 불가능했다. 몇 분 후, 우리 셋은 학교로 향했다.

학교는 레일린 교외에 위치하고 있었다. 학교 바로 옆에는 소피가 말했던 극장이 있었는데, 외관이 마치 스포츠 경기장 같았다.

"연극 수업은 저기 진짜 극장에서 해요. 완전 멋지죠?"

한나가 내 팔에 매달리며 말했다.

"매일 두 시간씩 연극 수업이 있어요. 엘프들은 진짜 연극을 좋아하는 것 같아요."

"놀랄 것도 없지. 얘네는 TV가 없으니까."

앰버가 비꼬듯이 말했다.

"선생님께 피터 팬 이야기를 해도 될지 고민 돼요."

앰버는 무시한 채, 한나가 상기된 얼굴로 말을 이었다.

"엘프들도 좋아할 만한 멋진 이야기잖아요."

"그렇네. 한번 해 봐."

놀란 눈으로 극장을 둘러보며 성의 없이 대꾸했다.

극장은 천장이 뻥 뚫린 형태였는데, 우리는 맨 꼭대기 부분의 마지막 열에 서 있었다. 나는 어림짐작을 잘 못하지만, 적어도 40개는 되어 보이는 의자 열이 무대 앞에 반원형으로 정렬되어 있었다.

"여기 극장엔 2500명 정도의 관람객이 앉을 수 있대요. 그리고 매일 꽉 찬대요."

앰버가 마치 극장이 자기 소유라도 되는 것처럼 의기양양하게 말했다.

"엄마랑 아빠가 가능한 한 빠른 시일 내에 극장 구경을 시켜 주기로 약속했어요. 극장에만 들어갈 수 있다면 무슨 연극을 하는지는 상관없어요. 언니랑 캘럼도 같이 오면 어때요?"

앰버를 바라보며 고개를 끄덕여 보였다.

"당연하지. 그렇게 좋은 구경거리를 놓칠 순 없으니까."

그때 종이 울렸다.

"늦었다!"

한나가 발을 동동 구르더니 냅다 달리기 시작했다. 앰버와 나도 한나의 뒤를 따라 달렸다. 최대 속도로 아마 학교인 것으로 추측되는 화려한 건물 안으로 달려 들어갔다. 정말 신기해 보이는 건물이었다. 아마 인간 세계에 저런 게 있었다면 건축과에서 당장 봉쇄 명령을 내렸을 거다. 정말이지 저렇게 생긴 건물이 폭삭 무너지지 않는다는 게 놀라울 뿐이었다. 단 한 층도 켜켜이 쌓인 게 없었고 마치 건물 하나하나가 독자적으로 구성되어 있는 것 같았다. 게다가 저마다 다른 색으로 칠해져 있었고 창문조차 일정하지 않고 불규칙한 사각형이나 원형이었다. 마녀들이 사는 성인 듯 작고 뾰족한 지붕들이 하늘 위로 솟아 있었다. 건물 안으로 들어서자, 꼭대기 층까지 나선형의 계단이 쭉 뻗어 있었다. 다행히 우리가 간 곳은 2층(2층이라고 말할 수 있는지는 모르겠지만)이었다. 앰버가 문 하나를 열자 한나가 나를 그 안으로 밀어 넣었다. 방 한가운데에는 카펫이 깔려 있었고 그 위에 한 무리의 엘프 아이들이 앉아 있었다. 어디에도 책상과 의자는 보이지 않았다. 키가 다른 엘프 학생과 비슷한 젊은 엘프가 내게 다가와 미소 지었다.

"당신이 엠마군요. 한나와 앰버가 당신을 데려오겠다고 미리 말해 놓았어요. 이렇게 우리를 방문해 주셔서 기뻐요. 제 이름은 리아예요. 우리는 다음번 연극을 어떤 걸로 할지 의논하는 중이었죠. 편하게 아무 데나 앉으세요."

자리에 앉아 리아 주위로 아이들이 몰려들어 자유롭게 수업하는 모습을 지켜보았다. 내 학창 시절도 이렇게 자유로운 분위기였다면 얼마나 좋았을까. 엘프 아이들은 연극을 결정하는 데서 어려움을 겪고 있는 것 같았다. 대부분의 인간 아이들이 그렇듯이 몇몇 아이들이 결정을 내리기에 앞서 까탈스럽게 구는 게 보였다. 한 명이 말을 끝내기도 전에 다른 아이가 일어나 거기에 반박했다. 하지만 리아는 아이들이 서로 자유롭게 논쟁하도록 놔두었다. 이런 식으로는 절대 결정이 날 수 없을 것 같았다. 우리 학교에서는 의견을 말하려면 손을 들고 발언권을 요청해야 하는데.

"지금 우리는 세 개의 연극 중에 골라야 돼요."

한나가 나에게 속삭여 주었다.

"넌 어떤 거 하고 싶은데?"

한나가 어깨를 으쓱해 보였다.

"모르겠어요. 다 별로예요. 세 개가 다 비슷하거든요."

"그럼 뭔가 완전히 새로운 걸 시도해 보면 어떨까?"

짙은 곱슬머리 여자아이 하나가 벌떡 일어서더니 큰 목소리로 제안했다.

모든 아이들이 그 아이를 쳐다보았다.

"일단 후보로 지목된 연극들은 우리가 다 아는 거잖아. 어쩌면 이제 한 번쯤 새로운 걸 해 보는 게 어때?"

"빌리, 네 의견은 어떠니?"

리아가 부드러운 목소리로 물었다.

"한나가 저에게 어떤 이야기 하나를 말해 줬어요. 인간 세상의 이야기인데 그걸 연극으로 해 보면 정말 재미있을 것 같아요. 그렇지 한나? 너 인간 세상에 있을 때 그거 연극으로 해 본 적 있댔잖아."

한나가 수줍게 고개를 끄덕였다. 아마도 그렇게 많은 관심과 눈길을 받는 게 부담스러운 모양이었다. 한나의 옆구리를 살짝 찔러서 얘기해 보라고 신호를 했다.

"한나, 우리에게도 그 이야기를 좀 들려주겠니?"

리아도 부탁했다.

한나가 내 손을 꼭 잡고는 몸을 곧게 펴 앉았다. 그러고는 이야기를 시작했다. 엘프들이 한나의 이야기에 귀를 기울였다. 아마 꽤 오래전부터 준비해 둔 게 아닐까 싶었다. 하지만 빌리가 한나를 끌어들이지 않았다면 혼자서는 절대 말하려고 하지 않았을 게 뻔했다. 아이들에게 이야기를 하는 동안, 한나의 상기된 얼굴이 생동감으로 넘쳤다. 늘 앰버의 그늘에만 갇혀 있다가 이렇게 아이들 앞에 나서는 경험이 한나에게도 좋은 자극이 되는 것 같았다.

아이들은 한나의 이야기에 푹 빠져들었다. 피터 팬 이야기를 거의 외우다시피 하는 나였지만, 한나의 이야기에 깊이 매혹된 게 사실이었다. 한나가 말하는 동안 우리의 눈앞에는 네버랜드와 집을 잃은 아이들이 모험을 찾아 하늘을 날아가는 광경이 펼쳐졌다. 수업을 알리는 종이 울리는 순간, 마법도 사라졌다.

여기저기서 한숨 소리가 터져 나왔고 리아는 아이들을 다독여서 다음 수업을 받도록 교실에서 내보낸 후 한나를 불렀다.

"한나, 너의 이야기는 정말이지 매혹적이었단다. 내 생각에는 이제 우리가 피터 팬을 무대에 올리는 수밖에 다른 도리가 없을 것 같다."

한나가 꿈꾸는 듯 멍한 얼굴로 리아를 바라보았다.

"이 연극을 준비하는 걸 도와줄 수 있겠니? 각 역할마다 낭독을 해 봐야 하는 데다가 일단은 전체적인 이야기를 내게 써 주어야 하는데."

리아가 걱정스러운 얼굴로 말을 이었다.

"일이 많을 거야."

"할 수 있어요. 앰버와 빌리도 절 도와줄 테니까요."

리아가 약간 의심스럽다는 얼굴로 나를 바라보며 미소 지었다.

"괜찮을 거예요. 우리 가족 모두가 조금씩 도와줄게요. 아마 일주일 뒤에는 연극 연습을 할 수 있을 거예요."

한나가 이 세상에서 제일 행복한 사람인 양 함박웃음을 입에 머금고 내게 학교의 다른 곳도 구경시켜 주었다. 음악실과 휴게실도 있었다. 또 아이들이 직접 요리하고 식사 준비를 하는 공간도 있었다. 허공에 떠 있는 것 같은 곳도 있었고, 천체를 관측할 수 있는 장비가 여러 개 구비되어 있는 곳도 있었다. 거기서는 1년에 몇 차례씩 야간 천체 관측 수업도 이루어진다고 앰버가 설명해 주었다.

다음 수업은 에단 외삼촌이 진행하는 시간이었다. 그는 바닥에 앉아 수업을 하는 걸 그리 마음에 들어 하지 않는 것 같았다. 오늘은 손전등을 하나 가져와서 교실을 어둡게 한 다음 천장에 램프를 비추고 거기에 빛으로 여러 가지 형상을 그렸다. 나머지는 카펫 위에 누워서 누군가가 정답을 맞추면 다음 그림을 그리는 식이었다. 어느덧 시간은 날개 돋친 듯 흘러갔다. 할 수만 있다면 계속 엘프 학교를 구경하고 싶었지만, 서점에 가 봐야 할 것 같았다. 혹시라도 지난밤에 에릭슨 박사가 지도에 대해 무언가 알아내지 않았을까 싶었기 때문이다. 적어도 잠은 들 수 없었을 게 분명했다.

12장

서점에 가 보니, 서점 앞의 작은 벤치에 아멜리와 아미아가 나란히 앉아 햇살을 즐기고 있었다. 둘은 영롱한 빛이 감도는 음료가 든 잔을 손에 들고 있었다. 내가 다가가자 아멜리가 자리를 조금 만들어 줘서 같이 끼어 앉았다. 아멜리가 자기가 마시던 잔을 건네주었다.

"이게 벌써 두 잔째 거 있지."

만족스러운 미소를 지으며 아멜리가 말했다.

"그거 다 마셔도 돼. 아미아한테 몸에 좋은 비타민이 필요하다고 소피가 어찌나 들들 볶던지! 나는 의리 때문에 마셔 준 거고."

음료를 마셔 보았다. 달콤했지만 너무 달지는 않았고 상큼한 과일의 맛이 풍부하게 느껴졌다. 무엇보다도 얼음처럼 차가워서 갈증이 싹 가시는 느낌이었다.

그러고 나서는 두 사람에게 아침에 엘프 학교를 방문했던 일을 말해 주었다.

"아빠 우리한테는 단 한 번도 그렇게 재미있는 건 해 주지 않았으면서!"

아멜리가 입을 비죽 내밀며 투덜거렸다.

"외삼촌은 역사 선생님이잖아. 역사 같은 과목은 손전등으로 배우기 힘들지 않을까?"

외삼촌을 어느 정도 옹호해 주어야 할 것 같았다.

아멜리가 어깨를 으쓱해 보였다.

"아무튼 나 이만 일어나도 돼? 조엘이랑 만나기로 했어."

우리는 아멜리의 뒷모습을 바라보았다.

"저 둘, 진심일까?"

아미아가 물었다.

"몰라. 아멜리의 사랑이란 때때로 이해하기 어려운 데가 있거든."

"부디 순진한 조엘을 상처 입히지 말아야 할 텐데."

"조엘한테는 결혼하기로 했던 여자가 있었잖아?"

내가 물었다.

"캘럼과 내 결혼이 깨진 이후로 다른 가정에서도 정략결혼을 거부하는 젊은이들이 늘어나서 아버지들이 애먹고 있는 모양이야. 조엘도 자기 아버지가 짝지어 준 여자랑 결혼하려고 목매고 있지는 않다는 뜻이지. 게다가 지금같이 어수선한 때에는 더더욱."

잔의 음료를 홀짝였다. 아미아의 말에도 일리가 있었다.

"나 잠시 소피랑 이야기하고 올게."

아미아에게 말했다. 아미아는 눈을 감고 따스한 햇볕을 즐기면서 고개를 끄덕여 보이고는 대꾸했다.

"너만 좋다면 난 여기 계속 있을래."

몸을 일으켜 아미아의 빈 잔을 건네받고 서점 안으로 들어가 보았다.

소피의 모습은 아무 데도 보이지 않았다. 계단을 올라가 보니 부엌에 있었다. 그녀가 나를 반기며 볼에 입을 맞추어 주었다.

"아미아는 서점 앞 벤치에 앉아 있고 아멜리는 방금 약속이 있어서 갔어요."

"약간 진척이 있어. 몇 문장은 번역을 마쳤고, 좀 더 잘 보이도록 큰 글씨로 옮겨 적고 있는 중이야. 글씨가 너무 작으니까. 오늘 밤에 계속 이어서 작업할 것 같아."

한숨을 내쉬며 팔짱을 끼고 고민하던 문제를 털어놓았다.

"사실은 오늘 밤에 또 피터와 함께 집을 나갈 수가 없을 것 같아요. 캘럼은 지금 많이 화가 나 있는 상태거든요. 피터에게 질투하고 있어요."

"질투?"

소피가 나를 바라보았다.

"피터한테요."

내가 대답했다.

소피가 어이없다는 듯 고개를 흔들었다.

"이 바보 녀석 같으니!"

"하지만 제가 요새 계속 피터랑 함께 다닌 건 사실이에요."

캘럼의 입장도 옹호해 주었다.

"아무튼 이제부터는 저 없이 작업해 주세요. 어쩌면 에릭슨 박사님과 피터가 하루쯤은 성에서 열리는 의회에 빠질 수 있잖아요. 그럼 낮에 만나 작업할 수 있고요."

"그래. 한번 말해 볼게."

소피가 말했다.

"오늘 일 좀 도와드려야 할까요? 아니면 아미아와 수영하러 가도 되나요?"

"얼른 수영하러 가렴. 아무 걱정 말고."

소피가 윙크하며 말을 이었다.

"아미아는 지금 할 수 있는 한 물을 한 방울이라도 더 묻히는 게 좋아. 재미있는 시간 보내렴."

아미아와 나는 호수 가운데를 전력으로 갈랐다. 이제 미스기르 아래로 배가 봉긋하게 솟은 게 보이기 시작했다. 내 시선을 의식한 아미아가 말했다.

"이제 얼마 안 남았어."

"정말? 어떻게 알아?"

소스라치게 놀라 물었다.

"벌써 힘차게 발길질을 시작했어."

"두렵지는 않아?"

"출산은 안 무섭지만, 바다로 돌아가야 한다는 사실이 겁나."

물속에 있으니 아미아의 두려움, 그녀의 살갗에 오른 소름까지 생생하게 전달되는 것 같았다.

"언제 바다로 출발할 거야?"

"이제 보름달 밤까지 일주일 남았어. 네 첫 보름달 의식에는 무조건 참석하고 싶거든. 하지만 그 직후에는 곧장 바다로 향해야 할 것 같아."

"설마 엘린이 네게 무슨 짓을 할 거라곤 생각되지 않아. 넌 그에게 남은 전부잖아."

아미아에게 용기를 북돋워 주었다.

"나도 그러길 바라."

아미아가 거의 알아들을 수 없을 정도로 작은 목소리로 대꾸했다.

"너랑 캘럼 말인데, 어제 싸웠다며?"

아미아가 대화 주제를 바꿨다.

"아멜리가 말해 줬어. 자기가 생각 없이 한 말 때문인 것 같다고 자책하고 있더라고."

잠시 물속으로 잠수한 후, 텔레파시로 사실을 털어놓았다.

"캘럼이 피터한테 질투하고 있어. 하지만 어떻게 그런 생각을 하게 됐는지 전혀 이해가 안 돼."

수면 위로 올라온 후 숨을 뱉어내며 내가 말했다.

"정말 바보 같은 생각 아니야?"

"지금 캘럼은 엄청난 중압감과 싸우고 있어."

아미아가 나를 타일렀다.

"그를 조금은 이해해 주는 게 좋지 않을까? 널 위해 너무 많은 걸 희생했잖아."

"이해하고 있어. 하지만 중압감과 싸우는 건 캘럼 혼자만이 아니야. 그건 핑계가 못 돼."

"오늘 저녁에 캘럼과 단둘이 여기 호수로 피크닉 오는 건 어때?"

아미아가 제안했다.

"너희 둘만. 솔직히 작은 집에 다 같이 모여 있으면 예민해지기 마련이야. 언제 마지막으로 같이 헤엄쳤어?"

"둘이만?"

내가 되물었다.

아미아가 고개를 끄덕였다.

"전에 보름달 밤에 바다에서 혼자 수영하다가 캘럼한테 발각된 날, 그게 마지막이었어. 그 이후로는 늘 다른 사람과 함께였던 것 같아."

"캘럼이 그렇게 저기압인 것도 이해가 되네."

아미아가 킥킥 웃었다. 얼굴이 빨개져서 아미아게 물을 끼얹었다.

"아무튼 좋은 생각인 건 동의해."

어쩌면 너무 기분이 좋아져서 나도 모르게 비밀을 발설하게 될지 몰랐다. 하지만 위험을 감수해야만 했다. 물속에서는 살짝 미치게 되니까.

최대한 빨리 아미아와 함께 뭍까지 헤엄친 후 옷을 입었다. 커다란 피크닉 바구니를 준비한 다음, 캘럼이 성에서 돌아오자마자 발견할 수 있도록 머리맡에 호수로 오라는 메시지를 남길 생각이었다.

집에 돌아와 캘럼에게 쪽지를 써서 침대 머리맡에 놔두었다. 그가 메시지를 보기 전까지는 약 두 시간 정도 시간이 있었다.

머리를 빗은 다음 옷장을 뒤져 데이트에 입을 만한 옷을 찾았다. 벌써부터 긴장과 설렘으로 가슴이 뛰었다. 조금 전 집으로 돌아오는 길에 단둘이만 수영했던 적이 언제였는지 떠올려 보았다. 정말 그 보름달 밤 이후로는 없었다. 그 뜨거웠던 밤이 떠올라 나도 모르게 얼굴이 달아올랐다.

내 옷장에 입을 만한 게 보이질 않아서 아멜리의 옷장을 뒤졌다. 방문을 여니 이미 침대 위와 바닥에 옷가지들이 널려 있었다. 아마 조엘과 만나려고 상당히 신경을 쓴 모양이었다.

아멜리의 옷장을 뒤지다가 '보통'의 상황이라면 절대로 입지 않을 천 조각 하나를 꺼냈다. 하지만 '보통' 상황이 아닌 이상 뭐 어떠랴 싶었다. 옷 속으로 뛰어든 후 전신 거울 앞에 몸을 비추어 보았다. 내가 보기에도 예뻐 보였고, 또 놀랍도록 편안했다. 마스카라와 립글로스를 약간 가미하자 완벽하다 싶었다. 아마 캘럼의 마음에도 들 것 같았다.

부엌에 내려가니 외숙모가 놀란 얼굴로 나를 바라보았다.

"오늘 저녁에 캘럼과 호수로 피크닉 갔다 올게요."

얼굴을 붉히지 않으려고 노력하며 말했다.

고맙게도 외숙모는 눈을 찡긋거린 후 아무것도 묻지 않아주었고, 나는 커다란 바구니를 들고 시장에 갔다.

그러고는 온 힘을 기울여서 노점 사이를 돌아다니며 빵 한 조각, 과일, 치즈와 군것질 거리, 와인 한 병과 주스 한 병을 바구니에 담았다.

호수에 도착해 풀 위에 천을 깔고 앉아 바구니를 내려놓고 캘럼을 무작정 기다리기 시작했다.

주위는 놀랍도록 고요했다. 그제야 레일린에 자동차나 다른 교통수단이 없어도 언제나 도시가 시끄러울 정도로 활기찼다는 사실을 깨달았다. 지금 호숫가에는 정적과 평온뿐이었다. 호수의 잔물결이 찰박거리는 소리를 내며 유유히 강변으로 밀려왔고, 오늘 얻을 수 있는 마지막 꽃가루라도 얻으려는 듯 벌들이 윙윙거리며 주위를 맴돌았다. 머리 위로 새 한 마리가 긴 울음소리를 내며 날아갔다. 무슨 새인지는 몰랐지만 매나 독수리 종류인 것 같았다. 새는 한 번도 날갯짓하지 않은 상태로 유유히 원을 그리며 창공을 날았다. 새를 바라보고 있으려니, 마치 최면에 걸린 듯 눈꺼풀이 무거워졌다. 무리도 아니었다. 지난밤, 캘럼 생각에 괴로워서 잠을 제대로 못 잤기 때문이다.

눈을 떴을 땐 새는 사라지고 없었다. 하늘에는 어느덧 달과 별이 떠올라 반짝이고 있었다. 눈을 비볐다. 캘럼은 어디에 있지? 내 쪽지를 읽지 못한 걸까? 적어도 10시, 아니 더 늦은 시간인 것 같았다. 눈물이 흘러내렸다. 나를 여기에 혼자 둘 정도로 화가 났으리라고는 생각되지 않았다. 그런 생각이 드는 건 오버라고 느끼면서도 화가 치밀어 올랐다. 씩씩거리며 물건을 바구니 속에 넣은 다음 바닥에 깔았던 천을 둘둘 말았다. 바구니를 낚아챈 채 집으로 향했다. 한 줄기의 빛도 없는 어둠 속에서 풀숲과 나무 사이로 나 있는 작은 길을 걸으려니 무서워 죽을 것 같았다. 공포를 이기려고 집으로 가는 내내 캘럼에 대한 불평을 늘어놓았다. 도대체 무슨 생각인 거지? 이런 어둠 속에서라면 다치거나 길을 잃을지도 모르는 일이었다. 지금 내가 무릎을 꿇고 용서를 구하기를 바라는 걸까? 자기가 뭐라고 생각하는 거야? 아무튼 이 모든 게 착각 때문에 벌어진 일이니 말이다. 난 그가 화를 낼 만한 행동은 전혀 하지 않았으니까. 자기 혼자 착각해서 무슨 상상을 하든 말든, 난 상관없어. 하지만 나까지 피해 입히지는 말라구! 자기 기분 맞춰 주는 것보다 더 중요한 일을 해야 하는 상황이란 말이야. 내가 지금 하려는 건 그의 세계를 구하려는 일이야. 뭐, 약간 과장되게 들리긴 하지만 약간은 맞는 말이기도 했다.

저 멀리 한 줄기 불빛이 보이자 안심이 된 나머지, 그쪽으로 마구 달렸다.

그때 어둠 속에서 누군가의 형상을 발견하고는 겁에 질려 바구니를 떨어뜨리고 말았다. 바구니 속의 병들이 깨지면서 와장창 소리가 정적을 깼다.

"여기서 뭐하는 거야, 엠마?"

피터가 어이없다는 얼굴로 다가왔다.

"캘럼을 만나려고 했는데, 안 왔어."

피터는 그냥 가만히 서 있었다. 짜증이 났다. 내 말을 못 알아들은 건가?

"안 추워?"

피터가 물었다. 그제야 살갗을 엘 것 같은 추위가 느껴졌다. 몸이 덜덜 떨렸다.

"내 말 못 들은 거야? 캘럼이 안 왔다고. 화가 난 것 같은데, 뭐라고 해야 할지 모르겠어."

눈물이 볼을 타고 흘러내렸다. 화가 나서 눈물을 거칠게 훔쳤다. 지금은 울고 싶지 않았다.

피터가 재킷을 벗어서 어깨 위에 걸쳐 주었다. 그러고는 위로하듯 나를 안아 주었다. 그의 가슴에 얼굴을 기댄 채 스스로를 약간 진정시키려고 노력했다.

"다 잘될 거야. 나중에는 캘럼도 다 이해해 줄 테니까 걱정 마."

"내가 뭘 이해할 거라고?"

내 뒤에서 낮은 목소리가 들리자 소스라치게 놀라 피터에게서 떨어졌고, 피터도 한 발짝 뒤로 물러섰다. 그에게로 몸을 돌리는 순간 피터가 걸쳐 준 겉옷이 어깨에서 흘러내려 땅에 떨어졌다. 내 앞에는 캘럼이 아연실색한 얼굴로 서 있었다.

할 수만 있다면, 그 순간을 모면할 수만 있다면 쥐구멍에라도 기어들고 싶었다. 무어라 해명하기 난처한 상황이었다. 한밤중이었고, 거리 한가운데서 손바닥만 한 천 쪼가리만 걸친 채 피터의 품에 안겨 있었으니 말이다.

캘럼이 몸을 돌려 성큼성큼 어둠 속으로 사라졌다. 그런 그의 뒷모습을 마냥 쳐다보는 것 외에는 달리 도리가 없었다. 이제 와서 무슨 말을 해도 변명의 여지가 없었다. 단지 어째서 호수에 나오지 않았는지가 유일한 의문이었다.

침묵하며 피터와 집으로 들어왔다.

"오늘 찾아낸 게 궁금하지 않아?"

피터가 물었지만 고개를 저었다. 고개를 푹 숙인 상태에서 눈물이 코끝에 맺혀서 방울방울 떨어졌다. 추웠지만 피터의 겉옷은 끝끝내 입지 않았다. 외삼촌 부부는 아직 잠자리에 들지 않고 있었다. 외숙모가 내 꼴을 보고 놀라서 물었다.

"왜 그러니 엠마? 캘럼이랑 싸운 거니?"

"안 왔어요."

중얼거리고는 계단을 천천히 올라갔다. 혼자 있고 싶었다.

"어머, 난 성에서 곧장 호수로 간 줄 알았지. 집에는 안 들렀거든."

계단 아래쪽에서 외숙모의 목소리가 들렸다.

만약 캘럼이 방에 들르지 않았다면, 내가 호수에서 기다리고 있다는 사실도 몰랐던 게 당연했다.

계단을 마구 달려 올라가 방문을 여니, 쪽지는 그대로 침대 머리맡에 놓여 있었다. 성난 동작으로 종이를 구겨 던져 버렸다. 핸드폰이라는 편리한 기계가 없다는 게 짜증 났다. 문자 한 통이면 이런 불상사는 발생하지 않았을 텐데.

침대 위에서 몸을 이리저리 뒤척이며 캘럼을 기다렸지만, 그는 돌아오지 않았다.

다음 날 아침에 일어났을 땐 머리가 땡땡 울리는 것 같았고 목도 따끔거렸다. 원인은 알고 있었다. 어제 저녁, 날씨에도 내 성격에도 맞지 않는 옷을 입었던 탓이었다.

하지만 몸을 일으켜 하루 일과를 시작했다. 캘럼에 대한 생각은 최대한 자제했다. 적어도 그러려고 노력은 했다. 하지만 무엇으로 생각을 전환할 수 있을지는 알 수 없었다.

계속 머리가 지끈거렸지만 천천히 서점으로 가 보니, 그 안에서 아미아가 동정과 비난이 섞인 눈초리로 나를 바라보았다.

"어제 캘럼 너희 집에서 잤어?"

내가 투덜거리며 물었다.

아미아가 고개를 끄덕였다.

"앞으로 우리 건물에서 지낼 거라고 말했어."

그 말에 소파 위에 주저앉았다.

"대체 무슨 일이야, 엠마?"

아미아가 내 팔을 어루만지며 물었다.

하지만 어떤 변명도 할 수가 없어서 묵묵히 고개만 저었다. 아미아가 크게 탄식을 터뜨렸다.

"금방 모든 오해가 풀릴 거야."

중얼거리면서 정말 그 말대로 되길 빌었다.

소피가 가루약을 가져다주었고, 그걸 복용하니 두통이 씻은 듯 사라졌다. 하지만 마음의 통증은 여전히 남아 있었다.

"남편한테 캘럼이랑 얘기해 보라고 할까?"

소피가 걱정 어린 목소리로 물었지만 세차게 고개를 저었다. 절대 그럴 생각은 없었다. 어린애가 아닌 이상 둘 사이의 문제는 둘이서 해결하는 게 옳았다.

에릭슨 박사와 피터는 점심때쯤 돌아왔다. 나는 요정에 대한 책을 읽느라 그 둘이 돌아온 사실을 뒤늦게야 알아챘다.

"안녕, 거기 두 사람!"

박사가 우리에게 인사했다.

"같이 점심이나 할까?"

"미로도 집으로 갔나요?"

아미아가 묻자 피터가 고개를 끄덕였다.

"오늘은 의회가 일찍 해산했어. 아마 캘럼과 미로도 집으로 갔을 거야."

아미아가 몸을 일으켰다.

"엠마, 같이 갈래? 우리 집에서 점심 먹자."

피터 쪽을 한 번 바라본 다음 고개를 저었다.

"너만 괜찮다면 그냥 여기 있을게."

"정말 괜찮겠어?"

아미아가 걱정스럽게 물었지만 고개를 끄덕여 보였다.

부엌에 가 보니 소피가 식탁을 차려 놓고 우리가 와서 앉기만 기다리고 있었다.

에릭슨 박사가 곧바로 본론을 꺼냈다.

"피터한테서 캘럼과 네가 싸운 건 들었다."

그가 잠시 뜸을 들였다.

"내 생각에는 네가 한동안 캘럼을 그냥 저렇게 내버려 두는 게 좋을 것 같다."

박사의 의도를 알 수 없어서 멍하니 그의 얼굴만 쳐다보며 말했다.

"진심이신 거예요? 전 지금 어떻게 하면 캘럼이 다시 절 믿게 할지 고민하고 있는데, 저희 둘의 싸움을 이용할 생각이나 하고 있으신 거예요?"

그러자 피터가 조용히 입을 열었다.

"엠마, 이제 모든 상황은 몇 주 안에 심각하게 고조될 거야. 시간이 얼마 없어. 일단은 박사님과 내가 찾아낸 걸 한번 살펴봐 줘. 그런 다음에 네가 옳다고 생각하는 대로 행동하면 되겠지."

하지만 여전히 불만에 가득한 채 애꿎은 음식만 뒤적거렸다. 마치 무력하게 실에 매달려 인형사의 조종이나 받는 마리오네트 인형이 된 것 같았지만, 더 이상 어찌할 도리가 없어 일단 고개를 끄덕였다.

식탁을 정리한 후, 에릭슨 박사와 소피가 지도 조각들을 식탁 위에 늘어놓기 시작했고 피터도 곁에서 도왔다.

그들을 신기한 눈으로 바라보았다. 지도의 상단에는 '마법국魔法國'이라고 쓰여 있었다. 지도의 윤곽 자체는 스코틀랜드인 게 틀림없었지만, 인간이 사는 도시의 이름 대신 하이랜드 부근에 레일린과 아발라가 표기되어 있었다. 그 옆에는 작은 다리 그림이 있었고, 그게 무엇인지 한눈에 알아볼 수 있었다. 레일린과 지금은 존재하지 않는 왕국 사이를 잇는 다리. 그곳에 에릭슨 박사가 공들여 쓴 글씨체로 '요정 다리'라고 적어 놓았다. 더 북쪽에는 파우누스들의 영역과 셀리코트들의 성지인 네스 호도 표시되어 있었다. 지도의 끄트머리 근처에는 여러 개의 섬이 그려져 있었는데, 그중에는 스카이 섬과 멀Mull 섬도 보였다. 더 북쪽으로 시선을 돌리니, 섬과 육지 사이로 강한 해류가 흐르는 해역에 작은 섬 하나가 보였다. 원래대로라면 오크니 제도에 속해 있을 터였다. 너무 작아서 박사가 거기에 빨간색으로 동그라미를 쳐 놓지 않았다면 못 보고 지나칠 뻔했다.

그가 내 시선을 의식하고 고개를 끄덕였다.

"그래, 바로 거기가 망자의 섬 '이스'다."

섬 옆에는 작은 글씨로 '이스'라고 적혀 있었다. 바로 거기가 옛 전설에서나 나오던 은빛의 왕국, 그들이 섬기던 여신의 저주를 받고 멸망한 왕국이었다니! 그 은빛 왕국에 대해서는 아발라에 있을 때 도서관에서 읽은 책을 통해 알고 있었다. 아마도 그 이름이 '망자의 섬'의 원래 이름인 것 같았다. 알린이 이스에 상륙했을 땐 이미 운디네가 거대한 석조 미로를 건설하고 그리로 들어오는 이들을 유인하고 있었다. 상상만으로도 소름 끼쳤다.

"이스가 육지에서 그렇게 가까운 데 있다는 게 말이 되는 거예요?"

이 모든 게 약간 의심스러웠다.

"모르겠다. 우리는 책에 나와 있는 대로 옮겨 놨을 뿐이니까. 하지만 이것 외에 다른 방법은 없어. 지도에 나와 있는 다른 지역들은 다 옳은 위치에 있다는 걸 확인했다. 그러니 이스의 위치도 정확할 가능성이 높아."

고개를 끄덕인 다음 지도를 찬찬히 살펴보았다. 몇몇 장소에는 메모가 적혀 있었는데, 아마도 에릭슨 박사가 원래 지도에서 베껴서 적어 놓은 것 같았다.

종이를 가까이 들고, 이스 섬 옆에 적혀 있는 메모를 읽어 내려갔다.

무릴은 운디네의 석조 동굴 속에 숨겨져 있다. 이 동굴은 바다에서 동굴 내부까지 연결되어 있는 수중 터널을 통해서만 출입할 수 있고, 수중 터널은 동굴 내부의 호수와 연결되어 있다. 이 터널을 통해 알린은 운디네에게서 무릴을 훔쳐 달아날 수 있었다. 무릴은 오직 이 이스의 성스러운 동굴 안에서만 사용할 수 있기 때문에 반드시 동굴 내부에서 파괴해야 한다. 거울이 파괴되면 운디네는 영원히 힘을 잃고, 회색 먼지가 되어 사라질 것이다.

"회색 먼지……라."

소름이 끼쳤다.

"그럼 거울은 지금 이 섬에 있는 게 확실하네요. 하지만 거울을 어딘가에 꽁꽁 숨겨 놓는 게 안전할 텐데, 운디네들도 어리석은 게 아닐까요?"

"여기 적혀 있는 글로 봐선 아마 이 동굴 내부에서만 거울을 사용할 수 있으니 어쩔 수 없는 것 같아."

피터가 설명했다.

"이제야 왜 엘린이 거울을 직접 사용하지 못하고 운디네에 게서 전해 듣고만 있는지 설명이 되네. 어차피 엘린은 거울을 사용하지 못하니까 말야. 하지만 운디네의 힘이 필요했기 때문에 거울을 가져다주기로 약속한 거고, 그걸 위해 가웨인과 라비니아를 사용한 거야."

내 말에 피터가 고개를 끄덕였다.

"아무튼 뉴튼이나 알린이 어떻게 이런 지식을 얻게 되었는 지는 모르지만 아마 꽤나 오랜 세월에 걸쳐 조금씩 정보를 모아 온 게 아닐까 싶어."

"그건 어떻게 알게 된 거야?"

"뉴튼이 쓴 유언장에 보면 자기나 알린이 무릴을 파괴하기 위한 방법을 계속 찾아왔다고 쓰여 있잖아. 하지만 결국은 실패로 돌아가고 말았지. 그가 할 수 있었던 건 지도를 책에 숨겨 놓고 책의 뒤표지에 쪽지를 숨겨 놓는 일뿐이었던 거야."

"뉴튼이 다른 메모는 안 남겼어?"

계속 질문이 쏟아져 나왔다.

"아직 모든 메모를 다 해석한 건 아니야. 아발라 옆에도 몇 가지 문장이 적혀 있긴 해. 하지만 그게 가장 알아보기 어려워서 말야. 아마 그게 마지막 메모일 거야."

돋보기를 집어 들고 문장 위로 몸을 숙여서 읽어 보았다. 역시 게일 어로 쓰여 있었다. 나로서는 손쓸 도리가 없어서 돋보기를 피터에게 넘겼다.

"자. 한번 해 봐. 혹시 알아?"

피터도 단어 몇 개만 간신히 알아보는 것 같았다.

그 모습에 에릭슨 박사가 웃음을 터뜨렸다.

"지도를 더 자세히 살펴보게나. 내가 메모 해독하는 걸 맡지. 결국 알아내는 건 시간문제네."

왠지 설레는 기분이었다. 마치 내가 좋아하는 인디아나 존스 영화의 한 장면을 재현하고 있는 것 같았기 때문이다. 그 시리즈 중에서도 아버지와 아들이 성배를 찾아 떠나는 편이 떠올랐다. 우리도 그와 비슷한 걸 찾고 있는 상황이었으니 말이다.

피터와 나는 지도를 좀 더 자세히 들여다보기 시작했다. 먼저 던베건 성 옆에 적혀 있는 메모들을 훑어보았다.

이유는 알 수 없지만, 무릴을 통해 볼 수 없는 건 오직 인간뿐이다. 따라서 인간들만이 무릴 앞에 비밀을 사수할 수 있다. 하지만 무릴을 파괴할 수 있는 건 단 한 명, 선택된 인간뿐이다. 마법 세계의 존재는 절대로 무릴을 파괴할 수 없다. 알린은 처음부터 딸의 약속을 들어줄 수 없는 조건이었다.

피터를 곁눈질해 보니 아마도 이 문장을 처음 읽는 건 아닌 것 같았다. 나로선 문장의 의미를 파악하기가 어려웠다. 피터는 혹시 무슨 뜻인지 알고 있는 걸까?

지도의 다른 장소를 훑어보았다. 아무것도 적혀 있지 않은 곳들이 많았다. 멀리나 선교사 콜룸반이 스코틀랜드를 기독교화 하기 위해 닻을 내렸던 이오나 애비Iona Abbey에도 아무런 메모가 없었다.

에릭슨 박사 쪽을 보니, 머리를 벅벅 긁으면서 문장을 들여다보고 있었다.

"피터, 여태까지 알게 된 정보로 할 수 있는 건 없어?"

피터가 나를 바라보며 곰곰이 생각에 잠겼다.

"글쎄. 맥러드의 유언장과 지도의 내용으로 미루어 봐선 거울을 파괴해야 한다는 건 알 수 있어. 운디네가 무릴을 소유하고 있는 한 마법 세계의 모든 존재의 일거수일투족이 감시될 뿐 아니라 계속해서 그들의 영혼을 빼앗을 거야. 지금이야 건장한 남자들에 한해 벌어진 일이지만, 이제 전쟁이 벌어져서 운디네가 승리하게 되면 어떻게 될까? 전쟁은 조만간 일어날 거야. 전쟁에 지게 되면 우리 모두가 운디네의 꼭두각시로 전락하겠지."

그의 전망은 어둡고 암울했다.

"지도에는 무릴을 '어떻게' 없애는지는 나와 있지 않고 '누가' 없애는가만 나와 있다는 게 문제야. 인간, 그것도 '특별한 단 한 명의 인간'만이 거울을 없앨 수 있다고 쓰여 있잖아."

내 말에 피터가 고개를 끄덕였다.

그때 에릭슨 박사가 탄식을 터뜨리며 우리의 대화를 중단시켰다. 피터와 동시에 그쪽으로 고개를 돌렸다.

"해석이 끝났나요? 무슨 뜻인지 알아내셨어요?"

그가 말없이 우리에게 쪽지 하나를 밀어서 건네주었다.

무릴은 마법의 검으로만 파괴할 수 있다. 나무는 오직 그 검이 선택한 자에게만 검을 양도하게 된다.

은근히 부아가 치밀어 올랐다. 어째서 옛날 사람들은 이렇게 고지식한 문장만 써 놓은 걸까? 좀 알기 쉽게 말해 주면 어디가 덧나나?

에릭슨 박사가 피터와 나를 바라보았다.

"무슨 뜻인지 알겠나?"

"제 머리로는 모르겠어요."

솔직하게 실토했다.

"엠마, 생각해 봐."

피터가 나를 바라보았다.

"나무, 마법의 검― 뭐 안 떠올라?"

고개를 저었다. 그러자 이번에는 커다란 지도를 돌려서 한 곳을 가리키며 보였다.

"아발라에 뭐가 있지? 나무야! 성스러운 나무!"

그제야 좀 감이 잡히기 시작했다. 하지만 머릿속에 떠오른 단어를 입 밖으로 내기도 전에 손사래를 치며 웃고 말았다.

"피터, 불가능해. 그건 옛날 옛적 동화일 뿐이야. 요즘에 그런 허무맹랑한 전설을 믿는 사람이 누가 있다고!"

"솔직히 인간들만 안 믿지 여기 마법 세계에서는 누구나, 심지어 어린아이들조차 성스러운 나무에 한 인간이 마법의 검을 숨겨 놓고, 언젠가 그 힘이 필요하게 될 때까지 봉인해 둔 사실을 알고 있어."

"피터, 엑스칼리버는 없어."

그가 고개를 저었다.

"엑스칼리버만이 무릴을 파괴할 수 있어."

살갗에 소름이 돋았다.

13장

엑스칼리버로 무릴을 파괴한다니! 좀 우스웠다. 도대체 칼은 어떻게 구한담? 어쩌면 엘리시엔에게 고민을 털어놓아야 할지 몰랐다. 만약 거대한 군대가 이스로 진격하게 된다면 운디네를 멸절시킬 수도 있을 것이다. 현재까지 운디네가 얼마나 많은 수의 병력을 모았을까? 5백 명? 천 명? 상상조차 불가능했지만 만약 모든 종족들이 힘을 합한다면 그에 대항할 거대한 군대를 만들 수 있지 않을까? 배짱을 가지고 진격해야 했다.

그때 웃음소리가 들려왔다. 고개를 들어 보니 저 멀리 아미아와 미로가 수풀을 헤치며 호수 쪽으로 걸어오는 게 보였다.

혼자 조용히 생각할 시간이 필요해서 호수를 찾은 거였다. 캘럼 없이 집에 혼자 있다가는 우울증에 걸리고 말 터다. 아무에게도 방해받지 않을 수 있는 장소가 필요했다.

"엠마, 여기 있었구나. 서점에 가서 널 데려오려고 했는데 이미 나갔다고 하더라고. 곧 조엘과 캘럼도 올 거야. 다 함께 보름달 밤에 출 춤을 연습하자."

아미아가 가방에서 내 미스기르를 꺼내 던져 주었다.

"미로! 등 좀 돌려 줘. 우리 옷 갈아입게."

미로가 몸을 돌렸고 나도 순순히 아미아의 명령에 따랐다. 잠시 후 조엘과 캘럼이 왔다. 하지만 캘럼에게 말을 거는 건 생각도 할 수 없었다.

우리는 다 같이 호수 속으로 들어갔다.

"일단 대형을 연습한 다음에 점프 연습을 하자. 굳이 체광을 내서 힘을 낭비할 필욘 없어. 우리가 지난번에 설명해 줬던 건 아직 기억나?"

고개를 끄덕였다. 캘럼이 내 손을 잡았다. 그 순간 친숙한 감각이 파도처럼 밀려왔다. 손가락으로 그의 손을 어루만졌지만 그는 여전히 나를 바라보지 않았다.

캘럼이 나를 빠른 속도로 호수 중간으로 이끌었다. 그런 다음에는 너무 빨리 손을 놓아 버렸다. 조엘이 내 곁에서 함께 헤엄쳤다. 그리고 함께 깊이 잠수해 들어갔다. 다른 세 명은 수면에서 원형을 이룬다는 걸 알았다. 잠수할 때 다른 사람과 부딪히지 않도록 주의하는 게 가장 중요했다. 나와 조엘이 뛰어오르면 미로, 아미아와 캘럼도 점프할 거였다. 물론 우리보다 높이 점프하진 않았다.

점프 동작은 물을 모아서 한꺼번에 쏘아 올리는 역할을 한다고 캘럼이 설명해 줬었다. 그렇게 작은 분수가 물에서 솟구쳐 올라, 마치 물도 함께 춤추는 것처럼 보이게 된다고 했다. 수면 위로 솟구쳐 올라 몸을 회전시키는 동안 나머지 사람들이 몸을 세운 상태로 물살을 차 내는 걸 바라보았다. 저 동작을 하려면 어마어마한 다리 힘으로 물살을 차 내야 했다. 물론 나는 여태껏 단 한 번도 시도조차 못 해 본 동작이었다. 부드럽게 입수한 후 다시 한 번 물 위로 도약하기 위해 깊이 잠수해 들어갔다.

연습이 끝난 후, 다른 이들이 피크닉을 즐기는 동안 나는 완전히 지쳐서 해안에 벌러덩 누워 있어야 했다. 캘럼은 조엘과 미로 곁에 앉아서 내 존재는 완전히 무시하고 있었다.

"정말 잘했어!"

아미아가 찬사를 퍼부었다.

"이제 내일모레 밤에는 더 재미있을 거야."

그랬다. 보름달 밤은 이제 이틀 앞으로 다가와 있었다. 이제 얼마 안 있어 아미아와 미로는 레일린을 떠날 터였다. 캘럼이 집으로 돌아와 줄까? 어떻게든 그와 대화를 나눠야 했다. 이 모든 오해를 어떻게든 풀어야 했다. 그가 너무도 그리웠다. 단 하루라도 더 혼자 밤을 지새워야 한다면 미쳐 버릴지도 몰랐다.

집으로 돌아가는 길에도 그와 대화할 기회는 없었다. 그가 나와 거리를 둠으로써 나를 괴롭게 만들려는 걸 알았다. 그리고 그 벌은 정말 효과적이었다.

"다 잘될 거야."

헤어지기 전, 아미아가 내 귓가에 속삭여 주었다.

다음 날 밤, 캘럼이 없어 단 한 가지 좋은 점은 더 이상 밤의 외출에 핑계를 대지 않아도 된다는 거라고 생각하며 에릭슨 박사 부부에게로 향했다. 피터가 집에 오지 않은 걸로 보아 아마도 열심히 지도를 파고들고 있는 모양이었다. 오늘은 또 어떤 놀라운 사실을 발견했을지 기대감에 부풀었다.

서점 문을 열고 안으로 들어서자 문이 삐거덕거리는 소리가 서점 안에 울렸다. 소피가 문을 닫은 뒤 나를 위층에 데려다주었다.

"캘럼은 좀 어때? 전보다는 평온해졌니?"

소피가 물었다.

"모르겠어요. 오늘도 나타나지 않았어요."

"만약 눈빛만으로도 사람을 죽일 수 있다면, 피터는 벌써 세상을 떠났을 거다. 설마 저 캘럼이 이렇게 바보로 돌변하리라는 건 예상하지 못했는데."

에릭슨 박사가 나를 맞으며 너털웃음을 지었다.

피터가 나를 바라보면서 당황한 듯 어깨를 으쓱해 보였다.

"캘럼이 지금 큰 걱정거리가 많아서 그런 걸 거예요. 아미아가 바다로 가야만 하는 상황인 데다 보호해야만 하는 동족이 한 명 더 늘게 생겼으니 얼마나 걱정이 되겠어요? 캘럼을 이해해 줘야 해요. 또 녀석도 엠마나 우리가 그런 걸 이해해 주길 바라고 있을 거라고요."

소피가 캘럼을 감쌌다.

"그래. 그 얘긴 당신이 전에도 했잖소. 아무튼 지금은 이런 상태인 편이 나아요. 피터와 엠마가 좀 더 자유롭게 돌아다닐 수 있으니 말이오. 안 그랬으면 절대로 엠마를 품에서 떠나보내려 하지 않았을 테니까."

이 늙은이가 하는 말을 듣고 있노라니 점점 부아가 치밀어 올랐다. 게다가 내가 마치 어딘가에 가야만 하는 것처럼 말하는 게 마음에 걸렸다. 대체 어디로 가야 한다는 거지?

질문을 채 던지기도 전에 피터가 내 쪽으로 조금 다가와 앉았다.

"엠마, 계획이 있어. 물론 아직 완벽하진 않지만 일단 이거보다 더 나은 건 아직 없으니 어쩔 수 없어. 게다가 이제 남은 시간도 얼마 없기 때문에 진행하고 봐야 해."

"무슨 말인지 좀 알아듣게 설명해 줄래?"

"우리 둘은 레일린을 떠나야 돼."

그가 털어놓았다.

어이가 없었다. 지금 무슨 소리를 하는 거지? 여기보다 안전한 곳은 없었다. 그래서 우리가 여기에 온 건데, 이제 여길 떠나 어디로 가라는 말인지 이해할 수 없었다.

"싫어."

"다른 방법이 없어. 아발라에서 엑스칼리버를 가져다가 무릴을 파괴할 사람은 우리뿐이야."

피터가 정신 줄을 놓은 게 아닐까 의심될 정도였다. 게다가 그 동화 같은 전설을 믿고 있다는 사실도 어이가 없었다.

숨을 크게 들이마신 후 입을 열었다.

"나도 나름대로 생각해 본 게 있어. 군대를 모으는 계획이 그리 나쁘진 않다는 생각이 들더라고. 모든 종족이 힘을 합치면, 이스를 점령한 뒤 거울을 되찾아 올 수도 있을 거야. 아마 운디네들도 아직은 그렇게 많은 수의 병력을 모으진 못했을 거라고."

내 귀에는 나의 계획이 천 배는 더 이성적으로 들렸다. 실러의 연극 〈오를레앙의 처녀〉에 등장하는 성녀 요안나[3]도 아니고 말이다. 대체 전설에나 나오는 마법의 칼을 들고 거울을 내리치라니, 말도 안 되는 이야기였다.

에릭슨 박사가 나를 바라보았다.

"그 방법은 통하지 않을 거다. 운디네의 병력도 상상도 할 수 없을 정도로 빠르게 증강되고 있을 테니까. 그들의 앞길을 막아서는 자는 누구든 가차 없이 베어 버리겠지. 시간도, 선택의 여지도 없어. 운디네를 막으려면 거울을 파괴하는 방법밖에 없어."

그가 던베건 성에 쓰여 있는 문구를 가리켜 보였다.

거울이 파괴되면 운디네의 저주도 무너져 모든 게 원래대로 돌아가

---

3 요안나는 극 중에서 신의 명령에 복종하여 전투를 이끈다.

게 된다.

뼈를 엄습하는 것 같은 피로가 몰려왔다. 아니면 두려움 때문이었을까? 레일린의 안전한 장벽을 떠나려니 공포스러웠다. 게다가 엘린이 아레스를 죽이고 캘럼을 잡아가거나 포트리의 보금자리를 불태우고 아발라를 파괴시켰던 기억이 떠오르자 몸이 덜덜 떨렸다. 이 살아 있는 괴물 앞에 순순히 모습을 드러내야 하는 걸까? 아무도 내게 그런 위험천만한 모험을 강요할 수는 없다. 몇 년 전만 해도 그저 평범한 여자애에 불과했는데 말이다. 이제까지의 인생에서 단 한 번도 스스로를 위험에 내던져 본 적이 없었다. 물론 캘럼에 대한 건 예외로 하고 말이다. 이런저런 생각에 머리가 복잡한데, 에릭슨 박사의 말소리가 귓가에 들렸다.

"이 계획을 가능하게 할 수 있는 건 엠마, 너뿐이다. 다른 사람은 할 수 없는 일이야. 내 말 듣고 있는 거냐?"

그제야 바짝 정신이 들었다.

"죄송해요."

"엠마, 이건 정말 중요한 일이니까 집중해야 한다. 너만이 이 일을 해 낼 수 있어. 바로 네가 맥러드가 유언장에 기록했던 그 '특별한 인간'인 거다."

웃음이 터져 나왔지만 억지로 삼켰다. 소피는 에릭슨 박사의 곁에 서서 불안한 듯 손에 든 행주를 꽉 움켜쥐었다.

"그래. 이건 위험한 임무야. 부정하진 않겠다. 하지만 다른 방법이 없어."

그러고는 굳게 입을 다물었다.

"너랑 내가 아발라로 갈 거야. 자동차는 숲에 숨겨 두는 게 안전할 것 같아. 운디네는 인간을 공격하진 않아. 그들은 인간 세계가 아닌 마법 세계를 지배하려고 하는 거니까. 하지만 아발라에 접근하는 건 이야기가 달라지지. 엘린이 아직 경비들을 세워 놓았을지도 모르니까. 하지만 어떻게든 성스러운 나무로 향하는 길을 찾아낼 수밖에 없어. 부디 엘프 성직자들이 우리들의 부탁을 들어주어 성스러운 나무로 향하는 입구를 열어 주길 바랄 뿐이야."

"성직자들만 그 길을 알고 있잖아. 레이븐 없이 길을 찾아낼 수는 없을 텐데?"

눈썹을 찌푸리며 묻자, 피터가 두 손으로 내 팔을 붙잡았다.

"엠마, 어쩔 수 없어. 다른 선택의 여지가 없다고. 아직도 모르겠어?"

그가 내게 고함을 지르자, 나는 겁을 먹은 나머지 뒤로 한 발짝 물러섰다.

"미안. 소리 지를 생각은 없었어."

그가 머리칼을 마구 헝클어뜨리며 고개를 푹 숙였다. 그러자 소피가 우리에게 다가와 그의 어깨를 어루만졌다.

"피터, 설명은 내가 하마. 너 요새 계속 제대로 자지도 못했잖니. 가서 좀 누워 있거라."

피터가 고개를 끄덕이고는 일어나 옆방으로 갔다.

"엠마야, 우리 모두가 이미 다른 가능성들을 다 고려해 본 거란다. 하지만 정말이지 이 방법밖에 없는 것 같구나. 물론 무리한 요구라는 것도, 위험하다는 사실도 알아. 하지만 이게 운디네를 무력화시킬 유일한 방법이야."

소피가 내 앞에 앉아 손을 잡아 주었다.

"무릴의 힘은 이 동굴에서 비롯되는 거야. 그래서 거기에서만 파괴할 수 있대. 알린처럼 미로 속을 헤매지 않으려면 직접 바다로 잠수해 수중 통로를 통해 동굴 안의 호수로 들어가는 방법뿐이야. 그렇게 오래 잠수할 수 있는 건 셸리코트뿐이란다. 문제는 운디네들이 셸리코트를 볼 수 있다는 거야. 하지만 너는 인간이니까 못 본다는 사실이 신의 한 수란다. 네가 바로 유일하게 그 동굴에 들어갈 수 있는 사람인 거야."

얼음처럼 차가운 공포와 전율이 혈관을 타고 올라왔다.

"전…… 모르겠어요. 자신이 없어요."

어둡고 깊은 바다 밑으로 들어가 동굴로 통하는 지하 수로를 찾아야만 한다는 사실은 두렵다 못해 고통스러웠다. 하지만 소피는 물러서지 않았다.

"먼저 아발라에서 엑스칼리버를 가져와야 해. 피터가 너를 도와 칼을 찾은 다음 바다에 데려다줄 거야. 하지만 그다음부터는 혼자 해 내야만 해. 아무도 널 도와줄 수가 없어. 이해하니?"

고개를 끄덕였다.

"곧 출발해야 할 거야. 그전에 보름달 의식을 치른 후, 먼저 아미아가 바다로 향하겠지. 출발 전에 몇 가지를 준비해야 하니까 그때 보자꾸나."

몸을 돌려 집으로 가려는데 소피가 나를 붙잡았다.

"참, 그리고…… 출발하기 전에 캘럼은 따로 만나지 않는 게 어떨까? 어차피 이 일이 모두 끝나고 난 뒤라면 이야기할 시간은 충분할 테니 말이다."

소피의 말에 고개를 세차게 저었다. 다른 요구는 다 참아 낼 수 있었지만, 그것만큼은 물러설 수 없었다.

"만약 지금밖에 시간이 없다면요? 어떻게 싸운 상태로 떠나겠어요? 만약 제가 실패하면……. 실패할 게 뻔하니까요. 그를 영영 다시 보지 못하게 되면, 그가 운디네에게 영혼이라도 빼앗겨서 영영 자신으로 돌아오지 못한다면 어떻게 해요? 만약 그렇게 되면 싸운 상태로 그를 떠난 걸 죽을 때까지 후회할 거예요."

소피가 에릭슨 박사를 바라보며 말했다.

"들었죠? 내 생각도 엠마와 같아요."

에릭슨 박사도 생각에 잠긴 채 고개를 끄덕였다.

피터는 에릭슨 박사 부부의 집에서 잠이 들었으므로 혼자 집으로 돌아갔다. 이 모든 일로 충격을 받았는지 머리가 몽롱했다.

집에 들어서니 외삼촌 부부가 집 부엌에서 나를 기다리고 있었다.

"피터는?"

외삼촌이 물었다. 그의 목소리에서 깊은 걱정이 느껴졌다.

"소피와 에릭슨 박사 부부 댁에서 자고 있어요. 많이 피곤해해서 깨우지 않고 그냥 먼저 왔어요."

"좋아. 그럼 대체 이 모든 게 무슨 일인지 좀 설명해 주겠니? 왜 캘럼이 짐을 챙겨서 아미아와 미로가 사는 집으로 들어간 거냐?"

자기 짐을 꾸려서 나갔다고? 상황이 예상보다 훨씬 심각했다.

"내 생각에는 엠마 너와 이야기하고 싶어 하는 것 같았어."

외숙모가 말했다.

"하지만 너와 피터가 집에 없다는 걸 알고는 화를 내면서 짐을 챙겨 집을 나가 버리더구나."

"도대체 무슨 일이냐?"

외삼촌이 물었다. 호락호락하게 넘어갈 것 같지는 않았다. 하지만 아무에게도 이 계획을 발설하지 않겠다고 소피에게 약속했기 때문에 외삼촌 부부라 할지라도 어쩔 수가 없었다. 아마 에릭슨 박사 부부에겐 가능한 한 적은 사람들이 알고 있는게 안전하게 여겨질 거였다.

"그냥 좀 싸웠어요. 캘럼이 질투하고 있거든요."

힘없는 목소리로 대꾸했다. 이젠 외삼촌 부부까지 알게 됐으니, 곧 플래카드에 '우리 싸웠음'이라고 큼지막하게 써서 시내 한복판에라도 붙여 놔야 할 것 같았다.

두 사람이 어이없다는 표정을 지어 보였다.

"피터한테?"

외숙모는 딸꾹질을 했고 외삼촌은 눈썹을 치켜떴다.

"설마. 진심은 아닐 거다."

"알아요. 외삼촌도 외숙모도 저도 그렇게 믿고 싶지만 캘럼만은 생각이 다른 것 같아요."

"어떻게 그렇게 바보 같은 생각을 할 수가 있지?"

"피터와 몇 번 함께 있는 걸 봤거든요. 우연히도 어깨를 어루만지거나 위로해 주는 모습이었어요. 게다가 그날, 캘럼과 피크닉을 가려고 준비했던 날 캘럼이 나타나지 않아서 우는 저를 피터가 위로해 주고 있는 모습도 봤었죠. 그날 제가 입고 있던 옷이 좀……."

외숙모에게 설명했다.

"아무튼 오해한 것 같아요. 하지만 너무도 굳어 버려서 대화를 좀 해 보려고 해도 소용이 없었어요."

"내 생각에는 캘럼이 엠마 네가 이 모든 상황이 너무도 힘겨워서 자신과의 관계를 포기하고 평범한 인간과 잘해 보려고 하는 걸로 오해하는 것 같아."

"피터와는? 정말 아무것도 아닌 거냐?"

외삼촌이 날카로운 눈빛으로 나를 관찰하며 묻자 왠지 억울해서 고개를 세차게 저었다.

"그럴 리가 없잖아요. 게다가 전 캘럼을 사랑해요. 어떻게 절 그렇게 생각할 수 있는지 모르겠어요. 여태 수많은 일들을 겪어 왔는데, 왜 이제 와서 제 마음이 변할 거라고 생각하는 건지……."

"내가 캘럼과 얘기해 볼게."

외숙모의 제안에 나는 소스라치게 놀랐다.

"안 돼요. 저희끼리 해결할게요."

외숙모까지 이 일에 말려들게 하고 싶지 않았다.

아멜리가 눈을 빛내며 부엌으로 뛰어 들어오는 바람에 우리의 대화는 중단되었다. 여태 어디에 있었던 거지?

"뭐야? 다들 무슨 토론을 그렇게 열심히 해?"

아멜리가 우리의 진지한 얼굴을 보더니 한 소리 했다. 그러고는 부엌 조리대 위에 가볍게 올라앉았다.

"캘럼이 짐을 싸서 나갔어."

내가 말해 주었다.

"미로랑 아미아가 사는 곳으로 아예 들어갔대. 조엘이 말 안 해 줬어?"

"어휴, 이 바보 같은 녀석 같으니!"

아멜리가 거친 말을 퍼부었다.

"여태껏 내가 만난 남자들 중엔 그렇게 완고한 사람은 없었는데, 아무튼 네가 우연히도 그런 남자한테 딱 걸릴 줄이야. 차라리 좀 단순한 남잘 고르지 그랬어."

"미안하지만 지금 상황에서 네 제안은 별로 도움이 안 되거든? 너랑 조엘도 괜히 우리 일에 끼어들지 않겠다고 약속해."

"알았어, 알았다구. 아무튼 너희 둘의 문제는 늬들끼리 해결해. 우린 우리 일만으로도 바쁘다구."

그러고는 손사래를 치며 부엌을 나갔다. 그 뒷모습을 바라보던 외삼촌이 외숙모에게 한탄했다.

"아들만 넷 낳을걸 그랬어."

그 말에 외숙모가 웃음을 터뜨리며 남편을 끌어안았다. 그틈을 타 내 방으로 얼른 올라갔다. 지금 상황에서 누군가와 함께 있는 것 자체가 스트레스였다.

보름달 밤이 다가왔다. 이 밤을 손꼽아 기다리던 때도 있었지만, 상황이 이렇게 되고 나니 마치 커다란 돌멩이가 심장에 얹혀 있는 것 같았다. 이 상태로는 제대로 된 점프를 뛸 수 없을 게 뻔했다. 캘럼의 차가운 태도 때문에 너무도 괴로웠고 아무 잘못도 없는데 이런 대접을 받아야만 하는 게 억울했다. 같이 대화라도 해 보려 했지만 지난 며칠 동안 날 피해서 그럴 기회조차 없었다. 뭘 어떻게 해야 할지 알 수 없었다. 그와 화해하지 않으면 모든 게 잘못될 것 같은 기분이었다.

소피와 에릭슨 박사는 지난 며칠 동안 이런 상태가 오히려 낫다는 걸 내게 주입시키려고 했지만 별로 효과는 없었다. 내게는 캘럼과의 관계가 전부나 마찬가지였기 때문이다.

전날 밤, 아미아가 부탁해서 함께 피크닉 준비를 해 두었다. 아미아의 송별 파티이기도 했기 때문이다. 나날이 아미아의 배가 부풀어 가는 게 보였다. 비록 해수海水에 몸을 담그지는 못했지만, 배 속의 아기는 건강하게 잘 커 가고 있는 것 같았다.

아침 식사를 마친 후 아미아와 미로를 만나러 가 보았다. 캘럼을 보고 싶다는 소망 때문이었다. 하지만 그는 아미아, 미로의 여행 준비를 위한 회의 때문에 성에 가 있었다.

아미아는 부엌에서 피크닉을 위한 요리 준비에 여념이 없었다. 진기하지만 왠지 먹기 거북해 보이는 음식들도 보였다.

바구니 속에 차려진 음식 더미를 보며 고개를 절레절레 흔들었다.

"아미아, 도대체 몇 인분 치 음식을 만든 거야?"

"셸리코트 이외의 관객들도 몇 명 초대했거든. 하지만 대부분은 내가 먹어 치울 거야. 나 요새 끝도 없이 배가 고파. 먹고 또 먹어도 부족할 정도야."

그러고는 내 손에 밀대를 쥐어 주며 만두를 만들라고 시켰다. 그 옆에는 만두 속으로 보이는 초록색의 진득한 덩어리가 그릇에 담겨 있는 게 보였다. 포크로 그 역겨워 보이는 걸 들어 올리며 물었다.

"윽, 이게 뭐야?"

"보면 몰라? 해초잖아."

"아~ 난 또 시금치인 줄 알았지. 어렸을 때부터 시금치는 싫어했거든."

"너도 셸리코트의 피가 흐르고 있으니 해초는 좋아할지도 몰라. 약간 매콤하게 양념한 건데 캘럼도 좋아하는 거거든. 정성껏 만들어 봐. 누가 알아? 맛있는 걸 먹으면 화가 저절로 풀릴지도 모르잖아."

"그래, 그럴지도."

논쟁이 될 만한 대화는 피하라고 소피가 충고했었기 때문에 그럭저럭 대꾸하고 넘어갔다. 하지만 캘럼이 나와 대화하고 싶다고 하면 기꺼이 무슨 말이든 할 생각이었다. 피터와 함께 자살 미션에 참여하는 건 상관없었지만, 캘럼과의 문제만큼은 어떻게든 해결하고 싶었다.

아무튼 대화 주제를 바꾸기 위해 전부터 궁금했던 질문을 꺼내 놓았다.

"캘럼과 처음 만났을 땐 보름달 밤의 의식을 인간이 지켜보는 것 자체가 죽음의 형벌을 받을 만한 사건이었어. 그래서 의회가 우리 엄마에게 사형 선고를 내린 건데, 이제는 보름달 의식을 마치 공연처럼 모두에게 공개하다니 어떻게 이렇게 달라질 수 있는 거야?"

"솔직히 말해 지난 몇 달간 우리 사회는 극도의 변화를 겪고 있어. 여태까지 지켜 오던 옳고 그름에 대한 관점들이 완전히 뒤집힌 거야. 나로서는 우리 규율 중 대다수가 진화하고 있다고 생각해. 만약 우리 친구들이 이 의식을 보고 기뻐할 수 있다면 같이 나눌 수 있는 거잖아? 그게 중요한 거니까. 우리 모두는 이 마법 세계를 이루고 있는 구성원이니까. 만약에 친구를 초대해서 의식을 보게 하는 게 잘못된 거라면 나중에 의회 앞에 서서 재판을 받으면 되겠지. 하지만 그 시점에는 어차피 많은 게 달라져 있을 거야."

"아무튼 굉장히 용감한 행동으로 보여."

"용기 때문에 그러는 게 아니라, 아마 두려움 때문일 거야."

아미아가 작은 목소리로 중얼거렸다.

나는 손가락을 쪽쪽 빨았다. 아미아의 말대로 해초 요리는 환상적이었다.

"두려워? 뭐가?"

"바다로 떠나야 하는 날이 다가오고 있잖아. 왠지 긴장돼. 오늘 밤만큼은 내가 사랑하고 믿는 모든 사람들이 함께 축제처럼 기쁘게 즐겼으면 좋겠어. 어쩌면 거기에서 힘을 얻어서 이후에 벌어질 일들을 이겨 낼 수 있을 테니까."

우리는 말없이 요리를 계속했다. 집 뒤뜰로 황금빛 햇살이 쏟아져 들어오는 게 보였다. 이보다 더 평화로운 하루는 없을 것 같은 느낌이었다. 집 앞 거리에서 아이들이 재잘거리는 소리가 들리지 않았다면, 아미아가 끓는 물에 만두를 풍당풍당 집어넣는 소리만 들렸으리라. 우리는 낮에 모든 준비를 마친 후, 찻잔을 손에 들고 정원에 앉았다.

"이제 뭐 할 거야?"

아미아에게 물었다.

"잠깐 누워서 쉬려고. 오래 서 있는 게 힘들어졌어. 허리가 너무 아프더라고. 인간 여자들처럼 40주 동안 임신 상태를 유지하라고 하면 못 할 거 같아. 사실 물속에 있으면 거의 하중을 못 느끼니까 전혀 문제없을 텐데."

상당히 괴로워 보이는 얼굴이었다.

"조금만 참아. 다음번 아기 때는 바닷속에만 있게 될 거야."

"그랬으면 좋겠다."

집에 가기 전, 아미아의 손을 꼭 잡아 주었다.

"여기 레일린에서 해산할 수만 있다면 얼마나 좋을까. 여기가 가장 안전한 장소잖아."

아미아도 한숨을 쉬었다.

"그러게 말이야."

정원을 통해 문으로 나가려는데, 아미아가 외쳤다.

"어머, 깜박할 뻔했네. 레이븐이 널 좀 보자더라. 성으로 가 봐."

나쁜 예감이 들었다.

"왜 직접 오지 않는 거지?"

아미아도 모르겠다는 듯 어깨만 으쓱해 보였다.

"나도 몰라. 어제 미로한테 부탁했대."

어차피 다른 할 일은 없었으므로 성으로 걷기 시작했다. 아마 레이븐이 나를 부른 이유는 단 한 가지일 거였다. 캘럼이 우리 집에서 나간 것 때문이리라.

엘프 경비들이 나를 작은 방으로 안내한 후 레이븐이 곧 올 거라고 말해 주었다. 레이븐의 입지를 고려하면 기다리는 것도 당연한 것처럼 생각되었다. 방 중간의 탁자에 놓인 음료를 마시며 창가로 걸어갔다. 레일린 시가 한눈에 내려다보였다.

경치를 구경하느라 레이븐이 방에 들어와 있는 것도 몰랐다.

"경치 좋지?"

몸을 돌려 레이븐을 바라보았다.

"응. 왜 보자고 한 거야?"

"너랑 캘럼, 어떻게 된 거니? 미로네와 같이 머물고 있다고 들었는데."

사실은 레이븐에게 우리의 사생활을 또 일일이 설명하긴 싫었지만 꾹 참고 최대한 노력을 기울였다.

"캘럼이랑 싸웠거든."

"당장 집을 나가다니, 꽤 큰 싸움이었나 보네. 아니면 벌써 서로한테 질린 거야?"

"피터한테 못 들었어?"

레이븐의 감정 도발은 무시하려고 애썼다.

"아니. 무슨 일인데 피터한테 들어야 해?"

"질투하고 있거든."

힘겹게 입을 열었다.

"누가? 설마 피터가?"

레이븐이 어이없다는 표정을 지었다.

"아니, 캘럼이."

"너 설마 웬 엘프 청년과 사랑에 빠지기라도 한 거야?"

짜증이 솟구쳤다.

"아니, 그런 일 없어. 캘럼은 피터한테 질투하고 있는 거야. 요새 피터와 좀 자주 만날 일이 있었는데 바보같이 그걸 오해하는 바람에."

레이븐의 얼굴에 어이없다는 웃음이 번지더니 결국 웃음을 터뜨렸다.

"뭐가 그렇게 즐거워?"

화가 나서 소리 질렀다.

"캘럼 도대체 뭐가 문제라니? 설마 진심으로 피터를 질투하는 건 아니겠지?"

"진심인 것 같아."

그러자 레이븐이 내 팔짱을 끼고 방을 나와 홀로 안내했다. 다행히 더는 캘럼을 비난하지 않았다.

"밥 먹으러 가자. 배고파 죽을 것 같아."

우리는 복도를 지나 성의 부엌으로 향하는 계단으로 내려갔다. 레이븐은 걸어가는 내내 뭐가 그렇게 즐거운지 자꾸만 킥킥거렸다.

아무튼 캘럼의 질투에 대해 듣는 사람마다 그게 그렇게 놀랍고 웃기다고 생각하는 모양이었다. 난 하나도 우습지 않은데 말이다.

부엌에 들어서니 깜짝 놀랄 만한 일이 기다리고 있었다.

"모르게인!"

식탁 위에 앉아 있는 작은 요정을 보자마자 반가운 마음에 외치고 말았다.

모르게인은 작은 과자를 하나 들고 만족스럽게 우물거리고 있었다. 나는 모르게인 앞에 놓인 의자에 앉았다.

"그동안 어디 있었어? 한 번이라도 얼굴 좀 보여 주지 그랬어. 얼마나 걱정했는데."

"걱정은 왜 해? 난 잠시 에든버러에 있다가 엘리시엔 여왕님의 잔심부름 몇 개를 하느라 바빴어. 아발라가 함락되고 난 후 엘리시엔 여왕이 요정 종족 모두에게 망명을 제안했거든. 그래서 모두에게 그 소식을 전하고 온 거야."

"아미아가 임신한 소식은 들었어?"

"당연하지. 우리 요정들은 소식 하나는 빠르게 입수하니까."

"그럼 이제 얼마 안 있으면 아미아가 레일린을 떠나야 된다는 것도 알겠네."

내 말에 모르게인이 걱정스러운 표정을 지어 보였다.

"응, 알아. 왠지 좋은 예감이 들진 않아. 아직 운디네가 우리 요정들을 공격하진 않았지만 언제 어떻게 될지는 아무도 모르지."

모르게인의 목소리가 낮게 떨렸다.

"실은 여기로 날아오는 길에 엘린의 군대가 레일린으로 진격하는 걸 봤거든. 그래서 곧장 이리로 날아와 엘리시엔 여왕님께 전해 드린 거지. 아마 지금 속도대로라면 일주일 뒤에는 레일린에 도착할 거야."

"그렇게 중요한 사실을 이제야 말해 주는 거야? 일주일이면 이제 코앞이잖아! 아직 제대로 준비도 다 안 끝났는데!"

넋이 나갈 것 같았다.

레이븐이 인상을 쓰며 물었다.

"준비라니? 무슨 뜻이야?"

화들짝 놀라 말을 얼버무렸다.

"에…… 엘리시엔 여왕님이 아직 충분한 군대를 모으지 못한 것 같아서 말야. 그러니까 지금 엘린이 쳐들어오면 큰일이라는 뜻으로 얘기한 거야.”

“그거 피터한테 들었어?”

레이븐이 인상을 썼다.

“원래 의회의 결정은 밖으로 새 나가면 안 되는 건데.”

입을 꾹 다물었다. 이러다가는 조만간 말실수라도 할 것 같
았다.

“아무튼 여왕님도 이제 시간이 없어. 어떻게 운디네가 의회
의 정보를 입수했는지는 알 길이 없지만, 엘린이 자기 군대를
몰고 오면 레일린의 결계도 쉽게 무너뜨릴 거야. 아마 여왕님
조차도 레일린 앞에 군대를 배치한 다음 레일린으로 직접 쳐들
어오지 못하도록 유인하는 게 다겠지.”

“레일린이 함락 당하는 일도 생길까?”

모르게인이 어깨를 으쓱해 보였다.

“엘린의 군대에는 엘프 몇 명도 보였어. 아마 결계를 여는
건 식은 죽 먹기일 거야.”

“그럼 여기도 위험해질까?”

“그러지 않기만 바라고 있지…….”

레이븐이 김이 나는 단호박 수프 두 그릇을 우리 앞에 내려
놓았다. 모르게인을 위해서는 작은 그릇을 가져다주었고, 빵
한 접시도 가져왔다.

말없이 뜨거운 수프를 수저로 저었다.

“레이븐, 우리가 레일린에 있으면 얼마나 안전한 거야?”

레이븐이 모르게인을 바라본 후, 나를 바라보았다.

"글쎄. 하지만 다른 곳도 위험하긴 마찬가지야. 어디로 가야 할까? 선택지가 별로 없잖아. 우리한테는 이 전쟁이 유일한 희망인데, 만약 지게 되면……."

레이븐이 말끝을 흐리며 수프 그릇만 바라보았다.

"상황이 그 정도로 심각한 거구나."

작은 목소리로 중얼거렸다.

"하지만 희망을 저버려선 안 돼. 방금 들은 건 비밀로 해 둬. 민간에 공포심이 확산되면 큰일이니까 말이야. 네 눈에 어떻게 보일지는 몰라도, 어느 정도 준비는 되어 있어."

가족들이 제일 걱정이었다. 한시라도 빨리 레일린을 떠나게 해야 했다. 여기에 있으면 밖에 있는 것보다 더 큰 위험에 처하게 된다. 만약 엘린이 여기로 진격했을 때 가족들을 보면 다 죽일 터였다.

세상에서 가장 안전한 장소가 오히려 덫이 되어 버린 것이다.

"오늘 캘럼과 이야기해 봐."

레이븐이 권유했다.

"만약 전쟁 때문에 혼란이 찾아오기 전에 갈등을 풀어야 할 거야. 당장 내일 우리의 운명이 어떻게 될지는 아무도 모르니까."

멍하니 고개를 끄덕였다.

"집에 가서 준비하고 올게. 나중에 봐."

그런 다음에는 빠른 속도로 집을 향해 발걸음을 옮겼다.

14장

이제 모든 일이 내가 감당할 수 있는 한계를 벗어나고 있었다. 일단은 생각을 좀 정리해 봐야 할 것 같았다. 집에 도착한 다음 뜨거운 물로 샤워를 했다.

아미아는 내일 바다로 출발할 예정이었다. 아미아가 떠나고 나면 조금도 지체 없이 피터와 아발라로 출발해야 했다. 하지만 그전에 가족들에게 이 모든 위험에 대해 경고해 줘야 했다. 물론 외삼촌은 가지 않으려 할 거다. 어쩌면 이 문제는 에릭슨 박사와 소피에게 맡겨야 할지 몰랐다.

그러고 보니 소피가 걱정이었다. 엘프들이 만들어 주는 치료제 없이 건강을 유지할 수 있을까?

몸의 물기를 닦아 낸 다음 침대에 누웠다. 아직 베개에는 약하지만 캘럼의 향기가 남아 있었다. 베개에 얼굴을 묻고 눈을 감았다.

우리는, 아니 나 혼자서는 이 모든 걸 해 낼 수 없어. 어째서 그 많은 사람들을 놔두고 내가 무릴을 파괴할 수 있는 그 '유일' 한 사람인 거지? 요행히 거울을 파괴하게 되면 무슨 일이 일어 나게 될까? 물론 맥러드는 운디네들이 회색 먼지로 변할 거라 고 써 놨지만 정말 그렇게 간단하게 사라지게 될까? 그리고 운 디네에게 영혼을 빼앗겼던 사람들은 어떻게 되는 걸까? 모든 게 예전으로 돌아갈 것이라고 쓰여 있지만 우리는 그게 무슨 의미인지, '예전'이 과연 언제를 말하는지조차 모른다.

그때 아멜리가 노크를 하고 방으로 들어왔다.

"피크닉 때는 뭘 입어야 하지?"

"아멜리, 그냥 피크닉일 뿐이야. 땅바닥에 앉아서 밥 먹으러 가는 거잖아. 옷에 음식을 흘릴 수도 있고 말야."

아멜리가 어이없고 딱하다는 듯 쳐다봤다.

"엠마, 솔직히 말해서 지금 우리 나이에 옷에다 뭘 흘리는 여자애는 네가 처음이야."

그러고는 내 셔츠에 묻은 오렌지색 얼룩을 가리켰다.

"아까 호박 수프를 먹다가……."

당황해서 말끝을 흐리며 멋쩍게 웃어 보였다.

"아무튼 캘럼 용서해 줄 거지?"

아멜리가 주제를 바꿨다.

나는 고개를 끄덕여 보였다.

"그럼 우리도 최선을 다해서 그가 용서를 구하게끔 만들어야지."

아멜리가 비장하게 중얼거리더니 나를 일으켜 세웠다.

"내 방으로 가자."

그 말이 무슨 뜻인지 감이 왔기 때문에, 억지로 아멜리의 뒤를 따랐다.

아멜리가 옷장을 열더니 속이 비치는 천 쪼가리 여러 개를 내 몸에 대 보았다. 정색을 하고 손사래를 쳤다.

"아멜리, 지난번에 그런 옷을 입고 나갔다가 얼마나 비참한 최후를 맞았는지 알아? 게다가 난 어차피 가서 수영복으로 갈아입어야 해."

"그렇겠지. 하지만 수영하기 전까지 만이라도 걸치고 있도록 해."

아멜리가 가차 없이 잘라 말했다.

"게다가 그 공연인가 뭔가가 끝난 다음에는 제대로 된 옷을 입고 피크닉을 할 거 아니야? 그러려면 격식을 갖춰 줘야지."

결국 연한 녹색의 원피스에 회색 볼레로를 걸치는 걸로 합의를 봤다.

"오늘 밤에는 머리도 좀 제대로 하고."

옷을 들고 방을 나서는 내 뒤통수에 아멜리가 소리쳤다.

"네 머리 지금 닭 꽁무니 같아!"

방으로 돌아와 거울을 보고 머리를 빗으면서 생각했다. 이렇게 예쁜 닭 꽁무니 봤어? 하지만 10분 동안 머리와 씨름하고 나니 아멜리의 말이 맞는 것 같기도 했다. 머리를 다 빗은 다음에는 심플하게 하나로 땋아 내렸다. 그런 다음 원피스와 볼레로를 걸치고, 가방에 미스기르를 챙겨 넣은 뒤 아미아에게 갔다.

바구니는 집 복도에 놓여 있었고, 아미아는 남자들에게 빠진 물건을 찾아 온 집 안을 돌아다니게 시키는 중이었다.

"서둘러야 돼. 이러다간 파티 주최자들이 파티에 늦겠어!"

아미아가 투덜거렸다.

"아미아, 아직 한 시간도 더 남았잖아! 이제 약간 어둑해졌을 뿐이라고."

"첫째, 난 시간을 정확하게 지키는 게 좋아. 둘째, 다른 사람들이 오기 전에 다 준비해 놓고 싶어."

아미아가 딱 잘라 말했다.

미로가 고개를 절레절레 흔들었다. 아마 지금의 아미아에게는 어떤 말도 안 먹힌다는 걸 이미 충분히 경험한 모양이었다.

잠시 후, 모든 짐을 꾸리자 각자 두 바구니씩 들고 호수로 향했다.

호수에 도착하자 바닥에 덮개를 깔았다. 아미아와 내가 준비해 온 음식을 내려놓는 동안 남자들은 횃불을 바닥에 꽂았다. 그때까지도 캘럼은 내게 말 한마디, 아니 눈길조차 주지 않았다. 하지만 슬퍼하기에는 너무 정신이 멍했다. 그런 가운데 레이븐의 말이 자꾸만 떠올랐다. 이제 며칠 후면 용서고 뭐고 너무 늦을지도 몰랐다.

초대했던 손님들이 하나둘 모여들 때에는 이미 모든 준비를 마친 뒤였다. 레이븐은 피터, 모르게인과 왔고 에단 외삼촌과 브리 외숙모는 쌍둥이, 아멜리와 함께 왔다. 또 레일린에 망명을 신청했던 다른 셸리코트들도 오늘 밤 함께 의식에 참여하기 위해 왔다. 마지막으로 에릭슨 박사와 소피 부부, 그리고 놀랍게도 엘리시엔 여왕과 멀린, 미론이 왔다. 물론 멀린과 미론이 정기적으로 전쟁 회의에 참석하기 위해 레일린을 찾는다는 사실은 알고 있었지만 지금까지는 직접 만날 일이 없었다. 하지만 마음 놓고 즐거워하기엔 모르게인의 전언을 듣고 난 후라 아무래도 걱정이 가득한 모습이었다.

어느덧 밤이 찾아와 하늘이 칠흑처럼 어두워졌다. 이렇게 많은 사람 앞에서 첫 보름달 의식을 치를 생각에 긴장이 되었다. 캘럼에게 안기면 좀 용기가 날 듯했지만, 그는 아미아, 미로 옆에 앉아 꿈쩍도 하지 않았다.

아미아 곁으로 가서 앉아 다른 손님들이 떠드는 모습을 지켜보았다. 모두들 이렇게 즐거운 축제를 즐기는 데 여념이 없어 보였다. 하지만 이제 곧 끔찍하고 거대한 위협이 우리를 덮칠 것이었다. 아니면 이 모든 걸 나만 그렇게 비관적으로 생각하는 걸까? 그 원인은 저기 앉아 있는 바보 같은 남자 때문일 거다. 내 건너편에 앉아 유치원생처럼 행동하고 있는 저 바보 말이다.

바보와 내가 동시에 포도를 집으려고 손이 마주쳤다. 손가락이 닿자 그와 시선이 마주쳤다. 미소를 지어 보이려 했지만 어쩐지 딱딱하고 엉거주춤한 표정만 튀어나왔다. 다행히 캘럼도 그렇게 빨리 손을 거두어 가진 않았는데, 평소 같았으면 내 몸이 위험한 불덩이라도 되는 것처럼 행동했을 것이다.

아미아가 이 모든 걸 지켜보고는 캘럼에게 말했다.

"캘럼, 정신 차리고 엠마한테 잘해 줘. 엠마는 그런 대우를 받을 자격이 있다고."

그 말에 캘럼이 뭔가 알 수 없는 몇 마디 말을 중얼거렸다.

"이제 시작할까?"

아미아가 제안했다.

"어떻게 생각해?"

우리는 일어서서 나란히 호수로 걸어갔다. 갑자기 침묵이 흘렀다. 대화가 중지되었고 마치 속삭임같이 잔잔한 밤의 정적 만이 고요했다. 다 같이 한 발짝씩 호수에 들어가 발걸음을 멈췄다. 밤바람이 멎고 호수 표면이 거울처럼 편평해졌다. 거대한 은빛 보름달이 호수 표면에 거울처럼 반사되며 빛나고 있었다. 자신을 완전한 정적에 내맡길 무렵, 마치 은밀한 명령이라도 받은 것처럼 모두가 동시에 호수로 뛰어들었다. 캘럼이 내손을 잡는 게 느껴졌고, 그가 나를 이끌고 화살처럼 빠르게 호수 중앙으로 헤엄쳤다. 호수 중간에 이르자 조엘이 합류했고, 다 함께 커다란 원을 구축하기 시작했다. 우리들의 체광이 마치 빛의 띠처럼 빛나기 시작했다. 여러 가지 톤의 초록빛에 캘럼의 밝은 푸른색, 아미아의 밝은 갈색, 나의 회색이 섞여 들었다. 우리 주위로 물이 끓어오르더니 몇 분 뒤 첫 번째 물기둥이 솟구쳐 올랐다. 그에 맞춰 조엘과 내가 첫 번째 점프를 뛰었다.

점프를 뛸 때마다 지난 몇 주 동안의 스트레스와 걱정 들이 사라지는 것 같았다. 우리는 점점 더 깊이 잠수하고 점점 더 높이 뛰어오르기 시작했다. 회전과 피루에트[4]가 점점 더 예술적으로 승화되었다. 강변 쪽에서 탄성과 함성이 터져 나왔다. 하지만 내 눈에는 캘럼이 내 밑에서 힘차게 물을 차 내며 다른 이들과 함께 물기둥을 쏘아 올리는 모습만 보였다. 모두들 각자 맡은 역할을 해 내며 오래전부터 이어져 내려온 전통을 계승하고 의식을 완성시켰다. 이 의식은 보름달 밤마다 계속 이어져 나갈 것이다. 점프를 뛸 때마다 내 안 깊은 곳에서 평온이 번져 나갔다. 잠수하고 물에서 솟구쳐 오르고 다시 입수하는 순간만큼은 바깥세상의 모든 게 어찌 되던 상관없었다. 우리의 운명은 정해져 있었고, 아무리 인간의 의지로 바꾸려고 한들 운명을 거스를 수는 없었지만 왠지 모든 게 잘될 거라는 강한 믿음이 솟구쳤다.

잠수해 들어가며 어쩐지 점점 몸에서 힘이 빠져나가는 것 같은 기분이 들었다. 내 곁에 밝은 푸른빛이 다가와 익숙한 손길로 나를 강하게 붙잡아 주었다. 그의 목에 팔을 두르고 꼭 끌어안았다. 심장이 세차게 두근거렸다. 이건 연습했던 게 아니었다. 우리는 함께 수면 위로 날아올랐고, 따스한 밤공기를 가르며 공중을 날았다. 캘럼이 나를 놓자 우리는 똑같은 동작으로 몸을 회전시켰고, 함께 미끄러지듯 입수했다. 우리가 입수

---

4 발레 등에서 한쪽 발로 서서 도는 것.

하는 동시에 거대한 물줄기가 솟아올랐다. 그런 뒤 수면이 다시금 잠잠해졌고, 우리의 체광도 사라졌다. 함께 뭍으로 헤엄쳐 오는 동안, 나도 모르게 그에게 텔레파시로 속삭였다.

"사랑해."

"알아."

캘럼이 머릿속으로 대답해 오는 게 들렸다.

"무슨 일이 일어나든 영원히 너만을 사랑할 거야."

다시금 속삭였다.

"나도. 영원히 너만을 사랑할 거야."

그도 속삭였고, 그제야 가슴에 얹혀 있던 무거운 돌덩어리가 사라졌다.

뭍에 오르자 외숙모가 수건을 가져다주었다. 살짝 곁눈질로 보니 다른 셀리코트들이 깜짝 놀란 듯 미소를 보내오는 게 느껴졌다. 외숙모가 건네준 수건으로 머리카락의 물기를 닦았다.

"엠마 언니, 정말 신기했어요. 어떻게 한 거예요?"

자리에 채 앉기도 전에 쌍둥이가 달려와 질문 공세를 해댔다.

"언니, 나도 그거 배울 수 있을까요?"

앰버가 물었지만 고개를 저어 보였다.

"안타깝게도 셀리코트나 나 같은 혼혈만 할 수 있는 것 같아."

"셀리코트 중에서도 엠마와 같은 점프를 뛸 수 있는 사람은 드물 거야. 정말 천부적인 재능이야."

아미아가 열광했다.

캘럼의 시선을 느끼고 눈을 드니, 그가 미소를 지어 보였다. 눈빛만으로도 몸이 뜨거워지는 것 같았다. 어쩌면 물에서 수영한 게 그의 화를 잠재운 모양인지 나를 용서하기로 한 것 같았다. 이게 보름달 춤의 위력이라면 대단하긴 했다. 그 모든 싸움과 눈물을 한번에 잠재워 버렸으니 말이다.

아무튼 화해하고 떠나려던 계획에 차질이 없어서 다행이었다. 한결 가벼운 마음으로 그에게 미소로 화답해 보였다. 피터와 에릭슨 박사는 대화에 열중하는 것 같았다.

모두 자정 즈음 자리를 떴다. 다들 조금 아쉬워하는 눈치였다. 이제 이렇게 다 같이 모여서 즐거워할 날이 또 오게 될까? 한나와 앰버는 잠이 들어서 외삼촌이 아이들을 깨우는 역할을 떠맡았다. 아멜리와 내가 물건들을 챙기고 있는데, 뒤쪽에서 아미아의 신음 소리가 들렸다. 깜짝 놀라 뒤를 돌아보았다.

"아미아, 무슨 일이야?"

아미아가 배를 붙잡고 서 있었다. 물론 보통의 막달 임산부의 배처럼 크진 않았지만, 아마도 같은 문제로 고통스러워하고 있는 것 같았다.

"배가…… 너무 아파."

"외숙모! 여기 와 보세요."

큰 목소리로 외숙모를 불러 도움을 청했다.

외숙모가 손에 들고 있던 물건들을 내팽개친 후 곧장 달려왔다. 그러고는 조심스럽게 아미아의 배를 만져 보았다.

"자궁이 수축되고 있어. 돌처럼 딱딱해. 좋은 신호는 아니야."

다시금 진통이 밀려오자 아미아가 이를 악물었다.

미로와 모르게인을 바래다주고 오던 미로가 우리 쪽으로 미친 듯 달려왔다. 그러고는 아미아를 조심스럽게 끌어안고 외쳤다.

"아미아, 무슨 일이야?"

아미아가 그를 고통스러운 표정으로 바라보았다.

"모르겠어…… 내 생각엔 아기가 나오려나 봐."

"당장 떠나자. 내가 바다까지 안전하게 데려다줄게."

미로가 아미아를 바라보며 안심시켰다.

소스라치게 놀랐다. 당장? 내일 아침에 가도 되지 않을까? 이렇게 한밤중에 어딜 가겠다는 거지? 너무 위험해!

"조엘."

내가 입을 채 열기 전에 미로가 조엘을 불렀다. 조엘과 내가 모르는 두 명의 셸리코트들이 다가왔다.

"지금 당장 떠나야 돼. 아마 출산까지는 얼마 걸리지 않을 거야. 아마도 춤이 진통을 유발한 것 같아."

조엘과 다른 두 명의 셸리코트들이 고개를 끄덕였다.

의식 내내 나를 감쌌던 평온함은 순식간에 자취를 감춰 버렸다. 이제 눈앞에는 차가운 현실이 냉정하게 이빨을 드러냈다. 이제 미로, 조엘과 아미아를 보내야 하는 순간이 온 것이다. 다시 만날 수 있을지는 아무도 장담할 수 없었다. 아니, 다시 만날 수 있으리라는 믿음조차 희망 사항일 뿐이었다. 캘럼의 품에 안겨 눈물을 쏟았다.

엘리시엔 여왕이 다가왔다.

"미로, 우리 군사 몇 명이 여러분을 호위하도록 하겠습니다. 혹시 엘린이 무장한 채 잠복하고 있을지도 모르니까요. 지난 며칠 동안은 잠잠했으니 일단 안전하게 바다까지 가는 것만 생각하도록 하세요."

미로가 진지한 얼굴로 고개를 끄덕였다.

"엘린도 오늘 밤에는 보름달 의식을 치르느라 바쁘기만 바랄 수밖에요. 부디 바다까지 아무 일도 없어야 할 텐데."

엘리시엔의 뒤를 따라 성까지 걸어가는 동안 아무도 말이 없었다. 여왕이 군사들에게 명하여 아미아 일행을 호위하도록 했고, 우리는 성 앞에서 작별 인사를 나누었다. 솔직한 심정으로는 아미아를 보내고 싶지 않았다. 지금 이 손을 놓으면 어쩐지 끔찍한 일이 일어나서 영영 그녀를 잃어버리게 될 것 같았다. 캘럼과 조엘이 서로 작별 인사를 나누었고 마지막에는 조엘과 아멜리가 서로를 바라보며 작별 인사를 했다. 조엘이 안타까운 듯 아멜리의 머리칼을 어루만졌고, 아멜리는 그의 등을 쓰다듬었다.

"조심해. 몸 잘 챙기고, 아기도 잘 낳아야 해."

아미아에게 당부했다.

"알았지? 무슨 일이라도 생기면……."

아미아가 진통을 참으며 씩씩하게 고개를 끄덕였다.

"바다까지 견딜 수 있겠어?"

내가 걱정스럽게 물었다.

"우리는 해산하기까지 시간이 오래 걸려. 괜찮을 거야."

아미아의 용기가 놀라웠다. 어디서 저런 용기가 나오는 걸까?

미로가 다가왔다.

"여왕님이 들것을 준비해 줬어. 저걸로 아미아를 옮기면 좀 더 빠르게 이동할 수 있을 거야."

우리 앞에는 네 명의 엘프 군사가 들것을 사이에 둔 채 서 있었다. 그 위로 아미아가 조심스럽게 몸을 뉘였다. 마지막으로 서로 끌어안고 행운을 빌어 준 다음, 엘프들이 들것을 들어 올리자 행렬이 출발했다. 네 명의 셸리코트들은 가마를 호위했다. 나는 캘럼과 함께 그들이 보이지 않게 될 때까지 손을 흔들어 주었다. 벌써 아미아가 그리웠다.

"잘해 낼 수 있을까?"

다시 호수로 걸으면서 캘럼에게 물었다. 호수에 두고 온 바구니들을 가지러 가는 중이었다. 다행히 우리 둘뿐이었다.

"아무 일도 없길 바라야지. 하지만 다른 방법이 없어. 아미아는 반드시 바다에서 해산해야 하니까. 안 그러면 아기가 위험해."

"엘린이 하나뿐인 여동생에게 해코지하지는 않을 거야. 아미아는 마지막까지 엘린을 보호하려고 했던 유일한 가족이잖아."

"하지만 엘린이 지금 제대로 사고할 수 있는 상태가 아닐 가능성이 커."

캘럼이 말했다.

"운디네들이 엘린의 기억까지 다 지워 버린 걸까?"

"그랬을 거야. 아마도."

"그럼 운디네에게 영혼을 빼앗긴 모든 사람은 다 위험해지는 거네……."

캘럼은 대답하지 않았다. 전쟁에서 그들을 죽여야만 한다는 사실을 입 밖에 내진 않았지만 우리 둘 다 생각은 하고 있었다.

이윽고 호수에 다다르자, 캘럼이 말없이 내 볼레로와 원피스를 벗겨 주었고 나는 그의 셔츠 단추를 풀었다.

더 이상은 말이 필요 없었다. 몸에 실오라기 하나 남기지 않은 상태로 그가 내 손을 잡고 은빛으로 반짝이는 호수로 이끌었다. 그의 미끈한 육체가 달빛 아래 빛났다. 아무리 보고 또 봐도 그의 몸은 질리지 않았다. 만약 이게 우리의 마지막 밤이라면, 지금 이 순간을 영원히 기억 속에 남겨 두고 싶었다.

부드럽게 우리의 체광이 빛을 발하기 시작하며 수면 위로 퍼져 나갔다. 점점 더 깊은 곳으로 나아갈수록 빛도 더욱 강렬해졌다. 캘럼이 나를 돌아보더니 정신이 아득해질 때까지 키스했다. 전신에 전율이 스쳤고, 그의 등을 손바닥으로 쓸어내리며 점점 더 깊은 물속으로 내려갔다. 그의 손길과 입맞춤에 정신이 아득해져서 더 이상 견딜 수 없게 되자, 그를 내게로 끌어당겼다. 그가 내게 돌아왔다는 사실을 온몸으로, 피부 위에 느껴지는 그의 손길과 입맞춤으로 느낄 수 있었다. 서로 완전히 녹아들어 하나가 되고 싶다는 욕망으로 그와 내가 얽혔다.

그와 헤어져 있어야만 한다는 사실이 가장 힘겨웠다. 하지만 내가 반드시 해 내야만 하는 일이라는 걸 어렴풋이 느낄 수 있었다. 다시 돌아올 수 있기만을, 그래서 그와 죽는 날까지 함께 있을 수 있기만 간절히 바랄 뿐이었다.

15장

누군가가 현관문을 쾅쾅쾅 두드리는 소리에 잠에서 깼다. 살며시 캘럼의 어깨를 어루만졌지만, 그는 눈을 감은 채 나를 더 세게 끌어안으며 내 머리카락 속에 얼굴을 파묻었다.

"캘럼, 일어나 봐. 누가 왔나 봐!"

"다른 사람이 나가 볼 거야."

그가 웅얼거렸다.

다시 한 번 쾅쾅쾅 문을 두드리는 소리가 났다. 어째서 아무도 못 듣는 거야? 몸을 일으켜 바지와 티셔츠를 꿰어 입은 후 문을 열었다. 복도로 쏟아져 들어오는 햇빛이 너무도 눈부셔서 눈을 가늘게 떴다. 방에는 커튼을 쳐 두어서 몰랐지만 이미 날이 환하게 밝아 있었다. 계단을 내려가니 집이 텅 비어 있었다. 설마 모두 벌써 떠난 건 아니겠지? 햇빛으로 가늠해 보건대 벌써 정오는 된 것 같았다. 어째서 아무도 우릴 깨우지 않았던 거지?

현관문을 열자 계속 귀를 시끄럽게 하던 소음이 드디어 멎었다.

문 앞에 서 있는 건 레이븐이었다. 그러고는 말 한마디 없이 나를 지나쳐서 집 안으로 성큼성큼 들어왔다.

"레이븐? 무슨 일이야? 아침 댓바람……은 아니지만, 시끄러워 죽는 줄 알았다고!"

"캘럼은?"

내 투덜거림은 들리지도 않는 모양이었다. 하품을 하며 손가락으로 2층을 가리켜 보였다.

"위층."

"화해했어?"

고개를 끄덕였다.

그때 캘럼이 계단을 내려왔다. 아마도 마구 뻗친 머리칼을 좀 잠재우려고 노력을 하느라 시간이 걸렸던 모양이었다.

"무슨 일이야? 너답지 않군."

캘럼이 레이븐을 보더니 의아하다는 듯 물었다. 그제야 평소의 레이븐과는 어딘가 사뭇 분위기가 다르다는 걸 알아챘다. 평소에는 항상 정갈하면서도 완벽한 모습이었는데 오늘은 어딘가 엉망진창이었고 머리칼도 비죽비죽 튀어나와 있었다.

레이븐을 부엌으로 밀어 넣고 의자에 앉혔다.

"도대체 무슨 일이야, 레이븐?"

캘럼이 재차 다그쳤다.

"습격당했어."

레이븐의 말에, 들고 있던 찻잔을 떨어뜨렸다. 찻잔이 부엌 바닥에서 쨍그랑 소리를 내며 산산조각이 났다. 침묵이 흘렀다. 잠시 후 레이븐이 입을 열었다.

"캘럼…… 아미아와 미로가 습격당했어. 엘린의 끄나풀이 잠복하고 있다가 덮친 것 같아."

레이븐에게 다가가 어깨를 흔들며 물었다.

"아미아는? 아기는?"

"엘린은 아미아 일행이 어디로 가려고 했는지 정확히 알고 있었어. 바다에 닿기 바로 직전에 무장한 셀리코트들이 튀어나 왔고, 같이 있던 엘프들은 파우누스한테 당했대."

"누가 말해 줬어?"

캘럼이 억양 없는 목소리로 물었다.

"모르게인. 혹시 모르니 동행했다나 봐. 방금 돌아와서 전해 준 거야."

"아, 세상에…… 어떻게 이런 일이……. 주미스는? 호위병을 보내겠다고 하지 않았었어?"

"엠마, 엘린은 우리의 모든 계획을 너무도 정확히 알고 있었어. 엘린은 주미스보다 한발 앞서 있었던 거야. 주미스는 한발 늦었어……. 조엘이나 다른 사람들은 이미……."

"그게 무슨 말이야?"

레이븐이 캘럼의 눈치를 살폈다.

"조엘은…… 스스로를 희생했어. 덕분에 미로와 아미아는 겨우 도망친 것 같아. 조엘과 나머지 두 명의 셸리코트, 엘프 군사 네 명은 엘린에게 끌려갔고. 모르게인이 직접 본 거니까 사실이야. 주미스가 호위병들과 함께 도착하자마자 남자들을 끌고 사라져 버렸대."

"조엘과 남자들을 구출해야 돼! 안 그럼……."

손가락으로 내가 앉은 의자를 꽉 움켜쥐었다. 어떻게 이런 일이! 캘럼이 내 손을 꽉 잡았다. 그의 얼굴도 마치 백지장 같았다.

조엘은 그의 가장 가까운 친구였다.

"나도 같이 갔어야 했어. 그런 일이 일어날 거라는 사실을 내다봤어야 했어."

캘럼이 중얼거렸다.

레이븐이 고개를 저었다.

"미안하지만 누구도 이런 일이 생길 거라는 건 예측하지 못했어. 아미아가 언제 해산할지 아는 사람조차 없었는데, 엘린은 어떻게 그걸 알고 잠복하고 있었던 거지? 게다가 엘프 군사를 넷이나 붙였는데도 이렇게 어이없이 당하다니……. 아마도 우리 중 누군가가 운디네나 엘린에게 정보를 전해 준 모양이야."

"첩자가? 모르게인도 본 건가?"

"아니."

캘럼이 이를 악물었다.

"만약 조엘에게 털끝만큼이라도 손을 대면 내 손으로 엘린을 죽이겠어. 반드시 죽이고 말 거야."

"하지만 이미 잡혀간 이상 어쩔 도리가 없어."

레이븐이 대꾸했다.

어이가 없었다. 어떻게 저렇게 냉정할 수가 있지?

"누군가는 아멜리에게 이 사실을 말해 줘야 해."

레이븐이 나를 바라보며 말했다. 할 수 없이 고개를 끄덕여 보였다. 레이븐이 벌떡 일어섰다.

"캘럼, 성으로 와. 작전을 변경해야 돼. 조엘이 우리 작전에 대해 입을 열게 될 테니까."

캘럼이 잠시 휘청거리더니 레이븐에게 소리 질렀다.

"조엘은 절대 그런 짓을 하지 않아! 절대로!"

레이븐도 물러서지 않았다.

"아마 지금쯤은 자신을 잃어버렸을 거야. 현실을 직시해야 돼! 나도 조엘이 평소에는 절대 그러지 않을 거란 건 알아. 진정하고 괜한 싸움으로 에너지를 낭비하지 마."

"레이븐, 일단은 가 줘."

레이븐의 등을 현관문 쪽으로 밀었다.

"캘럼도 가능한 한 빨리 성으로 가게 할게."

레이븐이 고개를 끄덕였다.

레이븐이 사라지고, 그를 곁에 앉혔다. 그를 끌어안자 그가 내 어깨에 얼굴을 묻었다. 그런 그를 꼭 안아 준 채로 침묵했다. 지금 이 순간 어떤 말로도 그를 위로할 수 없다는 걸 알았다. 가장 친한 친구를 잃은 심정을 이해할 수 있었기 때문에 가슴이 찢어질 것 같았다. 게다가 그들은 온갖 어려움과 기쁨을 함께 겪어 왔다. 100프로 신뢰할 수 있는 친구를 잃은 것이다.

"조엘은 내 생명을 구해 줬었어."

그가 중얼거렸다.

"그런데도 난 그를 위험에 처하도록 내버려 둔 거야. 내가 미로와 아미아를 호위했어야 했어. 그를 보내지 말았어야 했어."

그가 내 어깨 위에서 떨었고, 나는 그를 더욱 세게 끌어안아 주었다.

"조엘이 원했던 거잖아. 게다가 아버지 주미스의 군대와 합류하려고 했고. 네가 말리든 안 말리든 어차피 갔을 거야."

"날 보호하려고 그런 거야."

"하지만 그 임무가 위험하다는 걸 스스로도 알고 있었어."

좀 더 부드러운 위로의 말을 해 줄 수 없다는 게 가슴 아팠다. 이 모든 위로가 빈껍데기 같았다. 만약 아미아가 엘린에게 붙잡혔더라면 어땠을지 상상만으로도 끔찍했다. 아미아라도 도망칠 수 있었던 게 다행이었다.

"아멜리에게도 말해 줘야 해."

무슨 말을 해 줘야 할지 걱정이었다.

캘럼이 일어났다. 그의 눈빛에서 이미 그가 이 임무를 나에게 떠넘길 거라는 걸 느꼈다. 그가 내 손을 꼭 잡으며 물었다.

"혼자서 할 수 있지?"

고개를 저었다.

"난 성에 가 봐야 돼. 어쩌면 아직 희망이 있을지 모르니까."

그의 희망을 짓밟을 수는 없었다.

"모르세인과 이야기를 나눠 봐야겠어. 거기서 본 걸 좀 더 정확히 듣고 싶어. 아멜리에게 가서 이 사실을 말해 주는 건 미안하지만 혼자 해 줘."

어쩔 수 없이 고개를 끄덕였다. 뭐, 상황이 상황이니만큼 내가 희생해야 할 것 같았다.

캘럼이 계단을 달려 올라가더니 2분도 채 안 되어 옷을 갈아입고 내려와 곧장 집을 나갔다.

자리에 가만히 앉아 아멜리에게 무슨 말을 해야 할지 곰곰이 생각해 보았다. 하필이면 나쁜 소식을 전하는 전령이 되어 버렸다. 발길이 차마 떨어지질 않았다.

천천히 소피의 서점으로 걸어가면서 아미아를 생각했다. 지금쯤 아기가 나왔을까? 건강 상태는 어떨지, 습격으로 쇼크 상태가 되지는 않았을지, 그런 상태에서 출산했다면 산모와 아기가 위험한 상황은 아닐지 걱정이 되었다. 미로는 아기가 태어나자마자 가능하면 빨리 레일린으로 돌아오려고 했지만 지금은 어떤 결정을 내릴지, 과연 이제 어디가 그들에게 안전한 장소인지 걱정이 되었다. 레일린의 결계가 뚫리는 건 이제 시간 문제였다.

가능한 한 빨리 피터와 아발라로 향해야 했다. 한시도 지체할 여유가 없었다.

서점 안으로 들어가기 전, 크게 숨을 들이마셨다. 소피와 아멜리는 계산대 위에서 같이 책을 읽는 중이었다. 킥킥거리는 모습이 마치 고등학생들 같았다.

서점 입구의 구슬 커튼이 잘그락거리는 소리에 둘이 고개를 들었다.

"엠마, 어서 와! 여기 그림들 좀 봐 봐. 완전⋯⋯."

아멜리가 내 얼굴을 보더니 입을 다물었다.

"무슨 일 있어? 얼굴이 왜 그래? 혹시⋯⋯ 아미아한테 무슨 일이라도 생긴 거야?"

소피도 내 쪽으로 다가왔다.

도저히 말할 수 없었다. 아멜리가 내 눈을 들여다보며 대답을 기다렸다. 하지만 입이 떨어지지 않았다. 소피가 내 어깨를 가만히 흔들었다.

"엠마, 빨리 말해 봐!"

아멜리가 계산대 뒤에서 팔짱을 끼고는 소리 질렀다.

"아미아가 아니라 조엘이⋯⋯ 조엘이 끌려갔어. 엘린한테 습격 당하고 말았어."

내 말에 아멜리가 휘청거리며 간신히 소파에 앉았다. 마치 사지가 얼어붙은 사람 같았다. 자리에 앉자마자, 얼굴을 움켜잡으며 울음을 터뜨리는 것이었다. 소피가 얼른 휴지를 가지고 아멜리 곁에 앉았다.

자신이 너무도 무력하게 느껴졌다. 마치 내가 이 모든 비극의 원흉이라도 된 기분이었다. 천천히 아멜리 곁으로 다가가, 다른 편 옆에 의자를 놓고 앉았다.

"아미아는 어떻게 된 거니?"

소피가 진지한 눈으로 물었다. 더듬거리며 방금 들은 것들을 주섬주섬 꺼내 놓았다. 모르게인이 본 걸 레이븐에게 전해 들은 데 불과했을 뿐이었지만, 그사이에 아멜리는 많이 진정되어 있었다.

"조엘은 아미아와 아기를 지키기 위해 자신을 희생한 거구나."

"맞아. 정말 용기 있는 행동이라고 생각해."

"캘럼은 어떻게 할 거래?"

소피가 물었다.

"조엘을 구출하기 위해 의회를 소집할 거래요."

아멜리가 기대 어린 눈으로 소피를 바라보았지만, 소피가 고개를 저었다.

"겨우 몇 명 구하자고 또 사람을 잃으려고 하지는 않을 거야. 여태껏 그런 식으로 병력을 보냈다가 남자들을 잃어 온 거거든."

그 말에 아멜리가 다시 고개를 떨어뜨렸다. 이제는 어떤 말로도 위로할 수 없었다. 한번 영혼을 빼앗기면 그걸로 끝이라는 걸 다들 알고 있었기 때문이다. 이미 너무 늦어 버렸다.

"여태껏 단 한 번도 그에 대한 내 감정을 말한 적이 없어. 그가 날 사랑한다는 걸 알면서도 너무 짓궂고 오만하게 굴었거든. 조엘은 내가 자기를 가지고 논다는 걸 알면서도 언제나 내 모든 어리광을 받아 줬었어. 나에게는 너무도 특별한 사람이었었는데……."

아멜리가 울먹이며 손으로 입을 막았다.

"나…… 지금 '과거형'으로 말한 거야? 벌써?"

그러고는 깊은 한숨을 내쉬며 울음을 터뜨렸다.

소피가 일어나 가게 문을 닫았다. 그리고 함께 아멜리를 위층까지 부축해 준 후 긴 소파 위에 뉘였다. 내가 아멜리 옆에 앉아 휴지를 건네며 위로하는 동안 소피는 따뜻한 차를 끓였다. 아무것도 달라지지 않는 현실을 묵묵히 인정한 채 아멜리가 우는 모습만 지켜보고 있는 건 힘겨웠다.

한 시간이 넘게 아멜리의 손을 잡아 주었나 보다. 소피도 곁에 앉아 있었지만 우리는 침묵을 지켰고, 아멜리는 울면서 잠이 들었다.

조용히 부엌으로 나와서 문을 조금만 열어 놓았다. 혹시라도 아무도 없으면 불안해할지도 몰랐기 때문이다.

잠시 후 피터와 에릭슨 박사가 성에서 돌아왔다. 그들의 표정도 돌처럼 굳어 있었다.

"이번엔 또 뭔데요?"

소피가 혀를 찼다.

"얼마나 끔찍한 일이죠?"

에릭슨 박사가 암울한 표정으로 컵을 집어 들었다. 하루 만에 확 늙은 것 같았다. 그가 물을 마신 후 부엌 싱크대 끄트머리에 몸을 기대고 말했다.

"운디네들이 군대를 이끌고 파우누스들을 습격했어. 종족의 거의 모든 남자들이 잡혀간 모양이야."

그의 목소리에 피로가 역력히 묻어났다.

"그걸 어떻게 알았대요?"

방금 듣고도 믿기지 않았다. 더 이상의 나쁜 소식은 견딜 수 없을 것 같았지만 이건 단지 시작일 뿐이었다.

"페린이 간신히 도망쳐서 지금 레일린에 와 있어."

"페린이요? 지금 어디 있어요?"

"레이븐이 성에서 돌봐 주고 있어. 다쳤거든. 아무튼 겨우 여기까지 와서 우리에게 위험을 알려 준 거지. 엘프 경비들이 페린을 결계 앞에서 발견했대."

"지금 가 봐도 되나요?"

"모르겠다. 그게 현명한 행동일지……. 어쩌면 더 무기력해질지도 몰라. 게다가……."

피터가 말했다.

"게다가 뭐?"

피터가 굳은 얼굴로 말을 이었다.

"상황은 지금 충분히 심각하니 우리가 할 수 있는 건 당장 아발라로 떠나는 것뿐이야. 더 이상 기다릴 수는 없어. 모든 게 점점 더 악화될 거라고."

"하지만 아직 준비가 끝나지 않았는데……."

말끝을 흐렸다.

"캘럼한테는 뭐라고 말해야 해? 아멜리도 이대로 내버려 둘 수 없고……. 난……."

하지만 피터의 말이 옳다는 것쯤은 알고 있었다. 지금까지 일어난 일들로 미루어 보아, 이대로 출발을 늦추는 건 무책임한 행동이었다.

소피가 나를 끌어안고 마치 아이를 달래듯 다독였다.

"피터 말이 옳아. 오늘 당장 떠나거라. 우리가 아멜리와 캘럼을 돌봐 줄게."

"여러분도 지금 당장 레일린을 떠나야 해요. 여기도 더는 안전하지 않으니까요. 운디네들은 엘프를 이용해서 결계를 무너뜨리고 진격해 올 거예요. 만약 그들이 여러분을 보면 그냥 보내주진 않을 거라고요."

"이미 알고 있단다, 아가야."

소피가 내 머리칼을 귀 뒤로 쓸어 넘겨 주며 말했다.

"진정하고 여기는 아무 염려하지 마. 너에겐 하지 않으면 안되는 임무가 있어. 그것만 생각해. 네가 우리 모두를 구해 줄수 있다는 사실을 믿으면 힘이 생길 거야."

불안한 얼굴로 에릭슨 박사를 바라보았다. 힘이 생길 거라고? 오히려 이렇게 큰 책임을 떠안아야 한다는 부담감으로 속이 울렁거렸다.

몸을 돌려 화장실로 뛰어가 변기를 붙잡고 위 속의 음식물들을 게워냈다. 속이 좀 진정되자, 몸을 일으켜 거울 속의 유령 같은 얼굴을 바라보았다.

얼음처럼 찬물로 얼굴과 입을 헹구어 냈다.

"지금 집에 가서 캘럼한테 편지를 써 볼게요. 그리고 쫓아오지 못하도록 단단히 말해 둬야겠어요. 순순히 보내 줄지는 의문이지만요."

소피와 에릭슨 박사가 밝은 얼굴로 고개를 끄덕였다. 피터가 같이 따라나섰다.

집에 도착해서 집 안을 둘러봤지만 캘럼은 없었다.

"아마 성에 갔나 봐. 지난번처럼 늦게 와서 쪽지를 못 읽을수도 있으니까 빨리 가서 작별 인사라도 하고 올게."

그 순간, 캘럼이나 나의 관계에 상처를 입히지 않으면서도 길을 떠날 수 있는 좋은 아이디어가 떠올랐다.

"피터! 외삼촌이랑 외숙모한테 짐을 꾸리라고 전해 줘."

성으로 향하면서 다시 한 번 계획을 검토해 보았다. 성 앞에서 경비병들은 캘럼이 엘리시엔 여왕과 아직 면담 중이라는 이유로 나를 들여보내 주지 않았다.

"적어도 페린만이라도 만나게 해 줘요."

별 기대는 하지 않았지만 엘프 한 명이 나를 페린이 머무는 방까지 데려다주었다.

지금 바깥에서 일어나는 일들과 상황을 가장 정확하게 알려줄 수 있는 이는 페린이었다.

흰색의 병동으로 들어가 엘프가 문 하나를 노크한 다음 나를 들여보내 주었다.

페린은 침대 위에 앉아 여러 가지 음식이 놓인 쟁반을 무릎 위에 올려놓고 있었다. 그의 얼굴은 창백하고 야위어 있었지만 나를 보더니 이내 희색이 돌기 시작했다.

"엠마!"

침대 모서리에 앉아 그를 끌어안았다.

"피터한테 들었어. 많이 다쳤어?"

"팔을 좀 다쳤어. 엘린의 병사들한테 잡히지 않으려고 하다가 떨어졌거든."

그가 쓸쓸하게 웃어 보였다.

"파우누스가 나무에서 떨어지다니, 있을 수 없는 일이지. 엘프 치료사들이 연고를 발라 줘서 많이 나았어."

"무슨 일이 있었는지 말해 줄 수 있어?"

내 물음에 그가 눈을 돌려 창밖을 내다보았다.

"정말 끔찍했어."

꽤 오랜 정적이 흐른 후, 그가 작은 목소리로 입을 열었다.

"정말 손을 쓸 여지도 없었고, 내가 어떻게 도망쳐 나왔는지도 모르겠어."

페린의 손을 가만히 잡아 주었다.

"새벽녘이었어. 우리 중 대부분은 나무속에서 잠들어 있었는데, 이때가 가장 약해 있을 때거든. 한마디로 우리가 잠들어 있는 동안 기다리고 있다가 나무에서 나오자마자 영혼을 갈취하기 시작했어. 그날 난 다행히 평소보다 늦잠을 잤고."

그가 슬픈 미소를 지어 보였다.

"늦잠을 잔 덕에 생명을 구한 셈이야. 비명과 고함 소리가 들려서 잠에서 깨어나 조심스럽게 나무 밖으로 나와 보니 '그들'이 보였어. 미치광이 군대라고밖에 설명할 수가 없어. 영혼을 잃어버린 자의 얼굴은 더 이상 살아 있는 생명체의 얼굴이 아니더라. 광기와 증오만이 남아 있었으니까. 무엇보다도 운디네들이 내 동족의 영혼을 앗아가는 장면을 그저 지켜보고만 있어야 한다는 사실이 끔찍했어. 바로 전날까지만 해도 같이 웃고 떠들었는데……. 이번에 습격한 군대의 수는 어마어마했기 때문에 정말 도망친 게 기적이야. 운디네는 작은 회색 안개같이 생겨서는 그냥 몸속에 휙 들어가 영혼을 빼앗아 버려. 순식간에 말이야."

그가 몸을 덜덜 떨자, 잔에 물을 따라서 건네주었다.

"기억하는 게 고통스러우면 말해 주지 않아도 돼."

"괜찮아."

"여자와 아이 들은 어떻게 됐어?"

"운디네는 노약자들한테는 관심 없어. 군대로 쓸 만한 남자들만 원하더라고."

"그런 다음엔, 어떻게 된 거야?"

"다시 나무속으로 기어 들어가서 운디네들이 날 발견하지 못하기만 빌면서 숨어 있었어. 내게 용기가 있어서 싸움에 끼어들었다면 아마 나도 그들처럼 변해 버렸겠지. 하지만 나에게는 용기가 없었어. 너무 두려웠어."

그가 애처로운 눈으로 나를 바라보았다. 손도 대지 않은 음식 쟁반을 옆으로 치운 후 그를 안아 주었다.

"페린, 어차피 네가 할 수 있는 건 없었잖아. 네가 몸을 숨긴 건 옳은 선택이었어. 그리고 레일린까지 도망쳐 온 건 용기가 없으면 불가능했을 거야. 네가 아니었다면 우리는 아무것도 몰랐을 테니까. 고마워."

페린이 흐느끼기 시작했다. 그의 몸이 사시나무처럼 떨렸다.

"나의 친구들과 가족들이 눈앞에서 비참하게 죽어 나갔어. 아니, 죽었다면 그나마 다행이었지……. 저항조차 못 하고 다른 존재로 변해 버리다니……. 게다가 난 아무것도 못 했어. 뭘 해야 할지도 몰랐어. 숨어 있는 동안 내 머릿속엔 살고 싶다는 생각뿐이었다고! 이제 저들은 어떻게 되는 거지? 저대로 목숨이 끊어질 때까지 영혼 없는 괴물로 살인만을 반복하게 되는 거야?"

"의회가 군대를 소집하고 있어. 엘린이 레일린으로 쳐들어오지 못하도록 그들을 유인할 계획이래."

"하지만 전쟁이 일어나면 영혼을 잃어버린 동족들은 다 죽는 거잖아? 그런 일이 일어나선 안 돼!"

페린이 내 팔을 꽉 잡고 흔들며 외쳤다.

"난 봤어! 영혼 없는 자가 죽는 순간에 운디네가 그의 몸을 떠나 다른 몸으로 들어가 버리는 걸! 그들을 죽여 봤자 빈껍데기일 뿐이야."

페린의 말에 충격을 받은 나머지 살갗에 소름이 돋았다. 설마 그럴 거라고는 생각도 하지 못했다. 적에 대해 너무도 무지하다는 사실을 다시 한 번 깨달았다. 캘럼과 조엘이 전장에서 맞닥뜨렸을 때 서로를 죽여야만 할 걸 생각하니 가슴이 먹먹해졌다. 물론 캘럼은 조엘을 죽이지 못할 테니. 아마도 캘럼이 죽게 될 것이었다.

그때 노크 소리가 들렸고, 레이븐이 문을 열고 들어왔다.

"경비들이 네가 왔다고 말해 줬어."

"캘럼을 만나려고 왔어. 하지만 아직 엘리시엔 여왕님과 대화 중이어서 먼저 페린을 보러 온 거야."

"잘했네. 베이비시터를 해 줄 시간은 없었거든. 아마 오늘 오전 내내 뾰루퉁해 있었을 거야."

"정말 친한 친구라면 힘들 때 좀 돌봐 줄 수도 있는 거 아냐?"

페린이 볼멘소리로 투덜거렸다.

레이븐이 침대 옆에 의자를 놓고 앉아서 나에게 물었다.

"페린한테 일의 대강은 들었지?"

고개를 끄덕이며 말했다.

"너도 페린한테 영혼을 빼앗긴 사람들이 죽게 되면 어떤 일이 일어나는지 들었어?"

레이븐이 잠시 망설이듯 나와 페린을 번갈아 바라보더니 고개를 끄덕였다.

"그런데도 전쟁을 하기로 한 거야?"

"뭐 더 나은 생각 있어? 이젠 선택의 여지가 없어. 이미 영혼을 빼앗긴 사람들은 죽었다고 생각해야 돼. 왜냐하면 다시 제정신을 찾게 만들 방법이 없잖아. 이들은 계속 우리 모두의 생존을 위협할 거야. 그래서 의회는 이들을 죽이는 데 전원 찬성한 거야."

페린이 레이븐의 말을 믿을 수 없다는 듯 중얼거렸다.

"레이븐, 지금 무슨 말을 하는 거야? 아무리 그래도 저들은 내 동족들이야! 이대로 가다간 파우누스 종족은 끝이라고!"

레이븐이 페린의 손을 꽉 잡았다.

"지금 손을 쓰지 않으면 너무 늦을 거야. 이건 파우누스 종족만의 문제가 아냐. 자칫하면 마법 세계 전체가 끝나 버릴지도 몰라."

하지만 페린은 힘없이 고개를 돌리며 레이븐의 손을 놓았다.

"지금은 피곤할 테니 푹 쉬어. 그런 일을 겪었으니."

페린이 레이븐을 바라보지 않은 채 고개를 끄덕였다.

"엠마, 넌 나와 같이 가자."

내키지는 않았지만 레이븐의 표정을 보니 어쩔 수 없이 함께 가야만 할 것 같았다. 우리는 성의 복도를 걷는 동안 한마디 말도 나누지 않았다.

"레이븐, 페린을 이해해 줘. 지금 얼마나 힘들지……."

레이븐이 신경질적으로 대꾸했다.

"우리 모두 다 힘들어. 우리라고 쉽게 결정한 거겠어? 파우누스 종족만 이런 일을 겪고 있다고 생각해? 모든 종족에게 이번 전쟁은 끌려간 남자들에게는 사형 선고나 마찬가지야."

"하지만 그중에서도 파우누스 종족은 더욱 피해가 심한 거잖아. 운디네들은 왜 여자와 아이 들은 건드리지 않았을까?"

"싸울 만한 병력이 필요한 거겠지. 엘프들은 레일린에 숨어 살고 있고, 뱀파이어와 늑대인간들은 워낙 규모가 작아 가치가 없었던 것 같아. 그런 면에서 파우누스들은 노리기 쉬운 먹잇감이었을 테지. 인원도 많고 또 한곳에 모여 사니까. 이상한 건 그들이 어디에서 야영하는지 어떻게 알았냐는 거야."

그게 무슨 말인지 몰라 의아했다.

"파우누스들은 이미 붙잡혀 간 이들이 영혼을 잃고 자신들을 배신하는 걸 막기 위해 매일 거처를 옮겨 다니며 지내 왔어. 그런데도 운디네들은 그들이 어디에 있는지 정확히 알아내서 습격한 거야. 어떻게 이런 일이 가능한지 설명할 길이 없어."

내가 알고 있는 사실들을 말하고 싶어 근질거렸지만 입술을 딱 붙인 채 꾹 참았다. 레이븐이 무슨 낌새를 눈치 챘는지 나를 훑어보았다.

"나한테 뭐 할 말이라도……?"

고개를 저은 후 생각을 차단시켰다.

"아니. 그나저나 캘럼과 엘리시엔 여왕님의 면담은 끝났을까? 빨리 캘럼과 함께 집에 가고 싶어."

"한번 보고 올게."

그러고는 방을 나갔다.

잠시 후, 캘럼이 복도를 따라 저만치서 걸어오는 게 보였다. 그의 눈 밑에는 검은 그림자가 드리워 있었다. 조엘을 잃은 지 얼마 지나지도 않아 이제 내가 자신의 곁을 떠나야만 한다는 사실을 듣게 되면……. 우리는 손을 잡고 말없이 성을 나와 집으로 가는 대신, 함께 호수를 찾았다. 호수에 도착하자 캘럼은 풀밭에 누워 눈을 감았고, 나는 곁에 누워 그의 품에 파고들었다. 그의 몸은 얼음처럼 차가웠다.

차마 입이 떨어지지 않았다. 목소리조차 나오지 않았다. 이런 상황에서 그를 혼자 두는 건 불가능했다. 아마 이럴 때 그를 혼자 두면 깊은 슬픔 때문에 무너질지도 모른다는 생각에 가슴이 찢어질 것 같았다.

그때 캘럼이 속삭였다.

"엠마, 여길 떠나. 가족들과 함께 레일린을 떠나."

소스라치게 놀라고 말았다. 설마 모든 걸 알게 된 걸까?

"여긴 이제 더 이상 안전하지 않으니까 엘린이 찾을 수 없도록 인간들 틈에 숨어 있어."

"널 혼자 둘 수는 없어."

"난 널 보호해 줄 수 없어, 엠마. 여기 있으면 우리 둘 다 어떻게 될지 몰라."

상체를 일으켜 앉았다.

"캘럼, 그럼 같이 떠나자. 같이 숨어 있는 거야."

"내가 그럴 수 없다는 걸 알잖아."

알고는 있었다. 캘럼은 절대로 동족과 친구들을 위험에 버려두지 않으려고 할 것이다.

그도 몸을 일으켜 앉았다. 그가 단호한 목소리로 말했다.

"운디네들이 며칠 안 있어 레일린으로 진격할 거야. 아직은 도망칠 시간이 있어. 운디네들은 인간들, 특히 여자와 어린이들은 해치지 않을 거야. 하지만 여기에 그냥 가만히 있다가 엘린의 눈의 띄면 목숨을 잃을 확률이 높아. 아까 엘리시엔 여왕에게는 말해 뒀어. 여왕의 명령에 따라 오늘 밤에 모르게인이 너희를 자동차까지 안내하면 그대로 도망쳐. 가능한 한 멀리 도망쳐야 돼!"

나도 그의 말이 옳다는 건 알고 있었다. 게다가 그가 먼저 내가 원하던 말을 꺼내 준 셈이었다. 어쩌면 이렇게 마음이 잘 맞는 건지. 그래서였을까? 그의 곁을 떠나는 게 더 어려워졌다. 그를 떠나고 싶지 않았다. 그럴 수가 없었다.

"만약 전쟁에서 이기면 나를 어떻게 찾아올 건데?"

그가 어두운 눈으로 나를 바라보았다. 그의 푸른 눈동자가 마치 검은 바다 빛처럼 탁해 보였다.

"우리가 이길 가능성은 적어. 절대로 돌아오지 마. 만약, 만약에 이기게 되면 내가 널 찾아갈게. 이 세상을 샅샅이 뒤져서라도 널 찾아낼 테니까 걱정하지 마."

"이렇게 떠나라고?"

"이렇게 떠나야 돼."

"안 가면 어쩔 건데?"

"가방에 넣은 다음 차 트렁크에 실어 버릴 거야."

웃음과 함께 눈물이 흘러내렸다.

"모든 게 지나간 다음에 만날 곳을 미리 정해 놓자……. 응?"

캘럼이 손가락으로 내 입술을 어루만지며 키스해 주었다.

"안 돼."

그가 속삭였다.

"절대로 안 돼. 전쟁 후에 내가 전혀 다른 존재로 변해 버릴 수도 있어. 내가 어느 날 네 앞에 나타나도 절대 쉽게 믿지 마. 영혼을 잃어버리고 증오와 광기에 사로잡혀 네 목숨을 노리고 다닐 수도 있어. 나에게서 떠나 멀리 숨어서 살아가, 알았지? 부탁이야, 엠마!"

그가 나를 바짝 끌어당겼다. 그의 입술이 나의 입술을 마치 나비가 날갯짓하듯 부드럽게 더듬었다. 호흡이 점점 빨라졌다. 그의 마지막 입맞춤만을 갈망했다. 그의 손가락이 천천히 내 얼굴과 피부 위를 더듬었다. 눈을 감았다. 그의 손가락이 마치 내 몸 구석구석을 단단히 각인하겠다는 듯 부드럽게 나를 어루만졌다. 그를 내게 끌어당겼다. 그를 처음 본 순간부터 느껴지던 찌릿함이 이제 고통스러울 정도로 강하게 전신을 훑었다. 제발, 제발 키스해 줘. 마지막 키스를……

16장

≋

어두운 숲길을 걷는 아멜리의 얼굴이 백지장 같았다. 우리는 조용히 자동차 쪽으로 걸었다.

모르게인이 날개를 팔랑이며 앞장섰다. 엘리시엔 여왕은 엘프 병사를 보내 우리를 호위하게 하지 않았다. 신중한 배려였다. 안 그러면 나중에 영혼을 빼앗긴 엘프가 우리가 어디로 향했는지 알려 줄 수 있기 때문이었다. 마음이 텅 빈 것 같았다. 캘럼은 나를 집에 데려다주자마자 마치 도망치듯 뒤도 돌아보지 않고 떠나 버렸다. 그게 최선이라는 건 알고 있었지만 마치 내 몸이 그를 향해 불같이 타오르는 것 같았다. 두려웠다. 그를 다시는 보지 못하게 될까 봐 두려웠다. 그가 전혀 다른 존재로 변해 버릴까 봐, 또 내 앞에 놓인 어려운 과제가 두려웠다.

내가 성에 있는 동안 에릭슨 박사와 소피가 아멜리를 집에 데려왔고, 외삼촌과 외숙모를 설득하는 역할을 맡았다. 사태의 심각성까지 자세히 설명한 모양인지 캘럼이 나를 집에 데려다준 후에는 모두 떠나야만 한다는 사실을 묵묵히 받아들인 것 같았다. 피터를 제외한 가족 전원이 부엌에 모였다. 주위를 두리번거리며 그를 찾았다.

"피터는 성에 갔어."

외숙모가 말해 주었다. 레이븐과 작별 인사를 하기 위해서라고 했다.

"응? 자네들 짐은 어디 있어?"

외삼촌이 에릭슨 박사와 소피에게 물었다.

"에단, 우리는 레일린에 남을 거야."

소피가 나지막이 말하자 외숙모가 손으로 입을 가리며 짧게 탄식했다.

"말도 안 돼! 함께 가지 않으면 죽을지도 몰라. 차는 두 대니까 자리도 충분한데, 왜?"

소피가 고개를 저었다.

"난 갈 수 없어. 어차피 내 약도 여기에서만 구할 수 있으니까. 엘프들의 치료약 없이는 다시 혼수상태에 빠져서 곧 죽게 되겠지. 차라리 여기서 맘 편히 머물면서 모든 일이 잘 풀리기를 바라는 게 나아."

그러고는 나를 간절한 눈으로 바라보았다.

모르게인이 모두를 집 밖으로 나가도록 재촉했고, 얼마 걷지 않아서 피터가 우리와 합류했다. 레이븐과 무슨 이야기를 나눈 건지 궁금했지만 피터는 내 시선을 피했다.

그렇게 우리는 마치 도둑처럼 어둠을 틈타 레일린을 빠져나갔다. 저 앞에 두 대의 자동차가 우리를 기다리고 있었다. 한 대는 사랑하는 가족들을 안전하게 빠져나가도록 도와줄 터였고, 다른 한 대는 나와 피터를 아발라까지 실어다 줄 터였다. 외삼촌 부부에게 설명해야 할 게 한 가지 더 남은 셈이었다.

다행히 큰 어려움 없이 차를 찾아낼 수 있었다. 외삼촌과 피터가 검불과 나무 사이에 감춰 두었던 차를 꺼내서 짐을 싣는 동안, 모르게인이 나에게 다가왔다.

"줄 게 있어. 이게 널 지켜 줄 거야."

그러고는 차받침 크기의 빛바랜 천 조각을 건네주었다.

"이게 뭐야? 네잎클로버나 말발굽을 부적으로 여기는 건 봤어도 낡은 손수건이 지켜 준다는 말은 처음 들어보는데?"

"이건 낡은 손수건이 아니야. 요정기旗의 일부분이야."

모르게인이 자랑스럽게 말했다.

"먼 옛날, 우리 종족이 뿔뿔이 흩어지게 되자 여왕님은 모든 요정에게 요정기의 일부분을 잘라 나눠 주었어. 깃발이 우리 종족을 지켜 주었듯 널 지켜 줄 거야. 분명 쓸 일이 있을 테니 넣어 둬."

조심스럽게 그 낡은 천 조각을 어루만졌다. 천에서 작은 빛 점들이 솟아올라 밤하늘로 날아올랐다. 모르게인이 요정기를 내 손에 쥐여 주었다.

"잘 가지고 있다가 나중에 다시 만나면 꼭 돌려줘야 해, 알

앉지?"

"다시 만날 수 있을까?"

"다시 만날 수 있다고 강하게 믿으면. 네 자신을 믿어. 그럼 반드시 해 낼 거야."

모르게인이 작은 눈으로 나를 바라보았다. 그러고는 고개를 한 번 끄덕인 후, 피터가 탄 차 안으로 나를 밀어 넣었다. 뒷좌석에 앉아 있던 한나와 앰버가 모르게인에게 손을 흔들어 보였다. 손바닥을 펼쳐서 요정기를 바라보았다. 그리고 언젠가는 반드시 모르게인에게 돌려주리라 마음먹었다.

피터가 어둠 속으로 차를 몰았다. 간간이 부슬비가 차창 위에 떨어졌다. 하이랜드 사이로 난 길고 좁은 길을 따라 차가 달리는 내내 침묵만 흘렀다.

한 30분쯤 달리다가 피터가 갓길에 차를 멈췄다. 외삼촌도 우리 차 뒤에 멈춰 섰다. 외삼촌이 투덜거리며 차에서 내려 재킷을 뒤집어쓰고 우리 차로 다가왔다.

"엠마, 여기서부턴 우리끼리 가야 해."

피터의 말에 고개를 끄덕였다.

뒷좌석을 돌아보니 한나와 앰버가 서로 꼭 끌어안은 채 겁먹은 눈으로 나를 바라보고 있었다.

차에서 내리자 빗소리에도 불구하고 외삼촌과 피터가 싸우는 소리가 들렸다.

"말도 안 된다. 피터, 우린 다 같이 갈 거야."

"아빠, 엠마와 저는 따로 해야만 하는 일이 있어요. 저들을 도와야 된다구요! 이해 못 하시겠어요?"

"물론 나도 그래야 한다는 건 알지만, 저들의 마법조차 운디네들을 막을 수 없었는데 너희가 무슨 수로 그들을 당해 내겠다는 거냐? 적어도 너희가 안전하다는 건 알아야 해! 난 내 가족을 지킬 의무가 있어!"

"아무리 그러셔도 소용없어요. 우린 갈 거예요."

피터가 너무도 단호하게 말하자, 외삼촌이 침묵했다. 그가 아들과 나를 번갈아 바라보았다. 빗방울이 얼굴을 때렸지만, 그에게서 눈을 돌리지 않았다.

외삼촌이 고개를 끄덕인 다음, 차 문을 열었다.

"한나, 앰버! 차를 바꿔 타야겠다."

그동안 피터는 우리 차에 실려 있던 짐을 외삼촌 차로 옮겼다.

젖은 차창 너머로 조수석에 앉은 외숙모가 보였다. 한나의 손을 잡고 차에 태워 준 후, 한나 앞에 무릎을 꿇고 앉았다.

"반드시 돌아올게. 그런 다음에 엘프들과 피터 팬을 공연하자. 아마 엘프들이 봤던 연극 중에 가장 멋진 공연이 될 거야. 알았지?"

한나가 고개를 끄덕이며 내 손을 꼭 잡았다.

"언니, 조심해요!"

차 문을 닫아 준 다음 재빨리 차에 탔다. 피터가 시동을 걸어 차를 출발시켰다. 우리는 다음번 교차로에서 왼쪽으로 틀었고, 외삼촌 식구가 탄 차는 오른쪽으로 꺾어졌다. 차의 점멸등이 어둠 속에서 멀어졌다.

이제는 우리 둘뿐이었다.

"아발라까지는 얼마나 걸려?"

피터에게 물었다.

"아마 네 시간은 걸릴 거야. 곧장 가는 길 대신 좀 돌아가는 게 나을 것 같아서. 안 그러면 누군가가 타이어 자국을 보고 뒤따라올지도 모르니까. 그사이에 좀 자 둬. 언제 다시 잠을 잘 수 있을지 모르니까."

비에 젖은 겉옷을 벗은 다음 히터를 제일 세게 틀고 팔짱을 낀 채 차창을 바라보았다.

어둠 속에서 스코틀랜드의 숲과 들판이 지나쳐갔다. 마치 우리가 이 세상에 남은 마지막 인류인 것같이 쓸쓸하고 외로운 기분이었다. 피터의 말이 옳았다. 잠을 좀 자 두는 게 나을 것 같았다.

머릿속에 꿈의 단편들이 스쳐 지나갔다. 캘럼과 내가 호숫가에 앉아 있다. 그리고 그와 함께 수영을 한다. 아멜리와 조엘이 서로에게 머리를 기대고 있다. 한나가 피터 팬 역할을 맡아 연극 연습이 한창이다. 레이븐은 페린에게 잔소리를 해 대는 중이다. 에릭슨 박사와 피터는 같이 지도를 들여다보며 토론 중이고, 소피는 서점 안의 계산대에서 나에게 손을 흔들어 보이고 있다.

눈을 번쩍 떴다. 온몸이 사시나무 떨리듯 덜덜 떨렸다. 언제 잠이 들었었냐는 듯 온몸이 긴장되어 있었다. 꿈 때문에 두려웠다. 왠지 절대로 그런 미래가 찾아오지 않을 것 같았다. 내가 사랑했던 사람들이 다시는 꿈에서와 같은 모습으로 살아갈 수 없을 것 같았다. 그리고 만약 내가 실패할 경우, 그들은 모두 죽게 될 거였고 그건 모두 나 때문이었다.

"피터?"

"왜?"

"어떻게 될까? 만약…… 내가…… 성공하지 못하면……."

피터가 나를 흘끔거린 다음 다시 정면을 바라보며 입을 열었다.

"엠마, 지금은 그런 걸 생각하면서 걱정하고 싶지 않아. 너도 마찬가지야."

피터의 말은 별로 도움이 되지 않았다. 내 머릿속에서는 자꾸만 공포스러운 시나리오가 펼쳐졌다.

피터가 손을 뻗어 내 손을 잡아 주었다.

"성공할 거라고 믿자. 네가 우리의 유일한 희망이야. 만약 네가 실패하면……."

그가 말끝을 흐렸다. 나는 슬며시 그의 손을 놓았다. 희망 고문만은 피하고 싶었다.

자동차의 반복적인 주행 소리를 듣고 있으려니 점점 눈꺼풀이 무거워졌다.

피터가 나를 깨웠을 땐 이미 해가 지평선 너머에 걸려 있었다. 잠이 덜 깬 눈을 비비며 주위를 둘러보았다.

이제는 희미한 기억에 의지하고 있을 뿐이었지만, 아발라에 도착했다는 사실만은 곧바로 알 수 있었다. 피터는 성 위쪽의 산 중턱에 차를 세운 모양이었다. 그가 덤불 사이로 차를 숨기는 게 보였다.

"여기부턴 차로 갈 수 없으니 걸어가야 해."

차에서 내려 산 아래에 펼쳐진 광경을 얼빠진 얼굴로 바라보는 동안 피터가 내 옆에 와서 섰다. 이렇게 심각할 거라고는 생각조차 못 했다. 물은 다 빠져나갔지만, 이제 성은 폐허로 변했다. 거의 모든 창문이 파괴되었고 성 앞에 놓여 있던 다리도 끊어졌다. 부서진 가구와 집기 더미가 성 앞의 광장과 주변에 널브러진 채 굴러다녔다. 네 개의 성탑도 무너졌다. 물 저장고도 다 파괴되어 그 잔해와 돌덩이들만 땅 위를 뒹굴었다.

"너무 끔찍해. 어디를 둘러봐도 공포와 분노의 흔적뿐이야."

"엠마, 일단은 몸을 숨겨. 혹시 엘린이 아직 수하를 풀어 놓고 있는지도 몰라. 일단은 성스러운 나무로 가는 길을 찾도록 하자. 부디 아무와도 맞닥뜨리지 않아야 할 텐데."

고개를 끄덕인 다음, 몇 발짝 뒤로 물러섰다.

피터가 자동차 안에서 우리 물건들을 꺼냈다. 그러고는 사과 한 개를 건네며 미안하다는 듯 말했다.

"많이는 준비 못 했어. 이걸로 며칠은 버텨야 할지도 몰라."

"괜찮아. 신경 쓰지 마."

이런 상황에서 식량 문제는 극히 사소하게 느껴졌다. 게다가 아발라를 보고 나니 구역질이 치밀어서 입맛이 싹 가셨다.

오솔길을 오르며 사과를 한입 베어 물었다. 그때 피터가 낮은 소리로 욕지거리를 내뱉는 게 들렸다.

뒤를 돌아 피터의 시선을 쫓다가 소스라치게 놀랐다. 성 앞 광장에 누군가가 서 있었기 때문이다. 손에는 삼지창이 들려 있었다.

"엠마! 숙여!"

피터가 속삭이자마자 바닥으로 몸을 날렸다.

삼지창을 든 인물이 손바닥을 이마에 짚고 우리 쪽을 올려다보고 있었다.

심장이 쿵쾅거려 목구멍으로 튀어나올 것 같았다. 사과를 씹을 정신도 없이 벌벌 떨었다. 아직 여정을 시작하지도 않았는데 벌써부터 험난한 길이 펼쳐지는 것 같았다.

차가운 숲 바닥에 머리를 납작 붙이고 숨을 죽였다. 나한테 안 보이면 그도 내가 안 보일 거라는 생각에서였다. 물론 너무 유아적인 생각이었지만 어쩔 수 없었다.

다시금 조심스레 고개를 드니, 그가 몸을 돌려 성으로 들어가는 게 보였다.

피터가 내게로 포복해서 기어왔다.

"저 사람이 누군지 알아보겠어?"

"몰라. 누군데?"

"가웨인이었어."

가웨인이라고? 도대체 여기서 뭘 하고 있는 거지?

우리는 수풀 위를 포복해서 기어갔다. 한참을 기다 보니 초목이 무성해서 우리 모습이 노출되지 않을 것 같아 보이는 길이 나왔다. 쿵쾅거리는 가슴으로 가만히 몸을 일으켜 셔츠와 바지에 묻은 검불과 잎을 털어냈다. 살갗까지 축축함이 느껴졌다.

"우리를 보지 않았어야 하는데."

피터에게 말했다.

"나도 마찬가지야. 아무튼 서두르자."

끈적거리는 진흙길 위로 최대한 빠르게 발걸음을 옮겨서 가파른 산 위로 향했다. 15분 정도 걷고 나니 숨이 차서 피터에게 조금만 쉬었다 가자고 부탁했다. 장시간 걷기를 그다지 좋아하는 편이 아니었기 때문이다. 육지에서 하는 운동은 별로였다. 몇 분 정도 숨을 고른 뒤 다시 걷기 시작했다. 하지만 걷는 속도는 조금 늦춰 주었다. 오솔길은 점점 비좁아졌고, 잠시 후에는 길을 헤치고 만들어야 간신히 지나갈 수 있을 만큼 잔가지들과 높게 자란 풀들이 우리의 길을 막아섰다. 피터가 앞장서서 걸으면서 길을 내 보려고 노력했지만 행군 속도는 점점 늦춰졌다. 게다가 어찌나 초목이 무성한지, 마체테[5]라도 있어야 할 것 같았다.

"이 길이 정말 확실해?"

내가 의심스럽다는 듯 물었다.

---

5 날이 넓고 무거운 칼.

피터가 뒤도 돌아보지 않고 대꾸했다.

"이 길 하나밖에 없잖아."

흥, 잘났어 정말. 속으로 생각했다. 그러니까 길이 맞는지도 모르고 무조건 가고 있다 이 말이야? 묵묵히 걸음을 옮기며 기억을 떠올려 보았다. 탈린이 학생들을 이끌고 산길을 오를 때 보았던 풍경과 일치하는지 주위를 둘러보았다. 마법 세계의 성스러운 나무를 향해 난 길이 이렇게 잘 다져진 오솔길일 리가 없었다. 그럼 누구나 갈 수 있을 테니 말이다.

"잠깐 쉬면서 생각 좀 해 보자. 맞는 길인지도 모르면서 이렇게 무작정 갈 순 없다구."

"이게 맞는 길이야."

저 앞 덤불 속에서 피터의 목소리가 들렸다. 한숨을 내쉬곤 그의 뒤를 따랐다. 피터처럼 빠르게 걸을 수는 없었지만, 산에 오른 지 얼마 지나지 않아 리듬이 좀 붙고 나니 확실히 아까처럼 힘들지는 않았다. 하지만 전에 탈린과 산을 오를 때도 이렇게 가팔랐었나? 피터와 미로가 다친 빈스를 들것에 메고 산을 올랐었을 텐데, 이렇게 가팔랐다면 불가능하지 않았을까? 어쩌면 빈스를 신경 쓰느라 길은 잘 기억나지 않을지도 몰랐다.

그때 날카로운 소리가 들렸다. 몸을 구푸리기도 전에 나뭇가지 하나가 내 뺨을 긁으며 지나갔다.

"아얏!"

아픔 때문에 비명이 터져 나왔다. 피터가 내 쪽을 쳐다보았다.

"아…… 나뭇가지가 손에서 미끄러지는 바람에……."

뺨이 뜨거웠고 끈적한 게 만져졌다. 손을 대 보니 피가 묻어 나왔다. 피부가 마치 화상을 입은 것처럼 화끈거렸다.

피터가 물병에서 물을 좀 받아 내어 손수건에 묻혔다.

"보여줘 봐. 상처를 좀 식히는 게 낫겠다."

신경질적으로 손수건을 낚아채며 말했다.

"미안하단 말 한마디가 그렇게 어려워?"

그러고는 나무둥치에 앉아 손수건을 뺨의 상처에 대고 눌렀다.

"미안."

피터가 중얼거린 다음 배낭을 뒤지더니 빵 한 덩어리를 건넸다.

"그럼 좀 쉬었다가 가자."

너무 힘들었다. 옷은 축축하고 차가웠고, 뺨은 불타는 것 같았다. 분명히 흉 질 것 같은 예감에 짜증이 치밀었다. 게다가 너무도 캘럼이 보고 싶었다. 지금 뭘 하고 있을까? 메마르고 질긴 빵을 한입 베어 물고 억지로 잇새로 씹었다.

주위를 둘러보니 가을의 정취가 물씬 느껴졌다. 빨갛고 노란색의 낙엽들이 바닥에 떨어져 있었고, 탁하고 차가운 색의 빛이 반쯤 헐벗은 나무 사이로 아른거렸다. 날이 어둡기 전에 쉴 만한 곳을 찾길 바랐다. 차디찬 숲 속에서 잠을 청하기는 싫었다. 급히 떠나오는 바람에 텐트는 가져올 생각도 못 했다.

멍하니 빵을 우물거리는 피터를 곁눈질해 보았다. 정말 길을 알고 찾아가는 걸까? 아니면 내가 걱정할까 봐 그냥 안다고 우기는 걸까? 하지만 숲은 몇 주 전과 판이하게 달라져 있었다.

몸이 덜덜 떨렸다. 배낭에서 두꺼운 스웨터를 꺼내 수풀 뒤에서 티셔츠를 갈아입고, 그 위에 스웨터를 입자 훨씬 나아졌다.

"빨리 가자."

내 말에 피터가 의외라는 표정을 지었다.

"앉아 있으니까 추워서 그래."

작은 목소리로 중얼거렸다.

그가 고개를 끄덕인 다음 몸을 일으켰다. 그러고는 내게 얼굴을 가까이 대고 뺨의 상처를 살펴보았다.

"피가 나니까 좀 심해 보이는 것뿐이야. 금방 나을 거야."

그가 기분을 북돋워 주려는 듯 말했다.

"연고나 밴드를 가져올걸 그랬어."

"성스러운 나무에 도착하기만 하면 금방 낫겠지 뭐."

전에 빈스가 나무 아래 누워 있고 난 다음 금방 나았던 일을 떠올리며 말했다. 팔이 부러졌었던 걸로 기억하는데, 몇 시간 자고 일어났더니 감쪽같이 나았었다.

피터도 고개를 끄덕였다.

"그럼 서두르자."

그러고는 주머니에서 나침반을 꺼냈다.

"북쪽으로 가야 돼."

그의 말이 끝나자마자 서둘러 발걸음을 재촉했다.

나는 열심히 그의 뒤를 따랐지만 피터는 아까보다는 훨씬 느리게 걸었다. 아마 내가 또 다칠까 봐 걱정이 되는 모양이었다. 나에게는 하나의 임무가 더 있으니 바다에 도착하기도 전에 지쳐 버리면 아무 소용없다는 냉소적인 생각이 들었다.

아무리 열심히 걸어도 나무는 보이지 않았다. 길도 점점 더 가팔라졌다. 게다가 자꾸만 갈림길이 나와서 어느 쪽으로 가야 할지 결정해야만 했다. 피터는 북쪽으로 가야 한다는 원대한 계획만 고집했고, 갈림길에서 몇 번이나 좀 더 사람이 많이 다닌 것 같아 보이는 길을 선택하고 싶었지만 피터와 싸우거나 갈림길마다 멈춰 서서 시간을 낭비하고 싶진 않았다. 시간은 점점 흘러갔고, 종종 걸음을 멈추고 물을 마시며 쉬었다.

날이 어두워졌을 때에야 길을 잘못 들었다는 걸 깨달은 피터가 곤란하다는 듯 걸음을 멈췄다. 물론 예전에도 꽤 오랫동안 산을 오르긴 했지만 이 정도는 아니었다. 이 속도대로라면 진작에 성스러운 나무로 향하는 빈터가 나타났어야 했다.

완전히 지쳐 버려서 옆에 있는 나무 그루터기에 주저앉았다. 모든 기력이 완전히 고갈된 것 같았다.

"길을 잘못 든 거야."

피터도 낭패한 얼굴로 고개를 끄덕거렸다.

"곧 어두워질 테니 일단은 오늘 밤을 보낼 수 있도록 좀 마른 곳을 찾아보자."

악몽이 현실화된 것 같았다.

"혹시 텐트나 침낭은 안 가져왔지?"

어느 정도 기대하며 물었다. 하지만 피터가 멋쩍게 웃으며 고개를 저었다.

"원래 계획대로라면 지금쯤 나무에 도착해서 따뜻한 음식을 먹을 거라고 생각했지."

"그럼 먹을 것도 없어?"

"미안하지만 짐 꾸리는 일엔 익숙하지 않단 말야. 먹을 걸 챙겨 올 생각은 못 했어."

그가 기어 들어가는 목소리로 대꾸했다.

주위를 둘러보며 먹을 수 있는 걸 찾아보았다. 어쩌면 버섯이나 산딸기가 있을지 모른다는 희망을 품고 한동안 수풀 사이를 헤집어 보았지만 잎사귀와 나뭇가지 속은 텅 비어 있었다.

피터가 두 손으로 머리를 움켜쥐었다.

"완전히 망했어. 어떻게 이렇게 한심할 수가!"

"내일 아침에 다시 길을 찾아보자. 해 낼 수 있을 거야. 일단은 쉴 만한 장소를 찾아내는 게 급한 것 같아."

피터가 다시 한숨을 쉬었다.

"안 그래도 시간이 없는데, 하루를 완전히 허비했어!"

"어쩔 수 없지. 최선을 다했잖아."

내일 아침에 삭신이 쑤실 걸 생각하니 벌써부터 한숨이 나왔지만 애써 미소 지어 보였다.

"저쪽에 나무가 한 그루 있는데, 뿌리가 얽혀서 동굴 같은 모양이야. 아마 우리 둘이 누울 정도 공간은 되는 것 같아."

"그럼 더 어두워지기 전에 묵을 만한지 살펴보자구."

피터가 가리킨 곳에 가 보니 거대한 나무 한 그루가 오솔길

귀퉁이에 서 있었는데, 정말로 뿌리가 그물처럼 얽혀서 거대한 바구니 같은 모양을 이루고 있었다. 피터가 먼저 나무를 타고 올랐고 나도 조심스럽게 그 뒤를 따랐다. 더 높이 올라가 보니, 몸을 누일 만한 작은 공간이 보였다. 물론 몸을 뒤척일 수도 없을 만큼 비좁았지만 적어도 추위에 떨지는 않아도 될 것 같았다. 배에서 꼬르륵 소리가 났다.

"아마 곧바로 자는 게 나을 거야. 그러면 배고픔도 잊어버릴 수 있으니까."

피터가 말했다.

가방에서 아직도 젖어 있는 재킷을 접어 베개 삼아 눈을 붙였다. 하지만 잠이 오기는커녕 커피라도 마신 것처럼 정신이 말짱했다. 피터 옆에서 몸을 이리저리 뒤척이자 그가 짜증을 내며 내게서 1센티미터 정도 떨어졌다.

뿌리 사이의 틈으로 바깥이 내다보였다. 검은 어두움이 동굴 안에도 밀려들었고 어두움과 함께 추위도 찾아왔다. 이 빌어먹을 바닥은 왜 이리 딱딱한 거야? 몸을 일으켜 앉아서 팔로 다리를 감싸 안고 쪼그리고 앉아 보았지만, 별로 도움이 되진 않았다. 만약 지금 당장 눈앞에 따뜻한 홍차가 가득 담긴 티 포트와 따뜻한 이불, 그리고 버터를 바른 빵만 있다면……

17장

≈≈≈
≈≈≈
≈≈≈

발소리가 들렸다. 누군가가 오솔길을 따라 가만히 길을 걷고 있었다. 가슴이 두방망이질 치기 시작했다. 어찌나 세게 요동하던지 바깥까지 들릴 것 같았다. 아무리 진정시키려 해도 소용없었다. 귓속의 핏줄이 두근거리는 소리가 뇌까지 울렸다. 누구지? 두 가지 가능성뿐이었다. 일단 성직자 중 한 명일 수 있었다. 그러면 오늘 밤을 따뜻하고 안락한 오두막에서 보낼 수 있을 터였다. 하지만 가웨인일 수도 있었다. 만약 가웨인에게 붙잡혀서 그가 사는 곳으로 끌려가게 된다는 생각만으로도 오싹했다. 몸을 움직일 수가 없었다. 하지만 몸을 약간만 빼서 밖을 내다보면 적어도 이 오밤중에 누가 돌아다니는 건지는 확인할 수 있을 터였다. 하지만 제자리에 못이라도 박힌 것처럼 앉은 자리에서 몸을 움직일 수가 없었다. 피터가 잠이 깨서 우리 둘이 함께 보고 결론을 내릴 수 있다면 좋을 텐데.

발소리가 나는지 귀를 기울였지만 아무 소리도 들리지 않았다. 지나간 걸까, 아니면 멈춰 선 걸까? 숨죽이고 바깥에서 들려오는 소리에만 집중했지만 주위는 고요하기만 했다. 점점 숨이 막혀 와서 조용히 숨을 들이마셨다. 1분, 2분, 3분. 시간이 천천히 흘러갔다. 아무 움직임도 보이지 않았다. 위험을 감수하고 조심스럽게 몸을 움직여 고개를 내밀었다. 밝은색 옷을 입지 않았다면 성직자가 아닐 가능성이 컸다. 하지만 오늘 아침에 가웨인을 봤을 때 그가 무슨 색 옷을 입었는지는 기억나지 않았다. 모든 게 눈 깜짝할 사이에 일어났기 때문이다. 성직자라면 불을 들고 다닐 터다. 아무튼 가능하면 상대의 눈에 띄지 않는 편이 현명할 것 같았다.

조심스럽게 다시 제자리로 돌아가 바닥에 누웠지만 잠을 잘 수는 없었다. 방금 봤던 누군가가 이 밤중에 동굴 안으로 들어와 우리 둘이 평화로이 잠들어 있는 걸 발견한다면……

어둠을 응시하며 가만히 노려보았다. 동굴 안에는 더 크나큰 어둠이 밀려왔다. 피터가 바로 옆에 누워 있었는데도 점점 그의 실루엣이 어둠 속으로 침잠했다. 여태껏 지금만큼 밤이 길고 어두웠던 적은 없었다. 추위가 온몸 구석구석까지 파고들었다. 그래도 조금 전까지는 아직 손발을 움직일 수 있었지만 이제는 꼼짝도 할 수 없었다. 밤이 깊어갈수록 점점 더 몸이 딱딱하게 굳어 갔다. 두려움과 추위 때문이었다. 내일 아침에 한 발짝이라도 움직일 수 있다면 기적이었다. 아마도 꽁꽁 언 채로 바닥에 달라붙어 있을 것 같았다. 캘럼은 지금 무슨 생각을 하고 있을까? 내 생각을 할까? 분명 내가 안전한 곳에 있을 거라고 생각하고 있겠지? 엘프와 다른 종족들은 지금쯤 어떤 결정을 내렸을까? 이번 일로 무지가 가장 무서운 거란 걸 알게 됐다. 우리는 지금 그들이 어떤 계획인지 모르고, 그들은 우리의 계획을 모른다. 적어도 아주 작은 힌트는 줬어야 했을지도 모른다.

이런 순간에 피터는 어떻게 저렇게 태평하게 자고 있을 수 있지? 이 모든 바보 같은 계획을 세워 놓고 나에게 마치 구원의 여신 같은 역할을 떠맡긴 채 자신은 쿨쿨 자고 있다니! 손을 뻗어서 그를 만졌다. 어깨를 흔들었지만 미동도 없었다. 좀 더 세게 흔들었다.

"왜? 뭔데?"

그가 신경질을 냈다.

"누가 밖에 있었어."

낮게 속삭였다.

피터가 나를 멍하니 바라보는 게 느껴졌다.

"그게 무슨 말이야?"

"누가 밖에서 돌아다니고 있었다구."

"얼굴은? 누군지 봤어?"

짜증이 나서 눈을 치켜떴다. 물론 피터는 내 얼굴이 안 보였겠지만 말이다.

"그게 누군지 알았다면 이렇게 돌려 말하지도 않았겠지. 그냥 발소리를 들었을 뿐이야."

"성직자였을 수도 있었을 텐데."

그가 격앙된 목소리로 중얼거렸다.

"그냥 그렇게 보낸 거야?"

"만약 네가 안 잤다면 그게 누군지 알아볼 수 있었을 거 아냐."

버럭 화를 내 버렸다.

"알았어. 그럼 마지막으로 한 가지만 물어볼게. 그 사람이 램프를 들고 있었어?"

"아니. 나도 그게 이상해. 성직자가 한밤중에 램프도 없이 숲을 돌아다닐 거라고 생각해?"

"성직자들이 경비병을 세워서 순찰을 돌게 했다던가?"

피터가 중얼거렸다.

"램프도 안 들고 있었다니까!"

"셸리코트라면 밤에도 잘 보잖아."

그가 무심한 듯 중얼거렸다.

내 위장에서 비명 소리가 났다.

"발소리를 들은 지 얼마나 됐어?"

"착각한 게 아니라면 아마 두세 시간 전쯤일 거야."

"왜 그때 곧바로 안 깨웠어?"

"혹시 널 깨웠다가 고함이라도 지를까 봐."

"그런데 잠은 좀 잔 거야?"

"잠이 안 오는 걸 어떡해. 너무 추워."

"하지만 억지로라도 자야 해, 엠마. 안 그러면 이 모든 걸 해낼 수 없을 거야. 우리 앞에는 아직도 험난한 여정이 많이 기다리고 있어."

그가 배낭을 뒤지는 소리가 들렸고, 잠시 후 어깨 위에 무언가 얹혀서 따스했다. 너무도 기분이 좋았다.

"이거 네 재킷 아니야?"

따스함을 뿌리치고 재킷을 피터에게 돌려주었다.

"너도 입어야지!"

"난 별로 안 추워. 게다가 스웨터도 하나 입고 있으니까 이거 써."

피터가 나를 끌어안고 자신의 가슴에 내 머리를 기대게 해주었다. 딱딱한 바닥보다는 훨씬 편안한 느낌이었다. 곧 긴장이 좀 풀어지는 것 같았고, 금세 잠이 들었다.

"엠마, 일어나. 이젠 다시 출발해야 해."

피터의 셔츠 속에 얼굴을 파묻고 일어나길 거부했지만, 일말의 가차도 없었다.

"해가 중천이야. 얼른 일어나."

몸을 일으켜 앉았을 때, 내 머리는 바닥과 세게 조우했다. 바닥에 부딪힌 곳을 문지르며 눈을 뜨니 피터가 비죽 웃었다.

"일어났어?"

화가 나서 성스러운 나무를 찾기 전까지 한동안은 삐쳐 있기로 작정했다.

"밤손님은 다시 나타나지 않았지? 잠결에 잘못 들었던 것 아냐?"

"내 귀가 얼마나 밝은데! 내 아래로 지나간 사람 발소리를 잘못 들었을 리가 없어!"

흥분해서 언성이 높아졌다.

피터가 어깨를 으쓱해 보이며 나무뿌리 사이로 아래를 내려다보았다.

"아무튼 지금은 아무도 없잖아. 이대로 여기 있다간 둘 다 굶어 죽을 거야. 일단 계속 길을 가 보자."

"전자도 후자도 그리 매력적인 제안은 아닌데."

내가 투덜거리자 피터가 진지하게 제안했다.

"일단은 내가 먼저 아래로 내려가서 주위를 둘러본 다음에 안전하다고 판단되면 내려오라고 할게."

고개를 끄덕거린 후 피터의 재킷으로 몸을 감쌌다. 잠깐이라도 좋으니 이대로 있고 싶었다.

우리 조심스러운 첩보원 씨가 주위에 아무도 없음을 확인하는 데는 꽤나 오랜 시간이 걸렸다. 그가 나지막이 나무뿌리 사이로 신호를 보내자, 조심스럽게 나무를 타고 내려왔다. 올라갈 때는 적어도 어딜 밟아야 하는지 보여서 좀 쉬웠는데, 내려올 때는 축축한 부분을 밟고 미끄러져서 엉덩방아를 찧을 뻔했다. 그렇게 두 번이나 미끄러진 후 간신히 땅에 발이 닿자 큰 안도감이 밀려왔다. 피터는 저쪽 길 끄트머리에 서서 아래를 내려다보고 있었다. 그에게 가 보았다.

"뭐 좀 찾은 거 있어?"

그러자 그가 부드러운 지면 위에 선명하게 찍힌 발자국을 가리켰다. 그 발자국에는 우리 발자국과 같은 신발 밑창 무늬가 찍혀 있지 않았다.

그러니까 내가 옳았던 거다. 하지만 의기양양하지도, 우쭐할 수도 없었다. 두려움이 밀려왔기 때문이다. 누군가 우리를 따라왔다는 사실, 그리고 다행히 우리 중 누구도 손전등을 가져오지 않았고 또 너무도 피곤해서 떠들어 댈 기력도 없었다는 게 너무도 다행이었다. 만약 둘이서 이야기라도 나눴다면 발소리는 듣지 못했을 거다.

"흔적을 지워야 돼. 만약 이자가 다시 나타나면 우리 발자국을 보고 따라올 수도 있으니까."

피터가 나뭇가지 하나를 꺾어서 땅 위에 난 발자국을 지워 보았지만 잘 되지 않았다.

"그러기엔 땅이 너무 부드러워. 그러지 말고 그냥 나뭇잎만 뿌려 두자."

내 제안대로 하기로 결정한 후 오솔길 가장자리에 떨어져 있는 낙엽을 모아다가 우리 뒤에 있는 길 위에 뿌려 놓았다. 하지만 이런 걸로 추적자가 헷갈려 할까? 정말 우리를 못 찾아낼까? 하지만 이 정도만으로도 시간은 벌 수 있을 것 같았다. 그런 다음에는 어떤 길을 선택해서 가 볼지 결정했다. 나는 다시 길을 내려가 다친 빈스를 물에서 건져 올렸던 장소를 찾아보자고 제안했지만 피터는 반대했다.

"하루를 더 낭비할 수는 없어. 안 그래도 시간이 빠듯한데 만약 다시 원점으로 돌아간다면 오늘 중으로 성스러운 나무를 찾는 건 무리야."

"그럼 어떻게 하자고?"

신경질적으로 물었다.

"북쪽으로 가는 게 틀렸으니 이번에는 남쪽으로 가 보는 게 어떨까?"

어이가 없어서 입을 쩍 벌렸다.

"이번에는 남쪽으로 가 보자고? 그럼 만약 남쪽이 아니면, 그다음 날엔 동쪽, 거기도 아니면 서쪽으로 가 보자고? 만약 그 것도 아니면 그냥 집에 가면 되겠네. 말이 된다고 생각해? 안 그래도 늦었는데!"

씩씩거리며 몸을 돌려 길을 되돌아 걷기 시작했다. 피터도 자기가 좋을 대로 했으니 이제는 나도 내 식대로 해 볼 생각이 었다. 피터가 쫓아오는지 뒤돌아보지도 않았다. 덤불 사이를 지나 한참을 걷다 보니 어제 지나쳐 온 길인 걸 알 수 있어서 어쩐지 마음이 놓였다. 태양이 높이 떠오를수록 숲은 환해졌고 밝아졌다. 한동안은 이따금 뒤를 돌아보고 피터가 잘 쫓아 오고 있는지만 슬쩍 확인했다. 저 멀리 그의 머리가 보이자 씨 익 웃었다. 이번에는 내가 주도권을 잡은 것이다. 부디 내 선택 이 틀리지 않았기만을 바랄 뿐이었다. 두 시간이 지나자 성으 로 내려가는 길이 보였다. 갈림길에서 피터를 기다렸다. 왼쪽 길은 자동차를 숨겨둔 곳으로 향하는 길이었으니 오른쪽 길이 탈린과 함께 갔던 길이라는 걸 금방 느낄 수 있었다. 오른쪽 길은 가파르게 산 정상까지 뻗어 있었다. 이 길을 따라서 탈린은 학생들을 물이 범람할 때 구해 냈던 것이다. 길의 안쪽에서 약간 떨어진 곳에는 이끼가 뒤덮인 돌 벽이 우뚝 서 있었고, 반대쪽은 절벽이었다. 그래서 너무 바깥쪽으로 다가가지 않기 위해 돌 벽에 바싹 붙어 걸었다. 이 길에서 단 한 명의 학생도 떨어져서 다치지 않은 게 기적이었다. 길을 따라 걷다 보니 아발라가 범람하던 날 물에 잠겼던 부분이 눈에 띄었다. 거의 길 바로 직전까지 물에 잠겼던 자국이 아직 남아 있었다. 어제 바로 이 길을 선택했어야 했다.

"조심해. 나라면 오른쪽으로 바짝 붙어서 갈 거야. 안 그럼 떨어져."

고개를 돌려 피터에게 경고했다. 그가 고개를 끄덕여 보였다.

한 발 한 발 걸음을 내디뎠다. 길을 걷는데 집중한 나머지 피터의 발소리에 귀를 기울이지 못했다. 어쩌면 제대로 된 길을 찾아낸 데 대해 너무 의기양양해 있던 것일지도 모른다. 피터가 이상한 신음 소리를 내며 내 이름을 불렀을 때에야 뒤를 돌아보았다. 그러고는 그 자리에 얼어붙고 말았다. 그는 몸을 구부리고 길 위에 엎드려 있었고, 반대편에는 가웨인이 서 있었다. 그가 나를 보며 미소를 지었고, 그의 흉측한 얼굴에서 시선을 뗄 수가 없었다. 얼마나 그렇게 서 있었을까. 내 시선이 그의 삼지창이 꽂혀 있는 곳을 훑었다. 삼지창의 창날 부분은 피터의 복부를 꿰뚫고 있었다.

이상스럽게도 피는 보이지 않았다. 미동도 못 한 채 거기에서 눈을 떼지 못했다. 내 귀에 울린 게 피터의 비명 소리였는지 나 자신이 지른 소리인지 분간조차 할 수 없었다. 피터의 축 늘어진 몸이 무기 쪽으로 고꾸라졌다. 나는 여태껏 뛰어 본 중에 가장 빠른 속도로 그를 향해 달려 나갔다. 하지만 왠지 여전히 몸이 마비된 것처럼 제대로 말을 듣지 않는 것 같았다. 가웨인이 피터를 땅바닥에 깔아뭉개며 삼지창을 뽑아내려는 게 보였다. 어떤 일이 있어도 가웨인이 삼지창을 못 뽑게 막아야 했다. 그 삼지창으로 이번에는 나도 죽이려 들 것이기 때문이었다. '나도' 죽이려 들 거라고? 아니, 피터가 죽었다는 사실, 아니, 죽게 될 거라는 생각은 하지 않기로 했다. 그가 마지막 남은 힘을 다해 가웨인의 삼지창을 꽉 붙드는 게 보였다. 그 둘이 무기를 두고 버둥거리는 모습을 보고 있노라니 구역질이 올라왔다. 그러는 사이에 나도 거기에 합세했다. 가웨인이 그를 뿌리치곤 내게로 몸을 돌렸다. 가웨인을 상대로는 몸싸움에서 이길 가망이 없었다. 그는 나보다 월등히 강했고 또 그의 몸을 지배하고 있는 운디네의 혼 때문에 더 끔찍하게 강해져 있었다. 하지만 그와 동시에 내 안에서 운디네에 대한 강한 증오가 불타올랐고, 온 힘을 다해 그를 향해 돌진했다. 그가 나를 붙잡으려 했지만, 그의 팔 사이로 잽싸게 빠져나간 다음 그의 공격권에서 벗어났다. 그가 다시 몸을 돌려 나를 쫓아올지 아니면 피터에게서 삼지창을 빼앗아야 할지 잠시 고민하다가 나를 붙잡기로 결심하고는 내 뒤를 쫓기 시작했다.

"넌 도망치지 못해! 엠마!"

그가 고함을 질렀다.

"순순히 포기하면 네 사촌을 도와주지! 안 그럼 죽을 거다!"

피터를 돌아보니 그가 미동조차 없이 바닥에 널브러져 있는 게 보였다. 그의 얼굴이 백지장같이 창백했다. 자리에 멈춰 서서 팔을 늘어뜨리고 숨을 골랐다. 가웨인이 약속을 지킬 리 없다는 사실쯤은 알고 있었다. 그가 이를 드러내며 나에게 승리의 미소를 지어 보였다. 이 방법뿐이었다. 그가 충분히 가까이 다가왔을 때쯤, 있는 힘을 다해 앞으로 달려 나갔다. 그러고는 온 힘과 분노를 다해 그의 몸을 절벽 바깥으로 밀었다. 그가 놀라서 몸을 버둥거렸고, 나는 죽을힘을 다해 그를 계속 밀었다. 그가 균형을 잃고 뭔가 붙잡을 것을 찾아 손을 휘둘렀다. 하지만 주위에는 아무것도 붙잡을 게 없었다—그가 붙잡을 거라고는 나뿐이었다. 뒤로 물러나자 그가 미끄러지며 절벽 아래로 떨어지는 순간 나도 절벽에서 미끄러졌다. 가웨인이 내 재킷 끈을 단단히 붙잡고 있었던 것이다. 재킷을 벗지 못하고 그와 함께 절벽 아래로 곤두박질치려는 찰나, 왼손으로 절벽에 비죽 나와 있던 나무뿌리 하나를 움켜잡았고 오른손으로는 재킷의 지퍼를 열어 보려고 버둥거렸다. 하지만 나무뿌리가 손에서 점점 미끄러졌고, 가웨인의 무게가 나를 아래로 끌어당겼다. 그 순간 재킷의 지퍼를 여는 데 성공했고, 필사적으로 오른손을 뻗어서 재킷에서 팔을 뺀 후 나무뿌리를 움켜잡은 다음, 왼쪽 손을 뻗어서 재킷을 아래로 떨어뜨렸다. 가웨인의 비명 소리가 점점 아래로 멀어지는 동시에 내가 붙잡고 있던 나무뿌리도 점점 약해지는 게 느껴졌다. 왼손을 버둥거리며 흙과 이끼 사이를 움켜잡고 위로 기어오르려 해 보았다. 아무도 도와줄 사람이 없다는 걸 알고 있었기 때문에 살려면 혼자 해 내야만 했다. 게다가 빨리 올라가 피터를 도와주지 않으면 죽고 말 것이었다. 이를 악물로 조금 위쪽으로 기어올랐다. 나 자신의 무게가 믿을 수 없을 정도로 무겁게 느껴졌다. 다시는, 무슨 일이 있어도 엘프들이 만든 케이크는 먹지 않겠노라고 다짐했다.

"피터!"

소리쳐 그를 불러 보았다. 그가 죽지 않았다는 사실만 알 수 있다면 벼랑을 기어오를 힘이 생길 것 같았다. 하지만 대답이 없었다. 다시 한 번 이를 악물고 벼랑을 약간 더 기어올랐다. 나무뿌리 몇 개에 간신히 발을 지탱한 다음 잠시 숨을 고르며 힘을 비축했다.

"피터!"

울부짖었다. 그러자 그의 나지막한 신음 소리가 들렸다. 제대로 된 말은 아니었지만 어쨌든 그가 살아 있다는 신호였다. 온 힘을 다해 손을 뻗어 벼랑의 모서리를 잡고 내 몸을 끌어올렸다. 상체의 절반을 간신히 끌어올리는 데 성공했고, 그다음에는 하체를 끌어올렸다.

손가락이 마치 불에 탄 것처럼 화끈거리며 아팠다. 몸을 일으켜 피터 쪽으로 기어갔다. 삼지창은 여전히 그의 배에 깊숙이 꽂혀 있었다. 이대로는 절대 목숨을 구할 수 없으리라는 생

각이 머리에 스쳤다. 눈물이 볼을 타고 흘러내렸고, 얼른 손등
으로 훔쳐 낸 다음 머리를 싸쥐고 생각해 보았다. 내가 할 수
있는 일이 뭔지 생각해 내야만 했다. 이대로 그를 죽게 내버려
둘 수는 없었다.

"피터."

그의 이름을 불러 보았다. 그의 두 눈은 굳게 감겨 있었다.

"피터! 제발 뭐라고 말 좀 해 봐, 제발……."

그제야 그의 상처에서 조금씩 피가 배어 나오는 게 보였다.
축축한 숲길 위로 그의 핏방울이 방울져 떨어져 내렸다. 그의
얼음장 같은 손을 꼭 잡았다. 조심스럽게 심장의 박동을 들어
보았지만, 아무 소리도 들리지 않았다. 한참 동안이나 귀를 대
고 있으니 그제야 아주 약한 박동 소리가 들렸다. 하지만 너무
도 약해서 곧 끊어질 것 같았다. 주위를 둘러보았다. 대체 여기
서 뭘 할 수 있단 말인가? 만약 길만 헤매지 않았다면 이렇게
속수무책으로 당하지는 않았을 텐데! 너무 지쳐 있어서 제대로
가웨인과 맞서지 못했던 것이다. 분한 마음에 주먹으로 땅을
세게 내리쳤다. 뭔가 해야만 했다.

그래, 체온이다. 그를 따뜻하게 해 주어야 한다는 생각에 스
웨터를 벗었다. 그리고 삼지창을 건드리지 않으려고 노력하면
서 조심스럽게 그의 몸 위에 덮어 주었다. 얼마 떨어지지 않은
곳에 피터의 배낭이 눈에 띄었다. 얼른 달려가서 배낭 속을 뒤
져 보았다. 배낭 속에는 스웨터와 물이 약간 남아 있는 물병이
있었다. 조심스럽게 그의 몸을 기울여서 입속으로 물을 흘려

넣어 보았지만 입술을 축이는 정도밖에 되지 않았다. 이미 물을 삼킬 수 있는 기력도 고갈된 듯했다. 그의 눈꺼풀이 약하게 떨리지 않았다면 이미 죽었다고 생각 될 정도였다. 이대로 그를 보낼 수는 없었다. 필사적으로 주변에 떨어져 있는 낙엽을 그러모아 그의 몸을 덮었다. 이걸로 조금이나마 체온이 유지되기만을 빌었다. 내 스웨터는 다시 접어서 그의 머리 밑에 받쳐 주었다. 그리고 누군가에게 도움을 청하러 가고 싶었지만, 그를 여기 혼자 두는 게 마음에 걸렸다. 그래서 그의 손을 붙잡고 내 곁을 절대 떠나지 말라고 계속 말을 걸었다. 시간이 흘러갔다. 스웨터까지 벗으니 내 몸도 점점 식어 갔지만 피터는 나보다 더 많은 온기가 필요할 거였다. 어느덧 구름이 해를 가리자 빛이 사라진 자리에 어둠과 추위가 몰려들기 시작했다. 분명 늦은 오후 시간일 터였다. 이제 밤이 되면 우리 둘 다 끝이었다. 점점 어둠이 손을 펼치고 그 손끝을 우리를 향해 뻗어오는 동안 두려움이 온몸을 죄여 들었다. 더 피터 곁에 꼭 붙어 앉았다. 그때 빗방울이 한두 방울 떨어져 내리기 시작했다. 마치 세상으로부터 버림받은 기분이었다.

가웨인은 어떻게 됐을까? 혹시 완전히 죽지 않고 목숨을 건지지는 않았을까? 그가 죽었는지 살았는지 확인할 여력도 없었다. 지금은 피터에 대한 걱정만으로도 벅찼다. 혹시 성에 남아 있던 다른 셸리코트들이 가웨인을 찾아 나섰다면 어쩌지? 나와 피터는 길 한복판에 노출되어 있었고, 그대로 그들에게 발각되기엔 안성맞춤이었다. 그렇다고 그를 길모퉁이로 끌어낼 수도 없었다. 숨을 곳도 없었다. 잎사귀나 수풀이 사각거리는 소리, 나뭇가지가 부러지는 소리가 들릴 때마다 움찔움찔 놀라 몸을 떨었다. 마치 공포영화의 한 장면 같았다. 영화에선 이러다가 누군가가 어깨에 손을 탁 올리는 걸로 장면이 끝나겠지.

몸이 덜덜 떨렸다. 얼마나 오래 앉아 있었을까? 너무 오랜 시간이 흘렀다. 차라리 지금이라도 몸을 일으켜 성스러운 나무를 찾아봐야 했다. 하지만 그럴 수 없었다. 왜 나는 언제나 잘못된 선택을 하는 걸까? 어차피 피터는 여기서 죽고 말 거라는 예감에 눈물이 그렁그렁 차올랐다. 피터 없이 무슨 낯으로 외삼촌과 외숙모에게 돌아가야 하지? 그들의 아들을 아무도 없는 차가운 숲 속 한복판에 버려두고 혼자만 나왔다는 말을 어떻게 하지? 게다가 내가 떠난 사이에 낯선 숲 속에서 철저히 외톨이로 죽게 할 수는 없었다. 이미 너무 어두워져서 길도 제대로 보이지 않았다. 흐느끼면서 피터의 축 늘어진 몸에 고개를 묻었다. 이제 모든 게 틀렸다. 얼음같이 차가운 땀방울과 빗방울로 온통 젖어 있는 그의 얼굴을 쓸어내리다가 뭔가 닦아 줄 만한 게 없는지 주머니를 뒤졌다. 그때 모르게인이 건네줬던 요정기가 만져졌다. 이게 날 지켜 줄 거라고 말했던⋯⋯.

조심스럽게 그 작은 천 조각을 꺼내 피터의 얼굴을 닦아 주었다. 결국 이 손수건의 용도는 여기까지였다.

그에게 가까이 다가가 그의 몸에 덮어 두었던 낙엽을 걷어내고 곁에 누운 다음 다시 낙엽을 덮었다. 어쩌면 내 체온으로 그를 조금은 따뜻하게 만들어 줄지도 몰랐다. 요정기를 손에 꼭 쥐었다. 모르게인이 지금 여기 있어 주었다면 얼마나 좋았을까! 분명 큰 도움이 되었을 텐데. 하지만 레일린에 있을 터였고, 내게는 모르게인이 건네준 빛바랜 손수건뿐이었다.

"피터, 죽으면 안 돼! 듣고 있어? 너에게는 아직 해야 할 일이 많잖아! 날 도와 무릴을 파괴하는 걸 도와줘! 나 혼자서는 무리야……. 게다가 스카이 섬의 인도자가 되어야 하잖아. 그리고…… 레이븐한테 사랑한다고 말해야 하잖아. 물론 벌써 알고 있는지도 모르지만……. 물론 내 착각일지도 모르지만……. 아멜리도 나도 진작부터 알고 있었고……. 지금 당장 레이븐에게 전하지 않으면 더 이상은……."

대체 무슨 말을 하는 건지, 스스로가 한심했다. 피터가 들을 수 있을 리도 없는데 말이다. 게다가 이미 사방에는 짙은 어둠이 깔려 있어서 아무것도 보이지 않았다.

아미아와 아기를 구하기 위해 자신을 희생했던 조엘이 떠올랐다. 만약 이 망할 거울을 없애는 데 실패하면 어떻게 되는 걸까? 다른 사람들을 구하기 위해 피터를 희생해야 되는 걸까? 쥐고 있던 요정기를 움켜쥐자 손바닥 안에서 구겨졌다. 어째서 아무도 날 도와줄 사람이 없는 거지? 쓰디쓴 눈물이 흘러내렸다.

바로 그 순간, 낙엽 속으로 손 하나가 쑤욱 들어와서 내 팔을 잡았다.

비명을 지르려 했지만, 그 손길은 위협적이지 않았다. 오히려 섬세하고 부드러웠고, 내가 겁먹은 걸 알고는 내 마음속으로 평화로운 기분이 흘러들어 왔다.

"엠마, 이제 괜찮아요."

누군가의 부드러운 음성이 들렸다.

"겁내지 말아요. 그대는 커다란 위기의 순간에 우리에게 도움을 요청했고 이제 이렇게 우리가 온 겁니다."

그리고 환한 빛이 눈앞을 밝혔다. 내 앞에 흰옷을 입은 세 명의 여사제들과 두 명의 남자 사제가 서 있었다. 눈물이 범벅된 얼굴로 그들을 쳐다보다가 엉거주춤 일어나서 피터를 가리켜 보였다.

"제 사촌 피터가…… 많이 다쳤어요……. 죽을지도 몰라요!"

그러자 순간 눈앞에 들것 하나가 마법처럼 나타났다. 남자 사제 두 명이 피터를 조심스럽게 들것 위에 실었고 여사제 하나가 내 팔에 손을 올리자마자 거대한 빛이 우리를 감쌌다. 몇 발짝 움직이지도 않았는데 우리의 눈앞에는 거대하고 나이 많은 성스러운 사과나무가 하늘을 향해 가지를 뻗고 서 있었다.

성직자들은 피터를 멘 들것을 나무로 가져갔다. 그러고는 나무의 거대한 뿌리 곁에 피터를 내려놓았다. 두 명의 치료사들이 피터에게 다가갔다.

"이제 치료사들이 피터를 돌봐 줄 겁니다. 우리와 함께 가서 휴식을 취하면서 식사를 하도록 해요. 분명 그대도 많이 지치고 배가 고플 터이니."

하지만 피터를 혼자 내버려 둔다는 게 마음에 걸렸다. 그가 완전히 낫게 된다는 확신이 든 후에야 뭐라도 먹을 수 있을 것 같았다.

피터에게 가서 그의 곁에 앉았다. 치료사 한 명이 그의 배에 난 상처를 살펴보고 있었다.

"다시 건강을 되찾을 수 있게 될까요?"

"상처가 많이 깊군요. 정말 위급한 순간에 도움을 요청해 주어 다행입니다. 먼저 삼지창을 뽑고 난 후 나무 곁에서 며칠 보내면 반드시 건강을 회복할 수 있을 겁니다. 하지만 이렇게 깊은 상처는 시간이 걸려요."

"도움을…… 요청했다뇨?"

내 뒤에 서 있는 세 명의 여사제에게 물어보았다. 그들 중 한 명이 내 곁에 무릎을 세우고 앉아서, 내가 아직도 손에 쥐고 있는 요정기를 펼쳐 보였다.

"이 작은 요정기 조각을 가지고 있는 사람이 도움을 요청할 때에는 언제든지 거기에 응답해 주어야만 하지요. 이것을 받을 때 듣지 못했나요?"

고개를 저었다. 모르게인이 원망스러웠다! 어째서 그렇게 중요한 걸 미리 말해 주지 않은 거야?

"그의 손을 잡아 주세요."

치료사가 내게 명령했다. 내가 피터의 손을 잡고 있는 동안 다른 치료사 한 명이 삼지창을 그의 배에서 뽑아냈다. 상처에서 피가 솟구쳐 오르자 치료사가 초록색 붕대로 그의 배 주위를 둘렀다. 조심스럽게 붕대를 만져 보았다. 감촉이 특이했다.

여사제 한 명이 담요 여러 장을 가져와 피터에게 덮어 주었고 그의 머리 밑에는 베개를 받쳐 주었다.

"이 붕대는 성스러운 나무의 잎사귀에서 추출한 섬유로 짠 거예요. 특히 상처 치료에 효과적이기 때문에 이렇게 심한 상처에 사용한답니다. 이보다 약한 상처는 나무의 힘만으로 충분히 치유가 되죠."

그녀가 설명해 주었다.

이 모든 게 놀라울 뿐이어서 감탄 어린 눈으로 나무의 우듬지를 바라보았다. 저 잎사귀 하나하나에 이처럼 놀라운 힘이 숨겨져 있다니! 인간들이 이런 사실을 알게 되면 아마 어떤 대가를 치르고서라도 이 치유의 힘을 얻으려 줄을 설 것이다. 얼마나 많은 불치병들이 사라지게 될지 상상조차 할 수 없었다.

"이젠 손을 놓아 주어도 됩니다."

치료사가 말했다. 그제야 내가 피터의 손을 아직도 꽉 잡고 있다는 걸 깨달았다. 그것도 너무 세게 잡고 있었다.

"이젠 다 잘될 겁니다. 이제 잠이 들었어요."

의심스럽게 피터의 얼굴을 바라보았다. 그의 얼굴이 조금 전보다도 더 창백해 보였기 때문이다.

여사제가 내게 손을 내밀고 나를 일으켜 주었다.

"여기서부터는 우리가 그를 돌볼 테니 맡겨 줘요. 그대는 달리 할 일이 있어요."

놀란 눈으로 그녀를 바라보았다. 어떻게 내 임무에 대해 알고 있는 거지? 불가능할 텐데!

하지만 여사제가 마치 내 생각을 읽었다는 듯 미소 지어 보였다.

"우리들의 대사제님이신 마이리 님께서 그대와 이야기를 나누고 싶어 하시니 자리를 옮기시지요. 벌써 한참 전부터 기다리고 계십니다."

마지막으로 피터를 한 번 쳐다보았다. 그의 곁에서 두 명의 치료사가 무릎을 꿇고 앉아 도기 항아리에 든 물약을 그의 몸 위에 붓고 있었다.

이제는 어차피 내가 해 줄 수 있는 게 없었기 때문에 모든 건 그들에게 맡긴 후 사제들을 따라 공터에 있는 오두막 중 다른 것보다 위로 솟아 있는 건물을 향해 갔다.

오두막 앞에서 사제들이 내게 미소 지어 보이고는 자리를 피해 주었다.

오두막 문을 열자, 따스한 공기가 느껴졌다. 침대 두 개, 테이블 하나에 나무 의자 몇 개뿐인 소박한 공간이었지만 알 수 없는 독특한 매력이 흘러넘쳤다. 아마 벽에 걸려 있는 아름다운 문양의 카펫 때문인 것 같았다. 게다가 커다란 난로에서는 공간을 따스하게 데워 주는 장작불이 은은하게 타오르고 있었다. 오두막에 들어서자마자 식탁 위에 그릇을 차리고 있던 한 여성이 나를 맞았다. 나이 든 얼굴에는 미소가 가득했다. 그녀의 푸른 눈동자는 마치 내 영혼을 들여다보는 듯 깊었다.

"들어와요, 엠마. 환영합니다."

고령에도 불구하고 목소리에 힘이 넘쳤다.

"임무를 잘 수행하려면 기운을 차려야 해요. 자, 우리에겐 시간이 많이 없어요."

식탁으로 다가가 의자에 앉았다. 마이리가 내게 큰 컵으로 하나 가득 따뜻하고 달콤한 주스를 따라 준 다음 빵과 치즈, 과일이 가득 놓여 있는 접시를 건네주었다. 음식을 보자마자 내 위장도 미친 듯이 꼬르륵거리기 시작했다. 하지만 게걸스러워 보이기는 싫었기 때문에 작은 치즈 한 조각을 얹은 빵과 사과 하나만 집었다.

"엠마, 배불리 먹도록 해요. 우리에게는 충분한 음식이 있으니. 곧 수련생이 따뜻한 수프를 가져다줄 겁니다. 우리는 여기서 계속 그대가 오기만 기다리고 있었어요."

"저…… 이해가 안 가는데요."

음식을 우물거리면서 물었다.

"제가 올 거란 걸 어떻게 아셨죠? 게다가 제가 도움이 필요한 순간에는 묵묵히 계셨잖아요!"

거의 만 하루를 추위와 두려움에 떨면서 죽어 가는 피터 곁에서 보낸 기억에 화가 치밀었다. 도대체 이해가 되지 않았다.

마이리가 고개를 저으며 말했다.

"그대가 생각하는 것과는 다르답니다. 우리는 이 작은 공터를 마음대로 떠날 수가 없어요. 우리가 여기를 떠날 수 있을 때는 누군가가 우리에게 도움을 요청할 때뿐이지요. 우리의 우선적인 임무는 성스러운 나무를 지키는 거니까요. 그 이외의 것은 사실 아무런 상관이 없는 거랍니다. 물론 바깥의 세계가 무너지면 우리에게도 영향이 있겠지만, 우리 마음대로 바깥의 일에 참견할 수는 없지요."

"어떻게 저의 임무에 대해 알고 있는 거죠?"

"우리 성직자들은 성스러운 나무의 수호자 역할뿐만 아니라 이 마법 세계의 예언자 역할도 맡고 있어요. 그래서 대사제들의 입에서 입으로 그들의 후계자에게만 예언이 전해져 내려왔고, 대사제 외에는 아무도 예언을 모르도록 철저히 비밀에 부쳐져 왔어요. 그 예언은 바로 반은 인간이고 반은 셸리코트인 한 소녀만이 우리들의 세계를 운디네들로부터 지켜 낼 수 있다는 내용이었죠. 이걸 알게 되는 사실 자체가 모든 일에 영향을 줄 수 있어 위험한 겁니다."

"왜요?"

"만약 모든 사람이 이 예언의 내용을 알고 있었다면 그대는 진작 목숨을 잃었겠지요."

그녀가 낮은 목소리로 말했다.

"지켜 낼 수 있다니……. 그럼 제가 성공하게 된다는 뜻인가요?"

약간 희망에 차서 물었다.

마이리가 고개를 저어 보였다.

"안타깝게도 성공할지의 여부는 전해져 내려오지 않아요. 하지만 그대가 유일한 희망인 건 사실입니다."

그것 참 쓸모 있는 예언이군. 속으로 투덜거렸다.

마이리의 말을 곰곰이 되새겨보다가 이내 겁에 질렸다.

"예언에 대해 정말 아무도 모르는 거 맞아요? 엘린이 저와 가족들을 죽이려고 쫓아다니게 된 게 정말은 우리 엄마에 대한 증오 때문이 아니라 운디네들이 이 예언에 대해 진작 알고 있어서 그런 게 아닐까요? 당신들이 절 기다리고 있었던 것처럼 그들도 절 기다릴 거라면요?"

마이리는 아무 대답 없이 그저 나를 바라볼 뿐이었다.

두려움 하나가 더 늘어난 셈이었다. 질문에 질문이 꼬리를 물었지만 입 밖으로 내지 않고 꿀꺽 삼켜 버렸다. 그러고는 앞으로 어떻게 해야 할지 곰곰이 생각해 보았다.

"피터가 다 나으려면 얼마나 걸릴까요?"

적어도 이 질문에는 대답해 주길 바라며 물었다.

"엠마, 이 길은 그대 혼자 가야만 합니다."

설마, 진심으로 하는 말은 아니겠지? 겁먹은 눈으로 마이리를 바라보았다. 피터가 나를 바다까지는 데려다주기로 했었다. 그게 계획이었다. 그런 다음 바다에서는 혼자 해 내야만 하는 건 알고 있었지만 그전부터라니, 무리였다.

"사촌의 상처가 다 나으려면 꽤나 오랜 시간이 걸릴 겁니다. 상처가 매우 깊기 때문에 나무를 떠나기 전에 상처가 완전히 나아야만 하지요."

"혼자서는 무리예요."

작은 목소리로 중얼거렸다.

마이리가 내 곁에 앉으며 손을 잡아 주었다.

"엠마, 해 낼 수 있다고 믿는 거예요. 그럼 반드시 해 낼 수 있을 겁니다."

예전에 엄마도 늘 그렇게 말했었다―특히 수학 시험을 보기 전에 말이다. 물론 그리 큰 도움이 되진 않았었다. 내 수학적인 재능은 그리 뛰어난 편이 아니었기 때문이다. 물론 대사제님이 하는 말이니까 좀 더 신빙성이 있겠지.

문이 열리고 어린 소녀 한 명이 들어와 말없이 내 앞에 김이 오르는 수프 그릇을 놓고 갔다. 아마 저 아이가 수련생일 것 같았다. 아이의 짙은 금발머리 속에서 두 개의 뿔이 언뜻 보였다.

"파우누스 아이네요."

"엘프가 아니어서 놀랐군요? 모든 종족별로 성직자의 재능을 가장 많이 갖춘 아이들을 선별해서 성직자의 교육을 받도록 이곳으로 보내지요. 성스러운 나무를 섬기는 일은 아주 명예로운 일이니까요."

나는 맛있는 냄새가 나는 그릇에 수저를 넣고 듬뿍 퍼 올려 입속으로 실어 날랐다. 수프 그릇을 비운 후에야 좀 배가 부른 것 같았다. 수프 그릇을 옆으로 치운 후 냅킨으로 입을 닦았다.

그런 다음에는 제일 궁금했던 걸 물어보고 싶었지만, 나 스스로가 한심스러워서 차마 입이 떨어지지 않았다. 하지만 피터와 함께 이 모든 위험을 무릅쓰며 이곳에 온 건 바로 그것 때문이었다. 게다가 내가 먼저 물어보지 않으면 마이리는 거기에 대해 이야기해 줄 수 없을 터였다. 침을 꿀꺽 삼켰다. 더 이상 시간 낭비를 하고 싶진 않았다.

"엑스칼리버 말이에요. 그건…… 어떻게 얻어야 하죠?"

하지만 대답 대신 마이리는 나를 한참이나 뜯어보았다. 마치 내가 그 대답을 들을 자격이 있는지 한참 동안 판단해 보는 것 같았다.

"나무에게 부탁하세요."

마이리가 드디어 입을 열었지만 무슨 수수께끼처럼 알쏭달쏭했다. 눈썹을 찌푸리고 그녀의 말을 되뇌었다.

"나무에게…… 부탁하라고요?"

그러자 마이리가 고개를 끄덕였다.

"마음속 깊은 곳에서 엑스칼리버를 소망하세요. 그러면 성스러운 나무가 엑스칼리버를 인계해 줄 거예요."

나무한테 부탁을 하라니……. 그것도 마음 깊이 하란다. 그것 참 쉽네! 냉소적인 웃음이 치밀어 올랐다. 만약 아멜리가 함께 와서 내가 겪고 있는 일을 듣게 된다면 배꼽이 빠지도록 웃어줄 텐데.

"만약 나무가 칼을 내주지 않으면요? 만약 제 요구가 맘에 들지 않는다면요?"

마이리가 어깨를 으쓱해 보였다.

"그러면 그대는 우리 세계를 구하기 위해 다른 방법을 강구해 봐야겠지요."

이보다 더 상황이 악화될 수도 있을까? 자문해 보았다.

마이리가 일어서며 말했다.

"일단은 좀 쉬어야 할 거예요. 잠을 청해 보세요. 여행 준비는 우리가 다 해 놓도록 하지요."

그러고는 침대를 가리켜 보이고 오두막을 나갔다.

나는 비틀거리며 몸을 일으킨 후 침대로 가서 쓰러지듯 누웠다. 그런 다음에는 온 힘을 짜내어 이불을 몸 위로 끌어 올렸다.

18장

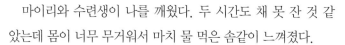

마이리와 수련생이 나를 깨웠다. 두 시간도 채 못 잔 것 같았는데 몸이 너무 무거워서 마치 물 먹은 솜같이 느껴졌다.

"피터는요?"

그게 내 입에서 나온 첫 질문이었다.

"아주 많이 좋아졌어요. 위험한 고비는 넘겼고 지금 막 잠이 들었어요. 엠마, 그는 우리가 안전하게 보살필 테니 걱정 말아요."

그제야 안도감에 몸을 일으켰다.

"하지만 이제는 떠날 시간이에요. 좀 더 쉽게 해 주고 싶지만 안 되겠어요. 이제 곧 전쟁이 시작될 테니까요. 그럼 당신의 임무를 마치기 위한 길을 떠나도록 하세요. 전쟁이 벌어지는 동안 임무를 마치지 못하면 모든 게 너무 늦어 버릴 거예요."

"씻으시겠어요?"

마이리와 함께 들어온 어린 수련생이 물었다. 고개를 끄덕인 후 수련생을 따라 다른 오두막으로 향했다. 그 안에는 흰 증기가 새어 나오는 작은 물통이 있었다. 여사제 한 명이 수건을 건네준 후 밖으로 나갔다.

스웨터를 벗은 후 얼굴과 팔을 뜨거운 물로 씻으니 다시금 생의 욕구가 이는 것 같았다. 그런 다음 다시 스웨터를 입고, 선반에 놓인 브러시로 머리를 빗은 다음 다시 하나로 땋아 내렸다.

그런 다음에는 거울 너머로 내 눈을 바라보며 속삭였다.

"할 수 있어. 넌 할 수 있어. 물론 미친 것 같겠지. 자살 행위 같겠지. 하지만 캘럼을 위해, 아미아와 미로를 위해, 페린을 위해……."

그때 노크 소리가 들렸다.

"엠마, 시간이 다 됐어요. 오세요."

오두막에서 나오니 수련생이 나를 다시 마이리에게 데려다주었다. 그곳에서 또 따뜻한 수프와 갓 구운 빵을 먹었다. 음식을 먹으면서, 다시는 충분한 음식 없이 길을 떠나지 않겠노라고 다짐했다.

마이리가 내 건너편에 앉았다.

"나무가 그대의 마음을 들여다보고 싶어 해요. 그대의 마음과 생각을요. 나무는 엑스칼리버를 맡길 사람을 고를 때 항상 신중하답니다."

"전에 아서 왕 말고도 엑스칼리버를 요구했던 사람이 있었나요?"

신기해서 물었다.

마이리가 고개를 끄덕였다.

"그래서요? 어떻게 됐어요?"

물론 마이리가 대답해 줄지는 미지수였다.

"나무가 엑스칼리버를 내줬던 사람은 아서뿐이에요. 아서 전에도, 후에도 없었지요."

손에서 수저가 미끄러져서 바닥에 떨어졌다.

"혹시 저에게 칼을 주려고 하지 않으면 어쩌죠?"

"일단은 해 보지 않으면 모릅니다. 자신을 믿으세요. 그대가 임무와 함께 성장했다는 사실을 나무가 느껴야 합니다."

"바로 그거예요. 전 성장하지 않았다구요. 저도 알고 있는데, 분명 나무도 그걸 알아챌 거예요. 게다가 피터 없이는 해내지 못할 거예요."

"엠마, 그렇지 않아요. 그대가 정말 가족과 친구들을 구하고 싶다고 생각하면 해 낼 수 있어요. 그대는 두 종족의 재능을 물려받았고, 그건 축복이에요. 전 세계에 그대 같은 존재는 없어요. 그대는 특별하다는 걸 믿어야 해요."

매우 특별한 존재라. 마이리는 나에 대해 전혀 모르는 것 같았다. 내가 매우 특별한 존재라니. 이 세상에서 특별함과 가장 동떨어진 사람이 나일 것이다.

그때 바깥에서 종소리가 울리자 마이리가 몸을 일으켰다.

"모든 준비가 끝났어요. 나가 봅시다."

후들거리는 다리로 의자에서 일어났다.

마이리가 내 어깨를 꽉 잡고 말했다.

"엠마, 나무 앞에 서서 원하는 걸 말하세요. 나무는 당신의 요구 사항을 들은 후 칼을 줄 수도 있고, 칼을 줄 수 없는 이유를 보여 줄 수도 있어요. 하지만 나무가 결정하기도 전에 가 버리면 안 돼요. 이해했나요?"

고개를 끄덕인 후 문을 열고 밖으로 나갔다.

"참, 한 가지 더 말해 줄 게 있어요. 나무에게 말한다고 해서 직접 말하는 게 아니라, 침묵한 상태에서 마음으로 말을 거는 거예요."

다행이었다. 적어도 마음속으로 말하면 좀 덜 창피할 것 같았다.

문지방을 넘기 전, 다시 오두막 안으로 도망치고 싶은 마음이 굴뚝같았다. 문 양옆으로 사제들의 행렬이 나무까지 길게 늘어서서 나를 기다리고 있었기 때문이다. 그 뒤에는 거대한 나무가 위협적으로 버티고 서 있었다. 마치 내가 자신의 가장 소중한 보물을 빼앗아 갈 거라는 사실을 알고 있는 것 같았다. 사제들 사이에는 불이 활활 타오르고 있는 두 개의 거대한 화로가 안개 속에서 약간의 빛을 선사하고 있었다.

뒷걸음질 치려는데 내 뒤에 서 있던 마이리가 나를 떠밀었다. 그러니까 이 말도 안 되는 시추에이션에서 도망치는 것도 불가능했다. 천천히 남사제들과 여사제들 사이를 걸어가는 동안 그들은 고개를 숙인 채 무언가를 작게 중얼거렸다. 아마 기도를 하는 모양이었다. 난 신앙심이 있는 편은 아니었지만 기도가 도움이 된다면야 굳이 말리고 싶지는 않았다.

내 뒤로 사제들의 행렬이 뒤따랐다. 그들에 비하면 나는 오히려 불경하게 비추어졌다. 믿음도 없는 데다 누더기같이 지저분한 옷을 걸치고 있는 것도 그랬다. 부디 나무가 아량을 베풀어 주어 그런 사소한 것들은 신경 쓰지 않기만을 바랐다. 어느새 나무 앞에 도달했다.

피터는 어제 치료사들과 사제들이 데려다 놓았던 바로 그 장소에 누워 있었다. 그가 눈을 뜨고 피로한 얼굴로 환하게 웃어 보였다.

"피터!"

크게 외치며 그에게 달음질쳤다. 그와 동시에 내 주위의 사제들의 입에서 탄식이 쏟아져 나왔다.

피터의 손을 잡고 이마를 짚어 보니 열이 들끓고 있었다. 하지만 어쨌든 살아 있는 게 중요했다.

"열이……."

뒤를 돌아 마이리에게 외쳤다.

"치료사들이 그를 치료하고 있으니 걱정 말아요. 그보다도 지금 그대는 침묵해야 합니다. 이 의식은 고도의 집중력과 고요함을 유지하는 게 중요해요."

마이리가 나지막이 말하자 나도 모르게 손으로 입을 막았다. 다행히 화가 난 것 같아 보이지는 않았다.

피터가 내게 속삭였다.

"시키는 대로 해. 난 괜찮아."

재빨리 그의 몸에 다시 담요를 잘 덮어 준 다음 일어서서 마이리가 이끄는 대로 의식을 거행하게 될 장소에 섰다. 이미 모든 준비가 되어 있었다.

마이리가 내게 무릎을 꿇으라고 손짓해 보인 다음, 자신은 다른 이들의 무리로 가서 다 함께 둥글게 원을 만들어 섰다. 그들은 손을 잡은 후 눈을 감았다. 주위가 완벽히 고요해졌다.

눈앞의 거대한 나무를 바라보았다. 나무는 무척이나 나이가 많아 보였고, 줄기에는 울퉁불퉁한 주름이 져 있었다. 또 여기저기 상처가 난 곳도 있었다. 사제들은 바깥세상으로부터 나무를 지키려고 얼마나 많은 전쟁과 다툼을 겪어 온 걸까? 이제 뭘 해야 하지? 눈을 감아야 하나? 일단은 눈을 내리감아 보았다.

생각을 집중한 다음 머릿속으로 나무에게 속삭였다.

"전 엑스칼리버가 필요합니다. 제게 그걸 주시겠어요? 운디네로부터 마법 세계를 지키기 위해서는 무릴을 파괴해야 하고, 오직 엑스칼리버만이 무릴을 파괴할 수 있는 무기래요. 만약 특별히 반대하시지만 않는다면 제게 엑스칼리버를 주세요. 반드시 돌려 드릴게요."

물론 내 말은 그리 수려하지도, 설득력이 있지도 않았다. 분명 아서 왕은 나보다 멋있게 말했겠지만 내게는 더 나은 말이 떠오르지 않았다. 그래서 아무 일도 일어나지 않았지만 별로 놀랄 것도 없었다. 기대도 안 했기 때문이다. 팡파르가 울리면서 나무 사이에서 엑스칼리버가 짠, 하고 나타날 리는 없었으니까. 게다가 나라면 칼을 쓰다가 다칠 게 뻔했다. 실눈을 뜨고 조심스럽게 주위를 둘러보았다. 아무 일도 일어나지 않았다. 사제들은 여전히 눈을 감고 조용히 서 있었다. 아무도 미동조차 없었다. 나라면 절대로 불가능한 일이었다. 게다가 왠지 코끝이 가렵기 시작했다.

목구멍에서 웃음이 치밀었다. 아, 집중해야 되는데 왜 이렇게 웃긴 걸까? 스스로 다그치며 간신히 정숙한 얼굴을 만들었다. 다들 너무 진지해서 상상조차 불경하게 느껴졌다. 천천히 나무에 가까이 다가가 나무껍질을 어루만졌다. 손가락 밑에서 거칠지만 부드러운 감촉이 느껴졌다. 마치 근육과 피부가 있는 동물 같은 느낌이었다. 캘럼이 떠올랐다. 그를 만지면 어떤 느낌이었는지……. 그리고 그가 나를 강하게 안아 주던 게 떠올랐다. 처음 그의 살갗을 만지던 날이 떠올랐다. 산에서 길을 잃고 아무런 희망도 없이 헤매던 그날, 캘럼이 나를 찾아내 주었다. 내 온몸은 차갑게 얼어붙어 있는 것 같았고, 설 수도 걸을 수조차 없는 날 눈 깜짝할 새에 들어 올려 자동차가 서 있는 곳까지 데려다준 후에는 차 안에서 꽁꽁 언 손을 자신의 티셔츠 아래 넣는 걸 허락해 주었었지. 그때 느껴지던 그의 온기, 단단한 근육의 감촉이 아직도 손가락 아래에서 만져지는 것 같았다. 그렇게 내 심장은 영원히 그의 것이 되어 버렸던 것이다. 그리고 그가 우리의 작은 빈터에서 내게 처음으로 키스하던 날이 떠올랐다. 어찌나 격렬했는지 정신이 아득해질 정도였다. 그 이후로는 단 하루도 그와 떨어져 있는 게 상상이 되지 않았는데. 하지만 엘린 때문에 우리는 몇 번이나 이별을 경험해야 했다. 거기에 운디네들까지 가세하자 그들이 가는 곳마다 증오가 넘쳐났다. 아발라는 황폐해졌고, 파우누스 종족은 거의 전멸 상태에 이르렀고, 조엘이 붙잡혀 간 후 내가 멈추지 못한다면 레일린마저 침략 당할 판이었다. 레일린—색색의 아름다운 집들과 그 안에서 평화롭게 뛰놀던 아이들의 웃음소리가 떠올랐다. 추억이 물밀듯 밀려왔다. 내가 떠올리는 게 아니라 나무가 내 기억을 흡수하는 것 같았다. 누군가가 내 은밀한 기억들을 들추어 보는 게 싫었지만 거부할 수 없었다. 나무는 내 모든 기억을 원했다. 나무 앞에서 나는 점점 무력해졌다. 그러자 나무가 내게 무언가를 보여 주었다. 처음에는 마치 빛바랜 사진처럼 희뿌연 모습이었다. 뿌연 장막이 사라지자 이글거리는 불꽃이 보였다. 불의 바다였다. 그 불꽃 속에 남자들이 있었다. 그들은 침묵하며 기다리고 있었다. 무엇을 기다리는 걸까? 그들의 침묵은 공포스럽기까지 했다. 그리고 그들 주위에는 회색 장막이 둘러치고 있었다. 그제야 그게 운디네의 군대라는 사실을 깨달았다. 운디네들에게 지배되는 산 자들의 몸뚱이였다. 그들의 검고 텅 빈 눈은 정면을 향한 채로 전쟁만을 기다리고 있었다.

그런 다음에는 레일린이 보였다. 어두웠다. 도시는 마치 죽은 것 같아 보였다. 장면이 이동하여, 도시의 한구석에 흰 망토를 두른 엘프 군사들이 길게 정렬해 있었다. 그들은 강해 보였다. 선두에는 엘리시엔 여왕과 레이븐이, 그 옆에는 캘럼이 서 있었다. 그들도 흰 망토를 두르고 있었다. 캘럼의 얼굴은 딱딱하게 굳어 있었다. 마치 내가 그의 바로 앞에 서 있는 것 같아서 손을 뻗어 그의 얼굴을 만졌다. 그에게 용기를 주고 싶었다. 하지만 그의 얼굴을 만질 수도, 이 임무에서 성공할 수도 없을 거라는 걸 알았다. 아니면 적어도 시간에 맞추지 못할 것 같았다. 나의 손은 캘럼의 볼을 만지는 대신 허공을 더듬었지만, 순간 캘럼이 눈빛이 반짝이더니 그의 입술에 내 이름이 머무르다가 주위를 둘러보았다. 화면이 바뀌어 아미아가 팔에 아기를 안고 미로의 뒤를 따라 검은 바다 물결을 헤엄치는 게 보였다. 어디로 가는 걸까? 에단 외삼촌과 브리 외숙모가 에든버러의 미스 윌리스와 함께 앉아 차를 마시는 모습도 보였다. 화면이 또 바뀌었다. 광활한 벌판에 칼과 신음 소리가 난무했다. 중세의 갑옷을 입은 남자들이 칼과 자신의 말 속에 파묻히는 게 보였다. 그때 어느 검은 머리카락의 남자 하나가 외치는 소리가 들렸다. "아서 왕이여!" 그러고는 칼을 휘두르며 자신을 가로막는 자는 가차 없이 베어 버리면서 누군가를 향해 달려 나가기 시작했다. 그의 주위로 피바람이 휘몰아쳤다. 그가 달려간 곳에는 한 가냘픈 남자가 상대편 전사들과 힘겨운 전투를 이어 나가는 중이었다. 아서라고 불린 남자는 왼쪽 팔을 다친 상태였다. 검은 머리 남자가 단칼에 적들을 무찌른 후, 아서가 말에서 떨어졌다. 전사가 자신의 왕에게 달려가 그의 머리를 받쳐 들고 울부짖었다. 아서가 그에게 말했다.

"랜슬롯! 약속해 주게. 엑스칼리버를 반드시 나무에게 돌려 줘야 하네……."

아서 왕의 피에 젖은 칼 하나가 보였다. 그리고 더는 아무 장면도 보이지 않았다.

어째서 나에게 이런 걸 보여 주려는 거지? 무슨 이야기가 하고 싶은 걸까? 피의 역사는 계속 되풀이된다는 것? 어느 시대나 전쟁은 끊이지 않는다는 것? 운디네들이 이기게 되리라는 것?

"제발…… 이 모든 걸 끝내야 해요!"

나무에게 애원했다.

"운디네들이 모든 걸 멸망시키도록 내버려 둘 수는 없어요! 엑스칼리버를 빌려 주세요! 그것만이 유일한 방법이에요. 안 그러면 우리 모두 죽게 될 거예요!"

이 말을 소리 내서 했는지 아니면 그저 머릿속으로 생각만 했는지는 알 수 없었다. 그때 누군가의 목소리가 들렸다.

"죽음이 끝은 아니야."

그 말 한마디에 모든 희망이 무너지는 것 같았다. 이 나이 많은 나무의 대답은 명료했다. 마치 모든 이들의 생사조차 초월한 듯, 냉소적으로 대꾸한 것이다. 결국 아무것도 변하지 않았음을 말이다. 아서에게 칼을 넘겨주었어도 결국 변한 건 아무것도 없었다. 인간들은 계속 전쟁을 계속했고, 운디네들은 옛 지식과 신을 저버린 채 탐욕에 눈이 멀었다.

얼마나 시간이 흘렀을까. 가까스로 눈을 떠 보았다. 내 주위로 성직자들이 몰려들어 경외스러운 눈빛으로 나를 내려다보고 있었다. 그제야 내 손에 무언가가 들려 있다는 게 느껴졌다. 칼……? 아니, 이게 뭐지? 단검? 적어도 전투용 검은 아니었다. 팔뚝보다 작은 크기에, 손잡이 부분에는 빛나는 흰색의 보석들이 물려 있었다. 조심스럽게 칼을 이리저리 돌려 보았다.

"이게 뭐예요?"

마이리에게 묻자 그녀가 미소 지으며 대답했다.

"그게 바로 엑스칼리버랍니다."

눈썹을 치켜떴다.

"이게요? 하지만 이건…… 검이 아니잖아요?"

"전설에 따르면 엑스칼리버는 용도와 사용할 사람에 따라 자신의 모습을 변형시킨다고 쓰여 있어요. 그대에겐 단검의 형태가 필요한가 봅니다."

그제야 어깨를 으쓱해 보이고는 나무를 바라보았다. 그리고 다시 한 번 나무의 겉껍질을 쓰다듬었다.

"만약 모든 게 너무 늦어서 이미 어쩔 수 없는 상황이어도 반드시 칼을 가져올게요. 고마워요."

성직자들이 길을 내주었고 마이리가 나를 오두막으로 다시 데려다주는 동안 마치 나무에게 모든 에너지를 빼앗긴 것처럼 사지가 후들거렸다. 생각 같아서는 당장 침대에 누워서 하루 종일 잠이나 자고 싶었지만, 내게 그럴 여유는 허락되지 않았다.

"당장 자동차를 타고 해안까지 달려가세요. 시간이 없습니다. 우리는 여기서 그대가 모든 임무를 완수하도록 기도하겠습니다."

모든 임무라는 그 말 속에 들어 있는 중압감이 부담스러웠다. 마이리가 내 배낭 속에 치즈와 빵, 과일 들을 넣어 주었다. 그러고는 내가 멍하니 엑스칼리버를 들고 있는 걸 보며 한 소리 했다.

"계속 들고만 있을 겁니까? 얼른 가방에 넣으세요!"

일어나서 배낭 속에 조심스럽게 칼을 넣었다.

마이리가 나를 바라보며 말했다.

"모든 게 끝나면 다시 엑스칼리버를 가지고 와야 합니다."

그 말에 만약 안 가지고 오면 어떻게 될지 생각해 보았다.

배낭을 멘 후, 우리는 말없이 오두막을 나와 공터로 걸었다. 거기에서 마이리가 마지막으로 내 손을 꼭 잡아 주자 일순간 모든 게 사라졌다. 오두막도, 나무도, 성직자들의 모습도 보이지 않았다. 나는 완전히 혼자인 채 싸늘한 숲 속 한가운데에서 있었다. 안개가 내려앉아 있었고, 나무들이 위협적으로 몸을 흔들었다. 부슬비 때문에 옷이 금세 젖어 버렸다. 나는 조심스럽게 발걸음을 옮기기 시작했다. 안개 때문에 아무것도 보이지 않아서 자동차로 가는 길을 찾을 수 있게 해 달라고 기도했더니 갑자기 안개가 물러났고, 길이 드러났다. 안도의 한숨을 내쉰 후 내가 달릴 수 있는 가장 빠른 속도로 내달리기 시작했다. 두리번거릴 여유도, 다른 생각에 빠질 겨를도 없었다. 누가 날 본대도 상관없었다. 그저 걸어서는 절대로 시간에 맞출 수 없을 터였다. 숲에서 길을 잃거나 누군가가 나를 발견할 확률보다 내가 맡은 임무를 성사시키지 못할 확률이 더 컸으니 말이다. 폐와 다리가 고통스러웠고, 눈앞으로는 끝없는 길이 펼쳐졌다. 잠시 숨을 돌리기 위해 멈춰서 목을 축였다. 그런 다음에는 다시 달리기 시작했다. 피터가 자동차를 숨겨 둔 장소에 가까워질수록 점점 속도가 느려졌다. 이미 내 모든 힘은 고갈된 상태였고, 내 몸은 쉬고 싶다고 울부짖었다. 하지만 여기서 포기할 수는 없었다. 여기까지 해 냈으니 분명 이다음 것도 해 낼 수 있다는 일념으로 자동차와의 거리를 좁혀 갔다. 1미터, 1미터씩 말이다. 마지막에는 달린다기보다 절뚝거린다는 표현이 맞을 정도였다. 하지만 마지막까지 내 다리는 나를 배신하지 않았다. 숨을 헐떡이며 자동차의 시트를 벗겨 낸 후, 숨을 골랐다.

자동차를 세워 둔 지 이틀이 흘러 있었다. 레일린은 지금쯤 어떻게 된 걸까? 나무가 보여 준 영상으로는 엘프 군대가 시내에 집결된 상태였다. 계획은 운디네의 군대를 다른 곳으로 유인하는 거였다. 이제 엘프 군대가 레일린 바깥으로 행진하면 운디네의 군대와 맞닥뜨릴 터다. 하지만 어디로 유인해야 하는 걸까? 이 계획이 성공하게 될까? 다른 종족들은 얼마나 많은 군대를 보내 올 수 있을까?

피터가 차에 뒤덮어 놓은 낙엽과 검불을 걷어 낸 후 완전히 지쳐서 시트에 털썩 앉았다. 그 상태로 잠시 멍하니 앉아 있었다. 간간이 새소리가 들려왔지만 사방은 고요했다. 애써 성 아래를 바라보지 않으려고 노력했다. 괜히 흘끔거리다 성 안을 돌아다니는 셸리코트들과 눈이라도 마주칠까 봐 두려웠다. 젖어서 몸에 달라붙는 스웨터를 벗었다. 젖은 바지도 자꾸만 차 시트에 달라붙었지만 옷을 갈아입을 여유는 없었다. 그런 사소한 문제는 아무래도 좋았다. 차 문을 닫은 후 내비게이션을 작동시켰다. 피터가 미리 목적지를 설정해 둔 게 보였다―더넷 헤드[6]였다. 여기서 다섯 시간 거리였다. 시동을 걸자 엔진의 진동이 느껴졌다. 지금 와서 자동차가 고장 나는 그런 비극은 일어나지 않았다. 히터를 최고 온도로 튼 후 조심스럽게 운전하기 시작했다. 나뭇가지들이 차 문을 긁어 댔다. 나중에 차 꼬라지를 보면 외삼촌이 나를 죽이려 들겠지, 생각하며 씁쓸하게 웃었다. 외삼촌보다 운디네에게 먼저 죽지 않는다면 말이다. 다행히 아발라를 지나는 동안 불유쾌한 일이 일어나지 않아서 나의 기분도 상승 곡선을 그렸다. 그때 비가 내리기 시작했다. 어찌나 많이 쏟아지는지 앞이 보이지 않을 정도였다. 이대로라면 더넷 헤드에 도착하는 데 한 시간은 차질이 생길 거라는 예감에 우울해졌다. 지금쯤 레일린은 어떻게 되었을까? 전투는 시작되었을까? 설마 이미 패전한 건 아니겠지? 캘럼은 아직 영혼을 지니고 있을까? 아미아와 미로, 아기는 어디로 헤엄쳐 간 걸까? 주미스의 은신처가 발각된 게 아닐까? 아니면 미로도 참전하려는 걸까? 어째서 나무는 그 이상 보여 주지 않은 걸까? 불안감에 입술을 깨물면서 차창을 노려보았다. 빗줄기 때문에

---

6 Dunnet Head, 스코틀랜드의 최북단. 절벽 위의 등대로 유명함.

시야가 잘 보이지 않았고, 모든 게 거대한 초록색 물줄기로 보였다. 게다가 계속 들리는 빗소리가 마치 자장가처럼 근육의 긴장을 느슨하게 만들었다. 자꾸만 눈이 감겼다. 라디오의 음악 볼륨을 높여 보았지만, 전신에 껌처럼 달라붙어 있는 피로감까지 합세하는 것 같았다. 운전대를 꽉 움켜잡고 졸음에 지지 않으려고 눈을 부릅떴다. 성냥개비라도 있었으면 눈꺼풀 사이에 끼워 놓고 싶었다.

눈이 감겼다. 순간 요란한 경적음과 타이어가 끼익 미끄러지는 소리에 정신이 번쩍 들었다. 거대한 트럭이 나를 향해 달려오는 중이었다. 운전대를 꺾어서 겨우 충돌은 면했다. 차를 갓길에 댄 후에도 온몸이 경직된 채 오랫동안 등줄기가 오싹했다. 더 이상 운전할 수는 없을 것 같아서 가장 가까운 주차 구역에 차를 댔다. 그러고는 시동을 끄고 차 시트에 기대어 눈을 감았다. 더도 말고 몇 분만이라도……. 한숨이 새어 나왔다. 일단은 쉬어야만 했다.

"엠마, 일어나요!"

누군가의 목소리가 들려왔다.

"전쟁이 시작됐습니다."

깜짝 놀라서 눈을 번쩍 떴다. 겁에 질려 주위를 둘러보았다. 혹시 자동차에 누가 탔나? 하지만 차 안에는 나 혼자뿐이었다.

나를 깨운 건 아마 대사제 마이리의 목소리인 것 같았다. 사랑하는 친구들이 죽어 가는 동안 넉살 좋게 잠이나 자고 있었다는 게 믿기지 않았다. 내 손으로 짐작되는 얼음 덩어리 두 개로 운전대를 잡고 시동을 걸었다. 한 번, 두 번……. 하지만 차에 시동이 걸리질 않았다. 나 자신을 향한 분노의 눈물이 볼을 타고 흘러내렸다. 결국 다섯 번째 시도 끝에 간신히 시동이 걸렸다. 전속력으로 핸들을 꺾어서 다시 도로로 진입했다. 다른 차들이 신경질적으로 경적을 울려 댔지만 신경 쓰지 않았다. 아직 한 시간 반 정도가 남아 있었고, 그 이후에는 가장 어려운 과제와 직면해야 했다. 이 한밤중에 거센 파도가 이는 바다 한가운데에서 '망자의 섬, 이스'를 찾아내야만 했다. 거칠게 숨을 들이마셨다.

19장

≈≈≈

더넷 헤드 부근에 도착한 후 시계를 보니 새벽 1시였다. 여기서부터 절벽까지는 직접 걸어가야 했다.

더 이상은 지체할 시간도 없었고 이후에 벌어질 일이 얼마나 어처구니없는 모험인지 고민할 겨를도 없었다. 최대한 빨리 젖은 옷가지를 벗은 다음 미스기르로 갈아입었다. 셀리코트들이 특수한 해초로 만든 이 아름다운 수영복은 마치 제2의 피부처럼 내 몸 위에 착 달라붙었다. 익숙한 친근감이 위로하듯 몸과 마음을 감쌌다.

그런 다음에는 바닥에 주저앉아 허겁지겁 빵 하나를 입에 쑤셔 넣은 후 물을 몇 모금 삼켰다. 재충전이 완료된 후 배낭에서 조심스럽게 엑스칼리버를 꺼냈다. 경외하는 마음으로 칼날을 쓰다듬은 후, 손잡이를 단단히 움켜쥐었다. 그러고는 뒤도 돌아보지 않고 절벽을 향해 걸었다. 저 멀리 등대의 불빛이 어른거렸다.

낮 동안 재잘대던 새들도 모두 잠든 것 같았다. 이따금 삐걱거리는 소리, 누군가가 욕지거리를 하듯 저 멀리 절벽 아래에서 부서지는 난폭한 파도 소리가 들려왔다. 빗방울이 얼굴을 때렸다. 절벽에서 몸을 던진 후 내 몸이 암석에 부딪혀 산산조각 나리라는 걱정은 어둠 속으로 날려 버렸다. 엑스칼리버를 꽉 쥐었다. 벼랑 끝에 서서, 할 수 있는 한 멀리 도약해 바닷물 속으로 뛰어들었다. 바닷물은 내 몸을 감싸며 아래로 끌어당겼다. 주변은 칠흑처럼 어두웠다. 나는 더 깊이 잠수해 들어간 다음 힘차게 팔과 다리를 움직여서 해안에서 멀어졌다.

해안과 충분히 멀어졌을 때쯤, 체광을 사용해서 방향을 잡았다.

이스는 육지와 오크니Orkney제도 사이에 있었다. 적어도 지도에는 그렇게 표시되어 있었다. 나머지는 추측해야만 했다. 에릭슨 박사는 이스가 아발라처럼 인간의 눈에는 보이지 않는 섬이라고 생각했고, 나와 피터도 동의했다. 해안도 일반적인 모습과 다르지 않을 게 분명했다. 헤엄치면서 대충 방향은 생각해 두었었지만, 바다라는 게 워낙 넓어서 금세 혼란에 빠졌다. 게다가 태풍 때문에 이미 수면 위는 거센 파도가 일었고 머지않아 수면 아래까지 해류가 요동할 터였다. 하지만 다른 방법이 없었기 때문에 무작정 헤엄치면서 주의 깊게 주변을 살폈다. 책에 따르면 바닷속에 섬으로 들어갈 수 있는 입구가 있을 터였다. 다시 말해 섬 해저에 암석 지형이 존재한다는 뜻이었다.

얼마간 정처 없이 캄캄한 바다를 헤엄쳐 나아가는 동안 철저한 외로움과 두려움을 느꼈다. 이 모든 게 헛수고가 될지 모른다는 두려움 때문에 몸이 뻣뻣해졌다. 하지만 바닷속에 있으니 확실히 육지에 있을 때보다 더 큰 에너지와 용기가 솟아나는 것 같았다. 물이 주는 친숙함 때문이었다.

몇 번이나 수면 위로 솟아올라 점프하며 주위를 살폈다. 어디에도 섬의 윤곽은 눈에 띄지 않았다.

알린은 자신의 딸을 찾아 수십 년을 바다에서 허비했겠지. 하지만 나에게는 시간이 그리 많지 않았다. 1분, 1초가 지나는 동안 캘럼과 친구들은 한 발짝씩 죽음을 향해 다가가고 있었다. 어찌해야 할지 알 수 없었다. 두려움과 공포 때문에 엑스칼리버를 쥐고 있는 손의 감각이 점점 무디어졌다. 만약 이 한밤중에 손에서 단 한 번이라도 칼을 놓치면, 그걸로 끝이었다.

알 수 없는 불안감이 계속 엄습했다. 알린이 어떻게 이스에 도착했는지 백 번은 생각해 본 것 같았다. 책에는 풍랑 때문에 파도에 휩쓸려 이스의 해안까지 밀려갔다고 쓰여 있었다. 그러니까 폭풍우가 열쇠일 수도 있었다.

그때 마치 내 머릿속에서 튀어나온 것 같은 폭풍우가 나를 집어삼키기 시작했다. 미처 몸을 피할 겨를도 없이 급류가 소용돌이치며 내 몸이 앞으로 나아가는 걸 방해했다. 해저에서 급류가 올라왔다. 온 힘을 다해 거기서 벗어나 보려고 안간힘을 써 보았지만, 마치 요요처럼 물살에 떠밀려 몸이 뱅글뱅

글 돌았다. 내 힘으로는 거기에서 벗어나는 건 무리였다. 물살이 나의 몸을 끌어당겼다. 소용돌이가 마치 살아 있는 생물처럼 나를 정확히 겨냥해서 사냥했다. 어쩌면 진짜 살아 있는 생물일지도 몰랐다. 내가 이스를 발견하지 못하도록 지금 여기서 내 목숨을 끝장내려 하는 건지도 몰랐다. 어쩌면 운디네들이 이스를 발견하지 못하도록 심어 놓은 보호막인지도 몰랐다. 그렇다는 건 이 근처에 이스가 있다는 뜻이었다.

아주 잠시 급류가 멎었다. 그사이에 잠시 숨을 돌렸다. 휴식도 잠시, 급류가 나를 끌어당기려는 찰나에 번개처럼 거기서 벗어날 수 있었다. 물줄기가 나를 쫓아왔다. 거의 발끝까지 미쳤지만 이번만큼은 내가 더 빨랐다. 급류를 벗어나 뒤를 돌아보니 어느새 바다는 고요해져 있었다. 체광을 밝히며 주변을 둘러보았다. 어디에서 급류가 발생해서 빨려 들어갈 뻔했었는지 구분할 수가 없었다. 빛의 범위를 좀 더 넓혀 보았다. 저 멀리 어두운 그림자가 보였다. 혹시 저기에 이스의 해저 암석이 있는 걸까?

헤엄치는 동안 그림자는 점점 뚜렷해지더니 이내 사라져 버렸다. 혹시라도 다시금 소용돌이에 붙잡힐까 봐 두려워서 더 가까이 접근할 수 없었다. 하지만 달리 뾰족한 수가 없었다.

체광의 면적을 최대로 밝힌 다음, 그림자를 몰아내면서 시야를 확보했다. 저쪽에 암석이 있는지 확인해야 했다. 그런 다음에는 해저 바닥에서 작은 돌멩이들을 주워 모은 후, 안전거리를 유지하면서 소용돌이가 올라왔던 것으로 추측되는 곳에 돌을 던져 보았다. 하지만 아무 일도 발생하지 않았다. 아마도 살아 있는 생명체에만 반응하는 모양이었다. 언제라도 도망칠 준비를 하면서 천천히 암석 쪽으로 다가갔다. 하지만 막상 붙잡히니 생각보다 빨리 도망칠 수는 없었다. 거대한 소용돌이 하나가 해저 지면에서 솟구치더니 내 발목을 휘감고 끌어당겼다. 천천히 다른 소용돌이들도 모래와 돌멩이 사이에서 솟구쳐 올라 내 다리와 배를 휘감고 물레처럼 돌리기 시작했다. 두려움과 공포가 엄습했다. 미친 듯 팔을 휘저었지만 소용돌이에서 벗어날 수가 없었다. 발이 모래 속으로 끌려 들어가는 게 느껴졌다. 소용돌이가 나를 모래 속으로 빨아들였다. 마치 모래 늪 같았다. 탐욕스럽게 쩝쩝거리며 무릎까지 먹혔을 때, 손바닥을 모래 바닥에 대고 몸을 돌리면서 필사적으로 빠져나오기 위해 발버둥 쳤다. 하지만 발버둥 치면 칠수록 모래 속으로 점점 더 깊이 빨려 들어갈 뿐이었다. 소용돌이가 내 상체를 감싸며 팔을 휘감았다. 소용돌이에서 벗어나기 위해 팔을 움직여 보았지만, 엑스칼리버의 무게 때문에 쉽게 벗어날 수가 없었다. 칼을 손에서 놓고 싶지 않았지만, 이미 두 다리가 모래 속에 파묻힌 상태에서 팔 하나를 자유롭게 움직일 수 없으니 절대로 빠져나올 수 없을 터였다. 점점 힘이 고갈되어 갔다. 그럴수록 소용돌이는 점점 더 위세를 떨치며 내 가슴을 휘감았다. 그 순간, 분노가 치밀어 올랐다. 여기 모래와 소용돌이 속에서 시간을 낭비하고 앉아 있을 겨를이 없었다. 이번에는 배꼽까지 모래에 처박혔다. 몸을 위로 끌어당기며 온 힘을 다해 모래 구멍에서 몸을 꺼내 보았지만, 1 내지 2센티미터나 빠져나갔을까? 이내 모래구덩이가 그보다 훨씬 더 강한 힘으로 나를 끌어당겼다. 그러고는 힘이 고갈되었고, 그대로 상체까지 파묻히기 시작했다.

화가 머리끝까지 치밀었다. 운디네와 바다, 모래에 화가 났다. 이렇게나 어려운 과제를 혼자 감당해야만 하는 사실에 화가 났다. 그리고 이제 모든 게 수포로 돌아가리라는 사실에도 화가 났다. 엑스칼리버를 치켜들었다. 그러고는 모래 바닥 깊숙이 꽂아 넣었다. 성난 모래가 눈앞에서 솟아올랐다. 모래도 비명을 지를 수 있다는 사실을 처음 알았다. 귀가 찢어질 것 같은 비명 소리에 귀를 틀어막아야 했다. 모래가 주춤하며 내게서 물러섰다. 한 번 더 모래에 칼을 꽂아 주었다. 모래와 소용돌이 속으로 사정없이 찔렀다. 단지 화를 못 이겨 나 스스로가 다치지 않도록 주의했다. 그러자 믿을 수 없는 일이 벌어졌다. 소용돌이가 물러가기 시작한 것이다. 모래도 힘을 잃었다. 하지만 그들이 폭발하면서 내지른 비명 소리 때문에 두개골이 찢겨 나갈 것 같았다. 모래에서 빠져나와 암석 쪽으로 헤엄쳐 갔다. 물론 주변에 위험 요소가 없는지 잘 둘러보았다. 저 뒤쪽에서 소용돌이가 점점 가늘어지더니 결국 형체를 잃고 사라지는 게 보였다. 그러고도 몇 개의 공격이 더 있었지만 엑스칼리버로 겨우 막아 낼 수 있었다. 결국 모든 소용돌이가 잠잠해진 후 몸을 일으켜서 주위를 둘러보았다. 몇 미터 앞에 이스의 지하 암석이 보였다. 의심의 여지가 없었다. 이런 사악한 흑마법을 사용할 수 있는 건 운디네뿐이었다.

천천히 암석 주변을 돌아보았다. 혹시 다른 공격이 이어지지 않을까 긴장하고 있었지만, 운디네들은 침입자가 설마 저 모래사장을 통과할 수 있을 거라고는 생각지 못한 모양이었다. 다시 한 번 암석 벽 주위를 돌며 입구를 찾아보았다. 두 번째 시도에서도 암석 속으로 이어지는 통로를 찾아낼 수 없었다. 정말 이스가 맞는지 알려면 위로 올라가 보는 수밖에 없었지만, 천천히 암석을 훑으며 꼼꼼히 살펴보았다. 인내심이 바닥나고 있었지만 포기해선 안 되었다. 암석은 표면이 거칠고 갈라진 틈도 많았기 때문에 혹시 입구를 못 보고 지나쳤을 가능성도 있었다. 이제 와서 처음부터 다시 찾아보는 건 의미가 없었다. 지금 당장이라도 입구로 보이는 곳이 있으면 들어가서 직접 확인해야 했다. 그 안에 또 다른 괴물이 기다리고 있을지라도 말이다.

천천히 암석을 더듬으며 살펴보다가 문득 이런 생각도 들었다. 혹시 주문이라도 외워서 입구가 나타나게 만들어야 하는 거 아냐? 바보 같다는 생각도 들었지만 해 보지 않고는 모르는 거였다. 그 정도로 절박했다. 나지막이 속삭여 보았다.

"열려라 참깨!"

비록 이 긴장감과 중압감, 피로 때문에 넋이 나갈 정도로 신경이 곤두서 있었지만 피식 웃음을 터뜨리고 말았다. 예상대로 암석이 접힌다거나 입구가 갑자기 생겨나지는 않았다.

여러 가지 생각에 몰두해 있느라 하마터면 어두운 틈새 하나를 못 보고 지나칠 뻔했다. 표면이 가파른 바람에 팔이 미끄러졌다. 조심스럽게 그 안으로 몸을 끌어 올렸다. 그 틈은 수직이 아니라 수평으로 죽 이어져 있었고, 음침한 어둠이 가득했다. 폭이 50센티도 채 안 되는 것 같았다. 이게 설마 그 입구인 걸까? 천천히 헤엄쳐 앞으로 나아갔다. 물줄기는 위쪽으로 치솟고 있었다. 체광을 사용해도 될까? 하지만 이 통로가 어디에 닿는지 알 수 없었기 때문에 위험 부담이 컸다. 만약 동굴 안에 있는 호수로 곧장 연결된다면, 운디네들에게 발각될 수도 있으니까 아주 약한 체광만 내기로 했다. 아예 불빛 없이 가기에는 바로 앞에 뭐가 도사리고 있을지 모르니 너무 무서웠다. 검은 어둠 가운데 천천히 조개로 뒤덮인 통로가 드러났다. 사람 하나가 간신히 드나들 수 있는 크기였기 때문에 폐쇄공포증 환자라면 발작을 일으킬 터였다. 물론 누구라도 이 통로를 이용할 만한 일 자체가 없겠지만 말이다. 조심스럽게 물살을 가르며 위쪽으로 나아갔다. 이런 통로 안에 독이 있는 바다뱀이나 가오리가 사는 구멍이 없다는 게 기적이었다. 아니면 괴물이라도 한 마리쯤 있을 법했지만, 아마 누군가가 여기에 출입할 거라고는 아무도 생각하지 못한 게 틀림없었다.

얼마간 시간이 흐르자 긴장이 좀 풀리는 것 같았다. 그래서 체광을 껐다. 부디 여기가 옳은 통로이길, 섬의 다른 곳으로 연결되지 않기만을 바랄 뿐이었다. 위를 바라보니 아주 작은 빛점 하나가 보였다. 내 추측이 맞다면 동굴 안에 있는 호수일 터였다. 빛점에 가까워질수록 심장이 쿵쾅거렸다. 드디어 그토록 바라던 목적지에 도착한 것이다. 물론 내가 바랐던 건 아니었지만—숨을 크게 들이마셨다. 점점 용기가 사라졌다. 온몸의 피가 심장으로 몰리는 것같이 쿵쾅거렸고, 정신이 아득해졌다.

캘럼을 떠올렸다. 그가 내 곁에 있었다면 얼마나 좋았을까? 나 혼자서는 불가능했다. 무리였다. 해 내지 못할 거라는 불안감이 엄습했다. 몸을 웅크리고 벌벌 떨고 싶었지만 통로가 워낙 좁아서 불가능했다.

엑스칼리버만이 유일하게 나를 지탱해 주었다. 검이 약하게 빛나는 게 느껴졌다. 칼을 쥐고 있는 손에 전기가 흘러 온몸에 퍼져 나가는 것 같았다. 그러자 두려움이 아주 작아져서 사라졌다. 이내 마음이 편안해졌다.

칼을 가슴에 대고 진심을 담아 감사를 표했다. 그러고는 위로 계속 전진했다. 무슨 일이 있어도 혼자 해 내야만 했다. 아무도 나를 도와줄 수 없었고, 이미 예전부터 그렇게 정해져 있던 일이었다. 이제 내가 할 수 있는 일은 잡생각은 다 내려놓고 정신을 집중하는 거였다.

물론 위로 올라갔을 때 무엇이 나를 기다리고 있을지는 모르는 일이었다. 알린이 무릴을 발견했을 때는 운 좋게 주변에 아무도 없었지만 설마 운디네들이 이번에도 경비 없이 무릴을 방치해 뒀을까?

하지만 지금 전쟁이 한창일 터였고, 운디네들도 새로운 희생자를 찾느라 모두 전쟁터에 나가 있을 가능성이 컸다. 그럼 동굴에 남아 있는 건 극히 소수일 터였다.

이제 수면에 가까워지고 있었다. 물 위로 약한 빛이 어른거렸다. 물 아래에서 바깥을 살펴보려 해 봤지만 아무것도 보이지 않았다. 어쩔 수 없이 수면 위로 고개를 내미는 위험을 감수해야만 했다. 그래서 조심스럽게 투명한 물 위로 고개를 내밀어 보았다.

긴장감 때문에 심장이 얼어붙는 것 같았다. 알린의 묘사와 달리 동굴 내부는 상당히 넓었다. 물 아래서 봤던 빛은 기괴하게 흐느적거리는 회색의 존재들이 내는 희미한 빛이었다. 너무도 겁이 나서 몸을 움직일 생각조차 할 수 없었다. 게다가 이미 내가 침입한 사실을 눈치 채고 있을 게 분명했다. 하지만 몇 분이 경과해도 아무 일이 일어나지 않자 용기를 내어 물 밖으로 머리를 조금 더 내밀어 보았다. 그제야 운디네들이 지금 무엇에 집중하고 있는지 알아차렸다.

그들은 무릴을 보고 있었다.

바로 맞은편에 거울이 있었지만 그림자 때문에 자세히 볼 수는 없었다. 무릴이 내뿜는 어슴푸레한 빛만 알아볼 수 있었다. 예전에 탈린의 방에서 보았던 걸 떠올려 보았지만 저렇게 빛이 났었는지는 잘 기억나지 않았다. 고개를 좀 더 내밀고 거울을 훑어보았다. 운디네들이 거울을 복구해 놓은 건 확실했다. 예전에 깎여 나간 부분에는 이제 수려한 문양의 글씨가 새겨져 있었다. 마치 단 한 번도 훼손된 적이 없었던 것같이 감쪽같았다.

거울을 바라보며 생각에 잠겼다. 지금 물에서 얼른 나가 엑스칼리버로 거울을 파괴해야 할까? 그때 운디네들이 기괴한 노래를 부르기 시작했다.

첫 번째 음색이 귀에 닿기도 전에 어지럽기 시작했다. 그리고 점점 나의 의지가 사라지기 시작했다. 그리고 내가 그들 앞에 나아가 항복하고 꿇어 엎드리기만 하면 모든 게 다 잘될 것만 같은 기분이 부드럽게 스며들었다. 나에게는 아무 일도 일어나지 않을 거다. 그들이 나에게 속삭이며 유혹했다. 그들의 음성이 눈앞에서 영상이 되어 펼쳐졌다. 그들은 내 모든 소망을 이루어 주겠노라고 나에게 약속했다.

캘럼이 나를 안아 들고 푸른 초원 위를 걸었다. 그리고는 나를 풀밭 위에 눕혀 놓고 입 맞추기 시작했다. 엄마와 아레스가 손을 잡고 나무 그늘 아래서 걸어 나왔다. 바닷가에 서니 미로와 아미아가 보라색 곱슬머리를 한 작은 여자아이와 함께 수영하며 손을 흔들어 보였다. 나의 몸이 서서히 물속으로 가라앉기 시작했다. 손의 힘이 풀리며 엑스칼리버가 미끄러지려는 찰나, 살이 찢겨 나가는 고통이 느껴졌다. 나도 모르게 검을 다시 바싹 쥐었다. 정신을 차리고 손을 살피니, 칼 손잡이를 쥐었던 손바닥에 하얀 수포가 잡혀 있었다. 단검 손잡이에 손을 덴 것이었다.

잠시 어리둥절했지만 곧 이유를 깨달았다. 나는 방금 운디네들의 최면에 걸릴 뻔했던 것이다. 아마도 옛 전설 속의 세이렌이 선원들을 노랫소리로 유혹해 바다에 빠져 죽게 만들었던 것처럼 운디네들도 노랫소리로 희생양을 죽음에 이르게 만드는 것이리라. 설마 인간인 데다 남자도 아닌 여자로서 그들의 최면이 통할 거라고는 생각도 못 했다. 저들이 나를 못 본 건 확실했지만 저들이 부르는 노래만큼은 나에게도 먹혀들었던 것이다. 다행히 엑스칼리버가 내 손을 태워 최면에 걸리지 않도록 지켜 준 것이었다.

다시 수면 위로 헤엄쳐 올라가 조심스럽게 호수 위로 고개를 내밀었다. 운디네들의 노랫소리를 듣지 않기 위해 귀를 틀어막고는 무릴에만 집중했다. 아마도 아까 운디네들이 노래를 부른 이유는 거울을 작동시키려는 것이었나 보다. 거울에 희미한 영상이 깜박이며 나타나기 시작했다. 화면이 선명해지는 데는 얼마간 시간이 걸렸다. 나는 물속에 숨어 내가 사랑하는 사람들에게 지금 무슨 일이 일어나고 있는지 지켜보았다.

눈앞에는 참혹한 전장의 모습이 펼쳐지고 있었다. 그게 어디인지는 알 수 없었지만 레일린이 아닌 것만은 확실했다. 무릴 속의 장면이 자꾸만 바뀌었다. 아마도 운디네들이 누군가를 찾고 있는 중인 듯했다. 전투 장면이 보였다가, 바다나 안개 덮인 산맥의 모습이 거울 속에 비쳤다.

그러다가 장면이 고정되었다. 셀리코트들이 바다에서 뭍으로 올라오고 있었다. 엘린의 수하들일까? 아니면 우리 편인가? 하지만 모습만으로는 적과 아군을 분간할 수 없을 터였다. 전쟁 장면에서만 봐도 그 둘을 구분해 내긴 어려웠다. 엘프들과 파우누스가 싸웠고 검은 망토를 두른 뱀파이어들은 셸리코트의 삼지창을 막아냈다. 장면이 이동했고, 전장의 끄트머리에서 멀린과 마법사들의 무리가 여기저기에 번개 마법을 날리고 있었다. 하지만 그게 전세를 도왔는지는 알 수 없었다. 도처에 죽거나 다친 사람이 널려 있었고 오늘 밤을 넘기기 전에 모두 다 죽게 될 터였다. 그 참혹한 장면을 보고 싶지 않았지만 눈을 뗄 수가 없었다. 바닥에 쓰러져 있는 남자들의 몸에서 회색 안개가 피어올라 전투 중인 다른 남자들의 머리 위를 맴도는 게 보였다. 그들이 찾는 건 새로운 숙주였다. 그렇게 운디네에게 영혼을 빼앗겨 버린 자들은 아무런 저항도 못 한 채 산 시체가 되고 말았다. 그런 다음에는 조금 전까지 함께 싸우던 동료를 공격하기 시작하는 것이었다.

화면 속에서 캘럼을 찾았다. 그가 무사한지 확인해야 했다. 물속에서 몸을 점점 더 빼고 거울을 지켜보았다. 운디네들이 바로 앞에 있었지만 나를 보지는 못했다. 노래와 무릴에만 집중하고 있는 것 같았다.

검은 말을 타고 전장을 가르는 엘리시엔의 모습이 보였다. 그녀의 뒤를 레이븐이 호위하고 있었다. 그때 어떤 셸리코트 하나가 레이븐에게 빠르게 접근해 삼지창을 날리는 게 보였다. 레이븐은 그 사실을 알지 못했다. 두 손으로 터져 나오려는 비명을 가까스로 틀어막은 순간, 엘리시엔이 검으로 레이븐을 향해 날아오던 삼지창을 쳐 냈다. 가까스로 숨을 돌렸다. 레이븐이 엘리시엔을 향해 고개를 끄덕여 보인 다음 검으로 전장 중의 누군가를 가리켜 보였다. 레이븐의 시선을 따라가니 거기에는 엘린이 서 있었다. 그는 자신의 수하들에게 둘러싸여 누군가를 죽이거나 다치게 할 때마다 소름 끼치는 목소리로 웃었다. 분노가 치밀어 올랐다. 조용히 호수 가장자리로 나아갔다. 거울을 파괴하려면 좀 더 가까이 다가가야 했다. 엑스칼리버를 던져서 거울을 파괴할 수 있을 거라고는 생각하지 않았다. 던지는 데는 젬병이었기 때문이다. 만의 하나 엑스칼리버가 거울 모서리나 암석에 빗맞으면, 그걸로 끝이었다.

살금살금 뭍에 올랐다. 몸에서 물이 뚝뚝 떨어지는 소리가 내 귀에도 들렸다. 덜덜 떨면서 거울을 노려보며 차가운 동굴 바닥에 맨발로 섰다.

거울 속에서는 끝없는 전투가 이어졌다. 고함 소리와 신음 소리, 무기가 부딪치는 소리가 동굴 속에 귀가 아플 정도로 쩌렁쩌렁 울렸다. 마치 언제라도 그들이 거울을 뚫고 쏟아져 나올 것 같았다.

그때, 캘럼이 눈에 들어왔다. 그의 셔츠는 온통 피로 얼룩져 있었다. 한 손에는 삼지창을 들고 있었고 다른 한 손으로는 피가 흐르는 곳을 꽉 누르고 있었다. 그의 얼굴은 창백했지만 그의 눈빛은 이상한 광기로 번뜩였다. 이 전쟁에서 이기거나 죽어 나가거나—어떤 결과라도 상관없는 것 같아 보였다.

거울 쪽으로 채 몇 발짝도 다가가지 않아 거울에 캘럼과 조엘의 얼굴이 비쳤다. 캘럼이 흠칫 놀라며 뒤로 물러섰다. 거울 속에 비친 조엘은 전과 다름없는 모습이었지만, 그를 아는 사람이라면 누구라도 그가 더 이상 조엘이 아니라는 걸 알 수 있었다. 캘럼이 조엘과의 전투를 피하려는 게 느껴졌지만, 캘럼을 본 조엘이 마치 짐승의 울부짖음 같은 괴성을 내지르며 그에게 돌격해 왔다. 두 사람의 무기가 날카롭게 부딪치는 소리가 허공을 갈랐다. 그 두 사람에게 엘린이 접근하는 게 보였다. 엘린이라면 이 기회를 그냥 놓치지 않을 터였다. 레이븐과 엘리시엔이 캘럼을 돕기 위해 말을 타고 군중을 헤치며 이쪽으로 향하려 했지만, 워낙 열세였기 때문에 가까스로 자신들의 목숨만 부지하고 있는 형편이었다. 가망이 없었다. 레이븐이 말에서 뛰어내리더니 캘럼 쪽으로 내달렸다. 물론 훨씬 위험했지만 그 편이 더 빠르게 캘럼에게 닿을 수 있었다. 조엘의 광기 어린 검은 눈이 두려웠지만, 캘럼은 상처 입은 팔로도 그의 옛 친구와의 전투를 가까스로 이어 나갔다. 하지만 출혈 때문에 오래는 버틸 수 없을 터였다. 만약 자신의 가장 친한 친구를 죽이게 된다면, 전장에서 살아남는다 한들 캘럼이 그 무게를 떠안고 살아갈 수 있을까? 두려움 때문에 낮게 흐느끼며, 몸을 움직일 기력도 없이 거울만 응시하다가 이래서는 모든 게 수포로 돌아갈 것 같아서 재빠르게 운디네들 뒤로 몸을 움직여서 안전하게 몸을 숨기고 있으면서도 거울을 지켜볼 수 있는 곳으로 자리를 옮겼다.

엘린이 조엘과 캘럼에게 거의 도달한 게 보였다. 이제 그가 캘럼을 붙잡으면 어떻게 할지는 뻔했다. 당장 뭐라도 해야 했다. 자리를 박차고 일어나려는데 거울 속에 미로의 얼굴이 나타났다. 무기도 없이 빈손으로 격렬한 전투의 한가운데로 자신을 내던진 것이다. 어떻게 그런 일이 가능한지는 이해할 수 없었다. 미로가 엘린 앞에 섰다. 정신이 나간 게 틀림없었다. 엘린이 악랄하게 웃었다.

"내 여동생의 불쌍하고 보잘것없는 남편이군. 캘럼한테 버림받고 보니 그럴듯한 놈들은 없었나 보지?"

그런 다음 숨이 넘어갈 것처럼 웃어 댔다. 갑작스러운 상황 전개에 조엘과 캘럼이 잠시 뒤로 물러섰다.

"아미아와 나는 서로 사랑하고 있어 엘린! 넌 사랑이 뭔지 절대로 모르겠지만!"

도대체 어디에서 저런 용기가 나오는 거지? 미로 덕분에 캘럼은 잠시 숨을 돌리고 있었지만, 두 사람 다 일촉즉발의 상황이었다. 특히 미로의 행동은 위험하면서도 어리석었다.

"사랑? 사랑은 뭣도 아니야. 너희의 버러지 같은 삶에서 그나마 의미 있는 건 고통과 죽음뿐이지. 사랑하는 자들의 인생이 얼마나 불쌍한지, 사랑을 잃어버릴까 무서워서 벌벌 떨면서 심장을 조이고 있는 얼간이들 같으니!"

"넌 절대로 이해 못 할 거야!"

미로의 목소리가 떨렸다. 조금이라도 생각이 있다면 지금 즉시 도망쳐야 했다. 어째서 아무도 미로를 도와주지 않는 거지?

"내가 이해를 못 해?"

엘린이 속삭였다.

"그래, 네가 옳아. 하지만 너도 이제 곧 이해할 수 없게 될 거다!"

그러고는 팔을 치켜들었다. 그의 손끝에서 삼지창이 번쩍거렸다.

지금도 이후에도 그녀가 어디에서 튀어나왔는지 이해할 수 없었다. 도대체 이 피 튀기는 전장 어디에서 그녀가 튀어나왔는지 아는 사람은 아무도 없었다. 그냥 일순 눈앞에 나타난 것 같았다.

아미아가 미로와 삼지창 사이로 뛰어들었고, 창날이 그녀의 가슴을 꿰뚫었다.

그리고 바로 그 순간, 엑스칼리버가 내 손에서 튀어나가 무릴을 두 쪽으로 쪼개 버렸다.

나의 비명이 운디네들의 괴성과 섞였다. 땅에 꿇어앉으며 귀를 틀어막았다. 온몸에 고통이 퍼져 나갔다. 회색 그림자들이 내게 다가오는 게 보였다. 아무리 안개의 형상을 하고 있어도 그들의 아름다움은 치명적이었다. 생기 없는 눈동자의 아름다운 여자들의 형상이 나를 둘러싸고 꿈틀거리는 손아귀를 폈다. 내 핏줄을 타고 얼음 같은 냉기가 체내로 들어오는 것 같았다. 엑스칼리버 없이는 그들 앞에서 죽은 목숨이었다. 그들이 나를 짓누르며 들어오려는 것 같았다. 하지만 무슨 일이 있어도 영혼만은 빼앗길 수 없었다. 버둥거리며 엑스칼리버를 향해 손을 뻗었다. 1밀리미터씩 칼에 다가가는 동안 운디네들이 또다시 노래를 부르기 시작했다. 한번 경험했던 터라 그들이 안겨 주는 허상에 대비해서 마음을 단단히 먹었다. 하지만 이번에는 내가 상상할 수조차 없을 만큼 끔찍한 영상들이 머릿속에 스쳐 지나갔다. 죽은 아미아 곁에는 캘럼이 누워 있었고, 그의 상처에서 피가 콸콸 쏟아져 나왔다. 미로는 그의 다리를 베고 널브러져 있었다. 그들 옆에는 엘린이 승리감에 도취된 얼굴로 서 있었다. 저 멀리 동이 터 오는 가운데 레이븐이 차가운 눈으로 캘럼을 내려다보고 있었다.

순간 모든 희망이 무너져 내렸다. 만약 이게 사실이라면 나도 캘럼을 따라 죽고 싶었다. 모든 게 끝났고, 결국 아무것도 바꾸지 못한 셈이었다. 무릴을 부수었지만 전쟁에선 지고 만 거다.

그때였다. 운디네들의 노래가 멈췄고, 머릿속의 영상이 사라졌다. 마지막 남은 힘을 그러모아 눈을 떠 보았다.

모든 게 거짓말 같았다. 운디네들의 얼굴이 내 눈앞에서 변화하고 있었다. 그들의 꽃잎 같은 입술은 검은 구멍으로 바뀌어 갔다. 고운 피부는 종잇장처럼 구겨졌다. 비단결 같던 머리칼은 백발로 변했다.

하지만 아직 끝난 건 아니었다. 나는 무릴을 바라보았다. 거울은 이미 두 동강 나 있었지만 예언대로 끝을 보려면 거울을 가루로 만들어야 했다. 다른 건 생각하지 않고 거울을 향해 기어갔다. 하지만 운디네들도 아직 포기하지는 않은 것 같았다. 계속 나를 움켜잡으려고 했지만 그들의 연기와 같은 몸은 나를 잡지 못하는 대신 미스기르와 피부를 불태웠다. 또 그들의 노래는 이제 기괴한 울부짖음으로 변해 있었다.

너무 아팠다. 온몸이 덜덜 떨렸지만 계속해서 무릴을 향해 기어갔다. 거울 윗부분의 조각은 이미 많이 깨져 있었다. 그래서 온 힘을 다해 아래쪽 조각을 부수기 시작했다. 비록 거울은 깨졌지만 계속 전장의 영상이 보였다. 미로는 아미아를 끌어안고 울부짖으며 눈물을 흘렸다. 레이븐이 그를 꽉 붙잡고 같이 울고 있었고, 엘린은 무표정한 얼굴로 여동생을 바라보는 중이었다. 그의 얼굴이 마치 가면을 쓴 것 같았다.

그런 다음, 절대로 잊지 못할 광경이 연출되었다. 적들의 몸에서 회색 안개들이 빠져나가자 거의 대부분이 서 있던 자리에서 고꾸라졌다. 캘럼과 대치 중이던 조엘이 갑자기 행동을 멈추었고, 그를 꿰뚫기 위해 캘럼이 쳐들었던 삼지창은 거의 그의 살갗에 닿기 직전에 멈추었다. 조엘의 몸에서도 회색 안개가 빠져나갔고, 그가 쓰러지며 캘럼의 품에 안겼다. 그의 몸에서 빠져나간 안개가 마치 무언가를 기다리듯 허공을 맴돌았다. 캘럼이 친구에게 몸을 굽히고는 그의 어깨를 잡고 흔들었다. 조엘이 눈을 뜨고 캘럼을 바라보았다. 거울을 통해 보아도 그가 다시 돌아왔음을 알 수 있었다.

다른 이들의 몸에서도 회색 안개들이 빠져나왔다.

그때 칼을 들고 나타난 미로가 엘린을 향해 달려들었다. 엘린은 멍하니 서 있었다. 하지만 미로는 엘린의 몸에서 빠져나오는 거대한 회색 그림자를 보지 못했고, 그의 가슴 가득한 분노를 내지르며 엘린의 가슴에 칼을 꽂아 넣었다.

아무도 움직이지 않았다. 마침내 엘리시엔 여왕이 굳은 얼굴로 그들에게 다가가 미로를 엘린으로부터 떼어 놓았다.

거울 위로 엘린의 일그러진 얼굴이 보였다. 그가 입을 열고 중얼거렸다.

"미안해 아미아······. 이건 내가 원한 게 아니었어······."

그러고는 영원히 움직이지 않았다.

나 말고 다른 누군가가 들었는지는 모르지만, 그의 마지막 말은 나의 뇌리에 박혀 그 후로도 오랫동안 잊히지 않았다.

너무도 끔찍한 걸 많이 봐서 마치 몸이 마비된 것 같았다. 제발, 이제 이 모든 게 끝났기를! 하지만 왜 아직도 저 회색 안개 같은 존재들은 거울 속이나 지금 여기에서 사라지지 않는 거지?

상체를 일으키자 끔찍한 고통이 전신을 훑었다. 운디네들은 기괴한 모습으로 이제 내 주위를 감쌌다. 그들의 구역질 나는 회색빛이 활활 타오르는 것 같았다.

손을 더듬어 엑스칼리버를 찾았다. 드디어 손끝에 칼이 느껴지자마자 움켜잡은 뒤 거울의 나머지 부분을 박살 내 버렸다. 거울이 파괴될 때마다 몸의 고통도 줄어드는 것 같았다. 그렇게 온몸의 힘이 고갈될 때까지 거울을 부수다가 주위를 둘러보니 사방이 고요했다. 운디네들의 분노 어린 괴성도 멎었다. 그렇다고 크게 무슨 일이 일어난 것은 아니었고, 단지 몇 걸음 물러나 있을 뿐이었다. 내 손을 내려다보니, 회색의 먼지로 뒤덮여 있었다. 이제 무리는 흔적도 없이 부서져 버렸다. 엑스칼리버는 자신의 임무를 완수한 셈이었다. 칼을 단단히 움켜쥐고 일어섰다.

이제 운디네들은 어떻게 되는 거지? 이긴 건가? 아니면 다음 번 희생자를 기다리려 할까? 원래 책에는 무릴이 완전히 파괴되면 운디네들도 영원히 힘을 잃고 회색의 먼지로 변할 거라고 쓰여 있었다.

하지만 아직 그들은 먼지로 변하지 않았다. 물론 남자를 유혹할 수 있을 것 같은 모습은 아니지만 먼지로 변하지도 않았다.

이제 무슨 일이 일어나는 걸까?

호수로 한 발짝 향하려는데, 가장 가까이 있던 운디네가 부드럽게 무너져 내리기 시작했다. 그리고 반짝이는 먼지로 변해 공기 중에 분해되어 버렸다. 그 기이한 모습에 눈을 뗄 수가 없었다. 다른 운디네들도 차례대로 먼지가 되어 사라졌다. 결국 모두가 다 같은 운명을 맞고 난 뒤, 동굴 바닥에는 반짝이는 먼지들 외에 아무것도 남아 있지 않았다.

지금 전장에 있는 운디네들에게도 이와 동일한 일이 일어나고 있을 것이다.

바람 한 가닥이 일어나 최후의 먼지 한 톨까지 사라져 버린 이후에는 나 홀로 어두운 동굴 안에 서 있었다. 벌벌 떨면서 몸을 그러안았다. 이제는 아무 소리도 들리지 않았고 전신에 흐르던 통증도 썰물처럼 물러가 있었다. 내 생각은 단 한 가지에만 머물렀다.

아미아는 어떻게 된 걸까?

다친 걸까? 아니면 혹시……. 지금은 그런 생각은 하고 싶지 않았다. 그저 그녀가 무사하기만 바랄 뿐이었다.

그때였다. 무언가가 무너지는 소리가 났다. 사실 소리가 들리기 전에 이미 바닥의 진동을 느꼈다. 마치 바다가 운디네들이 몇 세기 동안 품어 온 그 모든 죄악들을 정화하려고 하는 것 같았다. 동굴 밖으로 나가 보니 섬 안쪽에서부터 굉음과 함께 흙먼지가 일고 있었다. 서둘러 동굴 속으로 다시 들어가자마자 동굴이 무너지면서 입구가 막혀 버렸다. 재빨리 호수로 달렸다. 섬 전체가 무너지기 전에 여길 탈출할 수 있을까? 등 뒤에서 모든 게 무너지는 소리가 들려오자 더는 생각할 겨를 없이 호수 안으로 뛰어들었다.

다급하게 지하로 죽 이어진 좁은 통로 안으로 잠수하는 동안, 어둠이 주위를 뒤덮었다. 온 사방에서 무너지고, 부서지는 소리가 나면서 통로가 점점 좁아지는 게 느껴졌다. 지진 때문에 지반이 밀리면서 호수 내의 통로 벽이 밀리는 모양이었다. 점점 좁아져 가는 통로 속을 겨우 빠져나가면서 입구까지 얼마나 걸릴지 가늠해 보았다. 아니, 탈출할 수나 있을까? 중간에 암석 사이에 짓눌려서 몸이 짓이겨지는 거 아닐까? 미르기르의 어깨 부분이 찢겨져 나갔고 온몸은 암석에 긁혔다. 암석에 난 날카로운 조개들을 손으로 붙잡고는 마치 암벽을 타듯 좁은 통로를 겨우겨우 빠져나가 결국은 입구에 도착했지만 이미 위쪽에서 떨어진 크고 작은 돌덩이들 때문에 막혀 있는 상태였다. 죽을힘을 다해서 돌덩이들을 헤쳐 나가기 시작했다. 내가 뒤쪽으로 보낸 돌덩이들은 다시 등에 떨어지기 일쑤였고, 간신히 1 밀리미터씩 앞으로 나아가는 것 같았다. 지금만큼은 엑스칼리버도 아무런 도움이 되지 못했다. 운디네들도 죽은 지금, 이렇게 어려운 관문이 마지막에 기다리고 있을 줄은 생각도 하지 못했다. 그때 위에서 떨어져 내린 거대한 돌덩이 하나가 등을 짓눌렀고, 헉 소리와 함께 폐에서 공기가 빠져나갔다. 이대로는 돌덩이에 깔려서 압사하는 건 시간문제였다. 다시는 캘럼을 만나지도, 만지지도, 그의 팔에 안기지도 못하게 되다니, 절대 그렇겐 안 돼! 게다가 운디네도 다 이긴 지금에 와서 그렇게 되는 건 너무 억울했다. 이 빌어먹을 돌덩이들 바로 앞은 광활하고 자유로운 바다였다. 바다에만 닿으면 모든 게 다 끝날 것이다. 정말이지 젖 먹던 힘까지 다해서 돌들을 헤치고 비좁은 틈새로 내 몸을 밀어 넣었다. 그제야 비로소 얼음같이 차갑고 신선한 바닷물이 느껴졌다. 그 신선함을 깊이 들이마시며 드디어 밖으로 빠져나왔다.

드디어 자유였다.

하지만 기쁨도 잠시, 거대한 암석 파편들이 총알처럼 나를 스치고 지나가 아래로 떨어지자 내 아래의 해저 바닥에서 회오리치듯 모래 기둥이 솟구쳐 올랐다. 그제야 아직 끝난 게 아니라는 사실을 깨달았다.

섬이 갈라지며 두 쪽으로 쪼개지고 있었다. 점점 더 빠른 속도로 암석 파편과 돌덩이 들이 해저 바닥으로 떨어져 내렸고, 그 충격파 때문에 핀볼 공처럼 파편 사이로 몸이 튕겨져 나갔다. 붙잡을 만한 데도 없이 무서운 속도로 떨어져 내리는 뾰족한 암석 조각을 피하다가 결국 어깨를 다치고 말았다. 고통이 전신에 퍼져 나갔다. 더 이상은 무리였다. 게다가 이제는 눈곱만큼의 기력도 남아 있지 않았다. 이제 곧 섬 전체가 머리 위로 가라앉으면서 나를 바다 깊은 곳에 생매장시킬 것이다.

간절히 캘럼을 떠올렸다. 그에게 돌아가긴 무리였다.

미안해. 최선을 다했지만 더 이상은 못 할 것 같아.

피곤이 엄습했다. 섬과 함께 생을 마감하는 게 운디네들을 없앤 대가라면 어쩔 수 없이 받아들이는 수밖에. 어쨌든 임무는 완수했으니까. 캘럼의 세계를 구했으니까.

거대한 충격파가 내 몸을 요요처럼 돌렸다. 눈을 크게 떴다. 그때 내 쪽으로 거대한 돌덩이 하나가 날아오는 게 보였다. 저기에 맞으면 가루가 될 터였다. 몸을 살짝 회전시켜 마지막 힘으로 피해 보려 했다. 하지만 돌의 수압이 나를 해저 바닥 쪽으로 짓눌렀다. 계속 이 속도로 헤엄치다가는 이대로 짓눌릴 터였다. 돌덩이가 바로 뒤로 다가왔고, 내 등을 짓누르자 무언가가 부서지는 소리가 났다. 계속 아래로 짓눌리자 모래가 코와 입과 눈으로 들어갔다. 몸을 버둥거려 보았지만 움직일 수 없었다. 곧 주위가 어두워졌다.

그게 마지막이었다.

20장

꿈을 꾸고 있었다. 아름다운 꿈이었다. 피부 위로 익숙한 손길이 느껴졌다. 누군가가 내 얼굴에 박힌 돌덩이들과 모래들을 걷어 냈고, 피부 위에 난 상처들을 어루만졌다. 강인한 팔이 나를 감싸 안고 흔들었다. 눈을 뜨고 싶지 않았다. 꿈에서 깨고 싶지 않았다. 그의 품 안으로 파고들었다. 내 뺨에 따스한 온기가 느껴졌다. 익숙한 향기를 맡았다. 눈을 뜨면 또다시 물보라와 소음, 고통이 찾아올 터였다. 운디네들의 괴성이 떠올랐다. 그들이 나에게 달려들어 찢어질 듯한 고통을 주던 게 떠올랐다. 공포 때문에 몸을 움츠렸다. 하지만 팔이 나를 잡아 주었다. 캘럼의 목소리가 들렸다. 그가 나를 끌어안으며 작게 속삭였다.

"날 떠나면 안 돼! 이젠 다 끝났어. 엠마, 내 목소리 들려?"

그가 애원했다.

"눈 좀 떠 봐! 나에게 제발 돌아와. 날 혼자 두고 가지 마!"

하지만 눈을 뜰 수 없었다. 눈을 뜨면 이 꿈이 다 사라질 것 같았다. 여기가 어디지? 몸이 덜덜 떨렸다. 전투 장면들이 생생하게 눈앞에 펼쳐졌다. 마치 카메라 렌즈가 초점을 맞추듯 내 뇌가 장면들을 떠올려 냈다. 아미아가 미로의 팔에 안겨 있고, 그녀의 가슴에는 엘린의 삼지창이 깊이 박혀 있다. 그녀의 입가엔 옅은 미소가 떠올라 있다. 그게 미로를 향한 것인지, 친오빠를 향한 건지는 몰랐다.

흐느낌이 북받쳐 올랐다. 보고 싶지 않았다. 몸을 웅크리자 장면들이 사라졌다.

"내가 여기 있어."

캘럼이 속삭였다. 그가 내게 키스했다. 그의 목에 팔을 두른 후, 눈을 떴다.

밝은 바다 빛이 나의 몸을 감쌌다. 캘럼이 암석에 기대어 나를 팔에 안고 있었다. 사방에는 해초가 뒤덮여 있었고 바닷물 저 너머로 태양이 아른거렸다. 그가 나를 진정시키듯 쓰다듬으며 부드럽게 말했다.

"이젠 다 끝났어."

"날 구해 준 거야?"

아직 꿈을 꾸고 있는 게 아닐까 의심스러웠다. 두 다리에 힘을 줘 보았지만 꼼짝도 하지 않았다. 하지만 어쨌든 숨은 붙어 있었다. 그것만 해도 이미 예상보다 훨씬 좋은 결과였다.

"조금만 늦었으면……. 널 영영 잃을 뻔했어."

캘럼이 말했다.

머리 위로 비처럼 쏟아져 내리던 거대한 파편들이 떠올랐다.

"엠마, 도대체 왜 그랬던 거야? 무슨 생각으로 죽는 걸 각오하고 그렇게 큰 위험에 뛰어들 수 있었던 거지? 하마터면 널 잃을 뻔했어! 그랬다면 난……."

그에게 미소 지어 보였다. 전형적인 캘럼이었다. 이제야 꿈이 아니라는 게 실감났다.

그가 내게 몸을 굽혀 키스했다. 다른 건 아무래도 상관없다는 듯, 열정적이고 절박한 키스였다.

그의 입술이 내게서 떨어지고 난 후, 내가 대꾸했다.

"그래야만 했어. 다른 방법이 없었으니까. 하지만 날 어떻게 찾아낸 거야?"

"전투가 끝나고 운디네들이 먼지로 변해 버리자마자 레이븐이 달려와서 말해 줬어. 당장 가야 한다고. 처음에는 무슨 말인지 몰라서 어리둥절했어. 전장을 떠나다니, 아직 해결해야 할 일이 산더미 같았는데! 그러자 널 구해야 한다는 거야. 그것도 바다 한가운데서! 네 목소리를 듣고 찾아가라기에 처음에는 레이븐이 미쳤다고 생각했어. 하지만 내가 당장 바다에 뛰어들지 않으면 날 직접 바다에 처넣을 것 같더군. 그래서 일단은 시키는 대로 했지. 물에 뛰어들자마자 정말로 다급하게 날 찾으며 도움을 청하는 네 목소리가 들렸어. 만약 1초라도 늦었다면……."

그의 입술에 가만히 손을 얹었다.

"어쨌든 이젠 다 끝났잖아."

그가 한 말을 반복했다.

"하지만…… 아미아가…… 죽었어."

그가 작게 중얼거렸다.

그 말에 어두운 절망감이 엄습했다. 그러니까 정말 모든 게 사실이었던 것이다.

캘럼이 나를 꽉 끌어안고 내 머리칼에 자신의 머리를 기댔다. 그의 몸이 가만히 흔들렸다.

아미아와 캘럼은 함께 자라면서 많은 일들을 함께해 왔다. 아미아와 캘럼, 엘린 셋은 둘도 없는 형제이자 친구였다.

이제는 캘럼 혼자 남은 셈이었다.

"조엘은?"

"다행히 살아 있어."

안도의 한숨을 내쉬며 고개를 끄덕이곤 그의 머리칼을 쓰다듬었다.

우리는 그렇게 한참 동안 서로의 품에 얼굴을 묻고 침묵했다. 눈물이 바닷물과 함께 섞였다. 아미아 없이 어떻게 살아가야 할지, 앞으로 인생의 모든 순간에서 얼마나 그녀가 그리울지 상상도 할 수 없었다. 게다가 차마 아기가 어떻게 되었는지, 그녀를 잃고 난 후 미로는 어떤 상황인지 물어볼 수 없었다. 그들이 떠안고 살아가야 하는 고통의 크기를 가늠조차 할 수 없었다.

"왜 아직 물어보지 않는 거야?"

잠시 후, 캘럼이 나에게 다그쳤다.

"뭘?"

그의 가슴을 쓰다듬으며 되물었다.

"내가 온전한 상태인지. 헤어질 때 말했잖아. 다시 만나더라도 쉽게 믿지 말라고."

"만약 네가 자신이 아니었다면 날 구하러 오지도 않았을걸?"

"그랬겠지만, 네가 제발 단 한 번만이라도 내 말을 진지하게 받아들여 줬으면 좋겠어."

"알았어. 아직 너 자신이야?"

미소 지으며 물었다.

캘럼은 침묵하며 먼 곳을 응시했다.

"이런 일이 언젠가 또 일어나게 될까?"

하지만 우리 둘 다 그 물음에는 대답할 수 없었다.

"육지까지 헤엄쳐 가자. 아마 다들 목 빠지게 기다리고 있을 거야. 아직 헤엄칠 수 있을 것 같아?"

캘럼이 물었다.

"응. 네가 날 놓지만 않는다면."

몸을 일으키려 해 보았지만 다리가 맥없이 흐느적거렸다. 캘럼이 나를 걱정스럽게 바라보더니 두 팔로 안아 올렸다.

"여기 어딘가에 모래 트랩이 있어. 조심해야 돼. 안 그러면 모래 속으로 빨려 들어갈지도 몰라. 운디네들이 침입자를 막으려고 설치해 놓은 건데……."

"이젠 아무것도 없으니까 걱정 마."

캘럼이 안심시켰다.

"평화로운 바다뿐이야. 운디네들이나 그들의 흑마법은 이제 흔적도 없이 사라졌어."

그가 나를 조심스럽게 안고서 태양빛이 부서지는 바다를 헤엄쳐 나갔다. 뭍에 다다르자 두 팔로 안아 들고 걸었다.

그곳은 내가 바다에 뛰어들던 절벽에서 가까운 해안이었다. 거울에서 봤던 전투가 바로 여기에서 벌어졌었다는 사실을 깨달았다. 어째서 엘리시엔은 이곳을 전투 장소로 골랐던 걸까?

의아하다는 얼굴로 캘럼을 바라보았다.

"레이븐의 권유 때문이었어. 이유는 말하지 않았지만 우리에게 이곳을 추천하더군. 물론 여기까지 오는 건 위험한 결정이었고 또 제시간에 모든 군사들이 여기 집결하는 건 모험이었지만 너도 알잖아. 레이븐이 한번 고집부리기 시작하면 어쩔 수 없는 거."

레이븐이 이 장소를 고른 이유는 전투가 끝나자마자 캘럼을 보내 날 구하기 위해서였다. 결국 모든 걸 알고 있었다는 뜻이다. 어떻게? 레이븐에게 이 사실을 말해 줄 수 있는 사람은 단 한 명뿐이었다. 피터 말이다.

화가 치밀어 올랐다. 나한테는 그렇게 비밀을 지키게 할 땐 언제고! 그것 때문에 캘럼과 싸워서 헤어질 뻔했다는 게 억울했다. 만나기만 해 보라지!

절벽 주위에는 격렬했던 전투의 흔적은 남아 있지 않았다. 반짝이는 회색 모래가 좀 많이 널려 있다는 것만 빼면 말이다. 어쩌면 산책을 나왔던 사람들이 약간 의아해할 수는 있다. 군대는 철수한 상태였고, 저쪽 해안에 몇 사람만 보였다. 캘럼은 나를 그들 쪽으로 데려갔다.

엘리시엔 여왕과 레이븐이 우리를 향해 달려왔다. 페린과 조엘 뒤로 모르게인도 보였다. 캘럼이 나를 모래 위에 내려주자 한 명씩 다가와 나를 끌어안았다. 페린은 울음을 터뜨렸고 레이븐도 눈물이 그렁그렁한 눈으로 나를 바라보았다.

"피터는?"

레이븐이 그답지 않은 떨리는 목소리로 물었다. 순간 그녀의 감정이 고스란히 전달되는 것 같아 목이 메었다.

"차 속에도 없던데 무슨 일이 있는 거야?"

"갑자기 가웨인이 나타나는 바람에 피터가 크게 다쳤어."

내 말에 레이븐이 얼굴에서 핏기가 가셨다.

"걱정 마. 성스러운 나무가 그를 치료하고 있으니까."

엘리시엔이 레이븐을 바라보다가 내 손에서 반짝이는 단검을 바라보며 말했다.

"듣고 싶은 이야기가 한두 가지가 아니지만 일단은 레일린으로 돌아갑시다."

"다른 사람들은요?"

내가 물었다.

"모든 종족들은 다치거나 죽은 동족들을 데리고 이미 동틀 무렵 이곳을 떠났어요. 이제 죽은 자들을 위한 제의가 거행될 겁니다."

엘리시엔이 높은 휘파람을 불자 그녀의 말이 달려왔고, 엘리시엔과 레이븐이 함께 말에 올라탔다. 레이븐이 다시 한 번 내게 미안하다는 눈빛을 보냈다. 만약 피터가 레이븐에게 비밀을 털어놓았다면 나와 캘럼에게도 그 사실을 털어놓고 허락을 구했어야 했다. 당장은 피터를 쉽게 용서해 줄 생각이 없었다.

캘럼이 나를 차로 데려다주었다. 페린과 조엘이 우리 뒤를 따랐다. 우리는 차를 타고 레일린으로 향했다. 몸이 너무 아팠지만 차를 타고 가는 도중 깊은 잠에 빠져들었다. 아무도 말이 없었다. 저마다 생각에 잠겨 있었기 때문이다. 다들 무엇을 생각하는지는 확실했다. 아미아였다.

눈을 떴을 때는 주위가 온통 흰색이었다. 조심스럽게 옆을 보니 캘럼이 내 옆에서 잠들어 있었다. 그의 품으로 파고들었다. 그가 잠결에 나를 더 세게 끌어안았다.

오랫동안 그렇게 누워서 그의 심장이 뛰는 소리를 들었다. 정말 이 모든 게 지나간 게 맞는 걸까? 앞으로 더 이상 두려워하지 않아도 되는 걸까? 오히려 이런 평화가 낯설었다. 게다가 이제 우리 둘은 어떻게 되는 걸까?

그때 갑자기 캘럼이 말했다.

"지금 중요한 건 단 하나야."

마치 줄곧 깨어 있었던 것처럼 또렷한 음성이었다.

"미로를 도와줘야 돼."

"미로는 지금 어디에 있어?"

"아미아를 데리고 베렝가에 가 있어."

"나도…… 마지막으로 한 번 더 아미아를 보고 싶어."

더듬거리며 중얼거렸다. 아미아와 어떻게 헤어져야 할지 막막했지만 이대로 마지막 인사조차 못 한 채 나의 자매를 떠나보낼 수는 없었다.

"거기서 희생당한 '모든 이들'을 위한 제의가 치러질 거야."

"모든 이들?"

"운디네가 죽은 후 영혼을 잃고 싸웠던 자들에게 책임을 물을 순 없었어. 그들도 희생자니까. 그래서 과거는 잊고 살아남은 사람끼리 평화를 다질 거야."

"그건…… '그 사람'에게도 해당되는 거야?"

차마 그의 이름을 입에 올릴 수는 없었다.

"아니, 그건 예외야. 그의 잘못은 우리에게만 국한된 게 아니라 다른 종족들까지 깊게 연관되어 있으니까. 주미스가 알아서 할 거야."

캘럼이 침묵했다. 하고 싶은 말은 산더미 같았지만 꾹 참았다.

"몸은 좀 어때?"

그가 물었다.

조심스럽게 다리를 움직여 보았다. 발가락이 아주 조금씩 움직이는 게 보였다. 일어서려고 해 보았지만 누군가의 도움 없이는 한동안 불가능할 것 같았다.

"엘프 치료사들이 널 나흘 동안 잠들게 했었어. 내가 염려했던 것보다 다리의 상처가 심각했었거든. 피부도 화상과 긁힌 상처로 뒤덮여 있었고."

이불을 들추어 보니, 몇 개의 핑크색 흉터 외에는 깨끗하게 나아 있었다.

"운디네들이 내 몸에 손을 대고 화상을 입혔어."

"아무튼 일단은 건강을 되찾는 게 급선무야. 나 말고도 네 이야기를 듣고 싶어 하는 사람들이 줄을 서 있으니까."

"몰라. 싫어."

나는 투덜거렸다.

"게다가 지금은 영원히 침대 속에만 있고 싶단 말이야."

"좋은 생각이야."

캘럼이 나를 끌어안으며 말했다.

"다른 건 그냥 제쳐 두자."

그가 키스하자 모든 나쁜 기억들이나 통증조차 다 사라지는 것 같았다.

누군가 문을 두드렸다. 캘럼이 이불을 목까지 끌어당기고는 앉으며 소리쳤다.

"들어와요!"

문에는 레이븐이 서서 여전히 죄책감 어린 눈으로 나를 바라보고 있었다.

물론 피터와 함께 나를 속였다는 걸 쉽게 용서해 주긴 싫었지만 다른 한편으로는 그렇게 하지 않았다면 난 아마 깊은 바다 밑바다에 생매장 되어 있을 터였다. 그래서 용서해 주기로 하고 미소 지어 보였다.

그러자 레이븐도 안도한 모양이었다.

레이븐의 가슴팍에 작은 천 꾸러미 하나가 보였다. 거기에서 칭얼거리는 소리가 났다. 레이븐이 내게 다가와 침대 모서리에 앉은 후 꾸러미를 보여 주었다.

알록달록한 천 안에서 아미아의 갈색 눈동자가 나를 바라보았다. 숨이 멎는 것 같았다. 아기는 한참 동안이나 진지하게 나를 바라보더니 이내 방긋 웃었다. 사람을 미소 지을 수밖에 없게 만드는 웃음이었다. 레이븐이 내게 아기를 건네주었고, 나는 조심스럽게 품에 안아 보았다. 너무도 가볍고 따뜻한 존재가 나를 향해 환하게 웃고 있었다.

천이 가볍게 벗겨지며 아기의 머리카락이 드러났다. 보라색의 곱슬머리였다.

캘럼이 감탄하며 아기의 머리카락을 살짝 쓰다듬어 주었다.

"보라색 머리카락을 가진 아이는 드물어. 특별한 사람이 될 것 같군."

"아미아는 아기를 릴라라고 불렀어. 미로가 전쟁터로 떠난 후, 아미아는 릴라를 주미스의 아내에게 맡기고 그의 뒤를 따랐나 봐. 아기와 함께 그 집에 계속 있었다면 얼마나 좋았겠어."

화난 얼굴로 레이븐을 쏘아보았다.

"그럼 아미아 대신 미로가 죽었겠지!"

레이븐이 입술을 깨물며 중얼거렸다.

"미안."

릴라를 바라보며 마치 도자기처럼 하얗게 빛나는 살결을 쓰다듬어 주었다. 이렇게 예쁜 아기는 처음이었다.

"주미스가 이리로 아기를 데려왔어. 너희가 아기의 보호자잖아."

레이븐이 말을 이었다.

"우리 생각에는 미로가 릴라를 돌볼 기력을 얻을 때까지는 너희가 릴라를 데리고 있는 게 나을 것 같아."

내 손가락의 반지를 바라보았다. 미로와 아미아의 결혼식 때 받은 반지였다. 내 남은 생애 동안 미로와 아미아, 그리고 그들의 자녀들을 돌보겠다는 약속의 의미였다. 따지고 보면 아미아가 죽은 건 나 때문이었다. 내내 그 생각이 머리에서 떠나질 않았다. 내가 단검을 좀 더 일찍 던졌다면, 그렇게 오래 기다리지만 않았다면 나의 사랑하는 자매는 죽지 않았을 터다. 분명 엘린도 정신이 든 상태였다면 자신의 여동생을 죽이려고 하지는 않았을 테니 말이다.

내가 떨기 시작하자 깜짝 놀란 레이븐이 내게서 아기를 받아 들었다. 나는 팔로 어깨를 감싸 안고 캘럼에게 기댔다.

"엠마, 왜 그러는 거야?"

캘럼이 내 얼굴을 손으로 감싸며 물었다.

"날 봐 봐, 무슨 일이야?"

"내 잘못이야. 아미아가 죽은 건……. 내가 너무 오래 기다렸기 때문이야!"

"엠마, 그건 사실이 아니야. 그런 생각은 하지도 마. 듣고 있어? 아무에게도 잘못은 없어. 엘린 탓도 아니야. 우리가 모든 걸 엘린 탓으로 돌리는 건 아미아도 원치 않았을 거야. 모든 잘못과 책임은 운디네들에게 있어."

캘럼이 나를 안고 마치 아이를 달래듯 부드럽게 흔들어 주었다.

"그리고 네가 모두를 위해 목숨까지 희생할 각오로 용기 있게 운디네들의 소굴에 뛰어들어 준 덕에 우리 모두는 살아 있는 거야. 네가 아니었으면 분명 이 전쟁에서 패했겠지. 그리고 여기 있는 모두가 다 운디네의 산 제물이 되었을 거고. 그랬다면 아마 영영 아무 희망이 없었을 거야. 아미아의 죽음은…… 운명으로 받아들여야 해."

캘럼의 말에 어느 정도 일리가 있다는 건 알고 있었다. 이성적으로는 받아들일 수 있었지만 내 감정은 달랐다. 나와 미로와 릴라를 위해 아미아를 구해 냈어야만 했다. 이제 이 작은 아기는 자신의 엄마가 얼마나 아름다운 존재였는지 영영 모른 채 성장해야 할 터였다.

내가 가까스로 진정하기까지는 오랜 시간이 걸렸다.

갑자기 릴라가 울음을 터뜨렸다.

"왜 우는 거지?"

불안해져서 레이븐에게 물었다.

"내 생각에는 배가 고픈 것 같아."

"그럼 어떻게 해야 돼?"

"같이 성까지 갈 수 있겠어?"

레이븐의 물음에 무기력한 눈으로 다리를 바라보았다.

"걱정 마. 바깥에 가마를 준비해 뒀어. 엘리시엔 여왕님이 이 모든 일에 대해 듣고 싶어서 성에서 널 기다리고 계시거든. 에릭슨 박사와 소피도 성에 있을 거야. 성에는 릴라가 마실 우유도 있어."

캘럼을 바라보니 그도 어깨를 으쓱해 보였다.

"사실 나도 네가 해 줄 이야기가 기대되긴 해."

어쩔 수 없이 한숨을 쉬며 운명을 받아들이기로 했다. 캘럼이 내가 옷 입는 걸 도와준 후 문까지 부축해 가마에 태워 주었다. 레이븐이 릴라를 내 품에 안겨 주자, 아기가 잽싸게 내 손을 끌어당기더니 새끼손가락을 쪽쪽 빨기 시작했다. 일단 진정은 되었지만 오래는 못 갈 것 같았다. 안타까운 마음에 아기를 꼭 끌어안았다.

성 앞에는 소피와 에릭슨 박사가 우리를 기다리고 있었다.

그들을 향해 미소 지어 보였다. 가마가 멈추자 소피가 내게 달려왔다. 그러고는 내 뺨을 어루만지며 눈물을 글썽였다. 이어서 나를 훑어보며 사지가 다 달려 있는지 확인했다. 소피 뒤에서 에릭슨 박사가 자랑스럽다는 얼굴로 말했다.

"해 낼 거라고 믿었네. 자네가 아니었으면 정말이지 누구라도 불가능했을 거야."

그렇게 확신했다는 게 더 대단했다. 나조차도 내가 어떻게 해 낸 건지 이해가 되지 않으니 말이다. 정말이지 운이 좋았고 또 피터, 마이리, 엑스칼리버, 레이븐 등 정말 많은 도움이 있었기에 가능한 일이었다.

소피가 내 품에서 릴라를 받아 들고 시종이 가져다준 젖병을 물렸다. 만족스럽게 꿀꺽꿀꺽 마시는 소리가 들리는가 싶더니 눈 깜짝할 새에 젖병에 가득 들었던 우유가 작은 입 사이로 자취를 감췄다. 마지막 한 모금을 삼킨 후, 릴라가 무거워진 눈꺼풀을 감고 잠이 들었다.

"엘리시엔 여왕님을 충분히 기다리게 한 것 같은데."

레이븐의 말에 우리 모두 화들짝 놀랐다. 캘럼이 나를 안아 들고 성 안까지 옮겼다.

"이러다가 너무 익숙해지면 어쩌지?"

작게 말했다.

"뭐에?"

"손으로 번쩍번쩍 안아서 모셔다 주는 거에."

"항상 해 줬잖아?"

캘럼이 나를 부드럽게 바라보며 웃었다.

"항상은 아니지."

놀랍게도 홀 안에는 가족들이 다 모여 있었다. 에단 외삼촌과 브리 외숙모, 앰버와 한나, 피터까지 앉아서 기대 어린 눈으로 나를 바라보았다. 발 빠른 엘리시엔 여왕은 단 한순간의 시간도 낭비하지 않고 가족 모두를 다시 레일린까지 데려와 준 것이다.

인사와 환영이 이어졌다. 눈물과 웃음이 터져 나왔다. 어느 누구도 다들 다시 살아서 다시 재회한 기쁨을 제대로 말로 표현하지 못했다. 브리 외숙모는 계속 울기만 했고, 외숙모를 달래느라 외삼촌이 진땀을 뺐다. 앰버는 내가 바지 벨트에 끼워 놓은 엑스칼리버를 만지작거렸다. 소피는 릴라를 여기저기에 보여 주느라 정신이 없었고, 결국에는 아멜리가 안아 들었다.

"조엘은 미로 곁에서 힘이 되어 주기 위해 베렝가에 갔어. 옛 조엘 그대로야. 변함없이."

아멜리가 내게 말했다.

피터는 레이븐과 꽤나 진한 포옹으로 재회의 기쁨을 나누었다. 물론 키스까지 하진 않았지만, 둘의 행동을 보면 단순한 우정은 아니라는 것쯤은 단번에 알아챌 수 있었다. 하지만 어째서 모두의 앞에서 열심히 숨기려 하는지는 의문이었다.

엘리시엔이 우리를 식탁으로 청했고, 캘럼이 나를 엘리시엔 옆의 의자에 앉혀 준 후 다른 편 옆에 앉았다.

모두 자리에 앉은 후 엘리시엔 여왕이 입을 열었다.

"제 생각에, 우리가 이 자리에 이렇게 함께 앉아 있는 건 기적에 가까운 일인 것 같군요. 그리고 여기 모인 모든 이들의 이름을 빌려 엠마 그대에게 어떻게 이 모든 기적이 가능했는지,

그대가 겪은 모든 일들을 말해 줄 수 있는지 청하고 싶습니다. 제가 알기로는 그대가 이 모든 사건의 처음과 끝을 알고 있는 유일한 사람이니까요."

고개를 끄덕인 후 불안한 듯 냅킨 하나를 손에 쥐고 접었다 폈다 했다. 모두가 기대 어린 눈으로 나를 바라보았다. 그래서 더듬거리며 이야기를 시작했다. 처음이 좀 힘들었지 중후반으로 넘어가자 이야기에 저절로 날개가 달린 것처럼 술술 나왔다. 모두가 입까지 벌리고 내 이야기에 집중했다. 어느 한 사람도 내 말을 끊지 않았다. 정말 긴 이야기였는데도 말이다.

드디어 이야기를 마친 뒤에도 홀 안은 조용했다. 아멜리와 외숙모가 흐느끼는 소리만 들렸다. 가족들은 아미아가 죽었다는 걸 이제야 알게 됐기 때문이다. 외삼촌의 얼굴은 돌처럼 굳어 있었고, 피터는 레이븐의 손을 꽉 잡은 채 침묵했다.

"엠마, 뭐라 감사를 전해야 할지……."

침묵을 깨고 엘리시엔 여왕이 입을 열었다.

"우리 모든 종족들은 이 고마움을 영원히 잊지 않을 것입니다. 아마도 이 빚은 영영 갚을 수 없겠지요. 그대와 피터, 에릭슨 씨 댁에도요."

고개를 저었다. 눈에서 눈물이 흘러내렸다. 누군가 내게 빚을 진 기분이 되게 하고 싶진 않았다.

"엘린이 저와 가족의 생명을 노릴 때 여러분은 우릴 보호해 주셨잖아요. 캘럼이 엘린에게 붙잡혀 있을 때에도 그를 구출하는 일에 앞장서 줬고요. 여러분이 아니었다면 제 목숨은 아직까지 붙어 있지 못했을 거예요. 그러니까 제게 빚 진 건 없어요."

엘리시엔 여왕이 미소 지었다.

"그렇게 생각해 주다니 정말 아량이 넓군요."

당황한 나머지 고개를 푹 숙이고 말았다. 캘럼이 내 어깨를 팔로 감싸 주었다.

"배고파 죽을 것 같아."

캘럼에게 속삭였다.

"하지만 그전에 짚고 넘어가고 싶은 게 있어."

그와 동시에 홀 안의 모든 사람들이 들을 수 있을 정도로 크게 꼬르륵 소리가 났다.

"질문이라도?"

내 말을 들었는지, 엘리시엔 여왕이 물었다.

레이븐과 피터를 바라보았다.

"피터, 혹시 레이븐에게 우리 계획에 대해 말해 준 거야?"

원래 말하려고 했던 톤보다 훨씬 날카로운 목소리가 나왔다.

"아무에게도 말하지 않기로 한 거 아니었어? 운디네들이 엿보고 있기 때문에 누구에게라도 계획을 발설하면 안 된다며? 심지어 캘럼이랑 싸워서 헤어지라고까지 말했던 게 누구더라? 그런데 이제 보니 레이븐한테는 사실을 말했던 것 같더라고. 이게 도대체 어떻게 된 거야?"

피터가 레이븐을 한번 바라본 다음 대답했다.

"정확히 말하자면 레이븐에게 계획을 말한 건 아니야."

그가 '말한 건 아니'라는 단어를 강조했다.

"캘럼이 그러길, 레이븐이 날 도와주러 가야 한다고 했다는데?"

피터에게 따졌다.

피터가 내 눈을 바라보며 말했다.

"네가 저 바닷속 어딘가에서 죽게 될까 봐 두려웠어. 하지만 나는 너와 함께 갈 수가 없으니까 뭔가 다른 쪽으로 손을 좀 써 두고 싶었던 거야. 결국은 널 바다까지 데려다주는 것조차 해 줄 수 없었지만. 아무튼 네가 무사히 돌아올 수 있을 거라는 확신도 없는 상태에서 바닷속으로 들여보낼 수는 없었어. 누가 도와줄 수 있을까 생각해 봤지. 캘럼은 안 돼. 만약 캘럼에게 우리 계획을 말했다간 널 절대 들여보내지 않았을 테니까. 게다가 운디네들도 그를 감시하고 있었을 게 뻔하고. 에릭슨 박사님 부부는 별 도움이 안 되었을 거고."

그가 자기가 뱉은 말에 흠칫 놀라고는 미안한 눈으로 박사를 바라보았다. 하지만 박사는 괜찮다는 듯 손사래를 치며 웃었다.

"아무튼 레일린을 떠나기 직전까지 계속 고민하고 있었던 거야. 그러다가 갑자기 좋은 생각이 났어. 시간이 없어서 무작정 레이븐한테 갔지. 레이븐이라면 모든 걸 이해하고 제시간에 캘럼을 네게 보내 줄 수 있을 거라는 확신이 있었어. 출발하기 전에 내가 잠깐 성에 갔던 걸 기억해? 하지만 레이븐에게 말로는 설명할 수 없었어. 유일하게 시도할 수 있었던 건 보여 주는 방법뿐이었지. 그러려면 레이븐에게 내 마음과 생각을 열어 보여야 했어. 물론 다들 알다시피 엘프들이 늘 다른 사람의 생각을 읽고 다니는 건 아니잖아. 평소에는 이 능력을 닫아 두니까. 하지만 그 순간만큼은 내 생각을 읽게끔 해야 했어. 물론 운디네들이 무릴을 통해 레일린에서 무슨 일이 일어나는지는 알지만 엘프들의 생각까지 읽을 수는 없다는 전제하에 벌인 일이었지. 그래서 다짜고짜 레이븐에게 내 생각을 읽어 보라고 한 거야. 제발 레이븐이 이유를 묻지 않기만 바랐지. 그 방법 외에는 널 지켜 줄 수 있는 다른 방법이 떠오르지 않았어."

피터가 레이븐을 바라보며 말을 이었다.

"이 어설픈 계획이 성공해서 캘럼이 제때 널 구하러 간 게 얼마나 다행인지……. 레이븐한테 더넷 헤드에서 전투해야 한다고 강요했던 건 나야. 왜냐하면 레이븐이 널 구할 시간을 맞추려면 거기가 안성맞춤이었으니까. 캘럼에게 너무 빨리 말해도 안 되었지. 운디네들이 혹시라도 우리 계획에 대해 알게 되면 모든 게 물거품이 되니까. 그렇다고 너무 늦게 말하면 네가 죽을 수도 있었고. 거울이 파괴된 후 무슨 일이 일어날지 모르니까 언제가 가장 좋은 시간인지 알 수가 없었어. 그래서 무작정 레이븐에게 맡긴 다음 믿을 수밖에 없었던 거야."

이제 모든 이유를 알게 되니 오히려 부끄러운 건 내 쪽이었다. 어떻게 두 사람에게 감사해야 할지, 아니 감사로는 부족할 지경이었다.

"저…… 이제 밥 먹어도 돼요?"

고맙게도 앰버가 어색한 분위기를 깨 주었다.

엘리시엔 여왕이 미소 지었다.

"당연하지! 자, 모두가 맛있게 마음껏 드세요!"

이렇게 모두 함께 있다는 게 얼마나 감사한 일인지 이제야 깨달았다. 함께 앉은 모두가 그렇게 느낄 거라고 확신했다. 하지만 생각보다 식탁 위의 분위기는 침울했다. 아미아를 잃었다는 사실이 모두에게 얼마나 큰 충격인지 가늠할 수 있었다.

다행히 릴라가 어찌나 방긋거리고 잘 웃는지 모두들 이 작은 존재에게 흠뻑 빠져 버렸다. 비록 누구와도 대신할 수 없는 소중한 사람을 잃었지만, 사랑할 수 있는 또 한 명의 작은 사람을 얻은 셈이었다.

21장

펠리네는 정말 놀라웠다. 그 짧은 시간 안에 모두를 위한 예복을 뚝딱 만들어 내 준 것이다. 실은 아멜리가 낮이고 밤이고 졸라 댄 덕분이었다. 나로서는 또 한 번 거추장스러운 천을 몸에 걸치고 싶지는 않았지만, 한 가지 조건하에 제의를 위한 예복을 입기로 했다. 이제 엘프들과 요정들, 파우누스들과 셸리코트들, 뱀파이어와 늑대인간들은 모두 한 가지 색으로 통일된 상복喪服을 입고 저물녘의 황혼 아래 섰다. 모두의 옷이 햇빛에 반사되어 금갈색으로 반짝였다. 그 색은 아미아가 행복할 때의 눈동자와 체광 빛깔이기도 했다.

영혼을 빼앗겼던 자들과 시신들도 해안에 모였다. 다행히 내 예상보다 많은 수는 아니었지만, 드넓은 해안 한구석이 희생자들로 가득 찼다는 사실만으로 가슴이 아팠다. 각 종족들은 죽은 자들을 이승에서 떠나보내는 예식을 함께 치르는 데 동의했다. 이제 파우누스들만 제외하고는 각 시신들을 바다로 흘려보내게 되어 있었다. 파우누스들은 동족의 시신을 숲으로 돌려보내고 싶어 했기 때문이다. 희생자들과 관을 인 추모자들의 행렬이 느릿느릿 이어졌다. 장례 행렬은 자꾸만 멈췄는데, 가족들이 시신을 바다로 떠나보내기까지 시간이 지체되곤 했기 때문이다.

드디어 아미아의 관 앞에 도달했다. 그녀는 붉은색 우단이 깔린 관 속에 누워 있었다. 관 속에 누워 있는 아미아는 그 어느 때보다도 아름다워 보였다. 결혼식 때 입었던 예복 위로 그녀의 아름다운 머리카락이 가지런히 물결쳤다. 릴라를 품에 안은 미로가 그녀의 곁에서 손을 잡아 주고 있었다. 마치 살아 있지만 죽은 듯, 넋이 나간 얼굴이었다. 그에 비해 이미 이 세상을 떠난 아미아의 가녀린 얼굴은 어둠 속의 빛처럼 빛나고 있었다. 나는 그녀의 곁에 꿇어앉아 속삭였다.

"미안해…… 정말 미안해."

몇 번이나 울지 않기로 다짐했건만 결국 아미아의 앞에 서니 흐느낌이 북받쳐 올랐다.

"내가 구해 줬어야 되는데, 어떻게 널 보내 줘야 할지 모르겠어! 제발 날 용서해 줘……."

캘럼이 내 뒤에서 무릎을 꿇고 앉아 나를 가만히 안아 주었다.

"릴라는 내가 보살펴 줄게."

목소리가 메마르게 갈라졌다.

"약속할게. 너에 대해서 늘 이야기해 줄 거야. 물론 내가 널 대신할 수는 없지만 마치 네가 언제나 우리 곁에 있는 것처럼 느끼도록 해 줄 거야. 비록 넌 지금 우리 곁을 떠나지만, 항상 릴라를 지켜보고 보살펴 줘!"

더 이상은 말을 할 수가 없었다. 나도 이렇게 힘든데, 미로는 이제 어떻게 살아갈 수 있을까? 그의 고통과 절망을 가늠하기조차 어려웠다. 그들은 그렇게나 서로를 사랑했는데! 만약 릴라만 없었다면 미로도 기꺼이 아미아의 뒤를 따라가려고 했을 터다. 이런 고통을 안고 남은 생을 살아가야 하는 건 우리가 이제까지 겪은 그 어떤 끔찍한 일보다도 잔인했다. 캘럼이 나를 일으켜 세운 후 꼭 안아 주었다.

"죽음은 끝이 아니니까."

성스러운 나무가 내게 해 주었던 말을 되뇌며 정말 그게 맞는 말이길 바랐다.

애도하는 이들의 물결이 멈춰 섰다. 나의 가족들도 모두 아미아 주위에 둘러섰다. 조엘은 아멜리의 어깨를 감싸 안았다. 피터는 레이븐, 엘리시엔 여왕님과 작은 연단에 올라서 있었다. 엘리시엔 여왕의 청아한 목소리가 밤하늘에 울렸다.

"어려운 순간이 왔습니다. 사랑했던 사람들과의 이별도 어렵지만, 자신의 의지와 상관없이 어두움을 섬겨야 했던 이들을 용서하는 것도 어렵습니다. 그들을 불쌍히 여겨야 합니다. 그리고 운디네들의 저주를 피해 갈 수 있었던 걸 감사해야 합니다."

엘리시엔 여왕이 이런 말을 하는 이유를 알고 있었다. 영혼을 빼앗겼던 자들을 벌해야 한다는 여론이 적지 않았기 때문이다. 특히 죽임 당한 자들의 가족들은 책임을 전가할 대상을 찾느라 혈안이 되어 있었다. 문제는 한때 영혼을 빼앗겼던 자들이 아무것도 기억하지 못한다는 거였다. 조엘만 해도 마지막 기억이 미로, 아미아와 함께 레일린을 떠났던 데 머물러 있었고 그 외에는 어두움에 잠겨 있었을 뿐이라고 했다. 자신이 다행히 아무도 죽이지 않았다는 사실에 얼마나 안도하던지! 하지만 불행히도 누군가의 목숨을 빼앗은 이들은 평생 그 짐을 짊어지고 살아가야 했다.

"운디네들은 멸절되었고 이제 다시는 우리들의 세계를 위협하지 않을 것입니다. 모두 우리가 지난 몇 세기 동안 인간들에게 우리의 존재를 드러내지 않아 왔다는 걸 알고 있을 겁니다. 그리고 그건 앞으로도 변함없을 테지요. 하지만 이 자리에서 한 가지만은 분명히 해 둬야 할 것이 있습니다. 우리가 이 전쟁에서 이길 수 있었던 이유는 뱀파이어의 지혜도, 늑대인간의 힘도, 엘프들의 영리함도, 파우누스들의 용맹함도 아니었습니다. 바로 네 명의 인간 덕분이었습니다."

그러자 군중들이 몸을 움직여 내 앞에서부터 엘리시엔 여왕 앞까지 길 하나가 열렸다. 캘럼이 내 손을 잡고 침묵하는 군중 앞을 걸어 여왕에게 향했다. 소피와 에릭슨 박사도 내 뒤를 따랐다.

엘리시엔 여왕이 미소로 우리를 맞았다. 하지만 구원자로 떠받들어지는 것보다 아미아 곁에 머무르고 싶었다. 모두 말없이 미소를 지어 보이며 감사를 표시했다.

"물론 오늘은 기쁨의 날이 아닙니다."

여왕이 말을 이었다.

"하지만 이 네 명의 인간이 우리를 구해 주었다는 사실을 잊어서는 안 됩니다. 우리의 아이들과 그들의 아이들에게 전해 주어야 합니다. 이제 이 일은 우리에게 하나의 역사가 되어 언제까지고 기억될 것입니다. 그러면 미래에는 인간과 함께 살아갈 수 있는 날도 오겠지요. 우리도 더 이상 그들의 눈앞에서 숨어 지낼 필요가 없게 될 것입니다."

말을 마친 후, 여왕은 연단에서 내려와 해안으로 걸어갔다. 우리도 그녀의 뒤를 따랐다. 엘프 군사들이 말없이 관들을 바다로 밀어 보냈다. 관의 머리 부분마다 빛 하나가 타오르며 언제까지고 깜박였다. 그 빛이 사라질 때까지 말없이 바라보다가, 이윽고 모든 빛이 사라지자 다들 집으로 돌아갔다.

천천히 야영장으로 걸었다. 아직도 걸을 때마다 다리가 아팠다. 물론 치료사들은 최선을 다했지만, 내가 걸을 수 있는 건 거의 기적에 가까운 일이라고 했다.

텐트 사이에서 모닥불이 타오르고 있었다. 사람들이 모닥불 주변에 앉아 있었지만 그들과 어울리고 싶은 생각은 없어서 가족들이 머물고 있는 텐트로 곧장 가려는데 캘럼이 나를 불러 세웠다.

"함께 수영하러 가지 않을래?"

그가 머뭇거리며 물었다. 놀란 얼굴로 그를 바라보자 그가 나를 끌어안으며 말을 이었다.

"잠시 둘이만 있고 싶어. 여기 숲 속에 아름다운 호수가 있거든."

아무도 우리가 야영장을 떠나는 걸 눈치 채지 못했다. 좁은 오솔길을 걸어서 호수에 다다르자, 캘럼이 내 옷을 벗겨 주었다. 옷가지가 소리 없이 호수 주변에 돋아난 이끼 위에 떨어졌다. 그도 옷가지를 벗은 후 나를 안고 물속으로 들어갔다. 차가운 물이 내 몸을 감쌌고, 이 검은 물의 세계는 비현실적으로 평화로웠다. 그가 나를 어루만지는 손길이 마치 처음 그 순간처럼 떨렸다. 강렬한 그리움으로 그를 강하게 끌어안았다. 그와 함께 물속에서 녹아 버리고 싶었다. 동화 속의 인어 공주처럼 물거품이 되고 싶었다. 그러면 기억 속에 영원히 남을 저 끔찍한 일들을 잊을 수 있을 테니 말이다. 평생 걱정이나 괴로움 없이 살 수 있다면 얼마나 좋을까! 하지만 인어 공주와는 달리 나는 이미 왕자님을 만났고, 그는 내가 그를 사랑하는 만큼 나를 사랑해 주고 있었다. 어쩌면 나보다 더 많이.

"나와 결혼해 줘."

그가 속삭였다.

"온 세상이 네가 영원히 내 것이라는 걸 알았으면 좋겠어."

그의 말이 끝나기도 전에 고개를 끄덕이며 그를 끌어안았다.

에필로그

내가 꿈꾸던 결혼식은 지인들끼리만 모인 소박하고 작은 예식이었다. 하지만 내 바람은 바람으로 그쳤다. 어림짐작만으로도 아발라 앞 광장에 마법 세계의 모든 종족들이 다 모여 있다고 봐도 무방할 정도였다. 모두가 힘을 합쳐서 네 달에 걸쳐 보수한 결과, 아발라의 성채는 봄날의 태양 아래 전보다 더 아름다운 위상을 드러내며 빛났다.

우리에게도 드디어 일상이 찾아왔다. 일단 졸업을 했고, 캘럼과 함께 엑스칼리버도 돌려주러 갔다 왔다. 이제 성스러운 나무는 다음에 찾아올 누군가를 기다리며 조용히 검을 품고 있을 것이다.

엘리시엔 여왕과 주미스, 멀린, 미론 모두가 우리의 예식을 물심양면으로 지원해 주었다. 아멜리와 조엘, 피터와 레이븐이 우리 부부의 결혼 후견인이 되어 주었다. 원래는 두 명의 친구들만 결혼 후견인이 될 수 있었지만 캘럼과 나는 셸리코트 전통을 깨는 선구자였으니 말이다. 두 커플 중 하나만 고르기도 애매해서 그냥 네 사람씩이나 세워 버리고 만 것이다. 예식은 너무나 빨리 지나갔고 어느덧 해가 뉘엿뉘엿 기울고 있었다.

오늘 밤 아발라를 떠나 베렝가까지 헤엄쳐 갈 계획이었다. 신혼여행 때는 바다에만 있고 싶었다. 이번 기회에 캘럼의 세계를 좀 더 자세히 알고 싶었기 때문이다.

캘럼은 셸리코트 종족의 차기 왕이 되지 않기로 결정했다. 앞으로는 종족의 요구에 따라 의회가 대표를 선출하기로 의견을 모았기 때문이다. 또 의회 구성원도 지난 몇 세기 동안의 전통에 따라 선출된 나이 든 남자들이 아니라 가문이나 성별에 상관없이 선출되는 것으로 결정되었다.

엘린으로 인한 고통의 시간 덕분에 단시간에 혁명적인 변화가 일어나게 된 것이다.

"시간 됐어."

캘럼이 춤을 추는 동안 내 귓가에 속삭였다.

"준비됐어?"

그가 내 손을 잡았다.

"떨고 있는 것 같은데?"

그가 큭큭 웃었다.

당황해서 시선을 피하며 대꾸했다.

"조금 긴장돼서 그래."

"왜?"

"앞으로 내 남은 인생을 너와 함께 지낸다는 건 엄청난 모험이니까."

"넌 내가 본 중에 가장 용감한 여자야. 그런 네가 고작 그런 걸 두려워한다고?"

그가 내 턱을 손가락으로 살짝 들어 올리며 내 눈을 바라보았다.

"물론 생각보다 나쁘진 않을 거야."

"정말? 약속할 수 있지?"

그가 짓궂게 웃었다.

고개를 끄덕여 보인 다음 숨을 한껏 들이마셨다. 그러고는 다시 그의 손 위에 내 손을 얹은 후, 그의 손에 이끌려 바다로 향했다. 사람들의 환호성이 밤하늘 드높이 울려 퍼졌다.

마지막으로 뒤를 돌아보며 인파 속으로 부케를 던질 준비를 했다. 내 인간으로서의 삶을 기리기 위해 부케만큼은 절대로 포기할 수 없었다.

만약 아미아가 이 자리에 있을 수만 있었다면 얼마나 좋을까. 품에 릴라를 안고 아멜리와 조엘 곁에 서 있는 미로를 바라보았다. 캘럼과 나, 그리고 가족들은 미로가 다시 릴라를 돌볼 힘을 얻게 될 때까지 몇 달간 릴라를 돌봐 왔다. 미로는 슬픔과 고통에 잠겨 몇 달 동안 바다를 헤매다가 며칠 전에야 돌아온 참이었다. 물론 언제까지나 아미아를 그리워하겠지만, 이제는 자신의 모든 사랑을 릴라에게 주려고 마음의 준비를

한 모양이었다. 그리고 릴라가 원하면 우리도 언제든지 달려
와 줄 터였다.

"절대로 아미아를 잊는 일은 없을 거야."

미로에게 속삭이자 그가 고개를 끄덕였다.

놀랍게도 부케를 받은 건 레이븐이었다. 그녀가 신기한 눈
으로 부케를 바라보는 동안, 피터가 레이븐을 자신 쪽으로 돌
려서 마주 보더니 끌어안고는 키스했다. 물론 레이븐이 좀 버
둥거리긴 했지만 말이다.

모르게인이 두 사람 위에서 날개를 팔랑이며 내게 눈을 찡
긋해 보였다.

캘럼이 이제 내 손을 잡아 바다로 이끌었다. 이건 모험의 끝
일까, 아니면 시작일까?

누가 알겠느냐마는 한 가지만은 분명했다. 이제 우리는 운
명이 우리를 갈라 놓을 때까지 영원히 함께일 것이다.

《문라이트 사가》 끝.

감사의 말

사랑하는 독자 여러분!

드디어 모든 시리즈가 완결되었고, 엠마와 캘럼의 이야기가 끝났습니다. 물론 즐겁게 읽던 이야기가 끝나게 되는 게 얼마나 아쉬운 건지 이해합니다. 저 또한 오랫동안 친구 같던 엠마, 캘럼과 그들의 가족들, 친구들이 이제는 저의 일부분인 것처럼 느껴지고 또 저의 삶을 바꿔 놓았다는 사실을 고백합니다. 실제로 많은 독자들이 《문라이트 사가》를 계속 연재해 달라고 요청했지만 오랜 시간 고민한 끝에 그렇게 하지 않기로 결정했습니다.

그 대신 전혀 새로운 이야기로 여러분을 깜짝 놀라게 해 드리려고 합니다. 이 모든 게 가능한 건 독자 여러분 덕분입니다. 그래서 먼저 가장 큰 감사를 드리고 싶습니다.

이 이야기의 엔딩에 대한 서평과 포스팅, 모든 종류의 평가를 기쁘게 기다리고 있습니다. 또 여러분의 블로그나 트위터, 페이스북 페이지에 이 책을 소개해 주신다면 더할 나위 없는 영광이 될 것입니다. 그로써 많은 독자들이 책의 정글 속에서 엠마와 캘럼의 이야기를 찾아내 팬 층이 두터워질 수 있게 도와주세요. 저와 엠마, 캘럼은 그런 날이 오기만을 기쁘게 기다리고 있습니다.

아멜리, 조엘, 레이븐, 피터, 에단, 브리, 모르게인, 그리고 다른 모든 캐릭터들도요.